嗜血法医 第四季

DOUBLE DEXTER

终结游戏

[美] 杰夫·林赛（Jeff Lindsay） 著　时雨 译

湖南文艺出版社　博集天卷

图书在版编目（CIP）数据

嗜血法医.第四季,终结游戏 /（美）杰夫·林赛（Jeff Lindsay）著；时雨译.—长沙：
湖南文艺出版社，2017.7
书名原文：Double Dexter
ISBN 978-7-5404-8107-0

Ⅰ.①嗜… Ⅱ.①杰… ②时… Ⅲ.①长篇小说—美国—现代 Ⅳ.① I712.45

中国版本图书馆 CIP 数据核字（2017）第 115197 号

著作权合同登记号：图字 18-2016-230

DOUBLE DEXTER
Copyright © Jeff Lindsay 2011
This edition arranged with The Nicholas Ellison Agency
through Andrew Nurnberg Associates International Limited

上架建议：外国文学·悬疑小说

SHIXUE FAYI. DI-SI JI, ZHONGJIE YOUXI
嗜血法医.第四季，终结游戏

作　　者：［美］杰夫·林赛
译　　者：时　雨
出 版 人：曾赛丰
责任编辑：薛　健　刘诗哲
监　　制：毛闽峰　赵　萌　李　娜
策划编辑：杨清钰
文案编辑：吕　晴
营销编辑：贾竹婷　雷清清
版权支持：文赛峰
版式设计：李　洁
出版发行：湖南文艺出版社
　　　　　（长沙市雨花区东二环一段 508 号　邮编：410014）
网　　址：www.hnwy.net
印　　刷：北京天宇万达印刷有限公司
经　　销：新华书店
开　　本：875mm×1270mm　1/16
字　　数：287 千字
印　　张：19
版　　次：2017 年 7 月第 1 版
印　　次：2017 年 7 月第 1 次印刷
书　　号：ISBN 978-7-5404-8107-0
定　　价：38.00 元

质量监督电话：010-59096394
团购电话：010-59320018

目录

DEXTER

嗜 血 法 医
第四季
终结游戏

Chapter
小丑 *1*

　　头顶乌云密布。云层之上，月亮仿佛充血膨胀，并清了清它的喉咙。黑云遮蔽天空和月亮，天上的月光或许还有些涓涓细流——但地下除了滚滚而来的满溢的乌云，任何可见微光均被掩藏，什么都看不见。很快，云层便会打开，倾下一场夏日骤雨，非常迅速，毕竟这些雨云也有太多事儿急需完成，濒临暴发。距离那一刻越来越近，就连黑云也不得不竭力拢住这场瞬间将至、势在必行的大雨。

　　很快——但不是现在，现在还没到时候。乌云必须等待。其中蕴含的力量不断壮大，真正炫目的电流将会到来，等到时机成熟，等到情况超出必要界限、显露真身，等到它酝酿出真正必要的构架时——

　　但眼下时机尚未成熟。因此乌云只能聚成一团，怒目而视，静静等待，看着所需条件一个个达成，随之产生的不安越发厚重。很快，势必很快。头顶乌黑安静的雨云暗藏惊天威力，只需一瞬便可打破夜晚的宁静，将黑暗炸成摇曳的碎片——接着，就在接下来那一秒，释放便将开始。云层将打开，它所承受的沉重的不安将从释放带来的纯粹的狂喜中流出，纯净的喜悦倾泻而下，光与自由的幸福恩赐将淹没世界。

时机临近，近在咫尺——只是尚未成熟。雨云也在等待恰当的时机，黑云不断增长，充斥着更加巨大而厚重的暗影，挣扎着直到必须放手那一刻。

云层之下，在这无光的暗夜里；地面之上，在乌云遮蔽天空的、愠怒的影子里。那是什么，就在那儿，在这不见天日、一片漆黑的夜里，是什么像天上的云一样穿过黑夜，如此迫切、迅速、蓄势以待？它在等待，不管那黑暗本身是什么；它在等待时机，等待最佳时刻去做要做的事儿，必须做的事儿，一直在做的事儿。那一刻如同踮着脚的小老鼠，悄声走近，仿佛清楚接下来会发生什么，惧怕不已。它似乎已经感觉那一刻真正到来后的恐怖，知道哪怕现在，那一刻也在快步靠近，靠近——直到就在你身后，注视你的脖子，几乎在品尝脆弱的静脉温暖的搏动，深思考量，就是此刻。

一道闪电撕碎黑夜，令人震颤，同时照亮一个高大瘦弱的男人。他从地上匆匆跑过，仿佛也感受到了逼近身后的黑暗的气息。闷雷炸响，闪电再次掠过天空，人影离这边更近了。那人一手竭力搂紧怀中的笔记本电脑与马尼拉文件夹，一手摸索口袋里的钥匙。闪电熄灭，男人的身影也随之消失在黑暗中。又一道闪电，现在男人离这里非常近了，他紧搂着身上的东西，手里攥着一把车钥匙，随后又消失在黑色的寂静之中。沉默陡然降临，万籁俱寂，仿佛万物都失去了呼吸，就连黑暗也屏住了呼吸——

一阵狂风袭来，随着最后一记雷鸣落下重锤，整个世界放声哭喊，就在此刻。

此刻。

在这个漆黑的夏夜里，所有必须发生的事情都开始发生了。天空打开云层，释放重担，世界重新开始呼吸。然而在这刚被浸湿的黑暗之中，其他不安又开始非常缓慢、小心地紧缩释放，朝那个小丑似的身影伸出柔软而敏捷的触手。在这场突如其来的大雨中，这个瘦弱苍白的男人笨拙地摸索着打开车门。车门轻轻摇晃，他将笔记本与文件夹一并扔到座位上，随后钻进驾驶室，"砰"的一声关上车门，擦干脸上的雨水，长出了一口气。这时，他笑了，小胜后的微笑。这些天来他像这样笑了许多次。史蒂夫·瓦伦丁是个快乐的人。最近身边的事情一直在按他的心意发展，因此他觉得今天也会如此。对史蒂夫·瓦伦丁来说，生活非常美好。

不过也快结束了。

史蒂夫·瓦伦丁是个小丑，不是滑稽剧演员，也不是讽刺漫画里常见的那种笨蛋。他是一个货真价实的小丑，在当地报纸上打广告，有人雇用他，他就会去孩子们的聚会上表演。不幸的是，他并没有为孩子们天真无邪的明快笑声而活。他耍的戏法稍微有些失控。他曾两次被捕又被释放，因为有孩子的父母向警方指出，他真的不必为了给孩子看动物气球而把孩子带进黑暗的小房间。

由于缺少证据，最后警察不得不释放他，但他从中获得了提示。于是从那一刻起，再没有人抱怨他的所作所为——他们怎么敢？可他并没有停止给孩子们带去娱乐，当然没有。豹子不会改变自己身上的斑点，瓦伦丁也不会改变他的行径。他只是变得更聪明、更狡猾，就像受伤的捕食者那样。他已进入一个更为持久的游戏，并认为自己找到了一条只赚不赔的道路。

他错了。

今晚就要算总账了。

瓦伦丁住在奥帕洛卡机场北面一栋破旧的公寓大楼里，那栋楼看起来至少有50年了。各种废弃汽车胡乱停放在公寓前的街道上，有的甚至已被烧毁。无论是起飞还是着陆，只要有商务机从头顶低低飞过，那栋楼就会轻轻摇晃。飞机声间或传来，打断旁边高速公路上往来车辆持续发出的白噪音。

瓦伦丁的公寓位于2楼11号，从那里他能清楚地看到公寓前泥泞的游乐场。里面摆了一个生锈的立体方格铁架、一个倾斜的滑梯和一个没篮网的篮筐。平常瓦伦丁会在公寓阳台上摆一张破旧的草坪躺椅。他可以坐在那儿，一边小口喝着啤酒，一边看孩子们玩儿，想着自己与他们愉快玩耍时的模样。

他也确实那么做了。据我们[①]所知他至少已经和三个小男孩儿玩耍过，实际数量可能会更多。过去一年半的时间，人们在附近那条沟渠里前后捞出三具尸

---

① 主人公德克斯特·摩根在行动时总是自称"我们"，一般是指自己和体内的"黑夜行者"。——编者注

体。这些孩子均受过性虐待，之后被掐死。三个男孩儿都住在他家附近，这意味着他们的父母都很穷，很可能非法生活在这个国家。这还意味着即使他们的孩子遭人杀害，他们也几乎不会报警——这让这些孩子成为瓦伦丁的最佳目标。三次，至少三次，目前警方毫无线索。

但我们有，而且不止一条。我们很清楚。史蒂夫·瓦伦丁会观察在游乐场上玩儿游戏的小男孩儿，尾随他们离开直至黄昏，教他们玩儿他自己那套终结游戏，再把他们丢进充满垃圾的漆黑运河里，最后心满意足地回到那张破草坪躺椅上，开一瓶啤酒，继续观察娱乐场，寻找一个新的小孩儿。

瓦伦丁认为自己非常聪明。他以为自己已经吸取了教训，找到一个实现梦想的更好方法，为他非传统的生活方式创建了一个家。没有人聪明到能够抓到他，阻止他。在此刻之前，他的想法一直是对的。

直到今晚。

警察上门调查三个遇害男孩儿的情况，瓦伦丁不在家。这可不是什么幸运的事儿。身为捕食者，他的直觉十分灵敏。他还有一个扫描仪，专门窃听警方的无线电信号。如此一来，只要警察一进入这一地区，他就能马上知道。当然这种情况很少。警察不喜欢来这样的街区，在这种地方他们能期望的最好情况就是警方的漠不关心。而这正是瓦伦丁住在这里的原因。可如果警察真的要过来，他需要了解情况。

警察会来这里，如果他们不得不来的话。警察不得不来，如果有人拨打911报告11号公寓2楼的一对夫妻正在打架，说一声恐怖的惨叫令打架声戛然而止，之后就是一片死寂，警察则会迅速赶来。

而当瓦伦丁通过扫描仪听见警察正朝他这里，朝他的公寓赶过来时，他自然希望自己能在他们抵达前逃到其他地方。他将带上所有暗示他个人爱好的证据——他肯定存了一些，他们这些人总是这样——匆忙跑下楼，走进黑暗，走进车里，心想自己可以开车离开，直到无线电广播告诉他一切已经恢复了平静。

他以为没人会费心检查他的车是否登记，没人知道他开了一辆跑了12年的浅蓝色雪佛兰开拓者，车上贴着"选择人生"的装饰，门上贴了一个引人注目的标志，上面写着"玩具小丑"。他以为汽车后座的暗影中，不会有什么人小心翼翼地缩成一团，静静等待着他。

这两点他都想错了。有人认识他的车，也有人蹲在那辆旧雪佛兰后座地板上悄声等待。等瓦伦丁擦干脸，露出小胜之后的秘密笑容，他终于——终于——将钥匙插进点火装置，发动引擎。

汽车发动，发出噼啪的声响，这一刻猛然降临，终于来了。什么东西腾地一下，蹿出黑暗，迅速在瓦伦丁瘦弱的脖子上套上一根肉眼几乎看不见的尼龙渔线。这根套索已通过50磅的拉力测试，普通人根本无法挣脱。不等瓦伦丁喊出任何"嘎啊——！"以外的话，对方已然勒紧套索，而他只能以一种愚蠢、虚荣、可怜的方式挥动手臂，任凭身后那人冷酷傲慢的力量借着尼龙绳加强，深入握紧绳子的双手。现在瓦伦丁脸上的笑容消失了，溜走了，转而出现在我们的脸上。我们在他身后，与他如此贴近，甚至能嗅到他的恐惧，听到他备受惊吓的心跳，感受到他的窒息。这样很好。

"现在你属于我们了。"我们告诉他，命令的声音如同车外不时打断黑暗、爆裂天际的闪电，击中了他。"照我们说的做，吩咐什么做什么。"但瓦伦丁有话要说，并发出一点儿怯懦的声音，于是我们拉紧套索，用力拉紧，只需片刻他就会明白眼下就连他的呼吸也属于我们。他的脸逐渐变得青黑，双眼凸出，他抬手去够脖子，手指在套索上狂抓了几下，接着眼前一黑，向前倒下，双手滑落到腿上，意识开始模糊。于是我们松开套索，毕竟这样太快了，对他来说实在太快了。

他动动肩膀，又喘了几口气，像个生锈的齿轮一样发出一点儿声音，接着又喘了一口气。他这辈子所剩的呼吸次数正在迅速减少，可惜他不知道那个数已经小到什么程度，又迅速喘了一口气，感觉轻松了点儿。接着他挺直身子，浪费了自己宝贵的空气，大叫了一声："他妈的！"

一串肮脏的黏液从他鼻子里滴下，他的声音听起来含糊而刺耳，非常恼人，于是我们再次勒紧套索，不过这次稍微温柔点儿，只需让他明白现在他是我们的就够了。他非常顺从地张开嘴，伸手抓了抓喉咙，安静下来。"不许说话，"我们说，"开车。"

他抬头看向后视镜，这是他的眼睛第一次迎上我们的眼睛——不过他只能看到眼睛。罩在脸上的丝绸头巾被剪了两道缝隙，透过光滑的头巾，我们的眼眸流露出冷酷与黑暗。一时间，他又想说些什么，不过我们非常温柔地勒动套索提醒他，于是他改变主意没再说话，也不再看后视镜，而是启动汽车，出发了。

我们小心翼翼地引导他向南，催促他，再轻扯几下套索，只为让他记住如今哪怕呼吸也并非理所当然的事儿，除非我们允许，否则随时会中止。旅途大部分时间他都表现得非常好，只有一次，他在信号灯那儿通过后视镜看向我们，清清嗓子问："你是——我们要去哪儿？"于是我们用力勒紧套索，勒了好久，他的世界也随之陷入混沌。

"我们让你去哪儿你就去哪儿，"我们说，"只管开车，不许说话，你还能稍微多活一会儿。"这句足够让他听话了，毕竟他还不知道，过不了多久，他就不会再想多活一会儿。因为正如他接下来知道的那样，活着会是一件非常痛苦的事情。

我们小心地引导他沿街向前，驶进一片刚建成不久的破旧住宅区。里面不少房子都是空的，或是抵押品。我们选中其中一间特别的房屋，精心做好了准备，现在让瓦伦丁开往那里。汽车走过一条安静的街道，路过一盏破损的路灯，驶进房子旁边的老式车库。我们让他把车停在车库后面，以防马路对面看到这辆车，然后叫他关掉引擎。

随后一段漫长的时间，我们只是勒紧套索，倾听夜色，没再做别的什么。明月奏响的泪汩乐声越来越大，体内一双翅膀轻轻发出令人侧目的沙沙声，渴望舒展。我们压下这股冲动，因为我们必须非常谨慎。我们留神倾听是否有任何不受欢迎的声响悄悄潜入这个我们需要的夜晚。风声，雨声，从车库屋顶飞溅下来的水声，夏日暴雨摇晃树枝的哗啦声，再没有其他声响。

我们看了看：右侧，唯一能看见车库里面的房子，一片漆黑，和我们停车那栋房子一样空空如也，而且我们确信那里也没有人。我们顺着街道静静望去，侧耳倾听，仔细地品味温暖而潮湿的风，寻找其他任何可能看见或听见的东西的气味——什么都没有。我们深吸一口气，甜美的空气中满是这非凡之夜的味道与气息。很快我们将一起做一些可怕而美妙的事儿，只有我们与小丑。

这时，瓦伦丁咳了一声。他竭力做得轻一点儿、慢一点儿，想努力去除脖子上绳子带来的刺痛感。不知怎么的，他明白了如此优秀而特别的自己究竟遇到了一件多么不可能的事儿。但这声音却激怒了我们的耳朵，在我们听来那就像一千颗碎裂的牙齿咯咯发出的糟糕声响。我们用力拉紧套索，紧到绳子割破皮肤，紧到对方再不想发出任何声音，出声的念头被永远挤出脑袋。他后仰抵上座椅，手指无力地抓着喉咙，只过了一秒，便双眼凸出，瞬间跌入寂静。车库投下暗影，罩住路面。我们迅速下车，打开驾驶室车门，将他跪着拖出来。

"快点儿。"说着，我们稍稍松开绳子。他抬头看向我们，他的表情仿佛表明整个"快"的概念正在离他而去。见他眼中萌生这一绝佳的新意识，我们适当缩紧套索，好让他深刻认识到这个想法的真相。他身子一歪，跪倒在地，滚到我们前面，径直穿过有百叶窗的后门，跌进漆黑的空房子。现在我们把他带进他的新家了：他住过的最后一个地方。

我们将他领进厨房，停下来让他静静站定几秒，单手拉紧他的套索，贴到他身后。他握紧拳头，随后松开手指，又咳了几声。"求你了。"他低语道。他嘶哑的嗓音显然已经先他一步走向了死亡。

"好。"我们耐着性子回道。平静的耐心如潮水般拍上快乐的野性边缘——他或许觉得自己从这顺利的预感中听到了某种希望，因为他摇了摇头，非常轻微，仿佛他能说服这股潮水退回去。

"为什么？"他声音沙哑，"为……为……为什么？"

我们狠狠勒紧缠在他喉咙上的绳子，看着他呼吸停止，脸色变黑，再次跪到地上。但就在他失去意识前，我们松开绳子，只松一丁点儿，刚好足够一丝空气穿过他那破损的喉咙，滚入肺部，帮他恢复意识。然后我们满怀欣喜、诚心诚意地将一切尽数与他道出。"因为……"说完，我们再次拉紧套索，比之前更紧，非常紧，愉快地注视着他顺着长长的坡道一路滑向窒息的梦乡，暗紫色的脸朝下翻倒在地。

现在我们得马上开始工作了，赶在他醒来搞破坏之前，安排好一切。我们从车上取下那一小袋玩具与工具，捡起他扔在车座上的马尼拉文件夹，带着这些东西迅速回到厨房。不一会儿瓦伦丁就被剥光衣服、封着嘴绑在案子上，周围摆满了我们在他文件夹里找到的可爱照片。照片上是一群正在玩耍的小男孩儿，有几个正在朝站在他们中间的小丑大笑，另外几个不是拿着球就是在荡秋千。我们从中挑选出三张小心地放在合适的位置，保证他肯定能看见。这三张肖像照均来自报纸，那些报道讲述人们在运河里发现了三个死去的小男孩儿。

我们刚准备好一切，瓦伦丁便动了动眼皮，正如注定会发生的那样。他一动不动地躺了片刻，或许是因为感觉到热气喷洒在裸露的皮肤上，身体被结实的牛皮胶布牢牢捆住了，或许他是在疑惑为什么会这样。这时他想起来了，猛地睁开双眼，奋力挣扎却徒劳无功。他的世界越来越模糊，他想扯断胶布，想大口呼吸，想用那张被小心封上的嘴大声尖叫让其他人听见。但这些情况都不可能出现，永远不再可能，不会为他出现。对瓦伦丁而言，只有一件小事儿可能发生，唯一无关紧要的、毫无意义的、绝妙的、势在必行的事儿。无论他努力做出怎样徒劳的笨拙挣扎，现在这件事儿都将开始了，就在此时此刻。

"放松，"我们戴上手套，伸出一只手放到他起伏的裸露的胸膛上，"很快全部都会结束。"我们指的全部，代表一切，每一下呼吸与眨眼，每一下斜睨与轻笑，每一个生日聚会与动物气球，每一趟紧随无助男孩儿走进黄昏的饥饿之旅——很快，一切都将永远结束。

我们轻拍他的胸膛。"但没那么快。"我们说道。这个简单的事实带来了残酷的快乐，它席卷我们全身，涌入我们的眼睛。瓦伦丁看到了它，或许他已心下了然，或许他仍抱着愚不可及的希望。不过随着他躺回到案子上，被牢不可破的胶布禁锢其中，这狂喜之夜令我们的渴望越发强烈，令我们的心中开始响起黑暗之舞的美妙乐章，我们开始着手工作。可对瓦伦丁来说，随着一个既定事实开始发生，所有希望都永远地消逝了。

事情缓慢进行——不是在踌躇，不是不确定，完全不是，只是慢一点儿才能持久。慢慢画出，慢慢享受每个精心计划、反复排练、不断练习的动作，慢慢让小丑领悟：简单明了地向他展示事情如何结束，在这里，在此刻，在今晚。我们慢慢为他绘制一幅真实的肖像画，告诉他事情必须如何，画上深色的线，彰显这就是所有的未来。这是他最后一个把戏，而现在，这里，今晚，他将慢慢地、仔细地、准确地、一片片一块块地向手持刀刃的幸福桥看守人还清费用，再慢慢穿过最终地带，进入永无止境的黑暗。相信他一会儿便会心甘情愿地走过去，哪怕心里十分担忧，因为到时他就会明白那是他摆脱痛苦的唯一出路。但不是现在，还不到时候，不能太快；首先我们必须带他走到那里，走上不归路，只有到了那一步，他才会清楚我们已经走到头了，他永远回不去了。他必须看见真相，明白真相，理解真相，并将其作为正确、必要且不可改变的事实接受它。我们很高兴能奉命带他去那里，然后指着尽头的边境线，说，看见了吗？这就是你现在待的地方。你完蛋了，现在一切都结束了。

音乐在耳畔响起，月亮透过云层缝隙窥视楼内，为所见之事开心轻笑，我们开始行动，瓦伦丁也非常配合。意识到正在发生之事永远不会结束时，他倾斜身体，挤出含糊的尖叫声。他在迅速消失，事情竟发生得如此彻底。他，史蒂夫·瓦伦丁，一个滑稽而快乐的小丑，一个真心实意喜欢孩子、爱孩子的白脸小丑，常常爱到用这种令人不快的方式表达自己的心意。他是史蒂夫·瓦伦丁，聚会小丑，在黑暗的一小时之内就能带一个孩子穿过整个魔幻的生命彩虹，从幸福与惊讶，一路走进最终绝望地消失的痛苦，沉入附近运河的脏水中。史蒂夫·瓦伦丁，对过去任何试图阻止他或想在法庭上证明他所作所为的人来说，都太过聪明。但他现在可不是在法庭上，他永远不会出现在法庭上了。今晚他躺在德克斯特法庭的案台上，而最终裁决之光在我们手中，他无权向法庭指定律师申诉自己将去的地方，并且永远没有上诉的可能。

而在小木槌落下之前，我们最后一次暂停。一只唠叨的小鸟落到我们的肩膀上，叽叽喳喳唱起不安的歌谣："嗰啾，嗰啾，真切无忧。"（Cher-wee, cher-woo, it must be true.）我们知道这首歌，知道这首歌的含义。这首"哈里准则之歌"，它说我们必须确信无疑，必须肯定我们向对的人做了对的事儿，这样形式才完整，我们才能带着骄傲与快乐结束工作，才能感受到完成任务带来的满足。

所以我们倾身在他喘气的地方停下来。这会儿瓦伦丁已经只剩呼吸的份儿，他喘得慢，每一下都很用力，红肿的眼睛闪过最后的理解之光。我们将他的头转向之前放在他周围的照片。鉴于除了缓慢的嘶嘶声以外他已经什么声音都发不出来了，我们撕开他嘴上胶布的一角。这一定很疼，但与他长久以来的感受相比，不过是很小的痛楚罢了。

"看见他们了吗？"说着，我们摇了摇他潮湿松弛的下巴，转动他的脑袋确保他看到那些照片，"看见你做的事儿了吗？"

他看了看，看见他们，脸上没被胶布盖住的部分扭曲了，露出一个疲倦的笑容。"嗯。"他的嘴被胶布半遮着，声音也被套索割得支离破碎，但依然可以听得很清楚。如今他已耗尽希望，人生每一种滋味都从他舌头上消逝，但在他看向照片那一刻，看到那些被他带走的男孩儿，一小段温暖的记忆踮着脚穿过他的味蕾。"他们……真美……"他的眼睛在照片上流连，驻足许久才闭上。"真美。"他说。这就够了。此时此刻，我们与他近乎感同身受。

"你也是。"说完，我们把胶布粘回到他的嘴上，继续工作，清算应得的喜悦，内心澎湃的交响乐也演奏至高潮，响声冲出愉快的月光。音乐令我们的情绪越发高涨，直到进入最后的狂欢和弦，慢慢地、谨慎地、愉快地将一切释放到温暖而潮湿的夜幕之中——一切。所有愤怒、忧愁、紧张，所有日常无意义的生活带来的困惑与挫败，虽然这些都是为了促成此事，以及所有竭力表现愚蠢人性的无意义的琐碎废话——都结束了，全都被尽数喷出，喷向热情的黑暗——背负着这些，我们只能无精打采地活着，如同受到虐待、被殴打过的小狗，而那一切本该留在史蒂夫·瓦伦丁破烂邪恶的躯壳之中。

再见了，小丑。

Chapter
我们被看见了 2

我们像往常一样开始清理现场。慢慢上涌的满足带着疲惫缓缓潜入骨髓。今夜快乐无比，需求过程进展顺利，我们做得很好，心中自满的怠惰油然而生。乌云散尽，只剩一片令人欣喜的月光。现在我们感觉舒服多了；事后，我们的心情总会变好。

或许是因为我们正自缚在满足的茧中，没太注意周遭本该留心的情况——但我们确实听到了一声响动，一声因惊愕而呼出的微弱气息。这时，幽暗的房子里悄然传来一阵匆匆的脚步声。我们转过身，对方却已走向后门，接着不等我们做出任何反应，那人已经"砰"的一声关上门。而我们只能惊慌失措地透过后门的玻璃百叶窗放眼望去，眼看着一辆停在路边的汽车猛地启动引擎，全速冲进茫茫夜色。汽车尾灯闪耀——左侧那盏耷拉着晃来晃去——只看得出是一辆古旧的本田汽车，深色，具体颜色不确定，后备厢上有一块大锈斑，看起来像金属胎记似的……汽车急速消失在我们的视野之外，冰冷酸涩的感觉在胃内深处打结拧紧，令人难以忍受的可怕事实开始在体内燃烧，倾泻恐慌，如同刚刚割开的伤口，不断向外涌出骇人的鲜血……

我们被看见了。

震惊之下，我们就这样盯着门口看了许久，脑海中反复回荡那不堪设想的念头。我们被看见了。有人进来了，可我们没听见，没发现。他们看见我们精疲力竭、心满意足地站在包裹到一半儿的残骸旁边，还看得十分真切，真切到足以认出瓦伦丁那些奇形怪状的碎尸原本是什么东西。因为那个不知道是谁的家伙在我们做出喘气以外的反应前，以闪电般的速度逃走了，消失在黑暗里。他们看见了——甚至可能看见了我们的脸；不管怎样他们看见的已经令他们明白自己看见了什么，并飞快逃向安全地带——他们可能会给警察打电话，说不定这会儿正在打，派巡逻车过来把我们一网打尽，关起来——而我们却站在这里，一动不动惊呆在原地，望着尾灯消失的地方张嘴流口水，不理解眼前的状况，就像一个小孩儿看见自己熟悉的动画片换上了外语配音。被看见了……终于，这个念头给我们带来了足够的震撼，让我们行动起来，开足马力；我们迅速完成清理工作的最后几个阶段，带着装好的包裹出门离开。包裹依旧温热，夜晚却不再美好。

我们离开那栋房子，驶进茫茫夜色。出乎意料的是，追赶的声音并未传来。没有警笛发出哀鸣，也没有尖叫的轮胎或噼啪作响的无线电撕裂黑暗，但厄运已经降临于德克斯特。

一路上，我们紧张警觉，直到最后走出那片地区，才感到那令人惊骇的念头带着挥之不去的麻木再次袭来，如同不断拍击石岸的海浪声，不绝于耳。

我们被看见了。

处理残骸时我一直在想这件事儿——怎么可能不想？我默默留心着后视镜，静候刺眼的蓝光突然照亮我的保险杠，急促刺耳的警笛声呼啸而来。可什么都没发生；甚至等我把瓦伦丁的车开进沟里，爬进我自己的车，小心翼翼地往家走，依然什么都没发生。我完全自由了，孑然一身，只有想象中的恶魔一直在追赶我。可那似乎不可能——毕竟刚才做游戏的时候有人看见我了，这一点与这件事可能被人看见一样清楚明了。他们看到了被细心切成一块块的瓦伦丁，也看到了肉块旁边疲惫而快乐的切肉人，连微分方程都不需要就可以解开这个问题——A加B等于为德克斯特在电椅上占个座。有人欣慰地揣着这个结论逃走了，而且处境安全——但却没有报警？

这讲不通。太疯狂了，令人难以置信，根本不可能。我被看见了，却安然无恙，顺利脱身。我简直不敢相信。到家后我把车停到房前，稍微坐了一会儿，逐渐恢复冷静。逻辑总算度完漫长的假期，从肾上腺素小岛上慢悠悠地回来了。我猫腰坐在方向盘前，再次与美好的理智亲密交谈。

好吧，我杀人杀得正起劲儿的时候被看见了，我完全有权认为我将立即出局和被捕，然而我却没有。现在我已经回到家，处理干净证据，没留下任何能把我与那栋暗藏极乐恐怖的弃屋牵扯到一起的东西。有人迅速瞥了一眼，没错，但那里很黑——可能黑得根本看不清我的脸，特别是我当时半转过身，对方大概只是满心惊恐地随便瞄了一下，根本无法将持刀的模糊身影与任何实际人物联系起来，无论死活。就算警方追查瓦伦丁的汽车牌照，也只会发现瓦伦丁。我有理由确信他不会回答任何问题，除非有人愿意用通灵板。

就算出现那种几乎不可能的结果——对方认出我的脸，对我做出野蛮指控——他们也完全找不到证据，只会看见一个声誉良好的执法部门成员。而后者必然认为自己应当得到应有的待遇，藐视这些荒谬的断言。以他们的正常思维，大家绝对相信那种事儿我一件都不会干——当然，除了我本人的宿敌多克斯警官。可除了怀疑，他对我什么都做不了。而这点几乎令人欣慰，因为他已经怀疑我很久了。

那还剩下什么？对我逍遥法外的野心而言，除了黑暗中被人半信半疑地瞥到一眼局部特征，不论谁看见了什么，结果都只能证明那是一场尴尬的误会。

强而有力的车轮与杠杆在我脑子里咔嗒作响，飞速旋转，最终吐出答案：万无一失。

没人会把我与漆黑弃屋里的骇人身影联系在一起。这个结论毋庸置疑，纯粹的逻辑推理，没有别的可能。我胜券在握，几乎可以欣然地继续下去。我深吸一口气，双手蹭蹭裤子，走进房门。

屋里很安静，当然，毕竟现在已经很晚了。走廊另一头飘来丽塔轻柔的鼾声，我看了一眼科迪与阿斯特，两个孩子正在睡觉，一动不动，做着残酷的梦。

我穿过走廊，走进卧室，丽塔睡得很沉，莉莉·安蜷缩在婴儿床上——美好而神奇的莉莉·安，我这一年新生活的中心。我站在那儿低头看着她，一如既往惊异于她娇柔完美的小脸、漂亮迷人的小手指。莉莉·安，是德克斯特·马克二世一切善的开始。

今晚我曾拿这一切去冒险。愚蠢、鲁莽又轻率，差点儿付出代价——被捕、入狱，再无法将莉莉·安抱在怀里，再不能握着她的手，陪她蹒跚迈出人生最初几步——当然，再无法找个像瓦伦丁这样罪有应得的朋友，送他去暗黑游乐场。风险太大。我应该蛰伏一段时间，好好表现，直到完全确定自己面前畅通无阻。我被看见了；我曾轻触正义这个老妓女的平滑裙摆，如今绝不能再冒险。我必须摒弃"暗黑德克斯特"（Dark Dexter）的嗜好，让"奶爸德克斯"（Dex Daddy）这一伪装变成真正的我。或许这次意外会化作一道永恒的裂缝；就为做这些可怕而美好的事儿，我真的需要冒如此可怕的风险吗？我听见准备休息的黑夜行者轻哼了一声厌腻的嘲笑。是的，你需要。带着困倦的满足，它像蛇一样发出嘶嘶声。

不过这些没持续太久；今夜仍将继续，也不得不继续；我被看见了。我爬上床，闭上眼睛，然而可能被捕的愚蠢担忧却猛地蹿回我的思绪。我挥棒打向它们，用逻辑的扫帚将其扫开；我非常安全，不可能被认出来，我没在任何能被发现的地方留下任何证据，我有理由坚信自己已经侥幸逃脱。一切都很好——尽管我依然不太相信，最后还是带着焦虑迷迷糊糊地睡着了。

第二天上班时，局里毫无迹象表明我需要担心什么。开始工作后，迈阿密–戴德县警察局法医实验室依然风平浪静。借着清晨的恍惚，我启动电脑，仔细检查昨晚的值班记录，没看见有人惊慌失措地打电话求助，说一栋弃屋里有一个疯子和一把刀。没听见警报响，也没看见有谁找我，假如直到现在都没出状况，那恐怕以后根本也不会出了。到目前为止——我清白无辜。

逻辑与官方记录意见一致，我非常安全。事实上，随后几天这种逻辑为我证明了无数遍。可出于某种原因，我的蜥蜴脑①根本不听。我发现工作时我一直含

①　蜥蜴脑（Lizard Brains）：指人脑中掌管着与理性思考无关的、本能的部分，此区域产生的思维活动常表现为感情用事、缅怀过往等。——编者注

着胸，肩膀抵着一记从未落下的重击——我知道它永远不会落下来，然而我又预感到它是无论如何都会来。我在夜里醒来，倾听房子周围特殊反应小组快步潜入的声响……

然而什么都没发生，没有警报声在夜里传来。没有人敲门，没有扩音器大声鸣响，命令我举起双手走出去——完全没有。生活沿着自身平滑的轨迹飞速前进，没人要德克斯特的脑袋，事情开始变得好像某个残酷的无形的神在嘲弄我，嘲笑我的慎重，蔑视我无意义的恐惧。整件事儿仿佛从未发生，或者说我那位目击者自然陨灭了。可我却无法动摇心中的念头，坚信即将发生什么。

于是我默默等待，不安也随之增强。工作变成一项痛苦的耐力考验，每晚与家人待在家里都成了恼人的苦差事。简而言之，所有活力与热情都离开了德克斯特的生活。

我一直等待从未落下的重击到来，等了整整三天，最后终于忍不住爆发了。毕竟一旦累积太多压力，石头做的火山也会喷发，更别说用柔软材料做成的我。因此这本无须令人惊讶。

我一天的工作一直无缘无故地格外充满压力。今天要处理的主要对象是一具浮尸，一具腐烂严重的尸体，生前或许是一名青年男子。这家伙显然在大口径手枪开火时站在了错的那头儿。一对俄亥俄州的退休夫妇发现了他，当时他们租的驳船刚好从他身上碾过。浮尸身上的丝绸衬衫缠住了推进器，那位阿克伦男人弯腰清理扇叶，却看见马达另一端有一张腐烂的脸默默注视着他，还因此体验了一把未致命的小型心脏病发作。这个躲猫猫游戏意味着：欢迎来到迈阿密。

随着此类案件逐渐水落石出，警察与法医部技术员之间也会萌生不少喜悦，可惜同志友谊的温情效应无法渗入德克斯特的内心。那些惹人厌的玩笑通常只会让我挤出一声足以乱真的假笑，听起来就像在用指甲抓黑板。凭借奇迹般的自控力，面对低能的欢闹，我在文火慢炖的煎熬下默默忍受了90分钟，没有放火烧死任何人。所幸哪怕最艰难的考验也会迎来终结。由于尸体在水里泡得太久，一滴血都没剩，完全用不上我那特殊的专业知识，他们总算放我回我的办公桌了。

这天余下时间我一直在做日常的文书工作，朝放错地方的文件咆哮，对其他所有人的愚蠢报告发火——语法从什么时候开始都错了？总算熬到回家时间，不等最后一下钟声敲响，我已经出门坐上自己的车。

下班晚高峰偶然激起的杀戮欲望丝毫没有令我雀跃起来。我发现自己第一次按响了汽车喇叭，向他人竖中指，还和其他堵在路上的司机一起朝塞车大发脾气。显然世上所有其他人都向来蠢得让人痛彻心扉，可今晚这件事儿真的刺激到了我的神经。最后到家时，我已经完全没心情假装自己很高兴回到我的小家。科迪与阿斯特在玩儿Wii①，丽塔在给莉莉·安洗澡，他们所有人都在表演毫无意义、漫不经心的哑剧。我进屋站在门口，看着我的生活变成怎样一种令人极度厌烦的白痴行为，感到有什么东西"啪"的一声断了。但我没有挥拳把家具打得满地都是，而是将钥匙扔到桌子上，悄悄从后门溜了出去。

太阳刚开始落山，傍晚依旧很炎热，十分潮湿。迈进后院才走了三步，我便感到脸上涌起了汗珠。它们顺着脸颊滑落，带来一丝清凉，而这表示我的脸很烫——鲜有的愤怒令我气血上涌，我几乎从未有过这种感觉，不禁怀疑：德克斯特的领地究竟发生了什么？当然，我一直有些不安，一直在等待必将降临的启示出现，可那为什么会突然爆发成愤怒？为什么会对准我的家人？我原本陷在麻木与焦虑的泥沼里，可这泥潭却陡然化作狂怒，变成一件全新的危险物品，而我依然不明白为什么。为什么我会从区区几个无害的愚蠢人类样本身上感受到热气腾腾的愤怒？

穿过后院杂乱的褐色草坪，我坐到野餐桌旁。没有什么确切的理由，只是走到这儿了，便觉得自己应该做点儿什么。虽然坐着也算不上什么活动，并不会让我觉得好一些。我握紧拳头再松开，闭紧眼睛再睁开，又深吸一口闷热而潮湿的空气。可这也没能让我冷静下来。

麻木、琐碎而无意义的挫败，向来是生活的必备材料，可如今支撑它们的点却在土崩瓦解。我现在比以往更需要保持沉着冷静，更需要彻底控制住自己的情绪；有人看见我了，哪怕此时此刻可能还在追赶我，噼噼啪啪越追越近，带来德

---

① Wii：日本任天堂公司2006年推出的第5代家用游戏机。——译者注

克斯特的毁灭。我需要像史波克先生①那样，完全做到逻辑至上——否则将招来致命的祸患。因此我必须知道对德克斯特这条小心编织的艺术挂毯而言，这迸发的怒火究竟是最终拆散一切的引线，还是织物上区区一道暂时的裂口。我又深吸一大口气，闭眼倾听，让热气透过我的肺慢慢散去。

这时一个温柔而安心的声音从肩膀上方传来，告诉我找到答案了，而且答案着实非常简单，真想就这样再听一遍。这清晰的声音，这令人激动的理性，若能再听片刻该有多好。我感到体内的空气逐渐冷却成霜，凝聚成一片蓝色的雾霭。我睁开眼睛，回头望去，越过头顶树荫的缝隙、隔壁的树篱顶，望向逐渐转暗的地平线。巨大的月亮泛着橙黄色的光芒，洋溢着幸福快乐，问题的答案从那里飘浮而下，飘向世界的尽头，滑入天际盘旋不动，恰如童年假期里那位快乐的胖朋友……

为什么要等他来找你？那个声音说道。你为什么不先去找他？

一个美好而诱人的真相，因为我擅长做两件简单的事儿：追逐猎物，然后吃干抹净。所以为什么不这么干呢？我为什么不能主动出击呢？一头扎进数据库，做一张清单，列出迈阿密地区所有尾灯晃荡的深色古旧本田车，一次跟踪一辆，直到找到正确的，然后用德克斯特最擅长的方法彻底地解决整件事儿——清楚、简单、有趣。假如不存在目击者，就不存在威胁，所有麻烦也会像夏天人行道上的冰块一样融化殆尽。

想到这儿，我又吸了口气，感到悲观的红潮已经完全撤离。我松开拳头，上涌的气血逐渐从脸上退下，月亮清凉愉快的光芒从我身上吹过羽毛般轻柔的呼吸。心灵要塞的阴暗角落里传来一阵微弱的咕噜声，对我予以认同与孤立，明确地告诉我，是的，没错。真的就这么简单……

确实如此。我只需对着电脑上花些时间，找到几个名字，然后潜入茫茫夜色，随意漫步进黑暗之中，当然还得带上几件无害的小道具——无非是一卷胶布、一把好刀和一些钓鱼线。找到纠缠我内心的幽灵，温柔地带他离开，与他分

---

① 史波克先生（Mr. Spock）：《星际迷航》主人公之一，半瓦肯人。——译者注

享美好夏夜里一些微不足道的乐事儿。再没有比这更自然更有益于健康的事情
了：一次简单的放松，一次无忧无虑的幕间休息，解开所有不合理的结，也给这
次意外画上句号，让它无法再威胁我所珍惜的一切。在众多层面上，都充满了意
义。我为什么要让别人挡住自己生活、自由与追求活体解剖的路呢？

我又吸了口气。这简单的解决方法从我心头悄悄走过，慢慢发出一声宽慰
的咕噜，引人不禁侧目，接着又在我的腿上磨蹭皮毛，向我许诺它已经完全得到
满足。我抬头望向天空，晕染膨胀的月亮又给我一抹令人陶醉的假笑，若我蠢到
说不，那我定会怀抱无尽的遗憾。一切都会好起来。伴着上扬的节拍与齐声奏响
的愉快的三大和弦，它哼唱着说道。越来越好——无上喜悦。而我只需做好我
自己。

我曾想要一个简单的答案——这就是了。寻找，切割，令一切冲突走向尽
头。我抬头看向月亮，它也温柔地看向我，向它最爱的学生展露笑容。这个学生
终于解决了麻烦，看到了曙光。

"谢谢。"我说。它没有回答，只是调皮地朝我抛了个媚眼。我又吸了一口
凉爽的空气，起身，走回屋子。

Chapter
肉团 *3*

第二天早上睡醒时我感觉自己比过去几天好多了。那件事儿以来，我一直沉浸在完全不必要的愤怒里，昨晚决定采取主动后，总算尽数释放掉那些情绪。我跳下床，嘴上挂着微笑，心里唱着歌。当然这可不是那种能与莉莉·安分享的歌，歌词对她来说稍微刺激了点儿，但让我心情愉悦。怎么可能不这样呢？我不再坐以待毙；而是积极展开行动，促成事情发生——甚至还要更棒，让事情发生在别人身上。说得更确切点儿，我打算当个追踪者，而不是被追踪的人。想到这是上天赋予我的使命，我更觉得心满意足。我迅速搞定早餐，想早点儿去办公室开始这项新研究。

到单位时，实验区空无一人。我坐到电脑前，打开DMV（车辆管理局）数据库。开车来这儿的一路上我都在想如何组建搜查，找到那辆幻影本田，因此现在完全没必要再去犹豫考虑。我列出所有8年以上的本田厢式汽车，然后按车主的年龄与位置将其分类。我敢确定那位幽灵朋友不到55岁，所以我迅速排除了年长的那些人。接着我开始按颜色分类。我只能确定地说那是辆深色车；对方当时正飞速逃离现场，而我才瞥到一眼，根本看不出什么更具体的颜色。况且什么都可能对汽车的颜色产生影响，使用年限、阳光、迈阿密含盐的空气，就算拿显微镜看，我也不见得能说出那辆车究竟是什么颜色。

但我知道肯定不是浅色，于是我挑出所有深色车，排除余下的，接着按车主位置做了最后一次分类，排除所有注册地址位于目击弃屋5公里以外的。我将由此展开调查，假设我的目击者生活在迈阿密南部地区，弃屋附近某个地方；不然他为什么会出现在那儿，而不是科勒尔盖布尔斯或迈阿密南海岸？虽然只是猜测，但我觉得挺靠谱儿的，而且立刻帮我排除了清单上2/3的条目。现在我只需每辆车扫一眼，只要见到一辆尾灯晃荡着，后备厢上有块独特铁锈"胎记"的车，就能找到我的目击者。

等同事们开始陆续走进实验室，我已经列好了清单。上面罗列了43辆老式深色本田汽车，车主都在50岁以下，注册地址位于目标区内。这个数量稍微有点儿让人望而却步，而我明显已经处理好一切。不过起码我在按照自己的想法行动，我确信自己能迅速有效地完成这件事儿。我将清单放进标记为"本田"的加密文件——这名字看起来相当无辜，然后用电子邮件发给我自己。我可以在回家准备开始行动时，在我的笔记本上打开它。

像要证明我终于走对了方向似的，刚发好邮件、切回办公页面才过两秒，文斯·增冈便拿着一个白纸盒走进来。盒子里肯定是某种点心。

"呀，年轻人，"他举起盒子说道，"我给你带来一道谜语：什么东西深得瞬间的精髓，却又如风般转瞬即逝？"

"所有活的东西，大师，"我说，"还有，你那盒子里的东西。"

他满脸笑容，打开盒盖。"来个奶酥卷，蝗虫。"他说。我当然拿了。

随后几天我开始在下班后有条不紊地核实清单上的车辆。先从离我家最近的几辆着手；可以走路过去。我跟丽塔说我需要锻炼，便每天在这一地区绕大圈慢跑，看起来就像一个对世界毫不关心、单纯出来跑步的普通人。事实上，我渐渐觉得自己好像又回到了原本无忧无虑的生活。采取主动，这个简单的决定终止了我的烦躁，抚平了我皱起的眉头，狩猎的快感更是让我重回春天，换上相当完美的假笑。我总算回归到正常的生活节奏之中。

当然，对迈阿密的法医技术员而言，他的正常生活并不总是大多数人认为的那种正常。工作时间很长，一直和死尸打交道，而且有些死法令人惊异。他们能想到各种各样的方法给同类生物造成致命伤。就这点而言，人类无止境的独创性一直让我惊奇不已。瓦伦丁之夜过去大约两周后，下班晚高峰时段我冒雨站在95号州际公路，再次惊讶于这种无限的创造性，要知道我从没见过任何人死成马蒂·克莱因警探那样。以我个人微小而无辜的角度来看，我很高兴克莱因的死存在一些值得注意的新发现，因为现在德克斯特已经被浇成落汤鸡了。

今晚没有月亮，我站在雨里，周围警车挤成一团，人们眯眼看着晚高峰的交通灯。我浑身湿透，饥饿难耐。冰冷的雨水顺着我的鼻子、耳朵、双手滴下来，沿着毫无用处的防风外衣领子流下去，流进我的后屁股，渗进我的袜子。德克斯特湿透了，湿得非常非常透。但他还在上班，所以他必须站在那儿干等着，同时容忍警员们没完没了的胡言乱语——他们可以舒舒服服、随心所欲地不断重复相同的无用信息，因为有人体贴地为他们准备了嫩黄色雨衣。德克斯特不是警员，是法医技术员，法医技术员没有嫩黄色雨衣。不管他们往汽车后备厢里扔了什么，他们都必须将就用——在这种情况下一件薄薄的尼龙夹克根本无法保证我不打喷嚏，更别说抵抗一场热带暴雨。

我就这样站在雨里，像个海绵人一样吸收着冰冷的雨水，旁边暴脾气的警员再次向呆傻的警员讲述自己如何看见这辆福特皇冠维多利亚停在公路一侧，并像读手册一样，将标准流程从头到尾大声复述一遍。

两人的对话令德克斯特厌烦不已，他感到寒冷正慢慢渗进自己的骨头，深入中心，而比这两点更糟的是，他必须站在这场渗着痛苦的大雨里，脸上还要保持震惊而关心的表情。那从来不是一种能够轻松搞定的表情，何况我今晚一直挣扎在空虚的痛苦里，实在无法调动大脑的应急机制。现在每两分钟我脸上的必要表情就会溜走一次，取而代之的是一种更加自然的表情——浸湿了的恼怒与急躁。但我击退了它，重新在脸上安好合适的面具，继续坚持在黑暗、潮湿、永无止境的夜色里。尽管我心里愁云密布，表面上依然要做到正常无恙。毕竟我们不是在看某个罪有应得、卑鄙无耻的小毒贩，也不是哪个被喜怒无常的丈夫用来搞不靠谱表演的无头妻子。福特皇冠维多利亚里的尸体是我们中的一员，一位迈阿密警察兄弟会成员。至少，从我们透过车窗大致见到的来看，里面那团不成形的东西似乎是一名警察。

说尸体不成形不是因为隔着窗户我们看不清里面——很不幸，我们能看清——也不是因为他一屁股栽在车里，像抱着书睡着了一样放松地伸开手脚蜷缩在座椅上——并没有。不成形是因为尸体被砸得没了人样。凶手仔细缓慢地将受害人彻底砸成一堆难以名状的碎骨头和青肿烂肉，砸到浑身上下一丁点儿能被称为人的地方都没有，更别说一名发过誓的执法警员。

这种事儿非常恐怖，当然，但现在情况更糟，因为遇到这种事儿的人是一名警察，一位和平守卫者，一个配枪与警徽的人，一个一生唯一目标就是阻止这种事儿发生在其他人身上的人。像那样如此缓慢而慎重地砸扁一个警察，对我们秩序良好的社会而言无疑是一次超级可怕的冒犯，对其他所有穿蓝制服的人来说更是一种令人不快的侮辱。大家都很愤怒——至少都表现出了合理的愤怒。我们以前从没见过这种杀人方法，就连我也无法想象什么人或者什么东西会这样杀人。

什么人或者什么东西，会花大把时间和精力把马蒂·克莱因警探砸成了一团肉泥——更糟的是，他们竟然选在一天漫长的工作刚刚结束，人们都准备吃晚餐的时候干这种事儿，行为残暴到不可估量。对做出这种事情的畜生来说，任何惩罚都算不上严厉。我真心希望极致的正义会好好款待一下这位凶手——就在正餐与甜点之后，喝完一杯黑咖啡就上；可能还得再吃一两块意大利小脆饼。

不过想这些没什么好处。胃在咆哮，德克斯特在流口水，一心想着丽塔在家做饭等他回来的极乐画面，无法让面部肌肉始终锁定在必要的表情上。肯定有人会注意到这点，并好奇为什么克莱因警探损坏严重的尸体会让人流口水。因此凭借钢铁般的意志，我重新调整好自己的表情，继续等待，沉着脸低头怒瞪脚边越积越大的水坑。我的鞋都湿透了。

"耶稣啊。"文斯·增冈突然出现在我旁边，越过那些嫩黄色的雨衣，伸着脖子往车里看。他穿着一件军用雨披，看上去又干燥又舒服，甚至不等他开口，我就想给他一脚。"简直令人难以置信。"

"差不多吧。"我不禁对自己钢铁般的自控力感到惊叹，这家伙这么蠢我竟然没动手打他。

"我们正需要这个，"文斯说，"一个手持大锤、专门袭警的疯子，耶稣啊。"

我可不会跟人讨论耶稣，但随着我站在那儿逐渐化成佛罗里达蓄水层的一小部分，心里不由得产生了同样的想法。过去即使见过有人被活活打死，也从未遇到专注力如此疯狂，手段如此残忍、彻底的谋杀案。迈阿密所有打击犯罪记录中从没有过这样独一无二、无与伦比、前所未见的崭新案件——直到今晚，直到克莱因警探的汽车在上下班高峰时段出现在95号州际公路一侧。但我没必要鼓励文斯继续做出任何愚蠢而显而易见的评论。在这场持续不断的大雨中，雨水不断透过薄薄的夹克灌进我里面的衣服，冲走了一切聪明的交谈，所以我只是瞟了文斯一眼，便继续专心致志地保持我的严肃表情：眉头皱起，嘴角向下——

又一辆车开过来，停在公路这一侧的几辆警车旁边，德博拉走下车。还是正式更正一下，德博拉·摩根警官，我的妹妹，现在负责率领大家调查这起可怕的新案子。穿制服的警察们看一眼黛比①；其中一个愣了一下，过一会儿才反应过来，然后推了推另一个。见她昂首阔步走过来看向案发汽车，那两个人默默挪到了一边。德博拉一边走一边穿上黄色的防雨夹克，这可不讨我喜欢，但她本人很讨我喜欢，毕竟她是我的妹妹，所以当她从我身边路过时，我朝她点了点头，而她也回点了一下，接着说出来到场后的第一句话。这句似乎做过精心挑选，不仅展现出她对现场的控制力，还描绘了她内在的真实自我。"妈的。"她说。

德博拉将视线从车里的肉团上移开，转头看向我。"你看出什么来了吗？"她问。

我摇了摇头，搞得一条小瀑布滑下我的后颈。"我们一直在等你，"我说，"在雨里。"

"我得等保姆到了才能过来，"说着，她摇摇头，"你真该穿件雨披什

---

① 黛比（Debs）：德博拉（Deborah）的昵称。——编者注

么的。"

"老天，我真希望自己早就想到了。"我和颜悦色地回道。黛比重新看向马蒂·克莱因的遗骸。

"谁发现的？"她问，眼睛一直隔着车窗盯着里面。

一名警员清清嗓子走上前，是一个健硕的非裔美国人，留着傅满洲[①]式的胡须。"我。"他说。

德博拉瞅他一眼。"科克兰，是吗？"

他点点头。

"跟我讲讲。"她说。

"当时我在日常巡查，"科克兰说，"就在现在这个位置发现了这辆汽车。显然有人将汽车遗弃在95号州际公路道边。我认出这是一辆警用汽车，便把巡逻车停在它后面上报了车牌号，确认这是一辆警用汽车，派出时登记的名字是马蒂·克莱因警探。我下了巡逻车，走向克莱因警探的汽车。"说到这儿，科克兰顿了一下，可能被自己究竟说了几次"汽车"弄糊涂了。然而他只是清清嗓子，以示强调。"刚走到能看见汽车内部的地方，我，呃——"

科克兰卡住了，好像不确定报告时改用什么词才好，然而他旁边那个警察却哼了一声说出他没讲出口的话。"他吐了，"另一个警察说，"午饭全糟践了。"

科克兰怒视那个警察。要是德博拉没叫他们回来问话，这位就听不到如此伤人的话了。"就这些？"她说，"你看了眼里面，吐了，然后就打电话上报了？"

"我来，我看，我吐。"站在我旁边的文斯·增冈咕哝道，但值得庆幸的是，德博拉没听见他说话。

"就这些。"科克兰回道。

"别的什么都没看见？"黛比问，"没看见任何可疑车辆，什么都没有？"

---

① 傅满洲：英国推理小说作家萨克斯·罗默创作的傅满洲系列小说中的虚构人物。——译者注

科克兰眨眨眼，明显依然在和想揍那位伙计的欲望战斗。"交通高峰时段，"他说，语气听起来有点儿恼火，"在这种混乱的环境里什么样的车算可疑？"

"要是不得不由我告诉你，"黛比说，"或许你应该转职去行政执法部门。"

"砰。"文斯超小声说道。站在科克兰旁边的那个警察强忍着不大笑出声，弄得听起来像窒息了似的。

出于某种原因，科克兰可没觉得那有多好笑，而又清了清嗓子。"你瞧，"他说，"上万辆车从这里经过，每辆车都放慢车速想看一眼。况且现在还在下雨，根本什么都看不见。你告诉我要找什么，我马上去找，行吗？"

黛比面无表情地瞅着他。"现在晚了。"说完，她转身回去继续看案发车里那团尸体。"德克斯特。"她回头喊道。

我想我本该猜到会有这一出。我妹妹总认为我有某种神秘的能力，能洞察犯罪现场。她确信我只需瞥一眼凶手的作品，就能瞬间了解那群恶心的杀人怪胎的全部心理，就因为我本身也是一个恶心的杀人怪胎。因此每次遇到令人难以置信的猎奇杀人案，她都期望我能提供凶手的姓名、住址与社会保险号。我确实经常帮她，我体内的黑夜行者会轻声指引我，我对杀人作品的透彻领悟也能帮上忙。可这次我对她爱莫能助。

带着几分不情愿，我踩着水走到德博拉身边。我讨厌让我唯一的妹妹失望，但这起案件我无能为力。凶手如此野蛮、残忍、令人厌恶，就连黑夜行者都不满地噘起它的真皮嘴唇。

"你怎么看？"德博拉放低声音，暗示我坦言相告。

"嗯，"我说，"不管是谁干的，这个人肯定已经疯了。"

她盯着我好像在等我继续往下说。等她意识到我显然没有别的要讲的时候，她摇了摇头。"别废话，"她说，"这是你自己想出来的？"

"没错，"我彻底火了，"就隔着玻璃看了一眼，还在雨里。行了，黛比，我们连他是不是真是克莱因都不知道。"

德博拉盯着车里，说："是他。"

我抹掉额头那一小股密西西比河支流，看向里面。我甚至不能肯定里面的东西曾经是一个人，但我妹妹相当肯定这个看不出形状的肉团就是克莱因警探。我耸耸肩，领口顿时被灌入一片汪洋。"你怎么敢肯定？"

她用下巴指了指肉团的一端。"那个秃斑，"她说，"是马蒂的秃斑。"

我又瞅了一眼。尸体像个冷布丁一样横在汽车座椅上，排列整齐，完好无损，一个眼儿都没有。皮肤没有肉眼可见的破损，表面无溢血状况，看来克莱因是被人整个捣碎了，惨不忍睹。头骨顶部或许是尸体唯一没被砸烂的地方，可能是为了避免太快结束克莱因的生命。死者裸露的皮肤上果然有一个亮粉色的圆圈，周围有一些细碎的油腻头发，看上去确实很像记忆中克莱因那块秃斑。我可不会在法庭上宣誓说自己的判断千真万确，但我毕竟不是我妹妹那种货真价实的侦探。"这是女人的天性吗？"我问她，我得说我会这么问只是因为我现在饥寒交迫、满心怒火，"能靠头发判断一个人。"

她望着我，在这恐怖的一分钟里我意识到自己说过火了，她将用她凶猛的铁拳打向我的肱二头肌。然而她没那么干，而是看向法医组余下的成员，指着案发车，说："打开。"

我站在雨里看着他们。车门打开的瞬间，战栗似乎席卷了整个警戒小组；一名警察以这样的方式死了，我们的一员，被人残忍地捶打进后人缅怀他的记忆里，所有目睹这一幕的警察都会将此视作一次对我们个人的侮辱。然而比那还糟的是，不知为何大家都非常确定类似的事情还会再度发生，发生在我们中某个人身上。很快，这骇人的重击便会再次落在我们这一小群人身上，我们不会知道受害人会是谁，也不知道会在什么时候，只知道事情将会到来——

月黑之夜，德克斯特的黑暗时期；恐惧在迈阿密警察队伍间蔓延，除了触目惊心的不安，湿淋淋的德克斯特站在那儿，心中只有一个忧郁的念头：

我错过了晚餐。

Chapter
感冒了 *4*—

等事情忙完，已经过了晚上10点，过去4小时我简直像一直站在水底似的。尽管如此，要是没查下清单上的车就回家，总感觉自己丢人了。于是回家路上，我在沿途几个地方慢慢晃了一圈。第一辆车刚好停在房子正前方，后备厢完好无损，我直接从旁边开走了。

第二辆车停在车库里，车身藏在暗影下，看不到后备厢。我放慢车速，开上私家车道，装作自己迷路了，只是在掉头找路。汽车后备厢上似乎有点儿什么——然而就在车灯照上去的瞬间，那东西动了。一只猫蹿进夜色，我这辈子从没见过这么肥的猫。我调转方向，开车回家。

等我在自家房前停好车，已经过了晚上11点。前门的灯亮着，我走下车，站到门灯投下的小圈光柱的边上。雨总算停了，但天上依然满是低低的黑色积云。我不禁想起大约两周前我被人看见的那个晚上，不安泛起涟漪在我体内回荡。我抬头凝望层云，可它们似乎并不害怕。把你浇成落汤鸡，它们嘲笑道，现在你像个傻子一样站在那儿，全身都被泡皱了。

千真万确。我锁好车，走进屋。

　　相较往常，今晚屋里很安静，毕竟是工作日的晚上。科迪与阿斯特都睡了，电视里传来晚间新闻轻轻的低语声。丽塔盘腿坐在沙发上打瞌睡，莉莉·安躺在她的腿上。我进屋时，丽塔没醒，反倒是莉莉·安醒了，小家伙睁着明亮的眼睛看着我。"嗒，"她说，"嗒嗒嗒！"

　　一眼就能认出我，多聪明的小姑娘。我瞅着她快乐的小脸，感到心里的乌云散去一些。"莉莉小坏蛋。"（Lily-willy.）我用这种时候最该有的严肃语气说道。她听完咯咯笑了。

　　"噢！"丽塔一下醒了，眨眼看看我。"德克斯特——你回来了？我没看见，"她说，"我是说，你又……这么晚才回来。"

　　"抱歉，"我说，"工作需要。"

　　她盯着我看了半天，只是眨着眼，不说话，随后她摇了摇头。"你浑身湿透了。"她说。

　　"外面下雨来着。"我对她说。

　　她又眨了眨眼。"一小时前雨就停了。"她说。

　　那又怎样？我不明白她想说什么，好在我脑袋里有的是应付这种情况的客套话，所以我只是回她："嗯，是呢。"

　　"哦。"说完，丽塔又若有所思地看着我，看得我开始觉得有些扭捏了。可最后她只是叹了口气，摇了摇头。"好吧，"她说，"你肯定非常——噢，晚餐。现在都这么——你饿吗？"

　　"快饿死了。"我说。

　　"你在往地板上滴水，"丽塔说，"你最好换上干衣服，会感冒的……"她挥开忽然拍在她脸上的小手。"噢，莉莉·安——她彻底醒了。"她朝宝宝笑笑。那是母亲对孩子才有的微笑。莱昂纳多·达·芬奇曾费尽心力捕捉和这一模一样的笑容。

　　"我去换衣服。"我穿过走廊，走进浴室，把湿衣服往筐里一丢，擦干身子，换上干爽的睡衣。

　　等我再回去时，丽塔正在轻声哼歌，莉莉·安在她怀里咯咯笑个不停。尽管并非有意打扰，但我心里着实还有些很重要的事儿。"你刚才说，晚餐？"我问。

"现在太——噢，希望还没干透，因为——总之，我放在特百惠保鲜盒里了——只需用微波炉热一下，接下孩子。"她从沙发上站起身，将莉莉·安朝我递过来，我连忙上前接住我的小宝贝，以防自己刚才听错了，她真打算用微波炉热孩子。我抱着莉莉·安坐到沙发上，丽塔走向厨房。

我低头看着她：莉莉·安，快乐的小天使，德克斯特迈向情感与正常生活新世界的入口。她是生命的奇迹，仅凭自身这一粉红色的奇妙存在，就能带我重回人性之路。因为她，我第一次拥有情感。我坐在这儿抱着，体会所有普通人都会有的那种朦胧的感觉。她现在快1岁了，可以明显看出是个非同寻常的孩子。

"你会拼'夸张法'吗？"我问莉莉·安。

"嗒。"她开心地回道。

"非常好。"我说。她伸出手，捏了捏我的鼻子，告诉我对她这样一个高智商的人来讲，这个单词太简单。接着她又一巴掌拍上我的额头，连拍数下，礼貌地向我要求一些更具挑战的考验，或许可以来点儿运动再加一段悦耳的音乐，我自然非常乐于效劳。

几分钟后，我和莉莉·安跳完了两节"青蛙先生的婚礼"，还研究出物理学统一场论最后的几条细则。这时，丽塔端着喷香冒热气的盘子快步回来了。"猪排，"她说，"我做了荷兰烤肉锅，放了些蘑菇……今天店里的蘑菇不是非常——嗯，我还切了几片番茄放进去，还有酸豆……没错，科迪不喜欢酸豆——噢！我忘了告诉你。"她把盘子放到我面前的咖啡桌上："抱歉，黄米饭可能有点儿——不过牙医说……阿斯特需要戴牙箍，她一点儿都……"丽塔摆了摆手，坐下来。"她说她宁愿——该死，我忘了拿叉子，等我一会儿。"说完，她迅速走回厨房。

莉莉·安看着她离开，然后转头看向我。我摇摇头。"她一直那样说话，"我告诉她，"你得适应。"

莉莉·安看来似乎不太确定。"嗒嗒嗒。"她对我说。

我轻吻她的头顶。很好闻，融合了婴儿洗发水的香味与某种婴儿头皮独有的醉人费洛蒙。"或许你说得对。"我说。这时丽塔回来了，在盘子旁边摆上叉子和餐巾，再将莉莉·安从我的怀里举起来，挨着我坐下，继续说阿斯特与牙医的冒险故事。

"总之，"她说，"我告诉她只要一年，很多别的女孩儿——但她……她跟你提过安东尼吗？"

"浑球儿安东尼？"我问。

"噢，"丽塔说，"他算不上浑——我是说，这是她叫的，她不该那么叫人家。但对女孩儿来说情况有点儿不同，而且阿斯特正值——不是很干吧？"她皱眉看着我的盘子。

"味道正好。"

"干了，抱歉。我想或许你可以和她谈谈。"丽塔讲完了。我真希望她说的是和阿斯特谈谈，不是和猪排。

"你想让我说什么？"我问她，满嘴都是非常美味却稍微有些干的猪排。

"一点儿事儿都没有。"

"什么，牙箍？"

"是的，当然，"她说，"你觉得我们在讲什么？"

实话实说，我经常不太明白我们在讲什么，丽塔总喜欢把至少三件事儿放在一起说。这或许和她过去的职业有关；虽然离职也有几年了，但习惯一直跟着她。我对她的工作一知半解，只知道需要处理大量数字，把数字转化成不同外币，再将结果应用于房地产市场。一个会做此等工作的聪明女人，却在男人的问题上蠢得无可救药，这真是人生最神奇的一个谜。要知道她之前嫁给了一个吸毒成瘾，毒打她，还毒打科迪与阿斯特的男人。最后那家伙坏事儿做尽，被塞到监狱里去了。而丽塔终于从嫁给瘾君子恶魔的漫长噩梦中解脱，开心地与一个更可怕的怪物——我——步入婚姻殿堂。

当然，只要我不主动坦白，丽塔永远不会知道我的真面目。我竭力地让她幸福地对真实的我——"暗黑德克斯特"，快乐的活体解剖者——一无所知。毕竟我是一个为胶布下的呻吟与刀刃上的寒光而活的人，还由衷期盼着那些罪有应得的玩伴为我带来一丝恐惧的芬芳。谁叫他们不是滥杀无辜，就是用某种方法悄悄钻了司法系统的空子，以此为自己赢来一张通往德克斯特乐园的门票……

丽塔永远不会知道我那一面，莉莉·安也不会。我与瓦伦丁那样的新朋友一直是私下见面——或者说直到发生"目击者"那次可怕的意外之前，都是如此。一时间我想起那天晚上，想起本田车清单上余下的名字。其中一个肯定没错，必须没错，等我找到它……我几乎品尝到捉住他捆上他那一刻的兴奋之情，几乎听见他痛苦而恐惧的闷声尖叫……

由于心思都转移到嗜好上了，我犯下了可怕的重罪——嚼猪排的时候一直没尝味道。但对味蕾而言值得高兴的是，我正想象着目击者在束缚中激烈挣扎的模样，牙一口咬到叉子上，硌得我一下抛开脑中的愉快幻想，回来继续享用晚餐。我舀起最后一口黄米饭与最后一粒酸豆放进嘴里，这时丽塔说："总之，这个医保报销不了，所以——我今年本该分到一份不错的奖金，而牙箍非常——阿斯特不经常笑，对吧。也许如果她的牙……"她忽然不说了，挥了下手，做了个鬼脸。"噢，莉莉·安，"她说，"你真的需要换片尿布了。"丽塔抱着孩子起身穿过走廊，走向婴儿床，身后拖着一股绝不是猪排味的芬芳。我放下空盘子，叹口气坐回到沙发上：德克斯特正在消化中。

出于某种奇怪而非常恼人的理由，我没有让今天的烦恼悄然化成一团满足的浓雾，而是一头扎回到工作中，思考起马蒂·克莱因与那一团被称作他的尸体的恶心烂肉。我并不十分了解他，即使了解，我也无力分析与他有关的任何一种情感联系，哪怕是我工作时常见的那种。尸体不会令我困扰，我偶尔还会自己制造一两具。但就算我从未牵涉到犯罪中，看尸体、接触尸体本身也是我工作的一部分。虽然我觉得最好别让我的同事知道，于我而言，死个警察不会比死个律师更让人不安多少。可像这样一具被砸到彻底没人形的尸体……情况就非常不同了，几乎可以说不可思议。

杀害克莱因、把他殴打致死的狂徒是个彻头彻尾的精神病，这是当然——但考虑到整件事儿做得如此周密，整个过程如此漫长，远远超出一般可以接受范围的杀人的狂热，我觉得非常不安。那需要非凡的力量和耐力，与目前为止最令人恐惧的控制力。在整个疯狂的杀人过程中，在所有骨头都被砸烂前，冷静地控制住力度，以免下手太重，过快导致死亡。

出于某个理由，我非常确信这绝不是一起单纯的、相对无害的单次作案，绝不是某个人不小心滑过那条线，在数小时内一直处在精神失常的状态。这似乎是一种模式，一种存在的方式，一种永恒的状态。疯狂的力量与暴怒，结合临床控制——我无法想象哪种生物能够做到这点，我也不愿意去想。但我再次感到，不久的将来我们会发现更多被砸烂的警察。

"德克斯特？"丽塔在卧室轻声喊道，"还不睡吗？"

我瞄了眼电视上的钟：接近半夜了。光瞅那些数字我就能感觉到自己有多累。"这就睡。"说着，我从沙发上站起来，伸伸腰。困意不期而至，我真是欢迎至极。显然到睡觉时间了，明天我还要担心马蒂·克莱因和他的惨状。罪恶每天都能大丰收；至少，在那些非常好的日子里是这样。我把盘子放进水槽，然后爬上床。

远在塞满羊毛的昏暗梦乡里，一种不舒服的感觉推挤进我的脑袋，像要回答一道暧昧却又苛刻的问题似的，我听见一声巨大的轰响——我醒了，一大股鼻涕从鼻子里流出来。"噢，天啊，"丽塔从我旁边坐起来，"你冻感冒了——我就知道你会——给，纸巾。"

"谢……谢。"我也从床上坐起来，接过她手里的纸巾，捂住鼻子。又一个喷嚏，不过这次都喷在纸巾上了。我感到鼻涕在我手里蔓延开。"噢噢噢。"黏液滴到手指头上了，而且骨头里传来一阵钝痛。

"噢，看在上帝的——给，再拿张纸巾，"丽塔说，"洗洗手，因为——看看时间，该起床了。"我又拿起一张纸巾捂住脸，不等我做出别的反应，她已经起身下床，留我独自坐在那儿流鼻涕，一心想着邪恶的命运为何要将这等痛苦强加给不该受此重罚的我。头疼得很，像灌满了湿沙子似的，还漏得我满手都是——除此之外，我不得不带着一个反应慢吞吞的脑袋起床上班。它像被罩在雾里一样，而我根本不确定自己能不能弄明白这雾究竟是怎么回事儿。

好在德克斯特最擅长的几件事儿之一就是学习并遵循固定的行为模式。我一直在人群中生活，他们思考、感受与行动的方式都与我截然相反——我能幸存下来全靠完美地模仿他们的行为方式。令我开心的是，99%的人的生活都只是在单纯地重复相同的旧行为，说相同的陈词滥调，像个僵尸一样缓慢地跳着相同的舞步，与昨天、前天，甚至大前天并无区别。这似乎极为无趣而毫无意义——但真的十分行得通。毕竟，要是你每天只需走同一条路的话，那就连动脑子都没必要了。想想看，人类竟会擅长比咀嚼更复杂的心理历程，对大家而言这难道不是最好的吗？

所以我很小的时候就开始观察别人，费力学习他们一两个基本礼仪，然后按部就班地完美模仿出来。今早这种天赋充分发挥了作用，因为就在我摇摇晃晃地走下床，走进浴室时，我的脑子里除了黏液根本什么都没有。要是我以前没把自己每天早上该做什么硬记下来，我想我肯定做不到现在这样。感冒带来的钝痛已经渗入我的骨头，挤走了我全部的思考能力。

但我依然记得早上的日常行为流程：洗澡、刮胡子、刷牙，跌跌撞撞走到餐桌，此时丽塔已经为我准备好了一杯咖啡。我小口抿着咖啡，感到生命回应了一朵小火花。接着，她把一盘炒蛋放到我面前。或许是咖啡的作用，总之我记得该如何对付鸡蛋，也做得非常好。吃完鸡蛋，丽塔在我面前放了两片感冒药。

"把药吃了，"她说，"起效后你能感觉好——噢，看看时间，科迪？阿斯特？你们要迟到了！"她帮我续满咖啡杯，匆忙穿过走廊，叫醒那两个十分不情愿的孩子，让他们赶紧起床。一分钟后，科迪和阿斯特重重坐在桌旁的椅子上，丽塔将餐盘推到他们面前。科迪立刻开始机械地吃早饭，而阿斯特则单手用力杵着下巴，厌恶地盯着鸡蛋。

"黏糊糊的，"她说，"我想吃燕麦。"

都是早上的惯例：不管丽塔给阿斯特做什么，她都不想吃。想到自己知道接下来会发生什么，我感到一阵莫名地欣慰。丽塔与孩子们在按每天早上的剧本行事，而我则在等感冒药起效，将独立思考的力量还给我。在那以前，我大可不必担忧，也什么都不用做，遵循过去的模式便好。

Chapter
卷饼杀手 *5*

工作时，遵循模式这种方法依然管用。相同的工作人员坐在桌旁朝我的证件点了点头；相同的人在我上楼时和我一起挤进电梯；相同的廉价咖啡在壶里默默等着我，这口污水显然从开天辟地时起便存在于咖啡壶里面了。一切都如此令人欣慰，出于感激我竟试着喝了一口那个咖啡，并在舌头沾到的瞬间露出了相同的惊骇表情。啊，这种千篇一律的感觉给了我莫大的安慰。

可就在我转身离开咖啡机的时候，一个物体挡住了我的去路。照理说我身后本该一个人都没有，可这个人却离我非常近，弄得我不得不猛地收住脚步——而我手里那杯毒液不可避免地洒了出来，溅得衬衫前面到处都是。

"噢，见鬼。"那个物体说。我抬起头，将视线从胸口滚烫的废墟上移开。站在我面前的是卡米拉·菲格，法医部的同事。她今年30多岁，为人正直，有点儿邋遢，平时沉默寡言，这会儿脸颊涨得通红，似乎我看到她时，她总是这个样子。

"卡米拉。"鉴于我这件衬衫相对很新，并且因为她而濒临报废，我觉得我的语气已经相当友好了。可如果说我这句话产生了什么效果，那就是她的脸涨得更红了。

"我真的很抱歉。"她磕磕巴巴地嘟哝道，像在找路逃跑一样看了看左右两边。

"没事儿，"我说，虽然事实并非如此，"跟喝相比，这咖啡穿在身上可能还安全点儿。"

"我不知道……什么……你要……"她说着举起手，大概是想把自己说的话从空中抓回去，要不就是想帮我把咖啡从衬衫上擦掉，然而她只是在我面前摆了摆手，低下头。"非常抱歉。"说完，她跌跌撞撞地穿过走廊，绕过拐角走了。

我傻乎乎地眨了眨眼。一个新行为打破了过去的既定模式，我不知道那是什么意思，也不知道自己本来应该怎么做。无意义地思考几秒之后，我耸耸肩，随她去了。我感冒了，没必要在这种时候费力去搞明白卡米拉的怪异行为。假如我说错了话或者做错了事儿，可以说都是感冒药的错。我放下咖啡，走进休息室，努力从衬衫手中挽救一些残余的饮料。

我拿冷水擦了几分钟，污渍一点儿都没见少，而且纸巾碎得破破烂烂，弄得衬衫上到处都是湿乎乎的碎纸屑。这咖啡可真令人惊叹；也许它其实是某种颜料或织布染料——这就能解释它的味道。最后我投降了，尽我所能把衬衫擦干，然后穿着半湿的脏衬衫离开休息室，走向实验室，希望能从文斯·增冈那里得到一些服装上的同情。文斯为人向来热情，而且对服装很有见解。可惜我没能得到去污方面的安慰与建议，反而走进了一个充斥我妹妹德博拉气息的房间。她正跟在文斯身后到处走，显然是在威吓他什么事儿，而后者一直在努力研究一个小证物袋里的东西。

一个不认识的男人依墙站在角落里，大约35岁，深色头发，中等身材。没人介绍他，他也没拿任何武器对准任何人，所以我就这样从他身边走过去，进入实验室。

黛比抬眼看看我，送来我期待的爱的问候。"你他妈去哪儿了？"她问。

"去上交际舞课了，"我说，"这周我们打算练探戈，你要来看看吗？"

她马上摆出一张臭脸，摇了摇头。"过来，把这弱智换下去。"她说。

"太好了，现在我成弱智了，"文斯朝我点点头，抱怨道，"你瞧见自己有多聪明了吧，西蒙尼·勒格雷①中途就叫你抬屁股滚了。"

"如果只是中途的话，我知道你为什么心烦了。"我说。"我可以假设马蒂·克莱因的案子有进展了吗？"我礼貌地问黛比。

"那正是我在全力调查的事情，"德博拉回道，"但如果擦屁股纸不能把屁股擦干净，我们就永远不会知道结果。"

我这才发现今早黛比与文斯似乎一直都在强调"屁股"，我可不喜欢用这种方式开始新的一天。但我们都需要在职场上展现出包容，所以我就随它去了。"你们发现什么了吗？"我问。

"只有一张见鬼的包装纸，"文斯说，"在克莱因那辆车的地板上找到的。"

"某种食物的包装纸。"角落里的陌生人说道。

我看看他，然后扬起一边眉毛看向德博拉。后者耸耸肩。

"我的新搭档，"她说，"亚历克斯·杜瓦蒂。"

"哦，"我对那人说，"幸会幸会。"

杜瓦蒂耸耸肩。"嗯，你好。"他说。

"哪种食物？"我问。

德博拉磨了磨牙。"我正查呢，"她说，"要是我们能知道他死前在哪儿吃饭，就有希望派人盯住那里，说不定能找到这个家伙。"

我迈步走到文斯身边，后者正在轻轻拨弄证物袋里那团油腻的白蜡纸。"全是油，"他说，"上面应该能有指纹，我想先找找看。按标准流程。"

"蠢货，我们已经有克莱因的指纹了，"德博拉说，"我要找凶手。"

塑料证物袋上粘了些凝固的油脂，泛着淡淡的酱色。尽管我不经常手拿食品包装纸，不足以百分百确定，但那东西看起来确实很眼熟。我弯腰打开袋子，仔细闻了闻。感冒药总算弄干了我的鼻子，袋子里气味浓重，绝对不会有错。"墨西哥卷饼。"我说。

"为健康干杯。"文斯说。

---

① 西蒙尼·勒格雷（Simone Legree）：《汤姆叔叔的小屋》里一位残忍的种植园奴隶主。——译者注

"你确定？"德博拉责问道，"那是墨西哥卷饼的包装纸？"

"千真万确，"我说，"我不可能认错那些香料的气味。"我拿起袋子，指出包装纸角落里一片黄色碎屑。"瞧那儿，那肯定是一片卷饼饼皮。"

"墨西哥卷饼，我的天，"文斯惊恐地说，"我们知道了些什么？"

"什么，"杜瓦蒂问，"塔可钟①那种吗？"

"包装纸上应该有商标，不是吗？"我说，"总之，我想那家店的包装纸是黄色的，很可能是规模较小的快餐店，午餐车也有可能。"

"好极了，"德博拉说，"这种店迈阿密起码有100万家。"

"而且都卖墨西哥卷饼，"文斯非常建设性地补充道，"我是说，呃。"

德博拉看看他。"你他妈的就是个彻头彻尾的白痴，你知道吗？"她说。

"不，我不知道。"文斯高兴地回道。

"为什么是墨西哥卷饼？"杜瓦蒂问，"我是说，谁他妈会吃墨西哥卷饼？就是，拜托。"

"也许他没找到肉馅儿卷饼。"我说。

他一脸茫然地看着我。"肉馅儿什么？"他问。

"你能查出来这东西从哪儿来的吗？"黛比问，"你懂的，像是香料分析什么的？"

"黛比，看在上帝的分儿上，"我说，"这就是一份卷饼。卷饼差不多都一个样。"

"不，不一样，"德博拉说，"这些卷饼杀了一个警察。"

"卷饼杀手，"文斯说，"我喜欢。"

"说不定是个巢穴。"我说。德博拉一脸期待地看着我，而我只能耸耸肩。"你知道，流言有时会传得满天飞，像是曼尼②的汉堡最好吃，希达尔戈的消夜全市最棒什么的。"

"是，可这是墨西哥卷饼，"文斯说，"我说真的呢。"

---

① 塔可钟（Taco Bell）：美国连锁快餐店。——译者注
② 曼尼（Manny）：美国诺福克一家快餐店。——译者注

"好吧，也许因为它们很便宜，"我说，"或者做卷饼的女孩儿穿着系带式比基尼。"

"我知道一家这么干的午餐车，"杜瓦蒂说，"非常漂亮的一个女人，穿着一身比基尼。主要供应建筑工地，生意做得很大，相信我，就靠彰显她的乳房。"

"我简直不敢相信你们这群浑球儿，"黛比说，"为什么对话总是以'乳房'收尾？"

"并不总是，有时还以'屁股'收尾。"文斯显然想把"屁股"再拉回对话中。我不禁怀疑这里是不是安了台隐蔽摄像机，每次我们说出关键词，满脸假笑的游戏节目主持人就会拿出一个奖品。

"我们可以到处打听一下，"杜瓦蒂说，"看看有没有其他警探在谈论一个不错的墨西哥卷饼店。"

"或者不错的乳房。"文斯说。

德博拉没搭理他，他真该对此感激不尽。"看看你们能从包装纸上找到什么。"说完，她转身大步迈出实验室。杜瓦蒂站直身子，朝我们点点头，跟她一起走了。

我目送他们离开。接着文斯朝我眨眨眼，也匆匆走出房间，嘴里好像在咕哝着什么跟反应物有关的东西。一时间屋里只剩我一个人坐在那儿。衬衫依然很潮，我非常生卡米拉·菲格的气。她当时就站在我身后，从安全的角度来说她靠得实在太近了，我根本想不出任何贴那么近的理由。更糟的是，我本该注意到有人离我暴露在外的后背那么近。要知道对方可能是架着乌兹冲锋枪的毒枭，或者手拿大砍刀的疯狂园丁，或者其他任何与那杯不幸的咖啡一样致命的东西。在你真正需要黑夜行者的时候，他在哪儿呢？如今我穿着湿衬衫坐在阴冷的实验室里，我相当确定这对我早已脆弱不堪的健康而言毫无帮助。仿佛要强调这一点似的，我感到一个喷嚏呼之欲出，差点儿没赶在它爆发前拿纸巾捂住鼻子。感冒药——呸，骗子。一文不值，与这悲惨世界里其他所有东西一样。

就在我逐渐融进那不断滴下的黏液与自怜里之前，我忽然想起我在办公桌后面挂了一件干净的衬衫。为防工作时发生意外，我总会在手边预备一件。我把衣服从衣架上摘下来穿上，再将溅上咖啡的湿衬衫卷起来塞进塑料杂货袋，以便回头带回家。那件衣服很不错，浅褐色的瓜亚贝拉衬衣，衣边上还缝着银色的吉他。或许丽塔知道一种魔术，能把那些污渍去掉。

再回实验室时，文斯已经回来了。我们开始动工。尽管我们尽最大可能尝试了所有能想到的检测方法，视觉的、化学的、电子的，可惜什么都没找到。这想必会换来我妹妹脸上迷人的微笑。期间，德博拉给我们打了三次电话，对她来说已经是非常了不起的自制表现了。但我们真的没有任何能告诉她的发现。我认为那张包装纸出自一辆午餐车，极有可能曾裹着一张墨西哥卷饼，但我肯定不敢在法庭上对此断言。

临近正午时，感冒药逐渐失效，我又开始打喷嚏了。我竭力无视它，可手拿纸巾捂着鼻子，真的很难完成高质量的实验，所以最后我放弃了。"我必须离开这儿，"我对文斯说，"在我把鼻涕洒得证据上到处都是以前。"

"鼻涕可不会损坏墨西哥卷饼。"他说。

我一个人跑去机场附近的泰式餐馆吃午餐。这可不是因为我一直盯着墨西哥卷饼旧包装而觉得饿了，而是我向来坚信一大碗辛辣的泰国汤比其他任何东西更有助于战胜感冒。喝完汤，我觉得自己全身的系统都在向外渗出不健康分子，迫使感冒穿过毛孔，回到它所属的迈阿密生态圈中。我确实感觉好多了，因而稍微多给了一些小费。可刚走出门，走进午后的炙热，一个巨大的喷嚏便在我的颅骨前方整个炸开，浑身的骨头疼得好像有人用大力钳奋力掐紧了我身上所有关节。

幸福是种幻觉——有时泰国汤也是。我投降了，去药房又买了一些感冒药。这次我吃了3片。回到办公室时，鼻子与骨头里的痛楚总算稍微平息了一点点。不管是感冒药还是汤的作用，我开始觉得自己或许可以对付白天可能会抛到我身上的日常痛苦了，毕竟我或多或少已经做好了迎接坏事儿发生的准备。然而什么都没发生。

午后余下的时间一直平静无事。我们继续工作，用尽本领研究那团相当站不住脚的证据。等到这天结束时，我一无所获，除了知道所有墨西哥料理增冈都不喜欢，不光是卷饼。"一旦吃了那玩意儿，我就会放臭屁，"他对我说，"这对我的社交生活太有负面影响了。"

"我都不知道你还有社交生活。"我将那块饼皮碎屑放到显微镜下，妄想找到一些微小的线索，文斯则在检查包装纸上的一块油斑。

"我当然有社交生活，"他说，"我几乎每天晚上都要去参加聚会。我找到一根毛。"

"那是什么聚会？"我问。

"不，是油脂里有一根毛，"他说，"聚会的话，所有聚会我都参加。"

"可能性太多了，"我问，"是人的吗？"

"是，当然，"他说，"很多人。"

"我是问毛，"我说，"是人的头发吗？"

他皱眉看着显微镜。"我猜是啮齿动物的，"他说，"又一个我不吃墨西哥料理的理由。"

"文斯，"我说，"老鼠毛可不是墨西哥香料，那只是因为卖卷饼的午餐车很脏。"

"嘿，我不懂，你是美食家，"他说，"而我喜欢在有椅子的地方吃饭。"

"我可没吃过那种卷饼，"我说，"别的呢？"

"桌子很漂亮，"他说，"还有用真的银器。"

"油脂里有别的东西吗？"我问。我在心里艰难地战胜一种欲望，强忍住没把拇指按进他的眼窝。

文斯耸耸肩。"就只有油脂。"他说。

我和卷饼碎屑这边也没交上好运。什么都没找到，只发现饼皮用了某种处理过的玉米，还添加了几种无机化学物，估计是防腐剂。我们做了所有能在不破坏包装纸前提下可以在现场做的测试，可惜没发现任何重要信息。文斯的嘴皮子智慧也没有奇迹般地跃向更高水平，因此等到下班时，我的情绪并没有缓和至稳定的开心状态。如果说有什么不同的话，那就是比我早上来时更糟了。我没接德博拉发动的最后一波电话袭击，锁好证物，走向门口。

"你难道想去吃墨西哥卷饼？"走到门口时，文斯喊道。

"撅屁股自己滚。"我说。终究还是说了，假如说"屁股"真能有什么奖品，那我理应露一手。

Chapter
你会原谅我吧，哥哥 6

开车穿过每天例行的交通晚高峰，我一路往家走。途中在帕尔梅托高速公路上遇到一辆起火的敞篷小货车。一个身穿牛仔裤、头戴破旧牛仔帽的男人百无聊赖地光着膀子站在货车旁。这人背后文了一只巨鹰，一侧耳朵别着根儿烟。所有人都放慢车速，好瞧一眼那辆焖烧的小货车。身后警笛尖叫，消防车一边奋力穿过磨蹭不前的围观车辆，一边拼命按响喇叭。就在我缓慢驶过起火货车时，我的鼻子又开始淌鼻涕了。等我回到家，已经是20分钟后。我不停打喷嚏，差不多每分钟都能体验一次规模相当的头骨炸裂。

"我回来啦——啊嚏！"我进门喊道。一个好像火箭发射似的呼啸声回应了我；科迪已经在玩儿Wii了，尽职尽责地在游戏里凭借海量炮弹袭击，摧毁世上的全部邪恶。他抬头看我一眼，又迅速回到电视屏幕上；对他来说，这算是一个温暖的问候。"你妈呢？"我问他。

他用下巴指了指厨房。"厨房。"他回道。

这向来是个好消息，丽塔在厨房就意味要有美妙的东西诞生了。完全出于习惯，我使劲儿闻了闻屋里有没有香味儿。事实证明这主意烂透了。我的鼻窦因此发痒，连续打了好几个喷嚏，差点儿把我整个震成两半。

"德克斯特？"丽塔在厨房喊道。

"啊——啊嚏。"我回道。

"噢，"丽塔戴着橡胶手套，手拿一把大菜刀出现在走廊里，"你听上去糟透了。"

"谢……谢，"我说，"怎么戴着'手道'？"

"手道？哦，手套。我做汤呢。"她说着，挥了挥菜刀，"加了些苏格兰辣椒，所以不得不——只在你那碗放了，不然科迪和阿斯特不会吃的。"

"我讨厌吃辣的。"阿斯特走出房间穿过走廊，挨着科迪一屁股在沙发上坐下。"我们为什么必须喝汤？"

"你可以吃热狗。"丽塔说。

"我讨厌热狗。"阿斯特说。

丽塔皱眉摇摇头，一缕发丝垂落到她额前。"好吧，"她的语气相当强硬，"那你可以就这么饿着。"她用手腕拨开额上的头发，转身回到厨房。

我眼看着丽塔离开，不禁有些惊讶。她几乎从未发过脾气。我都想不起来她上次这样和阿斯特说话是什么时候的事儿了。我打了个喷嚏，走到沙发后。"你可以试着别让你妈妈那么难过。"

阿斯特抬头看看我，缩着身子躲到一旁。"你最好别把感冒传染给我。"她非常笃定地恐吓道。

我看着阿斯特的脑瓜顶，真想用木器一巴掌捆上她的脑袋，但大脑的另一部分意识到社会不鼓励我们用如此强硬有力、直截了当的方式管教孩子，而我一直在努力适应这个社会。不管怎样，我都不可以因为阿斯特表现出古怪的劣行而责备她，哪怕丽塔也这样觉得。再者说我觉得我自己也有相同的行为。或许有毒化学品和夏季的雨水一起落下来，令所有人都染上了讨人厌的态度。

所以我深吸一口气，就这么离开了阿斯特与她冲天的怒火，转身走向厨房，看看我的鼻子运转是否良好，能不能闻到汤酝酿的香味儿。我走到厨房门口，丽塔背对着我站在炉灶旁，看起来就很香的蒸汽在她周身袅袅升起。我上前一步，试探着闻了闻。

当然，这又害我打了个喷嚏。很棒的一个喷嚏，十分洪亮有力，构成一个完整的美妙音调。丽塔明显被吓了一跳，一下跳起几英寸高，手里的玻璃酒杯也扔了出去。酒杯掉到地板上，摔个粉碎。"该死！"她说。这反应再次让我惊讶不已。她看了看漫向鞋边的葡萄酒，又看看我。"我只是……"她说，"只是在做饭时想事情。你吓到我了。"

"抱歉，"我说，"我只想闻闻汤怎么样。"

"嗯，不过真的吓坏我了。"说着，她侧身走向门厅，随后拿着扫帚与簸箕快步赶回来。"去看看宝宝，"她一边弯腰扫地，一边对我说，"或许该换尿布了。"

我盯着丽塔看了一会儿，而她一直闷头收拾碎玻璃。我发现她的脸涨得通红，而且不敢看我。一个非常强烈的感觉告诉我情况不对，可不管我怎么看、怎么眨眼，都看不出任何蛛丝马迹。我猜我是想靠注视得到启示，认为只要自己盯的时间足够长，就能知道方才发生了什么——说不定眼前会出现字幕，或是冒出一个身穿白大褂的人递给我一本小册子，里面用8种语言解释了事情原委，可能还配了图解。可惜没那好事儿；丽塔一直弯着腰，红着脸，就着地上那摊葡萄酒往簸箕里扫碎玻璃。而我依然不明白为什么今天她和其他所有人都表现得如此异常。

我离开厨房，走进卧室。莉莉·安躺在婴儿床上，似乎还没完全睡醒，可小嘴一直咕哝不停，眉头也皱着，一条腿来回蹬着被子，仿佛她也患上了让其他所有人变得暴躁易怒的病。我俯身摸摸她的尿布，满当当的，直抵住她身上的小睡衣，布料都鼓了起来。我把她抱到怀里，然后放到尿布台上。小家伙一下醒了，换尿布也随之变得有些艰难，不过有一个不会大吼大叫的人陪在我身边感觉已经很好了。

换好尿布，我抱着她走进我的小书房，远离客厅里的怒火与游戏机里的视频暴力。我坐到书桌前，让莉莉·安坐在我的膝盖上。她开始摆弄一支圆珠笔，专心致志地敲打桌面，节奏感极佳。我从桌上的纸巾盒里抽出一张纸，擦了擦鼻子，告诉自己一两天内感冒就会好起来，没必要把它夸大成更大的麻烦。何况除此之外，一切都很好，都很幸福、快乐，身边就像有成群的小鸟在围着我飞，一天24小时唱着歌。我的家庭生活几近完美，工作与生活之间的平衡我也一直维持得很好。况且很快我就会查到视线里唯一那朵小云的下落，到时我将得到一次免费的额外约会，那绝对是一次奖励般的赐福。

我掏出本田车清单，放到桌面上。迄今为止我已经划掉了3个。以现在这个从容不迫的速度，完成搜索应该还需几周的时间。我想立即搞定一切，直切要害，便倾身逼近清单，好像字里行间真藏了什么提示线索似的。弯腰时我不小心碰到了莉莉·安，于是她拿起笔，轻敲纸面。"哪哪哪！"她说。没错，她说得对。我必须耐心一点儿，要深思熟虑、小心谨慎，我会找到他，剥掉他的皮，然后一切都会好起来——

想到这儿，我忍不住打了个喷嚏。莉莉·安吓得一缩，接着拿起纸，挥向我的脸，然后手一松，把纸扔到地上。她转头看着我，满脸笑容，十分为自己骄傲，我为她的智慧点了点头。非常明确的一句话：别再做白日梦了。你跟我还有活儿要干呢。

然而不等我们重组税务代码，一个美妙的声音已经顺着走廊飘进来。

"德克斯特？孩子们？"丽塔喊道，"晚餐好了！"

我看向莉莉·安。"嗒。"她说，我欣然赞同。于是，我们一起去吃晚餐。

第二天幸好就是周五。要知道这周过得可不愉快。我很乐意把它抛到身后，坐在家里度过周末，顺便弄死我的感冒。不过首先，我得熬过最后几小时上班时间。

到中午为止，我已经吃了6片感冒药，用光半卷手纸。德博拉进实验室那会儿，我正忙着解决余下半卷。我和文斯早已达成一致，我们再想不出任何新方法来检测那团卷饼包装纸了。因为他拒绝抽签决定由谁获得通知德博拉的殊荣，我不得已打电话告诉她我们一无所获。3分钟后，她就到这里了，犹如复仇的狂徒，大步冲进实验室。

"真他妈的，"还没进屋，她便喊道，"你们得帮我找到点儿什么！"

"比如一针镇静剂？"文斯建议道。至少这次我觉得他说得一点儿没错。

德博拉看看他，又看看我，我不禁怀疑自己能不能及时躲进防空洞。然而不等我妹妹给我们造成任何肉体上的严重伤害，有人拖着步子来到门口。我们三个人一同转头看过去，是卡米拉·菲格。她盯着我，面颊绯红，然后扫一眼实验室，说："噢，非常抱歉。"她清清嗓子，在大家弄明白她说了什么或者该做何反应前，就慌忙跑掉了。

我重看向德博拉，继续等她爆发。可令我吃惊的是，她没伸手够武器，也没卷起袖子迅速抛出一记铁拳，而是深深吸了一口气，显然是在让自己冷静下来。"伙计们，"她说，"关于这个家伙，我真的有种很糟糕的预感。就是砸烂马蒂·克莱因的那个精神病。"

文斯张着嘴，大概是想说两句他自认为俏皮的话。德博拉瞅他一眼，他立刻改变主意把嘴闭上了。

"我想他还会再犯案，而且用不了多久，"黛比说，"整个破案组都这么觉得。大家都认为这家伙是头恶鬼，类似弗莱迪·克鲁格①那种。所有人都很焦躁，所有人都盼着我找到凶手。而我就只找到这么一条小线索——一张屁用没有的卷饼包装纸。"她耸耸肩，摇摇头。"我知道这可能不够，可就只有这些，我……拜托了，伙计们——德克斯特——真没有别的什么你们能做的了吗？什么都行？"

从她的表情看得出，她真的很需要我们的帮助，而且很明显，她是真心实意地在求我们。文斯看看我，表情非常不自然，他不善于面对别人的坦诚，眼前这种情况显然叫他紧张得说不出话。这也意味着开口成了我的活儿。"黛比，"我说，"我们也很想抓住这个人，可现在走进死胡同了。那张包装纸是餐饮供应店的标准配置。饼皮碎屑留下的信息也不足以告诉我们任何线索，我们只知道那是一份墨西哥卷饼，可就连这一点我都不敢在法庭上发誓做证。没有指纹，没有

---

① 弗莱迪·克鲁格（Freddy Krueger）：美国《猛鬼街》系列电影中的经典反派角色，原本是一个杀害儿童的罪犯，变成魔鬼后出现在儿童的梦中杀害他们。——译者注

微量物证，什么都没有。我们不会耍魔术。"说到"耍魔术"，我的脑海中忽然浮现出小丑被胶带固定在桌子上的画面。不过我毅然决然地推开了那段快乐的回忆，专心致志地看向德博拉。"我很抱歉，"我表现出的真诚至少有一半儿是真的，但于我而言已经相当不错了，"可所有能想到的方法，我们都试过了。"

德博拉盯着我看了许久，最后她长出一口气，看了看文斯，慢慢摇了摇头。"好吧，"她说，"看来我们只能等他再犯案了。希望下次我们能交好运。"她转身走出实验室，步速只有进来时的1/4。

"哇哦，"德博拉走后，文斯低声说道，"我从没见过她那样。"他摇摇头。"太吓人了。"他说。

"我猜这案子真的很让她心烦。"我说。

文斯摇摇头。"不，是她本身，她变了。"他说，"我觉得母性让她坚硬的内心彻底化成软糊了。"

我本想说提到"化成软糊"，她可不如克莱因警探，但那样说显得太恶毒，所以哪怕是实话也不能说。不过自从生了尼古拉斯，德博拉为人确实温和多了。那孩子是她同居多年的男友凯尔·丘特斯基的临别赠礼，后者在突如其来的自暴自弃中人间蒸发了。尼古拉斯比莉莉·安小几个月，算是个很好的小家伙，虽然和莉莉·安年纪相仿，但感觉反应确实慢了点儿，也不像我女儿那么迷人。

不过德博拉十分宠爱他，很正常。自从有了他，她似乎真的磨圆了自己的棱角。然而我宁愿看见原来的黛比，忍受她骇人的铁拳，而不是见她如此灰心丧气。可惜哪怕是这种新生的敏感也无法从石头里得到奶酪，能做的我们真的都做了。光靠一张在案发车地板上捡到的卷饼包装纸，根本查不出太多东西；我们就只有这一条线索，许愿并不能让新线索出现在我的面前。

这天余下的时间里我的脑子一直在反复思考这个问题，试图想出一个清晰智慧的角度，好让那张包装纸再供出些线索，可惜铩羽而归。我很擅长我这项工作，抱有相当强的职业自豪感。我也很喜欢看我妹妹开开心心、功成名就。但真的没法儿再往前走了。我感到很沮丧，觉得我的个人价值受到了伤害，并在我的一般感知里加入一条——生活就是一条癞皮狗，迫切需要好好揍一顿。

一到5点，我立刻高高兴兴地逃离工作上的挫败与紧张，奔向家里放松且有助于恢复健康的周末。今晚的路况比平时还差，毕竟是周五的晚上。常见的暴行与愤怒都在这儿了，但依然镶着假日喜悦的金边，仿佛人们将一周工作余下的能量都省下来，好在回家路上尽其所能搞些破坏。一辆油罐卡车在海豚高速公路上撞上一辆养老院的面包车。相撞时两辆车时速只有5公里，可面包车后部依然瘪了一小块儿，并在惯性作用下向前碰上一辆15年车龄的丰田汽车，而这辆车刚好只配了一个正规轮胎，另外三个都是甜甜圈。

我随着漫长而缓慢的汽车队伍一点点向前爬行，途经车祸现场时，大多数汽车里的人都在朝他们喝倒彩，油罐卡车的司机不断朝丰田汽车里的四个人大吼，旁边从面包车上下来的老人依然惊魂未定，相互挤在公路一侧。交通彻底停滞，一会儿又慢慢动起来。进入迪克西高速公路前，我又在这条路上看见两起小车祸。可不知怎么的，凭借车技、持续练习与撞大运等多方面因素，我居然平安无事地回家了。

家门前已经停了一辆大约两年车龄的跑车，我把车停到它后面。我哥哥布赖恩来了，每周五晚上他都会来这儿与家人共进晚餐。这是最近一年才有的惯例。他出现后，一直有意与我——他唯一活着的亲人——亲近，而且别无所求。他还与科迪和阿斯特打成一片，自从两个孩子知道他是什么人——一个像我一样冷酷无情的杀人犯——并想要像他一样之后，就与他很亲近了。而丽塔，这位两度嫁给不同怪物的女性，再次彰显出她对男性不变的正确判断。她尽数吞下布赖恩奉上的虚伪恭维，以为他也是个了不起的人。至于我？好吧，我依然很难相信布赖恩在这里徘徊毫无隐秘动机，可他毕竟是我哥哥，家人就是家人。我们无法挑选亲人，只能期待自己从中幸存下来，尤其在我家。

屋子里，莉莉·安待在沙发旁的婴儿围栏里，布赖恩坐在丽塔旁边，两人正专注于很严肃的话题。我一进屋，他们便抬头看向我。出于某种理由，我觉得丽塔看我的眼神似乎带着一丝愧疚。想读懂布赖恩是不可能的，当然。他必然不会心存愧疚。像往常一样，他只是给了我一个很假的灿烂笑容。"欢迎，兄弟。"他说。

"德克斯特，"丽塔猛地站起身，过来抱抱我，轻吻脸颊以示欢迎，"布赖恩和我只是在聊天。"她大概在向我保证他们没对邻居执行业余脑部手术。

"好极了。"不等我再多说什么，便打了个喷嚏。

丽塔往后一跳，竭力避开我从鼻子里喷出的飞沫。"噢，"她说，"我这就去拿些纸巾来。"她离开客厅，走向浴室。

我用袖子擦擦鼻子，坐到休闲椅上。我看向我哥哥，他也看向我。布赖恩最近找到一份工作，在一家加拿大房地产企业全额收购佛罗里达南部地区的住宅。我哥哥负责与那些丧失房屋抵押品赎回权的人打交道，催促他们立刻离开。理论上完成这项工作需要给那些人一笔"顶手费"，金额通常为1500美元，叫他们离开，然后让企业接管转售房屋的所有权。我说"理论上"，是因为近来布赖恩似乎心情很好，而且十分阔绰。我几乎敢肯定他把顶手费装进了自己的口袋，并用一些不是很常规的手段清空了房子。毕竟，一旦抵押期将至，人们普遍会想暂时消失一顿时间——布赖恩干吗不帮他们消失得更彻底一点儿呢？

当然，我没有证据——再者说我哥哥怎么安排他的社会生活也不关我的事儿，只要他出现在这栋房子里时，双手干净、餐桌礼仪良好就行，而他向来如此。但我依然希望他已经放弃过去那种惹眼的消遣方式，变得谨慎起来。

"生意怎么样？"我礼貌地问他。

"从没这么好过，"他说，"他们也许会说市场正在复苏，不过我没看出来。可能我这次来迈阿密真的赶上好时候了。"

我礼貌地笑笑，主要为了告诉他一个真正优质的假笑应该长什么样，丽塔拿着一盒纸巾快步赶回来。

"给，"说着，她把盒子塞给我，"你干吗不随时带着纸巾盒，这样——噢，见鬼，到点儿了。"她又走了，这次进了厨房。

布赖恩和我带着非常类似的费解看着她离开。"非常可爱的一位女士，"布赖恩对我说，"你很幸运，德克斯特。"

"千万别让她听见你这话，"我说，"她会以为你在羡慕，而且她确实有一些单身朋友，你懂的。"

布赖恩看起来十分震惊。"噢，"他说，"我真蠢，竟然没想到。她真的会试图，啊……我想那个词应该是'治愈我'？"

"在她听到的瞬间就会这么做，"我向他保证道，"她认为婚姻是人的自然状态。"

"是吗？"他问我。

"'家庭幸福'这个话题有太多事儿可讲了，"我说，"我非常确信丽塔很愿意让你试试看。"

"噢，天啊。"他若有所思地看着我，目光从我全身扫过。"不过，"他说，"结婚似乎很适合你。"

"我想肯定只是看起来如此。"我回道。

"你的意思是其实不适合你吗？"布赖恩问，眉毛几乎扬至额头。

"我不知道，"我说，"我猜可能是吧。最近——"

"'光芒好似黯淡，滋味全无鲜活'？"他问我。

"差不多。"我承认道。说真的，我听不出他是不是单纯在嘲笑我。

然而布赖恩的表情忽然变得很认真。至少这次他没有伪装自己的情绪，也没有伪装话语背后的心思。"你为什么不在日后某个晚上和我出去一趟呢？"他轻声说，"一起度过一个'男孩儿不归夜'。丽塔不可能反对。"

我绝对没有误解这番话的含义，只是他只有一种消遣方式。我知道他一直梦想与我共享娱乐时光，我，他唯一活着的家人，与他拥有众多共同之处的人——我们不仅是血缘兄弟，也是嗜血兄弟。实话实说，我几乎无法抗拒这个主意对我的吸引力——可……可是……

"为什么不呢，兄弟？"布赖恩轻声问道，他朝我靠过来，神情真挚，"我们为什么不呢？"

一时间我就这样注视着他，双手在接受与推开他之间进退两难，或许我应该一边抬手扶住额头，一边大喊："Retro me, Brianus！"（回复我，布赖纳斯！）然而不等我决定做出哪个选择，生活已如往常那般插手进来，为我做出了决定。

"德克斯特！"阿斯特在走廊另一头喊道，声音充斥着11岁古怪小女孩儿的愤怒。"来帮我做数学作业！马上！"

我看看布赖恩，摇摇头。"你会原谅我吧，哥哥？"

他微笑着坐回到沙发上，又变回之前那种假笑了。"嗯，"他说，"家庭幸福。"

我起身穿过走廊，去找阿斯特。

阿斯特这会儿正在房间里伏在桌上看书。书桌原本是一个小储物柜，后来拿给科迪与阿斯特当书桌使。看情形，阿斯特的表情显然由紧锁眉头开始，逐渐发展成充满挫败的愁容。但这只是迈向愤怒的一个短暂过渡。我刚进屋，她便气势汹汹地瞪着我。"全是狗屎！"她朝我吼道，看这凶残的气势，我不禁怀疑自己是不是应该带件武器，"毫无意义！"

"你不该说那个词。"我和颜悦色地说道。我非常确信一旦我提高音量，她就有可能袭击我。

"哪个词？'意义'？"她冷笑道，"肯定是个你们忘了放进这本蠢书里的词。"她砰地合上书，双臂抱胸，狠狠靠上椅背。"一堆废物！"说完，她马上拿眼角瞥了我一眼，看我会不会因为这句"废物"非难她。我没理会，直接走到她身旁。

"我们来瞧瞧。"我说。

阿斯特摇摇头，拒绝抬头看我。"没用的废物。"她咕哝道。

我似乎又要打喷嚏，连忙抽出一张纸巾。她也不看我，说："你要是敢传染给我，我就发誓……"她没告诉我她要发誓做什么，听口气，肯定不是什么好事儿。

我把纸巾揣进口袋，倾身靠上桌子，打开书。"不会传染给你的，我吃了维生素C，"我竭力让语气听起来宽容快乐，"我们看到哪页了？"

"长大后，根本没必要知道这些东西。"她抱怨道。

"也许吧，"我说，"可你现在得知道这些。"她绷紧下巴，没说话。于是我靠近一点儿。"阿斯特，你想一辈子留在六年级吗？"

"我现在都不想待在六年级。"她嘘道。

"嗯，能够永远摆脱六年级的唯一方法，就是考试及格。想及格，你就不得不知道这些东西。"

"蠢透了。"她似乎稍微冷静点儿了。

"那对你来说应该就没有任何问题了，因为你一点儿都不笨，"我说，"来吧，让我们看看。"

她又纠结了一会儿，最后还是把书翻到那页。是一道相对简单的曲线坐标题，一旦她冷静下来，解释问题就变得容易很多。我一向擅长数学；相较于人类行为，数学更加直截了当，便于理解。阿斯特在数学方面好像确实没有天赋，可她学得也不慢。再合上书时，她已经冷静多了；感觉基本没什么好担心的，所以我决定将眼前的幸运再向前推进一小步，搞定另一件棘手的事情。

"阿斯特，"我肯定无意识地用了"我是这家大人"的口吻，因为她抬头看我的眼神瞬间带上一丝警惕的担忧，"你妈妈想让我跟你谈谈牙箍的事儿。"

"她想毁了我的人生！"她一下激动起来，情绪顷刻从静止跳入青春期最令人印象深刻的受辱状态，"我会变成一个丑八怪，谁都不会再看我一眼。"

"你不会变成丑八怪。"我说。

"我会有一嘴的钢筋，"她恸哭道，"丑死了。"

"嗯，那你是想现在当几个月丑八怪，还是等长大后当一辈子丑八怪？"我说，"很简单的选择。"

"他们就不能直接做个手术吗？"她抱怨道，"一下搞定，我只要缺几天课就行。"

"这事儿不是靠那种方法起作用的。"我说。

"根本就没起作用，"她说，"它们让我看起来像个机器人，所有人都会笑话我。"

"你为什么觉得他们会笑话你？"

她鄙视地看了我一眼，神情几乎与成年人没两样。"你难道没上过中学吗？"她说。

说得好，可惜不是我想说的观点。"你不可能一辈子读中学，"我说，"也不需要一辈子戴牙箍。等你摘掉它们，你会有一口好牙和一个绝佳的笑容。"

"那又怎样，再没有能让我开心一笑的事儿了。"她嘟囔道。

"嗯，你会有的，"我说，"等你再长大点儿，你可以去跳舞，可以带着真正灿烂的笑容去做任何事儿。你得想得长远一点儿——"

"长远！"她生气地说，仿佛我刚才说了什么不好的话，"长远就是我一整年都要像个怪胎一样，哪怕到我40岁那天，大家也会记得这件事儿，我永远都会是那个戴恐怖大牙箍的女孩儿！"

我能感到我的下巴在动，可我一个字儿都没说。阿斯特这番话槽点太多，根本无从下口——总之她已经把自己关进了名为"悲惨怒火"的高塔，无论我说什么，都只会让她再次激动起来。

幸运的是，不等我把喉咙里的话尽数吐出，走廊里便飘来丽塔的喊声。"德克斯特？阿斯特？吃饭了！"我那温文尔雅的谈判者名誉总算因此得以保全。不等我闭上嘴，阿斯特已经起身出门。激动人心的牙箍小对话结束了。

周一一早我再次在震耳欲聋的喷嚏声中醒来，身上每块骨头都在疼，好像整个周末它们一直在遭受土耳其举重运动员的碾压。半梦半醒之间，我还以为那个把克莱因警探砸成肉泥的精神病，神不知鬼不觉地潜入我的卧室，趁我睡觉的时候把我也给处理了。这时我听见马桶的冲水声，接着丽塔快步走出卧室，穿过走廊走向厨房。正常生活摇摇晃晃地站起身，碰巧闯进了新一天。

　　我伸伸腰，关节里的痛楚也随之一起延伸向各处。我真怀疑这种痛会让我对克莱因产生同理心。这本来不大可能；我以前从没有过这种软弱感情的困扰，哪怕是莉莉·安的转换魔法，也无法在一夜之间把我变成一个心地善良、有同理心的人。或许这只是由于我的潜意识在玩儿连连看。

　　然而起床后，我的脑子依旧在琢磨克莱因的死。我一边思考这件事儿，一边完成每天早上的例行事宜，包括最近新添加的打喷嚏，差不多每分钟一个。克莱因的皮肤没有破损；身体虽遭受海量重创，也丝毫没有向外渗血。所以我猜测——黑夜行者发出嘘声表示赞同——克莱因是在清醒的状态下，被人打碎了全身每一根骨头。每次骨头被猛砸和碾碎，每下捶打的剧烈震痛，他都很清醒且留有意识。经过一番难以磨灭的痛楚，身体出现一定量的内伤后，凶手才允许他慢慢走向死亡。那可比感冒惨多了。听起来不是很有意思——尤其对克莱因而言。

　　但是，虽然我讨厌凶手的杀人手法，黑夜行者也对其表示鄙视，我却真切地感觉到同理心软绵绵的手指在搔抓我的颅骨内壁——同理心，没错，不过不是对克莱因。伸出小触手缠绕我心绪的同感全都指向克莱因的处刑者。这种感觉蠢透了，当然——尽管如此，我的耳中却逐渐出现了细碎的低语，宣告我对克莱因的遭遇唯一不满的只有凶手用错了工具。毕竟，我也是如此，不是吗？让瓦伦丁清楚地感受到我倾注的每一分钟。当然，瓦伦丁猥亵杀害男童，他罪有应得——可谁又真的无辜呢？也许克莱因逃过税或者打过老婆，也许他张着嘴嚼东西。说不定他活该被那个所谓的精神病这般对待——说真的，谁能说我的所作所为比他高尚呢？

　　我很清楚这令人不快的观点有许多不对的地方，但它一直萦绕在我脑中挥之不去。吃早餐，打喷嚏，准备上班，最后吃两片感冒药，出门，打喷嚏，自我嫌恶的不满始终在我耳畔低语。我挥不掉"我有罪"这个荒谬的念头——或许我更加罪不可赦，毕竟目前为止凶手只杀了克莱因一个人，而我的檀木礼盒里收藏了52个载玻片，每个载玻片上的血滴都代表了一位逝去的玩伴。这么说，我做了52次坏事儿？

　　这当然荒谬至极；除去为了好玩儿这点，我的所作所为完全出于正义，得到圣哈里准则的认可，而且对社会有益。可能因为我太过醉心于冥想，直到汽车爬下1号国道并进入帕尔梅托高速公路，我才发现事情有点儿不对劲儿。自保机制的紧急鸣响总算冲出自我中心这片浓雾。尽管只是一声微弱的警报，却引起了我的注意，我静心倾听，那声音即刻形成一个很明确的念头。

有人在盯着我。

我不知道自己为什么如此确信，但我就是确信。我的身体几乎能感觉到胶着在我皮肤上的视线，仿佛一把利刃的刀尖正沿着我的后颈缓慢移走。这种感觉如同太阳的热量般确切而不容争辩；有人在盯着我，看的对象肯定是我，出于某种于我不利的理由，一直盯着我。

理性争辩道：现在是迈阿密早高峰时段；几乎任何人都有可能出于任何理由心怀厌恶甚至憎恨地瞪着我——也许他们不喜欢我的车，也许我的身影让他们想起自己八年级时的代数老师。可不管理性怎么说，谨慎依然反驳道：因为什么看我根本无关紧要，重要的是他们在看我。有人心怀不轨地盯着我，我得找到那个人。

我慢悠悠地随意看向四周。我的车挤在再正常不过的早高峰车辆中间，与以往每天早上别无二致。这会儿我右边两排车道上，一辆破旧的雪佛兰英帕拉，再远一点儿是一辆车顶带帐篷的老式福特面包车。两辆车后面一列分别是丰田、悍马与宝马，没有哪辆车看起来比其他车更具威胁。

我再次看向前方，随着车流往前开了一点儿，然后慢慢转向左——

刚转了不到6英寸，我便听见一声轮胎的尖叫。和着刺耳的喇叭声，一辆老式本田车飞速驶离帕尔梅托高速公路入口匝道，沿着马路一侧开回1号国道。汽车呼啸着朝北驶去，闯过黄色信号灯，消失在路旁。我只看到那辆车左侧的尾灯以一个奇怪的角度晃荡着，后备厢上有一块黑色的"胎记"。

我眼看着它开远，直到后面的司机按响喇叭才回过神。我竭力说服自己这纯粹只是巧合。我非常清楚迈阿密有多少辆老式本田车，我把它们全列出来了。截至目前，我已经拜访了其中8辆，刚才那辆很可能是余下的某一辆。我告诉自己那不过是个临时决定今早换条路上班的白痴；很可能是某个突然想起咖啡壶忘关，或者忘带演示文稿磁盘的家伙。

可无论我想出多少平庸的好借口来解释那辆本田车的行为，另一个阴暗而笃定的想法都会不断予以反驳，冷静坚决地告诉我，不管开车的人是谁，都曾心怀不轨盯着我看了半天，而当我转头看过去时，他们则像被鬼追一样，火速逃走了。我们十分清楚那意味着什么。

早餐开始在我胃里搅动，手心沁满了汗水。可能吗？可能是那晚看见我的人找到我了吗？在我找到他们之前对方已经用某种方法找到我，获得我的车牌号——刚才是在跟踪我？这是疯狂的、愚蠢的和不可能的——这件事儿的可能性微乎其微；这是荒谬的、不可思议的和超乎常理的——但是可能吗？

我心下想到：我和瓦伦丁被人看见的那栋弃屋，与法医奇才德克斯特·摩根没有任何联系。不管是去还是离开那栋房子时，我坐的都是瓦伦丁的车，逃走时没人跟踪我。所以跟踪我是不可能的——根本没这么回事儿。

这只能是魔法或者巧合。虽然我对哈利·波特完全没意见，但我投巧合一票。弃屋离帕尔梅托高速公路与1号国道交叉口也就1公里多点儿，这似乎让巧合变得更加可能。我已假定对方生活在弃屋同一区域——那么假如他确实如此，便几乎不可避免地要沿1号国道上下班，而且相当有可能开上帕尔梅托高速公路。大多数人每天差不多都会在同一时间上班，住在这片地区的人都会沿同一条路开车出门。事情明显得令人心烦，要知道正因如此每天早上这个时间才会无限期地塞车。因此事情并不像最初看上去那样充满巧合。事实上，如果我们俩反复在同一时间走同一条路，只要时间够长，他迟早会看见我的车，甚至我，这种情况可以说极有可能。

他也确实看见我了。再一次，看见我，而且这一次，他还有机会好好打量我一番。我试图计算他大约看了多久，然而根本没法儿算；车流一直走走停停，每停一次差不多都要两分钟。至于他多久才认出我则纯粹靠猜。可能就几秒，我只能相信我的报警系统。

但这点儿时间也足以让他记住我这辆车的构造、颜色与车牌号了。天晓得他还记下了别的什么。我很清楚仅凭这一半儿的信息我能做出什么——仅凭车牌号他便完全有可能找到我——可他会吗？目前为止除了惊慌逃窜对方什么都没做。

他真的会来拜访我，拿着一把切肉刀杵在我家门口吗？如果是我，我会——但他不是我。我异常擅用电脑，还拥有对大多数人而言不可用的资源，我能用它们来做别人做不了的事儿。世上只有一个德克斯特，而他不是。不管他是谁，他都不可能是一个像我这样的人。但不可否认的是我不了解他的为人，不知道他会做什么，无论我用多少种方式告诉自己并不存在真正的危险，都无法把"他准备做点儿什么"这种不合逻辑的恐惧抛开。纯粹的恐慌尖叫着占领我的大脑，将冷静的理性打至沉默。他又看见我了，这次看见的是我日常的秘密人格。我进一步暴露在他面前，自从记事儿以来，我从未觉得如此无助。

我不记得自己怎么开车驶上帕尔梅托高速公路，继续早上的通勤，没像只游荡的负鼠一样被狂怒的交通轧成扁平纯属走运。到单位后，我才冷静了些，总算可以挂上一张令人信服的合理表情，可一度在我脑海中澎湃的焦虑依然像凝固的死水一般一动不动，徒留我一个人处在心惊胆战的边缘。

好在理智破烂不堪的碎片依然健在，我才没有一直沉浸在自己的琐碎心事中。不过德博拉与没精打采跟在她身后的新搭档杜瓦蒂进屋时，我虽然得以分心，状态却依然没回到早上的例行工作中来。

"好吧，"她说得好像刚才跟我们讲了什么似的，"这么说那家伙肯定有案底，对吧？不可能一点儿前科都没有，忽然就干出这种莫名其妙的事儿。"

我打个喷嚏，眨眼看看她。打喷嚏可算不上什么令人称赞的回答。由于我一直沉浸在自身的忧虑中，费了点儿工夫才跟上她的话。"我们是在讨论杀害克莱因警探的凶手吗？"我问。

黛比不耐烦地叹口气。"真要命，德克斯特，你以为我在说什么？"

"全美运动汽车竞赛？"我说，"我记得这周末有场大赛。"

"别犯浑了，"她说，"我想知道是不是。"

我本可以说"犯浑"更适合形容某个周一早上第一件事儿就是闯进她哥办公室，连"祝你健康"或者"你周末过得怎么样"都懒得说的人——但我很清楚我妹妹无法容忍任何职场礼仪方面的建议，所以我就随她去了。"我猜是吧，"我说，"我的意思是，他做的这些事儿通常会经过一个漫长的演变过程，最初往往是别的事情……你懂的。就是会引起你注意的那种。"

"哪种？"杜瓦蒂问。

我犹豫了。出于某种原因，我觉得有点儿不舒服，可能因为我正当着一个陌生人的面前讲这种事儿——实话实说我一点儿都不喜欢谈论这种事儿，哪怕是对黛比；这似乎太过隐私。我抽出一张纸巾，擦擦鼻子，掩盖方才的停顿，可他们俩却像等待奖赏的小狗一样期待地看着我。箭在弦上，不得不发，我别无选择，只能继续说。"嗯，"我把纸巾扔进垃圾桶，"大多时候，你懂的，他们会先从宠物下手。在他们年幼，差不多十一二岁的时候，会杀死小狗、小猫之类的小动物。就是，呃，实验。他试图找到让自己感觉不错的方法。然后，你懂的，家里的某个人，或者邻居，会发现死的宠物，然后叫警察逮捕拘留他们。"

"所以说有案底。"黛比说。

"嗯，有可能，"我说，"可如果他真按这个模式发展，他干那些事儿的时候肯定很小，应该会进少年教养院。所以案底会被密封起来，而你无法要求法官给你看系统里所有密封文档。"

"那就来点儿更好的建议，"德博拉迫切地说，"告诉我一些这里就能做的事儿。"

"黛比，"我抗议道，"我什么都做不了。"我又打一个喷嚏。"除了感冒。""好吧，见鬼，"她说，"你难道就想不出什么提示吗？"

我看看她，又看看杜瓦蒂，越发觉得不舒服，心头还多了一丝挫败。"怎么想？"我问。

杜瓦蒂耸耸肩。"她说你就像某种业余分析仪。"他说。

我很惊讶，还有一点儿心烦。黛比对杜瓦蒂说了我的事儿。而我所谓的分析天赋可以说高度私密，它们源于我自身与那些像我一样反社会个体的第一手经验，可她却和别人分享了这些，这或许意味着她相信他。不管怎样，我现在进退两难。"啊，好吧，"最后我说，"马马虎虎。"①

———————

① 此处原文为"Más o menos"，西班牙俚语。——译者注

杜瓦蒂摇摇头。"什么意思，是还是不是？"他问。我看向黛比，她竟然朝我傻笑。"亚历克斯不会说西班牙语。"她说。

"哦。"我说。

"亚历克斯会说法语。"她看着他，欣赏之情溢于言表。

我觉得更不舒服了，因为我犯了一个社交错误——假定一个生活在迈阿密、有古巴名字的人会说西班牙语——同时我也发现这是一条线索，告诉我为什么黛比会喜欢她的新搭档。出于某种原因，我妹妹上学时学的是法语，然而我们生活在一个用西班牙语比英语还普遍的地方，在这里法语还不如鸡长嘴唇更有用——连帮她应付城里日渐增加的海地语人口都做不到。那些人都说克里奥尔语，这种语言只比汉语普通话更接近法语一点点。

如今她总算找到一个志趣相投的人，而且很显然他们俩已经有暧昧关系了。我确信只要是一个正常人肯定能在我妹妹全新的快乐工作环境里感觉到两人与日俱增的浓情蜜意，但现在这个人是我，我感觉不到那些，只感到恼火与不适。

"好吧，祝你好运。"①我说，"可就算对法官说法语，他也不会让你们打开一名少年犯的档案——更别说我们根本不知道该查哪个档案。"

德博拉眼中恼人的柔情消失了。"好吧，该死，"她说，"我不能就这么坐以待毙，希望我能交好运。"

"你不用这么费劲，"我说，"我敢肯定他会再犯案。"

她盯着我看了许久，然后点点头。"是啊，"她说，"我确信他会。"她摇摇头，看了眼杜瓦蒂，走出房间。后者跟着她走了。我又打个喷嚏。

"祝你健康！"我对自己说。虽然这丝毫没让我感觉舒服点儿。

---

① 此处原文为"bonne chance"，法语。——译者注

Chapter

8

95号州际公路

随后几天我加快速度狩猎幽灵本田。每晚我都争取在外面多转一会儿，争取挤出时间多查一个地方。如果离得太远，走路不方便，我就开车，一直找到天黑得什么都看不清才回家。我拖着步子，一言不发地走进家门，穿过其乐融融的客厅，进入浴室，挫败感又增加了一点儿。

加大搜索后第三天晚上，我满身大汗走进前门，发现丽塔一直盯着我看，像在找什么脏东西似的来回打量我。我走到她面前问："怎么了？"

她抬眼看看我，脸红了。"哦，"她说，"这么晚了，你又一身汗，我以为——没什么，真的。"

"我慢跑刚回来。"我不明白我为什么会觉得自己在提防她。

"你开车走的。"她说。

在我看来，她似乎对我的行动投入了太多关注，不过那或许是婚姻的一项小特权，于是我随她去了。"我开车去了高中赛道那边。"我回道。

她一言不发看了我好久，气氛显然不太对劲儿，可我还是不明白问题在哪里。到头来，她只说了一句"说得通"，便起身挤开我，走进厨房。我这才洗上澡。

可能我之前没注意，其实每晚我"锻炼"完回来，她都会莫名紧张地打量我，然后走进厨房。这种异常行为出现后的第四天晚上，我跟着她悄悄来到厨房门口，见她打开碗柜，拿出酒瓶，给自己倒了满满一杯。看着她把酒杯举到唇边，我又悄无声息地退回到屋里。

于我而言这毫无意义，好像我大汗淋漓地回家与丽塔想喝杯酒之间有什么联系似的。我一边洗澡一边琢磨，冥想几分钟后我意识到自己对人类与复杂的婚姻规则其实还不够了解，尤其对丽塔。但不管怎样，我现在有别的事儿要忧心。找到那辆本田才是当务之急，虽然那是件我十分了解的事儿，但我也没能搞定。挫败正在我周身垒起围墙，丽塔与酒的谜团不过是上面新添的一块砖，于是我把这事儿抛到脑后，不再多想。

一周后我的感冒好了，我也从清单上划掉了更多条目，多到我都开始怀疑自己这么做是不是在浪费宝贵的时间。我几乎能感觉到对方呼出的热气喷在我的后颈上。我知道时间越来越紧迫，我得尽快搞定这件事儿，可光是想并不能帮我更快找到目击者，我还是只能按部就班地来。看着清单上的条目一条条被划掉，我的不安与日俱增。我竟然开始咬指甲，上高中时我明明戒掉了这个毛病。这习惯很恼人，还会增加我的挫败感，我怀疑自己会在紧张中崩溃。

但至少我比贡特尔警员的情况好多了。因为就在马蒂·克莱因遭遇残忍杀害一案终于淡出大家的视线，化作警局里不安的背景杂音时，大家发现贡特尔警员也遇害了。后者是一名制服警察，不是克莱因那样的警探，但这起案子毫无疑问是同一凶手的杰作。凶手有条不紊地将受害人慢慢砸成一堆200磅的烂肉，并按照之前在克莱因身上实施成功的方法，把死者身上每块大骨都打碎了。

而且这次尸体没放在95号州际公路上的巡逻车里。贡特尔警员被小心翼翼地摆放在海湾公园，就在友谊火炬雕像旁边。尸体现场看上去相当讽刺。一对来此度蜜月的年轻加拿大夫妇在早晨享受浪漫散步时发现了这具尸体，在这座魔幻城市又留下了一段难以磨灭的魔幻回忆。

　　我赶到那里时，近乎迷信般的恐惧刚刚席卷过一小撮警察的心头。这会儿时间依旧相对较早，但弥漫在空气中的寂静恐慌显然与咖啡不足毫无关系。现场的警员都很紧张，甚至有点儿惊愕，都像见鬼了似的。原因很好理解：如此公然地将贡特尔丢弃在这种地方，根本不像人类能做到的事儿。比斯坎大道位于迈阿密市中心，可不是什么私人的隐蔽场所。说不定那位精神病杀手堂而皇之地漫步过来，然后丢下尸体。这是一次令人咋舌的公开展示，尸体不知怎么的就来到这儿了，而且被人发现以前，它显然已经在这里放了几小时。

　　面对如此直接的挑战，警察们自然会格外敏感。既然有人用这般炫耀的自我宣传标榜自己，他们也势必会将之视作一种对警方权威的侮辱。一名气愤的警察理应被这一幕激起浑身愤怒的正义之火。然而迈阿密警察似乎并不感到气愤，而在担心灵异问题，仿佛他们已经准备好丢下武器，拨打通灵热线求助。

　　我承认哪怕对我来说，看见火炬雕像旁的人行道上如此刻意地堆着一具警察的尸体确实会觉得有点儿不安。很难想明白一个活人如何能够在无人察觉的情况下，漫步穿过市内最繁华的街道，把一具如此明显而引人注目的死尸放到这里。虽然没人真的大声提出有什么神秘力量在作祟——至少我没听到，但从在场警察的表情判断，也没人完全排除那种可能。

　　而我真正的专业领域不是亡灵，而是飞溅的鲜血，可这地方根本没有那方面的线索。谋杀显然发生在别的地方，尸体只是被丢在这座美丽著名的纪念碑旁边。但我确定我妹妹德博拉肯定会指望我洞察出什么有帮助的隐藏线索，所以我开始沿现场边缘游荡，试图找到一些其他法医可能遗漏的信息。然而除了那堆穿着蓝制服的凝胶状烂肉，周围根本没有多少可查的地方。至于死者，贡特尔警员，已婚，三个孩子的父亲。这时我看见安杰尔·巴蒂斯塔沿着现场周界缓慢前行，一丝不苟地寻找任何可做证据的细小碎屑，但显然一无所获。

　　忽然，身后一道亮光闪过，我有点儿吃惊地转过身，看见卡米拉·菲格站在几英尺外，手里握着一台照相机。她脸涨得通红，表情看起来有些愧疚。
　　"噢，"她颤颤巍巍地咕哝道，"我不是故意开闪光灯的，很抱歉。"我眨眼看了她半天，一半儿是因为闪光的炫目冲击，一半儿是因为她的话毫无意义。这时警戒线边上的人堆里挤出一个家伙弯腰拍了一张我俩对望的照片。卡米拉一激灵，快步跑到人行道之间的小草坪上，文斯·增冈在那里找到一个脚印。她将相机对准脚印，我则转过身。

"谁都没看见。"德博拉突然出现在我的眉毛底下，这可比卡米拉的闪光灯吓人多了，我的神经立刻做出反应，整个人像真见了鬼一样跳起来，而那个孤魂野鬼就是德博拉。她看着我落回地面，一脸惊讶。

"你吓到我了。"我说。

"我都不知道你也会被吓一跳，"说完，她皱着眉摇摇头，"这案子确实足以让任何人毛骨悚然。这里是市内人口最密集的公共区，这家伙竟然就这样带着尸体凭空出现，还把它丢在火炬雕像旁，然后开车离开？"

"他们大约在黎明时发现的尸体，"我说，"所以弃尸时应该还是黑天。"

"这地方永远不会黑天，"她说，"路灯，所有这些建筑，海湾市场，一个街区外好像还有个体育馆，更别提这见鬼的火炬雕像。这玩意儿一天24小时都亮着。"

我环顾四周。以前我来过这里很多次，白天晚上都有，这地方确实总是沐浴在周边建筑明亮的灯光下。况且旁边就是海湾市场，再走一个街区则是美国航空公司，那边甚至更亮，更繁华，更安全。当然，还得再加上这见鬼的火炬雕像。

但这里还有一排树，树对面是人烟相对荒芜的草地。我转身望向那边。见我转身，德博拉瞅我一眼，皱着眉也跟着转身看过去。

穿过树林，越过火炬雕像另一侧的公园，比斯坎湾的水面上，朝阳耀眼夺目。炫目的阳光下，一艘大帆船如帝王般滑过水面，驶向码头。这时一艘更大的机动游艇从旁边全速驶过，引得帆船随着浪涛剧烈地上下起伏。一个不成形的念头闪过我的脑海，我举手一指；德博拉期待地看向我，接着，像在通知我们真活在卡通世界里似的，又一道照相机闪光从警戒线那边射出。德博拉瞪大眼睛，心里俨然有了主意。

"狗娘养的，"德博拉说，"妈的坐船来的。当然！"她拍下手，环视四周，找到她的搭档。"嗨，杜瓦蒂！"她喊道。见后者抬起头，她一边招呼他过来，一边快步朝海边走。

"乐意效劳。"见妹妹飞速走向海堤，我默默说道，然后转身去找方才拍照的人。可除了安杰尔，我谁都没看到，而他正盯着一丛迷人的杂草，脸离地面也就6英寸。人群里有人过于深入黄色警戒带围好的犯罪现场，卡米拉朝对方挥手示意，和一个不知道是谁的人说话。我转过身，看着我妹妹跑向海堤，寻找凶手乘船过来的线索。那确实讲得通；依据我自己的大量快乐经历，我很清楚乘船几乎可以帮你摆脱任何事儿，尤其在晚上。我说"任何事儿"，可不单单指情侣们偶尔在海上上演的无礼行为。追求嗜好的时候，我曾多次在船上搞定一切。思维狭隘的人可能对此觉得反感，但我很清楚这能确保我做任何事儿都不会被任何人看见。一位半超能精神病杀手自然也可以靠这种方法，拖着一大坨松软的尸体绕过海湾，跨过海堤，进入海湾公园。

不过这里是迈阿密，就算有人真看见了，也不会向警方报告。也许他们害怕自己成为凶手的目标，也许他们不希望警察发现他们没有绿卡。现代生活就是这么回事儿，甚至可能因为电视上的《流言终结者》正播到精彩的地方，他们想一直看到结尾。因此接下来大约一个小时的时间，黛比与她的小队开始沿着海堤四处寻找那位"特殊路人"。

不出所料——至少，在我看来——他们没有找到他或者她。大家什么都不知道，什么都没看见。海堤沿岸总会举行不少活动，但这会儿正值上班早高峰，他们遇到的人不是准备去海边哪个商店上班，就是去沿岸哪艘游船上班，都不是值班熬了一夜的那些。而提心吊胆盯着黑暗看了整整一宿之后——或者就只是看了一晚上电视之后，那些人现在肯定已经回家享受来之不易的休息去了。但德博拉依然尽职尽责记下了所有夜勤保安的姓名与电话，然后满面愁容地走回到我这里，仿佛一切都是我的错，因为我让她去找，可她什么都没找到。

比斯坎珍珠号——一艘提供海上巡游的客船——停在海湾里，我们站在离它不远的海堤上，德博拉眯眼顺着海堤望向海湾，摇了摇头，回身走向火炬雕像，我紧跟上她。

"肯定有人看见了，"我觉得与其说这话是在说服我，更像在说服她自己，"肯定有。你拖着一名成年警察爬上海堤，一路走到火炬那里，不可能没人看见。"

"弗莱迪·克鲁格能。"我说。

德博拉对着我的胳膊就是一拳，不过这次她有些心不在焉。以往忍住不叫出来会比较费力，这回对我来说相对轻松些。

"我需要的，"她说，"是多传播些超自然谣言。其实已经有人问杜瓦蒂，能不能找个萨满祭司过来，以防万一。"

我点点头。假如你真信那种东西，找个萨满祭司——就是萨泰里阿教祭司什么的，确实说得通。事实上有相当一部分迈阿密市民信这个。"猜猜杜瓦蒂怎么和人家说的？"德博拉冷哼一声，"他说：'萨满祭司是啥？'"

我看着她，想知道她是不是在开玩笑；所有古巴裔美国人都知道萨满祭司。他家至少有一名教徒的可能性很大。但是当然，他们不可能用法语问杜瓦蒂，总之，不等我假装自己听到一个笑话，假装大笑一下，黛比又往下说了。"我知道这家伙是个精神病，但他是个活生生的人，"她说，我相当确定她指的不是杜瓦蒂，"他不可能隐身，也不可能瞬间移动。"

她停在一棵大树旁，若有所思地抬头看了看，接着沿我们来时的路往回走。"瞧这个，"她指了指树，又示意了一下远处的珍珠号，"要是他刚好把船停在游艇那儿，"她说，"差不多就可以在这些树的掩护下一路走到火炬雕像这边。"

"不算完全隐身，"我说，"不过相当接近。"

"妈的就在游艇旁边，"她咕哝道，"肯定有人看见了什么。"

"除非他们都睡着了。"我说。

她没理我，只是摇摇头，像在瞄准步枪似的顺着树望向火炬，然后耸耸肩，继续走。"有人看见了什么，"她固执地重复道，"肯定有。"

我们一起返回火炬雕像，要是我妹妹没这么心烦的话，这一路的沉默本可以十分惬意。回到那里时，验尸员刚检查完贡特尔警员的尸体。他朝黛比摇摇头，示意没找到任何值得在意的东西。

　　"知道贡特尔在哪儿吃的午餐吗？"我问德博拉。她瞅瞅我，好像我刚刚提议说我们应该脱光衣服沿比斯坎大道慢跑似的。

　　"午餐，黛比，"我耐心解释道，"像是墨西哥料理什么的。"

　　她总算懂了，立刻走向验尸员。"验尸的时候帮我查一下死者的胃容物，"我听她说道，"看看他最近吃没吃墨西哥卷饼。"太奇怪了，验尸员看她的眼神竟没有丝毫惊讶。但我猜要是你跟迈阿密的尸体和警察一起工作的时间够长，确实很难感到惊讶。被人要求在遇害警员胃里找卷饼，也不过是日常工作之一，例行程序罢了。验尸员疲惫地点点头，德博拉则走去和杜瓦蒂谈话，剩下我自己原地摆弄手指，思考人生。

　　我想了几分钟，然而除了饿和这里没东西吃以外，什么深刻的事情都没想出来。我在这地方无事可做；根本没有飞溅出的血液，其他法医部技术员都忙着呢，就我一个闲人。

　　我不再看贡特尔的尸体，转而环视现场。几个偶然路过的食尸鬼依然簇拥在那里，像等着看摇滚音乐会一样在警戒线外互相推挤。他们盯着尸体，值得表扬的是，其中一两个竟在伸长脖子的同时，努力露出了惊骇的神色。当然，为了弥补无法靠近这点，其他大部分人都只是探身越过警戒带，用手机拍一张更为清楚的照片。很快网上就会到处都是贡特尔警员血肉模糊的尸体的照片，整个世界都会一起加入，齐齐装作惊慌失措。科技不神奇吗？

　　我四处闲逛，提些有用的建议，但和往常一样，似乎没人在意我深刻的洞察力；真正的专业知识总是得不到赏识。人们宁愿固守在自身的愚蠢里混日子，走远路，也不愿别人指出他们走错方向了——哪怕别人明显更聪明。

　　于是郁闷地在这里待到午餐时间过去一小时后，不受重视也没被重用的德克斯特终于耐不住无聊，搭车回到他的小办公室。要知道那里可有现成的工作等着他呢。路上我刚好遇到一名跟我顺路的警察。他很亲切，一心只想谈钓鱼的话题，我又对此稍有了解，所以我们相处得很愉快。他甚至愿意在路上歇一脚，等我去买些外带中餐。这真的是非常友好的举动，作为感谢我掏钱付了他买的那份鲜虾捞面。

与这位新BFF①道别后，我带着喷香的午餐坐到办公桌前，不禁觉得生活——这块羞耻与苦难组成的拼布——或许真有什么实际意义也说不定。酸辣汤超好喝，饺子鲜嫩多汁，宫保鸡丁辣得我都出汗了。我发现吃饱后我整个人都心满意足了，不禁怀疑为什么会这样。难道说我真的如此肤浅，只是吃顿美餐就满心欢喜了？还是说某种更深层次更险恶的东西在发挥作用？也许是食物里的味精在进攻脑内的愉快中枢，迫使我违背意愿感觉良好。

不管怎样，摆脱过去几周一直萦绕在我心头的乌云确实是一种解脱。我的确有些值得担忧的事情，但我有点儿过于沉湎其中。显然，一顿可口的中餐治愈了我。事实上，往垃圾桶里扔空餐盒时我注意到自己居然在哼歌。对我而言，这真是个令人惊叹的进步。这就是真正的人所拥有的快乐吗？源自一碗饺子？或许我应该通知一些国际精神健康组织：宫保鸡丁比左洛复②更具疗效。或许诺贝尔奖正为此等着我，至少我也能收到中国发来的感谢信。

不管这份愉快实际出于什么，它几乎一直持续到我快下班的时候。我下楼去证物室取几件我一直在处理的样本，回来时发现一个讨人厌的巨大惊喜正在我的小办公室里等着我。

这个惊喜大约5英尺高，10英寸宽，是体重200磅的非裔美国人。相较于人类，他看上去更像一只异常阴险的昆虫。他栖息在两只光亮的义足上，我进屋时，他其中一只当手用的金属爪子正在摆弄我的电脑。

"怎么了，多克斯警长，"我尽量装作愉快地说道，"需要我帮你登录脸书吗？"

他猛地回头看向我，明显不想被我抓到他偷窥。"嘴边干干。"他非常清楚地说道。看来那个移除他手脚的业余外科医生把他的舌头也摘掉了，这下想和他愉快交谈一番几乎不可能了。

当然，这事儿一直不太容易；他讨厌我，总怀疑我。我小心翼翼地打造自己清白无辜的形象，从未给他任何怀疑我的理由，可他还是怀疑我，而且向来如

---

① BFF：Best Friend Forever，永远最好的朋友。——译者注

② 左洛复（Zoloft）：药物名，用于治疗抑郁症。——译者注

此——甚至在我未能将他从不幸的手术中救出来之前。但我尽力了，真的尽力了，就是没成功而已。请公平地看待我，这很重要，我当时确实安全地帮他把绝大部分救回来了。可如今他却为截肢的事情指责我，就像为其他许多没确定的事情那样。这会儿他又动我的电脑，还说什么"嘴边干干"。

"嘴边？"我愉快地重复道，"真的？你是《活宝三人组》[①]的粉丝吗，警长？我都不知道。嘴边嘴边嘴边！"

他瞪着我的眼神更恶毒了，恶毒得令人钦佩。他从桌子下面拿出一个笔记本大小的盒子，是他随身携带的语音合成器，然后一拳拍在上面。合成器立刻用愉快的男中音喊道："随便！看看！"

"当然是的！"我用货真价实的人造的愉快语气回道，试图配合他诡异的机械的愉快嗓音，"毫无疑问你在做一件了不起的工作！只是不幸的是，你不小心翻看了我的私人电脑，还在我的私人空间，从技术上说，那违反规定了。"

他进一步怒视我。说真的，这个人已经彻底变成死心眼儿了。他瞪着我，对着语音合成器又敲了几下。片刻后，它用一种荒诞的愉快语气喊道："总有一天！我会！抓住！你！去你，妈的！"

"我肯定你会，"我安慰道，"但你得在自己的电脑上做这事儿才行。"为表示自己毫无恶意，我朝他笑笑，然后指向门口。"所以要是你不介意的话？"

他目不转睛地张大鼻孔，深吸一大口气，又用嘴长嘘一声，然后把合成器夹到胳膊下面，跺着脚走出办公室，把我那点儿残余的好情绪也带走了。

现在我又多了一个不安的理由。多克斯警长为什么要翻我的电脑？显然，他觉得里面有罪状可寻——但又是什么呢？为什么是现在，还在我的电脑上？他根本没有任何正当理由翻看我的电脑。我相当确定他对IT一无所知且毫无兴趣。失去四肢后，出于同情上面给了他一份文书工作，这样他就能上满最后几年班，得到全额的退休金。他一直在人力资源部做些无用的行政管理工作，具体是什么我既不知道也不在乎。

---

① 《活宝三人组》（*Three Stooges*）：美国20世纪早期到中期的一部喜剧。——译者注

刚刚他跑到这儿来，在我的地盘，翻我的电脑，严格说那是他实现摧毁德克斯特私人计划的一部分——可在工作时间来这里？为什么？据我所知，他一直将"抓住我"这件事儿限制在常规监测层面，过去从未实际调查过我的事儿。什么导致了这次令人讨厌的升级？他终于滑过那条线，变成一个充满敌意的疯子了吗？一辈子盯上我了？还是说确实有什么原因让他觉得自己在找某样特定的东西，他终于有机会证明我有罪了？

从表面看来，这似乎不可能。我是说，我在许多方面确实有罪，而且都是技术上而言不太合法，内容上而言非常令人享受的杀人罪。可我做事儿极其小心，事后总会清理得干干净净，无法想象多克斯觉得他发现了什么。总之我相当确定他什么都找不到。

莫名其妙，令人不安。但这至少将我从愚蠢的快乐中一把拉出来，重回平常的沮丧之中。中餐的作用到此为止：半小时后你又变得暴躁起来。

我刚准备回家，德博拉无精打采地走进我的办公室，不管怎样，她看上去似乎更加暴躁。

"火炬雕像，"她说，"你一早就从那儿回来了。"她的语气听起来好像在指责我偷窃办公用品。

"我得工作。"我尽量迎合她的无礼。

她眨眨眼。"你他妈的最近究竟怎么了？"她说。我深吸一口气，更多是为了消磨时间，不是真的需要空气。"你什么意思？"

她张开嘴，脑袋偏向一侧。"你一直神经兮兮的，还朝人大喊大叫。或许有点儿心烦？我不知道。好像在为什么事情烦心。"

这对我而言真的是非常不舒服。她说得对，千真万确，可我能对她说多少？我确实在为一些事情心烦；我确信有人看见我了，认出我了，现在我还发现多克斯警长翻我的电脑。这两件事儿无法以任何一种方式连在一起——某个匿名的目击者看见了玩耍中的我，他还与多克斯合伙抓我，这个念头很荒唐——但两件单独的事情加在一起，依然令我跌入不安的循环。不合逻辑的情感在控制我，我一点儿都不习惯这样。

可我能对她说什么？我和黛比向来亲密无间，当然，但那一定程度是因为我们从未分享过彼此内心的感受。我们做不到；我没有感情，而她羞于承认自己有感情。

不过我依然得说些什么，我想，她或许是世上唯一的我能交心的对象，除非我愿意一小时花100美元讲给一名心理医生，后者似乎是个非常烂的主意；我可以告诉对方真实的我，虽然那似乎不堪设想，或者编一些看似可信的故事，但那无疑是在浪费钱，何况这笔钱可以留到日后给莉莉·安当医学院学费。

"我不知道我表现出来了。"我最后说道。

黛比冷哼一声。"德克斯特，这可是我。我们一起长大，一起工作——我比世上其他任何人都了解你。对我来说，你表现出来了。"她扬起一边眉毛鼓励道，"所以说，怎么了？"

她说得对，当然，她确实比其他任何人——比丽塔，或者布赖恩，或者任何我认识的人都了解我，可能除了我们过世已久的父亲哈里以外。和哈里一样，德博拉甚至知道"暗黑德克斯特"和他愉快的欲望，并对其做出了让步。假如真有需要倾诉的一刻，真有一位可以倾诉的对象，那一定就是现在，就是对她。我闭上眼睛，试着考虑该如何开口。"我不知道，"我说，"就是，呃……几周前，我——"

德博拉的无线电对讲机忽然响了，就好像打了好大一声粗鲁的电子响嗝，接着十分清楚地说道："摩根警长，你在哪里？"她朝我摇摇头，拿起对讲机。

"这里是摩根，"她说，"我在法医部。"

"你最好过来一趟，警长，"对讲机另一边说道，"我想我们找到一些需要你过目的东西。"

德博拉看看我。"抱歉，"说着，她按下对讲机上的按钮，"我得走了。"她站起身，走向门口，犹豫一下又转身回到我面前。"回头聊，德克斯特，好吗？"

"当然，"我说，"别担心我。"这话听起来丝毫没安慰到她，正如没安慰到我一样；她没说话，只是点点头，然后匆匆走出门。我收拾好一切，走向我的车。

Chapter 9

我们必须搬家

　　我到家时，太阳依然在天边闪耀。这是生活在迈阿密仅有的几个夏日福利之一：气温大约97华氏度，湿度远远超出100%，但至少当你6点到家时，天还会亮上许久，如此一来你便可以流着汗和家人一起在外面再待上一个半小时。

　　当然，我的小家庭可不会做那种事儿。我们是本地人；晒黑皮肤什么的只适合游客，我们更偏爱中央空调带来的舒适。况且，自从我哥哥布赖恩给科迪和阿斯特买了Wii之后，除非动用武力，否则他们根本不会离开屋子半步。不管出于何种理由，他俩似乎都不愿离开房间。我们不得不为此立下一些十分严格的游戏机使用规定：他们必须先征求同意，且必须完成作业才可以玩儿游戏机，而且每天游戏时间不能超过一小时。

　　因此进屋时，瞧见科迪与阿斯特已经站在电视机前紧握着游戏机手柄，我反射性地先问道："作业都写完了吗？"

　　他们甚至都没抬眼看我；科迪只是点点头，阿斯特则皱起眉头。"一放学就写完了。"她回道。

　　"好吧，"我说，"莉莉·安呢？"

"和妈妈在一起。"由于我连续打断他们，阿斯特的眉头皱得更深了。

"那妈妈呢？"

"不知道。"她挥舞手柄说道，然后跟着屏幕上的画面一同剧烈晃动起来。科迪瞅我一眼——现在轮到阿斯特玩儿——稍稍耸了耸肩。他每次说话几乎都不会超过三个字，这是生父对他的虐待引发的一个小副作用，阿斯特一人包揽了他们俩的说话份额。不过这会儿她看起来一反常态地不想说话——可能是要戴牙套的事儿让她一直跟我们生闷气。所以我深吸一口气，试图熄灭自己对他俩愈演愈烈的怒火。

"好吧，"我说，"谢谢关心，嗯，我确实累了一天。不过感觉好多了，毕竟我现在已经回到家人的温暖怀抱之中。我很享受我们这番聊天。"

科迪露出一个有点儿滑稽的傻笑，小声说道："怀抱。"阿斯特没吭声，一心在那儿磨牙打怪兽。我叹了口气；或许对我们中的部分人来说，令人欣慰的是，嘲笑和青春一样，都被浪费在年轻人身上。我不再期待孩子们回答，自己去找丽塔。

她不在厨房，太让人失望了，因为这意味着她没有为晚餐赶制一些美妙的东西。炉子里一点儿动静都没有，也没看见剩菜；这令人十分费解，还有一点儿心烦。我希望这不代表我们今晚要订比萨——虽然那会让孩子们很高兴，可比萨连丽塔随便做的东西都比不上。

我走回客厅，穿过走廊。丽塔不在浴室，也不在卧室。我开始怀疑她是不是也被弗莱迪·克鲁格掳走了。我走到卧室窗边，向外望去。

后院的大榕树近乎遮住了半个院子。我们在树下摆了张野餐桌，丽塔正坐在桌子旁边。她左手抱着莉莉·安，右手拿着一大杯葡萄酒，小口啜饮着。除了回望房子，慢慢摇着头，她似乎也没干什么。我看着她喝下一大口酒，紧抱住膝盖上的莉莉·安，片刻后似乎重重地叹了一口气。

这个举动很奇怪。我不明白这是怎么回事儿。以前我从没见过丽塔这样——一个人坐着，闷闷不乐地喝酒——不管出于何种理由，此情此景真的让我觉得很不安。但对我来说，不管丽塔做什么，最重要的是她没做晚餐，我必须迅速介入她这种危险的不作为。于是我快步穿过屋子，经过科迪与阿斯特——两人依然在开心地追杀电视屏幕里的东西——穿过后门，走进院子。

我刚到外面，丽塔便抬头看向我。她似乎愣了片刻，然后匆匆别过脸，把玻璃酒杯放到野餐桌旁的长椅上，转身面向我。"我回来了。"我慎重而欢快地说道。

她大声抽了下鼻子。"嗯，我知道。"她说，"现在你又要出去跑一身汗了。"

我坐到她身旁，刚靠过去，莉莉·安便跳起来。我朝她伸出手，她便立刻扑向我。丽塔带着疲惫的微笑把她递到我怀里。"噢，"丽塔说，"你真是一个好爸爸。我为什么就不能……"她摇摇头，又抽了下鼻子。

我将视线从莉莉·安明亮欢快的小脸上移开，看向丽塔疲惫忧伤的面庞。除了一直流鼻涕，她似乎还哭了；她的脸颊湿湿的，眼睛通红，还有一点儿肿。"呃，"我问，"出了什么事儿？"

丽塔用上衣袖子擦擦眼睛，转身又喝下一大口酒，接着放下酒杯搁到身后，重新面向我。她张嘴想要说话，却又咬住嘴唇，看向别处，最终只是摇了摇头。

就连莉莉·安也为丽塔的反应困惑不已。这个精力旺盛的小家伙蹦了好一会儿，嘴里一直喊着："啊叭叭叭！"

丽塔面带微笑，略显疲惫地看着她。"该给她换尿布了。"丽塔说。不等我回话，丽塔忽然失声呜咽：很轻的一声啜泣，她尽最大的努力忍住了自己的哭声，弄得那声呜咽听起来好像打嗝似的。但我非常确定她哭了，感觉似乎是对脏尿布产生了过度反应。

情感方面的事儿总让我觉得不舒服，一定程度是因为我没有情感，因此通常我既不明白它们源自何处，也不明白它们代表什么。但经过多年的细心研究与大量的实践练习，我总算学会如何在他人展现出情感时自然应对。当一个人被强烈的情感控制时，我一般都知道该如何做出正确的反应。

然而这次，我承认我束手无策了。书上说，女人的眼泪通常表示她们需要安慰与承诺，无论你说得多假——但如果我不知道丽塔因为什么哭，我该如何给出这两种反应？我仔细打量，从她的脸上寻找线索，可惜一无所获；她的眼眶通红，脸颊潮湿，是的，可不幸的是没人在她脸上留言，告诉我她哭的原因与处理方法。所以我结结巴巴挤出几个字，笨拙得好像我也开始有情感了似的。"呃，你……我是说，你遇到什么事儿了吗？"

丽塔又抽一下鼻子，用袖子擦了擦。她看起来又像要说什么至关重要的事儿，然而只是摇了摇头，用指尖爱抚宝宝的小脸。"因为莉莉·安，"她说，"我们必须搬家。还有你。"

我听到了几个恐怖的字眼儿。"因为莉莉·安"。一时间我觉得整个世界天旋地转，刺目难耐。一张清单瞬间占据了我的大脑，上面写满了可能伤害我家小女儿的可怕疾病。我紧抱住我的宝贝，努力呼吸试着让自己平静下来。莉莉·安也帮了我一把，她使劲儿拍打我的脑袋，说道："啊叭——啊——叭！"打在耳朵上的巴掌令我重新恢复理智，我看向丽塔，后者显然不知道她的话已经让我心神大乱。"莉莉·安怎么了？"我问她。

"什么？"丽塔说，"你说什么？什么都没——噢，德克斯特，你太——我是说，我们必须搬家。因为莉莉·安。"

小家伙在我膝盖上跳来跳去，我看向她的快乐小脸。丽塔的话讲不通，至少我没听明白。为什么这个完美的小人儿会迫使我们搬家？当然，她是我的孩子，可能存在某些令人惧怕的可能。或许她继承了我某些邪恶的DNA，愤怒的邻居要驱逐她。这想法很骇人，但可能性非常小。"她做了什么？"我问。

"她做——德克斯特，她才一岁，"丽塔说，"她能做什么？"

"我不知道，"我说，"但你刚才说我们必须搬家，就因为莉莉·安。"

"噢，看在上帝的分儿上，"她说，"你根本……"她摆摆手，转身又喝了一大口酒，然后倾身挡住玻璃杯，好像她不想让我知道她在做什么似的。

"丽塔，"见我说话，她啪地将玻璃杯放到长椅上，回身面向我，猛地咽下酒，"如果莉莉·安没事儿，她又没做错任何事儿，我们为什么必须搬家？"

她眨眨眼，用袖子抹掉眼角的泪珠。"只是……"她说，"我是说，因为，你看看她。"丽塔指了指孩子。在我看来，她的四肢似乎没有表现出其该有的机动性，因为她的手直接打在了我的胳膊上。她猛地抽回手，又指了指房子。"房子这么小，"她说，"莉莉·安却越长越大。"

我看着她，等她继续往下说，可我白等了。她没再补充任何能帮助我理解的话，显然听到的这些就是全部了。丽塔真觉得莉莉·安会像《爱丽丝梦游奇境》里的爱丽丝一样长成巨人吗？很快这栋房子便小得装不下她了？还是说这存在一些隐藏信息，可能是需要我花几年时间破译的阿拉米语①？我已经听过读过许多如何构建婚姻生活方面的建议，但现在我最需要的似乎就是一个翻译。"丽塔，你说的话讲不通。"我尽我所能佯装温柔耐心地说道。

她摇摇头，似乎有点儿激动，怒瞪着我。"我没醉。"她说。

人类有几个永恒真理，其中一条便是如果有人说他没睡着，说他没钱，或者说他没醉，就表示他们基本说的反话。只是当他们否认时，你如果把实话说出来只会费力不讨好、令人讨厌，有时还会很危险。因此我心领神会地笑着看向丽塔。"你当然没醉，"我说，"那为什么莉莉·安越长越大，我们就必须搬家？"

"德克斯特，"丽塔说，"这个小家庭里的一切都在变大。我们需要一个大一点儿的房子。"

我的脑中亮起一个小灯泡，我这才明白。"你是说我们需要一栋房间更多的房子？因为孩子们在不断长大？"

"没错，"为了强调，她用力拍了一下野餐桌，"完全正确。"说到这儿，她皱起眉头："你以为我在说什么？"

"我刚才没听懂你在说什么，"我回答道，"但你一直坐在这儿——还哭了。"

"噢，"说着，她看向别处，笨拙地用袖子又擦了擦脸颊，"现在看起来不像了。"她看看我，又迅速看向别处。"我是说，你知道的，我并不'鱼春'……'鱼唇'。"她皱起眉，非常小心地说，"我，并不，愚蠢。"

---

① 阿拉米语：耶稣基督时代犹太人的日常用语。——译者注

"我从没那么想过。"我说的是真心话：虽然她的头脑严重混乱，没错，但并不愚蠢。"你在为这个哭？"

她目光灼灼地看着我，直到见她眼神变得有些恍惚，我才觉得不太舒服，随后她移开视线。

"只是激素作祟，"她说，"我没想让谁看见。"

我略过有人看见她激素的场面，努力专注问题的核心。"所以说莉莉·安没事儿？"我依然不太确定一切仍是其原本的模样。

"没，没事儿，当然没事儿，"丽塔说，"就是房子太小了。科迪和阿斯特不能永远住一间卧室，你懂的。"她说："阿斯特快到那个年纪了。"

虽然不明白她具体指的是哪个年纪，但我觉得我听懂了。阿斯特越长越大，不可能永远和弟弟用一间屋子。但即便如此，且不说我已经在这儿住惯了，实在不想搬走，还有一些切实的问题需要我提出反对意见。"我们买不起新房子，"我说，"更别说一栋稍大的。"

丽塔伸出一根手指，朝我晃了晃，开玩笑似的眯起一只眼。"你从没注意过。"她努力把每个字都说清楚。

"我猜是。"

"其实有许多不错的'机飞'，"她说，"'机——灰'。见鬼。"她摇摇头，用力闭上眼睛。"噢，"她说，"噢，天啊。"她费力地喘了一会儿，整个人摇摇晃晃的，我都怀疑她会不会从椅子上摔下去。接着她又深吸一口气，晃晃头，睁开眼睛。"法院拍卖房，"她认真地说道，"不买新房。买法院拍卖房。"她傻傻地笑了，左摇右晃地弯腰去拿酒杯；这次她一饮而尽。

我想了想她说的话——至少可以说，我想了想我认为她说的话。确实，现在佛罗里达南部存在一些零散的廉价房屋。不管别处经济情况改善得如何，迈阿密依然随处可见背负住房贷款的人。多数人都是一走了之，让银行守着一钱不值的合同与估价过高的房屋。于是银行经常会心急火燎地以原价的零头倾销这些住房。

我以略显冷漠的综合立场对这方面的事儿了若指掌。最近所有人都在谈论拍卖房与特价房，就像谈论天气一样。每个人都在提这件事儿，媒体上也全是这方面的故事与讨论，还有写着严厉警告的展板。至于我家，就连我哥哥布赖恩，也开开心心地找到了处理这方面问题的工作。

　　然而从理论上了解拍卖房，进入实际考虑拍卖房对自己而言的优势，恐怕还需要一些适应时间。我很喜欢我们现在住的地方，为此我放弃了我那栋舒适的小公寓。再搬家很麻烦，很难受，很费劲，况且无法保证我们能搬去一个更好的地方，更别说那还是栋在绝望与愤怒中被人遗弃的房子。那里的屋顶可能被开了洞，电线都被撤掉——最起码，会不会闹鬼都是问题。

　　这时，莉莉·安再次证明她看问题可比她的白痴爸爸清楚准确得多。我还在和拍卖房屋、搬家、个人不便这些念头较劲儿，她那敏锐而令人叹服的洞察力已经深入问题核心。她蹬着有力的小腿连蹦三下，说："嗒。嗒嗒嗒。"为了强调，她还伸手拽了拽我的耳垂。

　　我看看我的小姑娘，下定了决心。"你说得对，"我对她说，"你应该有个自己的房间。"我转向丽塔打算告诉她我的决定，可她已经向后倚着桌边睡着了。她闭着眼睛，头轻轻摇晃，嘴巴张开，双手交叠搭着膝盖上。

　　"丽塔？"我呼唤道。

　　她腾地坐起来，瞪大眼睛。"噢！"她说，"你吓死我了。"

　　"抱歉，"我说，"你刚才说房子？"

　　"是的，"她皱起眉，"布赖恩说——噢，我希望你不介意。"她看起来有一丝愧疚。"我先和他谈过了，因为，你知道的，他的工作。"她又摆摆手，手背不小心磕上桌边。"哎呀。"她喊道。

　　"是，"我安慰性地鼓励道，"你和布赖恩谈了，这很好。"

　　"是很好，"她说，"他人很好，很'明还'，明白。房子的事儿。我是说，目前。"

　　"是，他很懂。"

　　"他打算帮我们，"她说，"找……找……"

　　"找房子。"我说。

　　丽塔慢慢摇了摇头，闭上眼睛。我以为她要做什么，可她什么都没做。"我很抱歉，"最后她轻声说道，"我想我得去躺一会儿。"她从长椅上站起来；空酒杯掉到地上，摔断了杯颈，但丽塔没注意到。她晃晃悠悠地站了一会儿，缓步走回屋。

　　"好吧，那么，"我对莉莉·安说，"我猜我们要搬家了。"

　　莉莉·安又蹦了几下，坚定地说道："嗒。"

　　我抱着她起身回屋拿起电话，看来今晚终究还是得吃比萨。

Chapter
快艇 *10*

　　第二天一早我刚到办公室，便看见验尸报告躺在我的桌子上。我大致浏览一遍，看看里面说了什么，然后才坐下饶有兴趣地读起来。报告给出了贡特尔警员的验尸结果，抛开所有技术术语，上面主要说了几件事儿。首先，滞积在组织里的血液表明他死后曾脸朝下躺了几个小时——有意思，要知道在友谊火炬雕像旁发现他时，尸体的脸朝上。这或许代表这疯子午后晚些时分杀了贡特尔，之后便把他独自存到某个地方直到天黑。等他夜里重拾同志情谊，才将尸体搬到友谊火炬雕像旁。

　　报告花了数页篇幅详述贡特尔各个器官与四肢所受的创伤，合计总量与克莱因身上的差不多。当然报告没有推测结论；那么做太不专业，或许还有点儿太过乐于助人。但报告声明造成伤害的器物可能由钢材制成，拥有椭圆形的光滑打击面，约纸牌大小。我觉得那听起来很像某种大锤。

　　内脏受损情况再次验证了外部组织表明的信息：凶手竭力想让贡特尔尽可能多活一会儿，同时深思熟虑、手段残忍，仔仔细细地砸碎了他能想到的每一根骨头。听着就不像什么令人愉快的死法，然而再三思考之后，我发现自己根本想不出任何称得上愉快的死法——当然我也一种都没试过。这话可不是说我真去找过，就算是愉快地死又能有什么乐趣？

我迅速翻阅报告，看见有人用荧光黄在其中一页上做了标记。上面列着贡特尔胃里的东西，半数内容都被涂上亮黄色。我几乎可以确定这是德博拉干的。我瞅了一眼，无须高亮也自然看出了重点。贡特尔生前吃的东西与其他恶心的东西一起漂在胃里，包含玉米粉、卷心莴苣、碎牛肉和几种香料，香料主要是辣椒粉和小茴香。

换句话说，他和克莱因一样，最后一顿饭吃的墨西哥卷饼。看在这俩人的分儿上，我希望那卷饼真有那么好吃。

我刚看完报告，办公桌上的电话便响了。强烈的全视心电感应告诉我，这很可能是我妹妹打过来的。总之，我拿起话筒，说："这里是摩根。"

"验尸报告看了吗？"德博拉一上来就责问道。

"刚看完。"我说。

"待着别动，"她说，"我马上过去。"

两分钟后她便拿着她自己那份副本走进我的办公室。

"你怎么看？"她找张椅子一屁股坐下，挥着报告问我。

"我不太喜欢这种行文风格，"我说，"而且情节似乎也很老套。"

"少犯浑，"她说，"再有半小时我就得去开通报会了，我得有料跟大家说。"

我有些烦恼地看着我妹妹。我知道她能降服全副武装的暴怒的可卡因牛仔，还敢威吓体形是她两倍的恶棍警察，可尽管如此，一旦要在两人以上的人群面前讲话，她就彻底歇菜了。但那其实还好，甚至还有一点儿可爱，毕竟偶尔瞧见她低声下气的感觉相当棒。然而不知怎么的，她严重的怯场问题竟成了我的麻烦，每次她出去抛头露脸，我都得帮她打草稿——吃力不讨好的活儿，因为无论我帮她写多少好台词，最后她总会搞砸。

但她人都来了，这次还不远万里跑到我的办公室来，询问语气也算友好，以她的标准来看，所以无论我多厌烦，我都得伸出援手。"好吧，"我自言自语道，"与上个案子杀人模式相同，死者所有骨头都碎了，还有墨西哥卷饼。"

"那我想到了，"她突然插嘴道，"继续，德克斯特。"

"两起案子间隔时间也很有意思，"我说，"两周。"

她眨眼盯着我看了半天。"这有什么意义吗？"她问。

"当然有。"我说。

"有什么意义？"她急切地问。

"毫无头绪，"不等她俯身过来打我，我立刻补充道，"但两起案件的差别肯定也有某种意义。"

"是，我知道，"她若有所思地说，"贡特尔是制服警察，克莱恩是警探；前者被扔在车里，贡特尔则被丢在见鬼的火炬旁边。我的老天，还是用船运过去的，为什么？"

"更重要的是，"我说，"为什么其他地方没变？"她费解地看着我。"我是说，没错，尸检结果相同，两人都是警察。可为什么是这两个警察？他们两个人有什么地方符合凶手的需求模式？"

黛比不耐烦地摇摇头。"我对心理学的玩意儿一窍不通，"她说，"我需要抓到这个不要脸的精神病。"

我本可以说想抓这个不要脸的精神病最好的方法就是了解他为什么会成为一个不要脸的精神病，但我怀疑黛比现在不太能够接受那样的话。再者说，这话也不是一定的。基于我在这方面多年的经验来看，抓住凶手的最佳方法就是撞大运。当然，你不能把这话大声说出来，尤其在对晚间新闻讲话的时候。你必须神情严肃，谈谈耐心，还有破案的整个过程。因此我只问道："船查得怎么样了？"

"正在找，"她说，"但是，妈的，你知道迈阿密有多少艘船吗——只算合法登记的那些？"

"不可能是他自己的船，估计是他上周偷的。"我帮忙分析道。

德博拉冷哼一声。"那也不少，"她说，"妈的，德克斯特，一眼就能看明白的地方我都知道了。我现在需要切实的主意，屁话不用再提了。"

我承认我最近确实情绪不太好，但在我看来，她正迅速越过求人办事儿时该有的礼仪边界。我张开嘴，想反驳她，忽然，一个不知道从哪儿冒出来的念头钻进我的脑子。"啊。"我说。

"什么？"她问。

"你不想找被盗的船。"我说。

"不是我他妈不想，"她说，"我知道哪怕他有船，也不会蠢到用自己的。他肯定偷了一艘。"

我看着她，耐心地摇摇头。"黛比，那点显而易见。"我承认我现在八成是在傻笑，"但他回去之后不会留着那艘船，这点也很显而易见。所以你不用去找一艘被偷的船，而是去找——"

"一艘被找到的船！"她拍手说道，"没错！一艘被人莫名遗弃在某个地方的船。"

"他还得有个藏车的地方，"我说，"或者更便利一点儿，某个能偷车的地方。"

"见鬼，那听着更靠谱，"黛比说，"城里不可能一晚上有好几个地方既出现了船又丢了车。"

"用电脑简便迅速地搜索一下，对照看看结果。"刚把话说出口我就想把它们塞回去，然后自己钻到桌子底下，要知道德博拉对电脑的了解和对交际舞的了解差不多。另一方面，我必须承认我在该领域接近专家水平。因此任何时候，只要"电脑"这个词出现在对话里，我妹妹都会自动将其视作我的问题。果然，她腾地站起来，开玩笑似的捶了一下我的胳膊。

"太棒了，德克斯特，"她说，"你多长时间能搞定？"

我迅速环视房间，可黛比正站在我与大门之间，又没有紧急出口。我只好转向电脑，开始干活儿。德博拉像在慢跑一样焦急地在屋里绕圈儿，令我难以集中注意力，最后我说："黛比，拜托了。你那样晃来晃去我根本没法儿工作。"

"好吧，该死。"说着，她坐回到椅子上，总算不再蹦来蹦去。然而刚过3秒，她又开始不住地抖脚。看来除非把她丢出去或者找到她想要的东西，否则我是没办法让她静下来了。既然她有枪，我没有，丢她出去恐怕不太可能，所以我用力叹口气，继续搜索。

不到10分钟我就搞定了。"找到了。"最后一个字还没说完，德博拉已经冲到我身旁，俯身看向屏幕。"位于迈阿密海滩的圣约翰教堂，一位牧师报告说他的车今早被盗，并在码头发现了一艘21英寸长的快艇。"

"教堂？"德博拉说，"在海边？看在上帝的分儿上，他是怎么把船开过去的？"

我打开屏幕上的地图，伸手一指。"瞧，教堂就在这儿，挨着这条运河，这边是水上停车场。"顺着运河，我从教堂一路指到海湾里，"坐船到海湾公园与火炬雕像那里大约要10分钟。"

德博拉盯着看了一会儿，摇摇头。"这他妈根本行不通。"她说。

"在他看来讲得通。"我说。

"好吧，该死的，"她说，"我最好去找杜瓦蒂，出去一趟。"说完，她挺身跑出门，对我8分钟的辛勤劳动没有一个感谢之词。我承认我有一点儿惊讶——当然不是因为我妹没有对我表示感谢，那太奢侈了，根本不能指望——但通常她都会拖着不情愿的德克斯特和她一起走，以充当后援，而让搭档在局子里数曲别针。可这次黛比留下了忠诚的德克斯特，去找她那位会说法语的新搭档杜瓦蒂了。我猜那代表她喜欢和他一起工作，或者只是她现在更注意自己的搭档了。她的前两名搭档都在和她一起办案的过程中遇害。我曾听到不止一个警察在背地里说，和摩根警长一起工作真是倒了大霉，说她显然是黑寡妇一类的东西。

其实不管什么案子都没有什么好抱怨的。至少这次黛比真的在按正规的方式办事儿——与她正式的搭档，而不是非正式的哥哥一起。我觉得这样很好，因为在她办案时和她待在一起真的很危险；我身上的瘢痕组织足以证明这点。况且我的工作可不是在浩瀚的邪恶世界东奔西跑，躲避明枪暗箭，当然这次明显是躲锤子。我不需要肾上腺素，我有真正要做的工作。所以我只是坐在那儿，在未受赏识的遗憾中沉浸片刻，便继续干活儿去了。

刚吃完午餐，我和文斯·增冈待在实验室里，这时德博拉冲进来将一柄大锤扔到我面前的案台上，"砰"的一声。听声音判断，这东西大约3磅重。锤子装在巨大的塑料证物袋里，袋子内侧凝了一层薄薄的水雾，不过依然可以看出这不是一把普通的木匠锤子，也不太像长柄大锤。锤子头两侧又圆又钝，黄色的木制手柄已经用得很旧了。

"好吧，"文斯越过德博拉肩膀瞥向锤子说道，"我一直都想和你一起来这么一顿。"

"一边儿撒尿去。"德博拉说。这远远不到她平时的损人标准，不过语气听起来相当笃定。文斯见状立刻躲到实验室角落里，坐到自己放在案台上的笔记本电脑旁。"亚历克斯找到了这个，"说着，德博拉指了指随后走进门的杜瓦蒂，"这东西放在教堂停车场里，圣约翰教堂。"

"他为什么会把锤子丢了？"我小心翼翼地戳了戳塑料袋，好看清楚些。

"这里。"黛比的声音里流露出几乎无法压抑的兴奋。她隔着塑料袋指了指手柄上的斑点，正位于年久褪色的地方。"瞧，"她说，"这里裂开了一点儿。"

我弯腰看了看。隔着雾气蒙蒙的塑料袋几乎看不清里面，但手柄上确实有一道裂纹。"好极了，"我说，"他会伤了自己也说不定。"

"怎么好极了？"杜瓦蒂问，"我是说，我好像看见这家伙受伤了，可只有一个小口？这能说明什么？"

我看向杜瓦蒂，一瞬间怀疑是不是有台心怀恶意的人事电脑一直在给黛比分配智商最低的搭档。"如果他伤了自己的手，"我措辞谨慎地说道，"上面就可能会有血。这样我们就可以去找匹配的DNA。"

"噢，是啊，当然。"他说。

"来吧，德克斯特，"德博拉说，"看看你能从中找到些什么。"

我戴上手套，从袋子里取出锤子，小心翼翼地将它放在案台上。"不常见的锤子，不是吗？"我说。

"那东西叫榔头。"文斯插嘴道。我看向他，后者依然坐在屋子另一边，弓身盯着自己的笔记本电脑，手指着屏幕上的图片。"榔头。"他重复道，"我从谷歌搜到的。"

"合情合理。"我叨念着俯身打量锤子，小心翼翼地喷上些蓝星试剂。再少量的血液也可以在这东西的帮助下显现出来。幸运的话，上面残留的血迹应该刚好够我获取对方的血型或DNA样本。

"那东西主要用于拆迁，"文斯继续说道，"你们懂吧，砸墙或者砸东西什么的？"

"我想我知道拆迁是什么意思。"

"别废话，"德博拉咬牙切齿地问，"你能不能从中找到点儿什么？"

德博拉亲力亲为的管理模式似乎比平常更惹人讨厌，我想了好几种讽刺的话，想把她一巴掌扇回到她自己的地盘上。然而就在我做出绝妙的反击前，一个小污点显现在锤柄上。"成了。"我说。

"什么？"德博拉上前一步问道。她离我这么近，我都能听见她磨牙的声音。

"你把脚从我口袋里抽出去，我就给你看。"我说。她不满地嘘了一口气，但至少真的后退了半步。"瞧，"我指着斑点说，"血痕——说不定我们运气更好，碰上一枚潜在指纹。"

"纯属运气。"文斯在实验室另一头的板凳上说。

"真的？"我说，"那你怎么没找到呢？"

"DNA呢？"德博拉不耐烦地问。

我摇摇头。"我试试看，"我说，"但是很可能已经严重分解了。"

"分析指纹，"德博拉说，"我要知道对方的名字。"

"或许还有全球定位系统读数？"文斯说。

德博拉瞪他一眼，不过没有把他撕成血淋淋的小碎块，而是再次看向我。"分析指纹，德克斯特。"说完，她便转身快步走出实验室。

经过亚历克斯·杜瓦蒂身旁时，后者站直身子，也准备走。"回见。"[①]我

① 此处原文为"Au 'voir"，法语。——译者注

礼貌地对他说。

他点点头。"吃屎的。"①说完，他随德博拉一同走出门。他的法语发音比我好多了。

我看向文斯。他合上笔记本电脑，站起身。"来分析吧。"他说。

我们分析了指纹。和我想的一样，血斑已经严重分解，无法从中获得任何可用的DNA样本，不过我们得到了一张指纹图。经电脑放大后，图像总算清晰到足以送至综合指纹自动识别系统。希望我们能找到一个匹配对象。综合指纹自动识别系统是国家重罪犯指纹数据库，假如这位对锤子情有独钟的朋友在里面，就会有一个名字蹦出来，德博拉便可以抓住他。

输入指纹后，除了等待，我们便再无事可做。德博拉似乎很激动，看起来和她有活儿干时差不多一样高兴。她向来如此，只要觉得自己快抓住坏蛋了，就会变得很高兴。一瞬间，我几乎希望自己也有感情，这样我就能感觉到上涌的意志与满足。我从没在工作中得到过一丝一毫的激动，哪怕一切进展顺利，也不过是一种无趣的满足。只有我的嗜好能令我切实体会到自我肯定的幸福感，而我现在只能努力不去想它。我家书房里那张细长的清单上还剩下三个名字。德克斯特浪潮下三个有待赦免的迷人候选，追逐其中任何一个都势必可以缓解我现在过低的自我价值感，助我打造一抹靓丽的人造微笑。

但现在可不是想那个的时候，不能跑去和那位不断靠近我的目击者玩耍。整个警局都在调查克莱因令人悲痛的英年早逝，如今又轮到贡特尔。迈阿密地区所有警察都打着十二分的精神调查此案，希望成为抓住凶手的人，当下的英雄。虽然对大多数人来说，警察们额外付出的警惕能暂时令街道变得安全点儿，但对嬉戏的德克斯特而言，这也会让事情变得略加危险。

不，顺路的消遣根本不是解开问题的答案，也不应在警方满怀敌意的警惕风潮下进行。我必须找到我的目击者，在那之前我必须忍受内心的偏执、暴躁、不悦与不满。

---

① 此处原文为"Mange merde"，法语。——译者注

若真如此——又怎样？我一直在观察我那些生活在尘世烦恼中的同事。据我所知，其他人在自己生命2/3的时间里都是痛苦的。我凭什么该被豁免，就因为我心里空无一物？尽管莉莉·安让生而为人彻底变成一件有意义的事儿，但做人注定有些没什么意义的地方。我理应忍受做人的坏处，只有这样才算公平。当然，我从不信仰公平，虽然我现在无法摆脱这个想法。

可我妹妹却不这么想。就在我断定一切都很糟，也觉得这么想真的对我很受用时，她像个冲锋的轻骑兵一样闯进我的办公室。"查到什么了吗？"她问。

"黛比，我们刚发过去，"我说，"那需要一点儿时间。"

"多久？"她问。

我叹口气。"那是局部指纹，老妹，"我说，"可能需要花上几天时间，或者一周。"

"全是废话，"她说，"没有一周时间了。"

"数据库很大，"我说，"况且他们要接收来自全国各地的请求，要等轮到我们才行。"

德博拉朝我磨了磨牙，力气大得我都能听见牙釉质剥落的动静了。"我要结果，"她咬着牙说，"现在就要。"

"好吧，"我亲切地说，"如果你知道能让数据库变快的方法，我确定我们都会很高兴了解一下的。"

"妈的，你连试都不试一下！"她说。

我坦然接受了眼前的现实，毕竟十次有九次我得多花点儿耐心来应付德博拉糟糕的态度与明显不可能完成的要求。可考虑到她最近的态度，我实在不想拍下脑门儿就进入令人钦佩的顺从状态。我深吸一口气，凭借钢铁般的自制力与听得出的不耐烦说道："德博拉，我一直在尽我所能做好工作。要是你觉得你能做得更好，请自便。"

她磨牙磨得更使劲儿了，一时间我甚至以为她的犬齿会被咬碎，飞出脸颊。值得庆幸的是，牙没碎，她省下了这笔看牙钱，只是怒瞪着我，狠狠点了两下头。"好吧。"说完，她转身离开，也没回头瞅我一眼，或者再喊一通。

　　我叹了口气。也许我今天应该在家躺一天，或至少出门前查一下我的星象图。每件事儿似乎都不顺。整个世界就像失衡了一般，稍许偏离了轴心。一个诡异的色斑出现在上面，仿佛这世界已经发现了我脆弱的心理，试图进一步寻找我的弱点。

　　啊，好吧。要是我妈还在，我确定她会跟我说生活总会有这样的日子；很可能还会绷着脸添一句，胡思乱想是魔鬼的游乐场。我当然不想让脑海中设想的妈妈心烦，也不想和撒旦一起荡秋千，所以我站起身开始收拾实验室。

　　文斯立刻抬起头，一脸茫然地看着我用清洁剂和纸巾把案台上下擦个干净。他摇摇头。"好一个洁癖，"他说，"我要不是知道你已经结婚了，肯定会觉得你很奇怪。"

　　我举起柜子上一小摞卷宗。"这些得存档。"我说。

　　他举起一只手往后退。"我的背又开始疼了，不能搬重物，医生嘱咐的。"说完，他便消失在走廊里。德克斯特众叛亲离——但从最近几件事儿的发展趋势来看，这事儿合情合理，我确信我迟早会适应。不管怎样，我设法完成了清扫，没有大哭出来。这大概是我所能期望的最好的发展。

Chapter

抓住锤子杀手 *11*

那天晚上我刚坐下准备吃饭，电话铃响了。在我们家晚餐吃剩菜可不是什么坏事儿，因为我能在一顿饭里尝到两三样丽塔烹饪的美味佳肴。盘子里还剩最后一块丽塔做的热带风味鸡肉，我瞅了瞅手机，又想了想鸡肉，最后还是接了电话。

"是我，"德博拉说，"帮个忙。"

"当然，"说话的工夫，我看着科迪从餐盘里盛了一大份泰式面条，"不过必须现在吗？"

黛比哼了一下，听着像嘘声，又有点儿像咕哝。"嗯，是。你能去托儿所接下尼古拉斯吗？"她问。她儿子尼古拉斯在盖布尔斯的蒙台梭利托儿所上学，尽管我相当确定那孩子小得连珠子都不会数呢。我曾考虑让莉莉·安也去托儿所，丽塔对此嗤之以鼻。她说孩子长到两三岁前搞那些都是浪费钱。

但德博拉觉得自己为孩子做什么都不过分，于是她开开心心地付给学校一大笔钱。而且无论工作多紧迫，她从没在接孩子这件事儿上迟到过——然而现在，差不多7点了，尼古拉斯依然在等妈妈。显然出了什么不同寻常的事儿，黛比的声音也很紧张——不是早先生气与焦急的语气，但说是紧张也不完全对。

"嗯，当然，我想我可以去接他，"我说，"你怎么了？"

她又低哼一声，说："唉，真他妈见鬼了。"我听她声音沙哑地咕哝几句，然后才恢复到平常的样子。"我在医院。"

"什么？"我问，"为什么？怎么了？"想起上次在医院看见她的情景，我眼前不禁浮现出德博拉令人担忧的模样。那次她受了刀伤，差点儿死了，在急诊室里躺了7天。

"没什么大事儿，"她说，可话语间依然难掩紧张与疲惫，"就是胳膊折了。我……我得在这边待一会儿，赶不上接尼古拉斯了。"

"胳膊怎么折了？"我问。

"锤子，"她说，"我得挂电话了——你能接他一下吗，德克斯特？拜托了。""锤子？天啊，德博拉，你——"

"德克斯特，我得挂电话了，"她说，"你能去接尼古拉斯吗？"

"我去接他，"我说，"但你——"

"谢谢，真的很谢谢你。再见。"说完，她挂了电话。

我放下手机，见一家人都在盯着我。"再摆张高脚椅，"我说，"给我留点儿鸡胸肉。"

他们确实给我留了些鸡肉，只是等我把尼古拉斯接到家时，菜都凉了，而且泰式面条一点儿没剩。丽塔立刻从我怀里接过尼古拉斯，把他抱到尿布台上，轻哄着给他换了块尿布。阿斯特一直跟在丽塔身后想瞧一眼。我没再接到德博拉的电话，也不知道她的胳膊被锤子伤成什么样。可我脑子里只想到新闻里出现的那把锤子，所以我十分怀疑她用某种方法抓住了那位精神病榔头杀手。

但这说不通。指纹鉴定结果还没出——她不可能在几小时内打通层层僵化的官僚体系，搞定一切——虽然据我所知，这是唯一的方法。再者说，我不在一旁帮她，她才不会荒唐地跑去冒险，况且围堵一名手持锤子的行凶精神病人绝对符合"冒险"这一分类。

当然，她以前的搭档一直都靠不住，现在的亚历克斯·杜瓦蒂则看似与她关系密切，很可能是在法语方面。她完全可以和她的新搭档一起工作，而不是和我。一切都再正常不过——就连规章制度也这般建议。我才没为这事儿心烦，一点儿都没。就让杜瓦蒂代替我把脖子伸进套索里吧。坦白说，我已经有点儿厌倦干这活儿了。每次有危险都是我去给她帮衬，是时候让她靠自己的力量站起来，不再依靠我了。

送孩子们上床睡觉后，丽塔在我旁边坐了一会儿，接着她也开始打哈欠。没过多久，她轻吻一下我的脸颊，便摇摇晃晃地进屋睡觉去了。我陪着尼古拉斯等德博拉来接他。这孩子不赖，一点儿都不，只是没莉莉·安那么聪明。蓝色的小眼睛里没有莉莉·安的智慧光芒。而且客观来说，在我看来，他的运动水平也不如同岁的莉莉·安高。或许蒙台梭利的教导根本没用，或许他就是学得慢——这真的算不上什么问题。毕竟，完美与普通相距甚远，而世上只有一个莉莉·安。尼古拉斯依然是我的外甥，我们必须接受缺少天赋的孩子。

我和尼古拉斯在亲密的沉默中坐在沙发上，其他人都去睡觉了。我给他喂了瓶奶，很快又帮他换了片尿布。刚脱下湿透的尿布，他便径直尿向空中，我使出浑身解数才躲过射出的水流。平安地帮他换上尿布后，我心想电视抚慰人心的嗡嗡声或许能鼓励他睡觉，于是我打开电视，和他一起坐到沙发上。

接着我就见到了德博拉，在电视上，一起出现的还有闪光灯和地方新闻主播过度严肃的急切旁白。画面上我妹妹吊着左胳膊，急救人员给那条手臂支上充气柱，再用架子搭好。她一直和杜瓦蒂说话，显然是在对他下达指令或者别的什么，后者点点头，拍了拍她未受伤一侧的肩膀。

主播对德博拉的勇气与英雄气概接连吐出赞美之词，甚至连她的名字都说对了。这时画面切换到另一张轮床上，两名制服警察跟着一起走进救护车。担架上一个四方脸的男人拼命想挣脱手铐。他的肩膀与腹部在渗血，嘴里喊着一些下三烂的话。虽然电视台做了消音，但看口型也能猜到他说了什么。随后屏幕上并排摆出两张照片，是克莱因与贡特尔的正装照。说到这儿，主播的语气变得十分沉重，并承诺会不断更新后续报道。且不说我个人对电视新闻人员的看法，我必须承认我妹妹实际做的可没有上面讲的那么多。

当然，她没理由必须向我汇报进度。她不是德克斯特的监护人，假如她终于开始意识到这点，对我而言更好。因此当她总算过来接孩子时，我相当心满意足，一点儿都不生我妹妹的气。等她到这儿时，几乎已是午夜，我和尼古拉斯又看了几则新闻简讯，还看了晚间新闻头条，差不多全在重复最初那则恼人的公告。英勇警官逮捕警察杀手，搏斗时不幸受伤。对了，德博拉出现在电视上的时候，尼古拉斯竟丝毫没认出自己的妈妈。我百分之百确定莉莉·安会认出我，不管是在电视上还是在其他任何地方。当然这也不表示这男孩儿真有什么毛病。

不管怎样，打开门让德博拉进屋后，见到她本人的尼古拉斯似乎很高兴。这可怜的孩子还不知道他不会飞，他挥舞手臂，一心想飞到妈妈的怀里。我差点儿没抱住他，把他掉到地上，德博拉笨拙地接过孩子，用没事儿的那条胳膊把他紧紧搂在怀里，裹着石膏的左胳膊则挂在她的脖子上。

"好吧，"我说，"这样的公共场所居然没有特工跟着你，真令人惊讶。"

德博拉面对面抵上尼古拉斯的小鼻子，轻声说着无意义的音节，后者咯咯笑了，用力去捏她的鼻子。她抬头看向我，脸上满是笑意。"你他妈的说啥呢？"她说。

"电视上全是你，"我告诉她，"网上最炙手可热的新星。'英勇警探舍己受伤力擒狂徒'。"

德博拉闻言一脸挫败。"妈的，"她显然没意识到说脏话会影响小尼古拉斯的品性，"那群见鬼的记者非要采访我，还要我的照片和他妈的履历——那群人简直无孔不入，就连急诊室里都有他们。"

"这可是大新闻，"我说，"谁让那家伙让大家全变得紧张兮兮。你确定你抓对人了？"

"没错儿，就是他，"她开心地说，"理查德·科瓦斯基。毋庸置疑。"她又蹭了蹭尼古拉斯的鼻子。

"你怎么找到他的？"我问。

"哦，"她没抬头，说，"我在综合指纹自动识别系统里找到了匹配对象。

你懂的，靠指纹。"

我眨眨眼，一时哑口无言。她说的听上去实在不大可能，弄得我连怎么说话都快忘了。"不可能，"最后我蹦出这几个字，"就靠一枚局部指纹，你不可能在6个小时内找到匹配对象。"

"噢，好吧，"她说，"我走了后门儿。"

"德博拉，那是国家数据库，根本没后门儿。"

她耸耸肩，仍在朝尼古拉斯笑。"没错，不过，我有一个，"她说，"我给丘特斯基一个朋友打了电话，对方是华盛顿内部职员，他帮我迅速搞定了。"

"哦。"我承认这个反应很傻，但眼前这种情况我也只能想到这句了。顺便一提，丘特斯基是德博拉过世的前男友，他在华盛顿各个部门都有一两个能说上话的朋友。"好吧，你确定是这家伙没错？"

"噢，是，毫无疑问，"她回答道，"我找到几个可能的匹配对象，你知道的——那毕竟只是一枚局部指纹——但只有科瓦斯基有精神病暴力史，所以事情明摆着。何况他在奥帕洛卡一家建筑拆迁公司上班，所以锤子这点儿也对得上。"

"你在他工作的地方抓到的他？"我问。

她笑了，一半儿是因为回想起逮捕过程，一半儿是因为尼古拉斯，尽管后者除了崇拜地看着她以外，什么有趣的事儿都没做。"是啊，"说着，她伸手摸了摸尼古拉斯的鼻子，"就在本尼酒吧对面。"

"你去本尼酒吧做什么？"我问。

"哦，"她头也不抬地说，"5点左右我们找到了指纹匹配对象，但这家伙是临时工，根本没地方找他。我是说科瓦斯基。"像是以防我忘了那个名字似的，她补充了一句。

"好吧。"我巧妙地掩饰住心头的不耐烦。

"于是杜瓦蒂提议说：'5点了，我们喝一杯歇一会儿。'"说着，她扮了个鬼脸，"我觉得这话有点儿露骨，但他毕竟是我第一个可以忍受的搭档。"

"我注意到了，"我说，"他看起来人很好。"

德博拉冷哼一声，吓得尼古拉斯一缩，她连忙对孩子轻哼几下。"他才不好，"她说，"但我可以和他一起工作。所以我说好吧，就去本尼酒吧喝一杯歇一会儿。"

"解释得通。"我回道，事实的确如此。本尼酒吧是几个非正式警察专用酒吧之一，在那地方待着，没戴警徽的肯定觉得非常不舒服。许多警察下班回家路上都会去那儿歇一脚，有些人甚至偶尔会在工作时间擅自跑去喝一杯——不会记录在案的小憩。假如克莱因与贡特尔遇害前去了本尼酒吧，就可以解释为什么他们被杀时没有记录显示他们的位置。"走到酒吧门前，"她说，"我看见马路对面停了一辆卷饼餐车。我都没意识到这点，直到我听见远处废旧的办公大楼传来轰隆一声巨响。我又瞟了一眼，看看上面的商标，'墨西哥卷饼'。我想，妈的，不可能。"

我听得有些恼火。都这么晚了，我早就累得听不进去她的故事，再者说这些话真的没什么意义。"黛比，你想说什么？"我竭力让语气听起来别像我的感受一样暴躁。

"'轰'的一声，德克斯特，"她说得好像那是世上最显而易见的事儿似的，"类似锤子发出的声音，凿墙时发出的。"她扬起眉毛看向我。"他们正在拆除本尼酒吧对面的大楼，"她说，"用锤子，大楼前面还有一辆卷饼餐车。"我终于明白她在说什么了。

"不可能。"我说。

她坚定地点点头。"可能，"她说，"完全可能。他们雇了几个伙计在里面干活儿，主要是拆墙，用的都是大锤子。"

"榔头。"我想起文斯怎么叫它们。

"管它叫什么，"德博拉说，"总之我和杜瓦蒂就去了，我想反正也不可能，但总得过去瞧一眼。然而不等我掏出证件，那家伙就疯了似的举起锤子冲向我。我朝他连开两枪，狗娘养的竟然还在挥那该死的玩意儿，还打到了我的胳膊。"她合上双眼，倚上门框。"那家伙中了两枪，可要不是杜瓦蒂用电击枪把他弄趴下，说不定他还会扬锤砸上我的脑袋。"

尼古拉斯说了句什么，听起来很像"哭哭"。德博拉站直身子，笨拙地调整一下孩子压在手臂上的重心。

我看着我妹妹，如此疲惫却又如此幸福。我承认我感到了一丝嫉妒。而且我依然觉得整件事儿似乎不太真实不太全面，我简直不敢相信发生这么多事儿竟然没有我参与其中。好像玩儿填字游戏时，我刚写出一个词，其他人便趁我转身把余下的都填好了。更令我尴尬的是，我还曾为自己不在那里感到一点儿内疚，虽然黛比根本没邀请过我。我不在黛比身旁时，她曾处境危险，这让我感觉很糟。这一点儿都不像我，愚蠢至极，不可理喻，然而事实就是如此。

"这么说那家伙还活着？"我问。若真如此，可真令人倍感遗憾。

"妈的，没错，他们还得想办法让他安静下来，"德博拉说，"他力气大得不可思议，还感觉不到痛——要不是亚历克斯及时给他戴上手铐，他肯定又会袭击我。中完电击枪，刚过3秒这家伙就缓过来了，彻头彻尾的精神病。"她带着疲惫而满足的微笑抱紧尼古拉斯，孩子的小脸贴上她的脖子。"不过总算把他安全地关起来了。都结束了，他完了，我抓到他了。"说着，她来回摇了摇怀里的孩子。"妈咪抓住坏人啦，"她又说了一遍，这次语调更加悦耳，如同一段专为尼古拉斯哼唱的摇篮曲。

"好吧。"我发现打从德博拉进门起，我至少说了三次"好吧"。我已经心慌到连基本对话都搞不定了吗？"你抓住了'锤子杀手'，恭喜你，老妹。"

"是啊，谢谢。"说完，她皱眉摇了摇头："现在我只期望随后几天情况会有好转。"

也许是止痛药让她变得语无伦次，我听不懂她在说什么。"胳膊很疼吗？"我问。

"这个？"她举起石膏，"我受过更重的伤。"她耸耸肩，疼得直咧嘴。"不，是马修斯，"她说，"那群见鬼的记者都想拿这个大做文章，马修斯命令我跟他们合作，因为这他妈是一次搞好公共关系的绝佳机会。"她重重叹口气，尼古拉斯清楚地喊道："报纸！"然后拍上她母亲的鼻子。她又拿鼻尖蹭蹭他，说："我他妈恨死那些狗屁玩意儿了。"

"哦，当然。"现在我明白了。德博拉非常不擅长处理公共关系、部门政治、例行拍马屁，以及任何不包含找坏人、打死坏人方面的政治工作。假如她稍微擅长一点儿与人打交道的方法，说不定至少已经当上处长了。可惜她不擅长，眼下又深陷在要求假笑与屁话的处境之中——于她而言这两项才能与克林贡人[①]的求偶舞差不多，都是天方夜谭。她无疑需要某个清楚步骤的人给出预警。既然尼古拉斯连自己的名字都还不会说，那干这事儿的人只能是我了。

"好吧，"我小心地措辞，"接下来几天你恐怕得一直待在聚光灯下。"

"是啊，我知道，"她说，"真走运。"

"稍微遵守一下规则伤不到你多少，黛比，"我承认我现在也有一点儿暴躁，"你知道你该说什么：'迈阿密-戴德县小队，全队上下不知疲倦地追捕嫌疑人，出色完成了工——'"

"够了，德克斯特，"她打断我的话，"妈的你知道我说不出那种屁话。他们想让我在照相机前摆笑脸，告诉全世界我他妈多了不起。我做不来那种事儿，你知道的。"

我当然知道，但我也知道她应该再试试，这样随后几天她才能少受点儿罪。然而不等我想出一个聪明方法，好好说说这件事儿，尼古拉斯便蹦起来，说："叽叽叽叽！"德博拉微笑着看向他，面露疲倦，然后看我。"总之，我最好先让我的小兄弟上床睡觉去。谢谢你接他，德克斯特。"

"德克斯特日托，"我说，"永不关门。"

"明天上班见，"她说，"再次感谢。"德博拉转身准备出门。我不得不帮她把门打开，她现在只剩一条胳膊能用，那条胳膊还抱着尼古拉斯。"谢谢，"她又说了一遍——不到一分钟说了三遍，无疑刷新了她的纪录。

德博拉艰难地走向她的车，我从没见她这么累过。杜瓦蒂走出驾驶席，给她开后车门。她笨拙地将尼古拉斯放进车座，杜瓦蒂则在一旁扶着门。接着他关上车门，朝我点了点头，坐回到驾驶席。

---

① 克林贡人（Klingon）：《星际旅行》中虚构的一个好战的外星种族。——译者注

　　我目送他们离开。如今整个世界都觉得黛比很了不起，因为他们确信她抓住了一名危险的杀人犯，而她一心只想再去抓下一名。我希望她能学着好好利用这个机会，但我知道她永远学不会。她坚强、聪明、高效，但她永远学不会绷着脸撒谎，而那恰恰是所有职业的撒手锏。

　　我忽然觉得有点儿心烦，今后几天她肯定会需要一些公共关系方面的技巧，既然她半点儿都没有，这事儿很可能会成为德克斯特与明星谋士德克斯特的任务。

　　好像理所当然一般——事情总是以我有麻烦收尾，无论事实上与我有多大关系。我叹了口气，看着德博拉的车消失在拐角，然后锁上门，上床睡觉。

Chapter
我知道你的名字了 12

德博拉成功逮捕犯人后，媒体炒作这起案子的热情超乎了所有人的预期。随后几天，德博拉不情愿地当了一把摇滚明星，采访、拍照请求如洪水般涌向她。即便在相对安全的警察总部，也会有人叫住她，说她多么了不起。当然，德博拉本人丝毫没有为周遭的瞩目感到高兴。她拒绝了所有媒体邀请，在警局内也想尽办法不动声色地甩开那些前来祝贺的人。虽然不是每次都能成功，但是没关系。其他警察会觉得处在人生巅峰的她还是那么谦逊、豪放、不爱听马屁——多半儿都是事实——这些也为逐渐形成的摩根传说再添一抹亮彩。

只是不知怎么回事儿，我妹妹的光彩居然也映到我身上一部分。我确实经常靠我特殊的洞察力看透一些事件的本质——邪恶且愉悦的部分——进而协助德博拉破案，次数差不多和我在调查过程中挨的打、受的欺压与虐待一样多。但从没有哪起案子像这次这样给我如此多的感谢。随便遇到个人都会上前拍拍我的肩膀，以示谢意——虽然我这次根本什么都没做，却忽然名满天下。记者们好像忽然领悟到鲜血飞溅的迷人之处似的，连续三次向我发来采访邀请。我还应邀为《法医杂志》写了一篇文章。

我婉拒了采访，那是自然——我一向避免进入公众视线，如今也没理由改变这点。可依然有人关注我；人们叫住我，说些溢美之词，握住我的手，说我表现得多出色。这话倒是没错；我一直很出色——不过不是这次。太多不请自来的瞩目令我如坐针毡。我感到很不安，甚至有些恼火。电话铃一响，我就吓得一哆嗦，门一开，我便下意识躲起来。我甚至开始念叨那句经典的傻话：为什么是我？

悲剧的是最终回答这个烂问题的人竟然是文斯·增冈。"池鱼，"一天早上，听说我第三次拒绝了《迈阿密之舟》的采访邀请后，他故作聪明地摇摇头，"城门失火，殃及池鱼。"

"没错，8小时一个苹果，3个大夫远离我，"我说，"那又怎样？"

"怎样？"他狡黠地笑道，"你想怎样？"

我看着他，他带着坏笑看着我，似乎真像以往那样知道些内情。所以我略微正经地回答了他的问题。"我想，"我说，"孤芳自赏地工作，没人打扰我，也没人认识我。"

他摇摇头。"那你得去请个新代理，"他说，"现在博客圈上到处都是你的照片。"

"哪儿到处都是我的什么？"我问。

"你瞧。"说着，文斯在他的笔记本上敲几下，然后将屏幕转向我。"这是你，德克斯特，"他说，"摄影师技术超凡，拍得非常神勇。"

我看着屏幕，一时间几乎在幻觉里迷失了方向。一个版头滴血的网站出现在电脑上，上面写着"迈阿密谋杀"。下面配了一张气宇轩昂的男模照片，他站在友谊火炬雕像前——就是发现贡特尔警员尸体的地方。模特看起来威风凛凛、神采飞扬、性感迷人——像极了我。事实上，令我惊讶的是，正如文斯所说，那真是我。我站在德博拉身旁，手指着海滨，后者的脸上满是热切的顺从。我不知道谁抓拍的这张，照片上我俩的表情根本不符合我们的性格，还让我看起来格外神勇——可照片就摆在那儿。更要命的是，配图文字写着，"德克斯特·摩根——'锤子杀手案'的真正核心"。

"这博客可火了，"文斯说，"真不敢相信你竟然不知道，全世界的人都知道。"

"这就是大家忽然对我感兴趣的原因？"我问。

文斯朝我点点头。"还是说你新推出一首我不知道的主打单曲？"

我眨眼看看那张照片，希望它已经消失不见，可它没有。我看着它，感到某种近似恐惧的东西在胃里翻腾。上面挂着我的照片、名字甚至职业，方便快捷，一键打包。第一个闪现在我脑子里的念头不是"噢，伙计，我真帅"，而是一度萦绕在我心头的莫名焦虑，类似于：

万一那位陌生目击者看见这张照片了怎么办？我的名字就写在照片下面，还附着职业——除了穿多大码鞋，我的个人信息几乎全在这儿了。就算他之前没查过我的车牌号，没追踪过我，这网站也提供了他所需的一切。这都不是"2加2"的问题；而是有人直接给出了"4"。我咽了口唾沫，原本简单的动作如今却变得异常艰难，嘴里忽然干巴巴的。我注意到文斯正神色古怪地盯着我看，便搜肠刮肚地想翻出几句令人信服的俏皮话，结果只挤出一句："哦，呃——见鬼。"

文斯摇摇头，表情严肃。"你现在不是单身实在太遗憾了，"他说，"不然就能好好干点儿坏事了。"

那似乎能更快把我送进监狱。我一直谨慎地避免任何形式的抛头露面；对我这种有特殊娱乐嗜好的人来说，尽可能隐姓埋名再好不过。目前为止，我也确实努力远离公众的视线。可眼下，我的信息显然溢出了博客圈，我只能期望目击者没看过"迈阿密谋杀"这个博客。假如消息的传播程度真如文斯所说，或许我还要期望他生活在与世隔绝的地方——没有互联网的地方。我无法遮住自己；这简直是公开裸体，直截了当。更糟的是，我根本无法解决这个问题，只能等一切尘埃落定，待瞩目随风散去。

实际上，事情并未即刻平静下来，至少"锤子杀手"一案没有——不过值得庆幸的是，硝烟总算逐渐离我远去。随着案件细节涌入主流媒体，网上开始出现部分死者照片——都是迈阿密谋杀爆出来的，虽然后来被报纸霸占了。媒体还详细描述了克莱因与贡特尔的死状。激动人心的结论泄出后，公众兴趣顿时连升几级，报纸、电视纷纷打出好到不能再好的大标题——"在职妈妈下班后力擒变态杀手！"——媒体尽数涌向德博拉，将我远远甩在身后的尘土中。我都怀疑我妹妹其实是披头士乐队成员，只是一直以来忘了提而已。

黛比的故事确实比我的更有噱头，不过当然，这些都不是她想要的。何况记者们理所当然地认为她不配合是因为她想要钱，这令她越发不想和他们说话。马修斯局长不得不勒令她接受一两个国家级媒体的采访请求；他觉得维持正面的公众形象是他的主要任务，为自己，也为警局。再者说国家电视台采访一向来之不易。可惜德博拉明显对摄像机镜头感到紧张、尴尬、不自在。马修斯局长立刻判断黛比不适合搞公共关系，改成他亲自出马。电视台对此可不太感冒，且不提局长令人难忘的下巴，就在德博拉婉拒邀请一两周后，国民关注点已经完全转向另一个令人难以置信的感人故事：独自攀登埃佛勒斯峰[①]的8岁女孩儿，行至半山腰时因冻伤失去了双腿。对她父母的采访格外引人注目——特别是母亲哭诉日常开销那里，她说女儿一天天长大，他们每个月都得花钱给她买一对新假肢——我默默记下这件事儿，以防错过他们秋天的真人秀。

就在媒体向前推进的同时，警局里的人也终于厌倦了不停对德博拉说她有多了不起，尤其是当后者的回应听起来越发咬牙切齿的时候。甚至有个别警察出于嫉妒，开始说些小肚鸡肠的风凉话。总之，祝贺与赞美总算烟消云散，警局又恢复到迈阿密警察残酷的日常生活中去。紧张、阴暗的氛围早已不在，生活回归以往令人舒适的既定模式。黛比开心地走出聚光灯，办事儿仍像以前一样直来直去。那条受伤的胳膊似乎没太耽误她的工作，上班时亚历克斯·杜瓦蒂一直陪在她左右，无论是在字面上，还是在比喻意义上，都给黛比帮了把手。

至于我，我又划掉清单上的几个名字。进展如噩梦般缓慢，我却只能一步步来。我知道可怕的事情即将发生，也知道自己将成为灾祸的攻击目标。目击者肯定已经知道我的身份。有了那张写着我名字的照片，把我和网上的那个人联系在一起似乎只是时间问题。一想到敌人正在暗中观察我，我每天都过得心惊胆战。

---

① 埃佛勒斯峰（Mount Everest）：即珠穆朗玛峰，西方普遍称其为埃佛勒斯峰。——编者注

可不管我看得多仔细，看多久，周围依然没有一丁点儿异常的迹象，只是不安的感觉却始终没有退去。外出时，明明没人目不转睛地盯着我，我却总觉得在哪儿都能感觉到他的视线。明明没有任何异常状况，一次都没有，我却能感觉到他。什么东西正朝我走来，我知道当它降临时我不会高兴，完全不会。

黑夜行者同样心烦意乱；它像一头困在笼子里的老虎，永不停歇地来回踱步，无法提供任何帮助与建议，只会徒增我的不安。随后几天近乎不变的恐惧终日如影随形。我几乎无法继续维持自己"快乐奶爸"的假面。丽塔没再提找房子的事儿，但那或许是因为她工作上遇到了某种涉及欧元与长期债券收益方面的危机。她突然忙得不可开交，只是偶尔仍会莫名其妙地盯着我，满眼的不赞成，而我依然不知道自己究竟出了什么问题，或者做错了什么事儿。

我还陪阿斯特去牙医那里上了牙箍。这趟旅行对我们俩来说都谈不上愉快。她仍觉得戴牙箍对她而言是某种世界末日，是这个有仇必报的世界设计出来迫使她陷入社交死亡的手段。看牙医的路上，她一反常态沉默不语。

戴着崭新锃亮的银牙箍回家时，她依旧一言不发，只是更加暴躁。她怒瞪窗外，朝路过的汽车大喊大叫。我想让她开心点儿，可惜这份笨拙的努力只换来一眼怨恨的瞪视与两句简单的陈述。"我看起来就像个改造人，"她说，"我这辈子完了。"她转头看向车外，不再说话。

阿斯特在生闷气，丽塔在处理工作数据，科迪一如既往沉默寡言。只有莉莉·安注意到情况不对。她跳了几圈《老麦克唐纳有个农场》与《青蛙先生求婚记》，努力帮我分散注意力走出恐惧。可就连她了不起的音乐天赋也只能暂时缓解我内心深处的焦虑。

厄运将至；我知道，但无力阻止。就像看见一架钢琴从楼顶坠落，你知道几秒后便会听见一声可怕的巨响，可除了等待你束手无策。尽管这架钢琴只是我脑海中的意象，我却发现自己已经准备好迎接钢琴砸到路面那一刻发出的巨响。

随后一天早上，正在上班的我发现原来钢琴根本不是我脑中的意象。

我拿着佯装咖啡的毒液坐下。周围没人，我打开电脑，开始检查收件箱。里面都是些垃圾邮件——一条部门备注，通知大家最新着装规范，勒令全体警员不得穿瓜亚贝拉衬衣上班；一条童子军团长简讯，告诉我下周与科迪一起参加活动，别忘了带零食；三条某家加拿大在线药房的广告；两张暗示某种严重违法活动的传单；一封尼日利亚律师发来的信函，说我继承了一大笔遗产；还有一封邀请函，让我在一个杀人犯同好网站发表一篇鲜血飞溅题材的文章。一瞬间，我甚至有点儿烦恼该给这个谋杀爱好者网站写些什么。简直荒谬、令人费解，可我又莫名感到好奇。最后我没忍住，打开了邮件。

眼前一片空白，我心慌了半秒：是不是中病毒了？这时，屏幕上开始播放图像文件，鲜红色的动物血液飞溅在页面上，随后一滴滴流向底部。整个画面看上去相当真实，让我觉得非常不舒服。黑色的字母缓缓浮现在骇人的血水中，慢慢拼出我的名字。恐惧顷刻从我心头席卷而过。只见一道眩光闪现，几个巨大的黑体字出现在眼前："找到你了！"

一时间，我就这么呆呆地盯着屏幕，做不出任何反应。黑体字逐渐隐去，我的生命也随之消散殆尽。找到我了，都结束了。不管对方是谁，打算做什么——都无所谓了。德克斯特完了。

接着一段文字出现在页面上，已经陷入麻木与无助的我强忍痛苦读起来。

"如果你和我一样，"上面写道，"也喜欢谋杀！"

好吧，我确实和你一样；你想说什么？

下面写道：

那没什么不对——你将在这里找到众多与你爱好相同的人！他们和你一样喜欢生活在迈阿密，这里总有新案件发生！迄今为止，跟进本地谋杀新案几乎是一件不可能的事儿。但现在，你可以轻松搞定一切！热带鲜血，激动人心的全新在线期刊，从专业角度带你审视时下谋杀案——每月仅需4.99美元！仅首批订阅者可享受该优惠！马上加入，勿待涨价！

后面还有不少，我没继续看。整个人完全处在庆幸与愤怒的夹缝里。庆幸的是这是一封垃圾邮件，愤怒的是刚才的感觉太糟了。我删掉邮件，然而就在我点下鼠标的一刻，笔记本轻响一声，我又收到一封新邮件，标题只有一个词"身份"。

我把鼠标移到这封邮件上，犹豫片刻。这事儿说不通，可发生的时机却如此有魔性——这个刚删那个便到了。当然，二者没有任何联系，只是表现出某种奇妙的巧合罢了。我打开邮件，猜测里面可能是介绍某种新奇产品的广告，防范身份盗用或者增强性能力什么的。然而"身份"这个词已在我脑海中回荡许久……只要一想起那位目击者，我就会琢磨它。我一直在思考他的身份，思考他是否知道我的身份。这会儿看见标题里出现相同的词，我不禁绷紧了神经。世上几乎不可能存在这样的联系，我的想法愚不可及，可事实摆在眼前，我没法儿不去看一眼。我打开邮件。

屏幕上出现一页单倍行距的文章，最上面一行的版头用特殊字体写着"幽灵博客"。版头字母呈灰色半透明，下面是浅红色的模糊镜像。最底下没署名，只有一个网址：http://www.blogalodeon.com/shadowblog。

噢，天赐极乐：原来是某个微不足道的匿名博主把我拉到他的收件人列表里了。这就是我近日扬名立万的代价吗？遭受半文盲键盘侠们的纠缠？我可不需要这个。我再次移动鼠标，打算删掉这封邮件——就在这时，我看见信上第一句话，霎时间一切归于冰冷和死寂。

现在我知道你的名字了，上面写道。

我盯着那句话，这一刻仿佛化为永恒。这等不合理之事的出现概率简直和临床上发生脑死亡差不多。可出于某种原因，我确信这句话说的就是我，确信这封信出自那位目击者之手。我凝视屏幕，眼睛或许眨了一两下，再做不出其他任何反应。最后我总算听见远方传来"怦"的一声响，意识到我的心跳在提醒我，我需要呼吸。我喘口气，闭上双眼，往大脑里吸入一些氧气，推动思绪。首先，我责令自己冷静下来，接着从逻辑角度提醒自己，这只是一封垃圾邮件，信上的内容很可能与我没有半点儿关系，也不可能来自那位目击者。

我又吸一口气，感觉好多了，然后睁开眼。那句话仍在上面；依然写着，"现在我知道你的名字了"，后面依然有一整页文字。但我自豪地发现自己已经冷静下来，我只需大致扫一眼上面说了什么，就能迅速证明该博客与我没有半点儿关系。我只要随便读一两行，我就能认清自己现在就是个偏执的白痴，就可以继续平静地喝我那杯廉价咖啡了。

于是，我看向第二行，继续往下读。

自从那一晚在抵押房里看见你，你的脸便一直在我脑海中挥之不去。无论在哪儿，无论我醒着或者睡着，我都会看见你，我根本无法抛开你站在一堆生肉旁边的画面，何况就在几分钟前，那堆血淋淋的肉还是一个活生生的人。就算是你也该清楚那他妈大错特错了！我一直在想——你他妈究竟是谁？或者你他妈——到底是不是人？真有人干出那种事儿还能逍遥法外吗，还会在现实世界里行走、购物、谈论天气吗？

我逃走了，从你干那档子事儿的眼皮底下逃走了。可那画面也跟着我一起走了。我知道我该做些什么，但我没有，我也无法忘记那一切。

从我逃走那天起，我便开始在各个地方看见你。我以前从没见过你，可现在我只要一踏出门就会看见你蹦出来。我看见你和你的孩子，看见你在街上工作，我再也无法忍受了。

我不蠢。我知道那次不是意外，世上根本不存在那种巧合。可我不想思考那意味着什么，因为如果我想了，我就必须做些什么。我一直觉得我还没有为此做好准备。我是说，我还要处理自己离婚的事儿，尽管不断遇到各种令人作呕的麻烦，但那是重中之重。我要面对的麻烦太多了，现在还要处理你——不提了。

然而就在这时，我看见了你的照片，上面还写着你的名字和职业。你的职业！我的天啊，你他妈竟然是个警察？真够有胆儿的。你为什么能逍遥法外？我这才明白对你这样一个警察我他妈的根本无计可施。

但我停不下来。我越琢磨越感到束手无策，因为对付你这坨屎要处理的麻烦实在太多了。这个念头一直在我脑袋里飞来转去，最后我都快不正常了。我想摆脱它，可我无处可逃，也无法回避，我必须面对你，因为我现在知道你是谁，你在哪儿工作，我再找不到任何借口。各种念头积在一起，在我脑袋里打转，我他妈快疯了——

后来，就像脑子里的开关突然开了似的，我想通了。咔嗒。我仿佛听见一个声音对我说，你看待这件事儿的角度根本不对。正如神父过去常说的，只要你找对角度，其实每个障碍都是一块垫脚石。我想，没错。

这不是一个问题。这是一个答案。

这是一种方法，让废话重新具有意义，让一切最终化为一个整体。或许我现在还不知道具体该怎么做，但我知道这是对的，知道我可以这么做。

我会这么做的。很快。

因为现在我知道你的名字了。

走廊里传来一声关门响。两个声音在对彼此说话，可我听不清，听清了恐怕我现在也听不懂，因为此刻全世界只剩下一件事儿还有意义：

他知道我的名字了。

他看见了网上写我名字的照片，他已将自己目击到的一切与那些信息结合起来了。他知道我了。他知道我是谁，知道我在哪里工作。我坐在椅子上，竭力保持冷静，思索处理此事的正确方法，可我无法跨越那个令我整个世界支离破碎的念头。他知道我。他就在那儿，随时都能毁掉我。我根本不知道他是谁，但他知道我，只要他想，他可以在任何时候曝光我，而我对此无能为力。

看见我和我的孩子又是怎么回事儿——他想威胁莉莉·安？我绝不允许那种事儿发生——我必须找到他，找到阻止他的方法。可我该怎么办，我已经找了他两周，要是失败了呢？

我又把博客扫一遍，寻找任何可能告诉我他身份的线索。只需一个小提示，我就可以摆脱这个噩梦。然而上面的字纹丝未动，再读一遍我也没看见任何语句暴露出他是谁。只是至少目前我还算安全。那他究竟想威胁什么？袭击我或者我的家人？他说要"对付"我，我不懂那是什么意思，但我不喜欢那种说法。他在最后说他现在还不知道具体该怎么做——这话可以理解成任何意思。在我弄清他是谁以前，我无法排除任何一种可能。

如同溺水的人需要空气，此刻我急需一条线索，可我只找到一页废话。等等，从技术上讲这不算废话；这是一个博客，意味着这是一个半既定的东西，假如存在其他博文，说不定其中哪篇会透露出一些有用的东西。

我复制页面顶部的地址，粘贴至浏览器窗口，打开网页。无论是谁都可以注册的免费博客网站，"幽灵博客"只是其中之一。但好在上面真的有其他博文，而且每隔几天就有一篇。我尽我所能将所有文章迅速浏览一遍。第一个打开的页面上写着："为什么事情总会变得一团糟？"一个相当值得研究的问题，他比我预计的对生活更具洞察力，但依然没告诉我任何有关他自己的事儿。

我继续往下看：上面大部分内容都是闲扯，隔几句便抱怨一下为什么没人欣赏他，结尾处说为了弄清此事缘由，他决定开始写博客。文章最后写道，"我是说，我不懂。我走进屋，可他们却像没看见我似的，好像对其他人而言我根本不存在，就他妈是个幽灵似的。所以我将这里命名为'幽灵博客'"……多么动人、感性，寻求人际关系的真实呼唤，我非常想尽快与他取得联系。但首先我得知道他是谁。

我又看了几篇。这博客他写了一年多，内容越来越偏激，每篇都是匿名发表，哪怕是提及离婚的几篇，也只是将离婚对象称作"A"。他满心苦涩地写下妻子不仅不愿意外出工作，还想让他出赡养费支付一切。由于负担不起两地开销，尽管已经离婚，他依然不得不和她生活在同一屋檐下。作者生动描绘了一幅底层中产阶级的苦难肖像，我敢肯定这些能够融化我的心，如果我真有一颗心的话。

相较其他，博主对"A"拒绝工作的事儿似乎格外抓狂。他慷慨激昂地阐述一番责任的定义，表示不履行社会公平分配的任务根本就是原始的罪恶，继而引申出他观察到的一些现状，主要针对一般社会与那些拒绝"像其他人一样遵守规则"的"浑蛋们"。接着，闲谈由此转变为几段冗长的正义演说，宣扬一个人应得多少就该得多少。他坚信，倘若所有人都像他一样，世界将会更加美好。总而言之，这篇博文描绘了这么一个人：情绪管理有问题、自卑，认为世人拒绝承认他的纯正品质，并为此心灰意冷。

　　我又看了几篇。在随后的6篇日志里，我偶然看见一段详细讲述了他与"A"日渐加剧的矛盾——我真的很同情他，可他干吗不用真名呢？用了事情不就简单多了。不过当然，那样一来他也会把我的名字写在上面，所以就算利弊抵消了。我继续翻看前面的日志，差不多都是相同的内容——愤愤不平、自我专注的傻话——直到我看见一篇标题写着："咔嚓！"我立刻认出日志最上面的日期，就在我与瓦伦丁约会后第二天。我不再往下扫视，认真读起来。

　　　　关于"A"我有太多话要说，她就是个恶婆娘，没完没了地指责我不能体面地赚钱。不过如今那些指责都成了笑话，因为现在她一分钱都赚不到。可事情就像是"不，你是男人，你得去赚钱"这样。我看着她坐在我还贷款的房子里，最后还得我买日用品，而她连个屁都不放一个！甚至连扫都不扫一下！我看着她，看到的不再是懒惰与恶毒，而是一个大写的罪恶。我知道我不能再默默忍受这些狗屁玩意儿，我必须在自己干出什么之前出去走走。为了消气，我开她的本田车在外面转了一会儿，一路揣着心事儿磨牙闲逛。大约一小时后，我来到格罗夫，结果除了咬牙咬得下巴生疼，我什么都没想出来，油箱还快见底了。我实在需要找个地方坐坐，想想自己该怎么办，或许我该去趟孔雀园之类的地方，可那会儿正在下雨，于是我开始朝南往回绕。然而离家越近，我越火大，刚转弯驶上老卡特勒路，一个开宝马的浑蛋突然抢到我前面。我想，没错，他妈的，我几乎听见自己脑内传来东西断裂的声响。我踩下油门，追上他，可现实是，老兄，醒醒吧：人家在开新宝马，你在开快散架的老本田。不到3秒对方便消失得无影无踪，我火更大了。我拐上一条街，以为他走了这边，可路上一个车影都没有。我又转了几分钟，心想，去他妈的，说不定我能撞大运呢。然而最后也没追上，对方早走没影儿了。

　　　　这时我瞧见这栋房子。房区一片荒凉，又是拍卖房区。某些装聋作哑的浑蛋欺骗银行，抬升他人的贷款利率。我放慢车速瞅了瞅，瞧见车库里藏了一辆老式雪佛兰，仿佛车主还住在里面，免费住在那儿似的，而我却一直拼了老命地还贷款。

　　我停下车，绕道走向车库的旁门，溜进屋内。我不知道我当时在想什么，也不知道我该做什么，只知道自己一心想撒气。我听见隔壁屋里有动静，便蹑手蹑脚地走到门口，偷看一眼——

　　案台上放着一只手。人的手。

　　可那手没有主儿。这说不通。

　　手旁边是一只脚，一样没有主儿。其他部分也在，噢，天啊，最上面有个脑袋，正瞪着眼睛，径直看向我，我愣在原地，能做的只有回望着他——

　　什么东西动了，我看见一个男人站在那里，十分冷静地清理现场。他像在上班似的，仿佛一切稀松平常，没什么大不了的。他慢慢转向我这边——我看见了他的脸——

　　过去神父经常用魔鬼的画像吓唬我们。画上的魔鬼长着犄角、脸色通红，眼神十分邪恶恐怖——可这家伙更瘆人，他相貌平平，十分真实，却他妈坏得如此彻头彻尾。他真心实意地为自己的行为感到高兴，为和肢解的尸体在一起感到快乐。

　　现在他转头看向我——

　　太久了。"砰"的一声，不等我反应过来，我的身体已经自己回到车里，一溜烟儿跑了。我一路逃回家，然后才想，我为何不做点儿什么？哪怕给警察打个电话也好啊。想到自己是个懦夫，我顿时火气全无，或许他们没错，我他妈就是个幽灵。我本该做点儿什么，我现在依然该做点儿什么。

　　可做什么呢？

　　他描绘了"暗黑德克斯特"嬉戏的模样。就某种诡异的程度上说，这番描述非常吸引人，或许有点儿毛骨悚然，不是十分讨喜——"相貌平平"？他说的是我吗？肯定不是。可除此之外，也没有什么特别有助于确认博主身份的线索了。

　　我又看了后面几篇博客。其中一篇提到他在杂货店看见我——离我家最近的大众超市①，估计是——他像幽灵一样溜出超市，躲在车里看着我拎着日用品走出来。随后两篇则以他一贯的风格描述了那天早上我们在帕尔梅托高速公路入口偶遇的情景：

    我随着早高峰的车流缓慢前进，准备去做傻了吧唧的兼职。为了省油钱，我今天开着"A"的车。我望望四周，只觉得眼前轰的一下——我又瞧见了那个身影。是他，妈的没错，就是他。他坐在一辆脏兮兮的小车里，和其他薪奴一样等着去上班，样子再正常不过。我脑子里一片空白，因为周围的一切都他妈如此正常，一如既往，可那张脸就在我旁边的车里，那张一直在我脑海中挥之不去、被碎尸环绕的脸此刻就在这里等着上帕尔梅托高速公路……

    大脑凝固了，我无法思考，就这么盯着他，我可能在思考，像是"猜猜他要去做什么"这样的问题；我是说，比如喷射火焰或者变出蝙蝠什么的。忽然，我发现他意识到我在看他，他慢慢转向我，一如那晚在那栋弃屋里一样，相同的事情再度发生——我彻底慌了，猛踩油门，不等我明白自己做了什么，我已经逃了。后来我仔细想了想这件事儿，为自己再次逃跑感到非常非常愤怒——我他妈才不是废物，我知道我该做点儿什么，可不等我想我已经跑了，但那根本不是真正的我。

    而且我觉得，好吧，那么怎样才算真正的我？我发现我自己也不知道。我一直在回避这个问题，一直在用假象迎合他人——神父、我的老师、"A"，甚至还有我打工的那个地方的浑蛋老板，那家伙浑到根本不知道该如何循序渐进地工作，还跑来跟我讲数据配置，傻×。连他在内的所有人——我努力让他们高兴，却没有试着做我自己。为此我他妈思考了好长一段时间，上班路上一直在琢磨这事儿。

    好吧，我是谁？列个清单：首先，我承认大部分人都没注意到我。其

---

① 大众超市（Publix）：美国一家大型连锁超市。——译者注

次，我坚守规则，假如别人不遵守，我会非常火大。我很擅长摆弄电脑。健康饮食，注意身材。呃……

就这些？

我是说，难道不该还有些别的吗？这些加起来也就勉强能算个傻了吧唧的薪奴，可我还自己交税呢。

这时我想到他，那个拿刀的家伙。

他显然知道自己是谁，而且一直在做自己。

我又冒出一个想法，心下怀疑道：我逃跑真的是因为我怕他吗？

还是因为我怕自己，怕自己想有一番作为？

每一篇都很有意思，但假如他真有自己认为的一半儿聪明，他就该逃得远远的。要知道我从未如此渴望将谁绑在桌子上。

后面还有不少，他大概隔几天就会写一篇。我还没来得及看，就听见身后"咔嗒"一声响。我反射性地切回主屏，看见文斯·增冈走进屋。平凡的一天猛地推开眼前的障碍，进入既往的轨迹。只是这一整天，我脑子里就只有那一句恐怖至极的话——"现在我知道你的名字了"。有人知道了我是谁，我是什么人，而且不管他是谁，肯定不是什么温柔亲切之辈，不可能带着鲜花与感谢来回报我默默无闻的付出。对方随时会杀过来，或者曝光我，如此一来我精雕细琢、努力完善的人生将毁于一旦。

不管他是谁，他知道我的名字。而我不知道他是谁，也不知道他打算做什么。

Chapter
幽灵博客 *13*

这事儿我想了一天，回家路上都在想。毕竟至少对我而言，这事关重大：一切即将结束，结局就是我无力回天。我一路都没留意晚高峰的路况，几乎想不起来自己怎么回的家，显然全靠体内的自动驾驶系统。我确信到家后也发生了不少事儿——我很可能与家人有过交流，吃过饭，还在沙发上看了一小时左右的电视。可我对此全无印象，哪怕是对莉莉·安。整个脑子里只有一个可怕的念头：德克斯特在劫难逃，毫无回旋余地。

上床后，我的脑子依然翻腾个不停，不过总算勉强睡了几小时。然而第二天上班时，我却发现自己更难维持平日开朗的伪装。当然，事实上并没出什么岔子，没人朝我开枪，也没人企图给我戴上脚镣，可我的后颈却能感觉到那人冰冷的呼吸。我那幽灵朋友随时可能下定决心，不再举棋不定，然后告发我。而我正在龙潭虎穴里上班，这里正是世上最方便给我戴手铐，送我上"火花"①的地方。

---

① "火花"（Old Sparky）：美国部分地区对"电椅"的别称。——译者注

可一天慢慢过去，没人来找我。随后一天也是如此，远处没有猎犬咆哮，近处也无人哐哐砸门，走廊里听不见一丝铁链的脆响。极度不安的我无论多仔细地环顾四周，身边的一切依然平静得令人发狂。

若要觉得有谁会来逮捕我，我自然便会想到热情的多克斯警长，可就连他也没有任何企图逼近的迹象。上次抓到他翻看我电脑之后，身边再没出现过类似的不祥预兆。有那么一两次，我看见他在远处瞪我。我曾片刻偏执地坚信他知道了——可除了像往常一样恶毒地看着我，他什么都没做，如此一来，那样的表现和太阳的辐射基本没什么差别。甚至卡米拉·菲格也忍住不再往我身上洒咖啡。事实上，身心俱疲的这几天我根本没碰到卡米拉。我曾无意中听见文斯打趣她是不是新找了个男朋友，她脸上涨起的绯红似乎表明文斯说中了。对此我毫无兴趣，不过至少她不再拿着危险的饮料悄悄接近我了。

但确实有人在悄悄接近我，我能感觉他在绕着我徘徊，而且始终待在下风处。然而我什么都没看见，什么都没听见，就连可看可听的迹象都没发现。无论在家还是上班都没人对我表现出恶意。大家一如既往对我毫不在意，根本没人注意到我深深的焦虑。同事和家人看起来全都生活在恼人的心满意足之中。事实上，周围人的幸福简直像春天的鲜花般遍地绽放。然而马德维里没有欢笑，英雄德克斯特即将被三振出局[1]，对此我心知肚明。末日沉重的双脚悄悄来到我身后，随时都会撞上我的脊柱，一切都将结束。

无论我们蒙受多少痛苦，他人都毫不在意，生活的真谛便是如此——通常甚至没人发现。所以，尽管我在全身心地等待末日降临，周遭的生活却仍在继续。而且像要戳我痛处似的，身边所有人的生活似乎都变得快乐起来。所有生活在迈阿密的人突然莫名地充满了令人不快的喜悦与活力。轻率的快乐席卷整个城市，连我哥哥布赖恩似乎都被感染了。看过"幽灵博客"后第三天晚上，我到家时看见布赖恩的车停在屋前，他本人则在屋内的沙发上等我。

"嘿，兄弟。"说着，他朝我抛出一个糟透了的假笑。

---

[1] 此句出自欧内斯特·劳伦斯·泰尔描写棒球比赛的诗歌《卡西在击球》（*Casey at the Bat*），原文为"马德维里没有欢笑：英雄卡西三振出局了"。——译者注

　　布赖恩的出现一时让我觉得匪夷所思，因为他理应只会在每周五晚上来我家吃饭，可眼下他却在周四晚上坐在我家沙发上。再者我受损严重的大脑活动已经完全被幽灵占据，以至于我几乎无法接受布赖恩真的在这儿的事实。我就这么傻傻地眨眨眼看着他。

　　"今天不是周五。"最后我脱口说道。这话对我来说逻辑分明，但在他眼里显然十分搞笑，因为他的笑容瞬间放大了两倍。

　　"确实。"然而没等他继续往下说，匆匆走进客厅的丽塔打断了我们的对话。她一手抱着莉莉·安，一手拎着杂货袋。

　　"哦，你回来了。"在我看来她的话明显抵消了方才我对布赖恩说的那句。她把杂货袋放到沙发旁，我失望地看见里面装着一堆纸，而不是晚餐。"布赖恩帮忙列了个清单。"说着，她朝我哥哥会心一笑。

　　然而不等我弄明白那是什么清单，弄清楚我为什么得知道这个，走廊另一端便传来阿斯特惊天动地的喊声。"妈！"她叫道，"我的鞋找不到了！"

　　"别闹了——你刚才还穿——给，德克斯特。"丽塔将莉莉·安塞进我怀里，匆匆穿过走廊，估计是想让阿斯特别再喊了，免得房子裂成两半。

　　我抱着莉莉·安坐到安乐椅上，费解地看向布赖恩。"当然，能见到你我一直都很高兴，"我说，他点点头，"可你怎么今天过来了？而不是星期五？"

　　"哦，我周五也会过来，我保证。"他说。

　　"太好了，"我说，"但为什么？"

　　"你可爱的老婆，"说着，他歪头指了指走廊另一边的丽塔，大概在确保我知道他说的是丽塔，而不是其他可爱的老婆，"丽塔，请我帮你们找栋新房子。"

　　"哦。"我想起来她最近提过这件事儿——不过，当然，我听完就忘了，因为我当时正自顾自地沉浸在自己即将身败名裂这个小问题里。"好吧。"这句更多是为了填补眼前的沉默，没什么别的意义。布赖恩心领神会。

　　"是，"他说，"做事儿赶早不赶晚。"

　　不等我想出什么场面话迎合他，丽塔一阵风似的回到客厅，不过依然在回头跟阿斯特说话。"运动鞋没问题，赶紧穿上！科迪，快点儿！"说着，她抓起桌子上的钱包，"我们出发吧！"

就这样，我们被丽塔这阵飓风一并卷出门。

我真的一点儿都不想出去找房子，不想在现在，不想在我整个世界摇摇欲坠、吱嘎作响的时候。我只想去找我的目击者，可我没法儿在布赖恩的跑车后座上干这件事儿。我没有选择余地，只能跟着去，佯装兴致勃勃地比较阳台和灌木。然而每看一栋四室两卫的乡间别墅，可怕的命运便离我更近一步。

而且第二天晚上，整个周末，随后一周的前三天，竟然全都在布赖恩的跑车上度过。我们一直在这第一地区到处拍卖房。心头的挫败与焦虑愈演愈烈，不断侵蚀着我。看过的房子也都像不祥的预兆一般，暗示我即将毁灭：每栋都是弃屋，杂草丛生，灌木凌乱。而且每栋都是一片漆黑，停水停电，如同一段痛苦的回忆，笼罩住身后荒废的院子。不过介于布赖恩与他新工作之间的关系，这些房子都很便宜。但丽塔进入野蛮的挑剔，否决了每一栋房屋，而我哥哥似乎对此毫不在意。说实话，尽管不论是身体上还是精神上，我一直在警觉地回头看向身后，但丽塔把看房子这事儿变得太过疯狂和投入，我甚至会在很长一段时间内忘记幽灵——有时几乎有五六分钟之久。

连科迪与阿斯特也全情投入进来。他们瞪大眼睛在每栋弃屋里游逛，凝视空荡荡的房间，惊奇于如此庞大的空间或许很快将归他们所有。阿斯特还曾站在某间墙上都是洞的淡蓝色卧室中间，盯着天花板咕哝："我的房间，我的房间。"然而随后丽塔便走过去将大家都赶上车，竹筒倒豆似的自顾自说道："学区不对，税基太高——附近住户在申诉分区问题，整栋房子都需要重新布线、重新铺管道。"这时，布赖恩便会摆出货真价实的假笑，载我们去清单上的下一栋房子。

丽塔对我们看的每一栋房子都能提出越发荒唐的新观点来反对，随着时间的推移，最初的新鲜感消磨殆尽。布赖恩的笑容越来越浅，也越来越虚假。每次上车去看下一栋房子，我都会越发心烦。科迪与阿斯特也是如此，不过他们似乎是因为这件事儿使两人玩儿游戏机的时间无限推迟了。而且我们为什么就不能随便挑一栋带泳池的漂亮大房子，结束这件事儿呢？

　　可丽塔一直没完没了。在她眼里，世上总有下一栋房子要看，而且每个"下一栋"都会是我们要的那栋——家庭美满的理想立足点。所以我们不得不焦躁地赶去下一个完美实用的家，却发现那里后院的洒水装置漏水，势必导致草皮下出现污水坑，或者发现房子的第二次抵押权还存在留置权问题，或者有人曾在两个街区外看见杀人蜂蜂巢。总有状况，而丽塔似乎没发现自己已经自行深陷到不断否决的神经性漫游症之中。

　　更惨的是，由于这几天晚上以及周六、周日两个整天都花在无穷无尽的找房中，我们根本没机会在家吃丽塔做的饭菜。我原以为只要可以偶尔吃顿她做的烤猪肉，我就能继续忍受找房子这事儿，可如今烤猪肉不过是段久远的回忆，连同她做的泰式面条、杧果海鲜饭、烤鸡肉，与世上所有其他美好的菜肴一起都消失得无影无踪。晚餐成了汉堡与比萨造就的地狱迷宫，只能在奔波于两栋房子之间的同时，囫囵吞下搞定。而当我终于下定决心，要求吃些真正的饭菜时，得到的唯一慰藉却只是一盒热带风味鸡肉。然后我们又回到无尽的恶性循环之中，再次舍弃拥有一栋划算房子的机会，就因为第三间浴室用的是乙烯镶板而不是瓷砖，浴缸多余的空间摆不下秋千架。

　　尽管丽塔似乎在否决一切有四面墙一个屋顶的东西的过程中逐渐萌生了真正的乐趣，可永无止境的找房却只能让我眼睁睁地看着灾难呼啸而来，徒增心头的无助。找房结束回家时，我总是又饿又累，身心俱疲，第二天上班时也是如此。我想去划掉本田车的清单上最后三个地址，尽管只做这些远远不够，可现在我只能磨着牙继续伪装，任由这念头不断向上盘旋，化作更严重的挫败。

　　周三早上发生的第一件事儿就是德克斯特现在的生活到了紧急关头了。我坐到办公桌前，准备投身飞溅鲜血的世界，再度享受8小时奇妙快乐之旅。其实，能像现在这样远离丽塔寻找完美住房的疯狂搜索，着实让我心存感激。为何会如此祸不单行？这或许完全是我在自夸，可我觉得我还挺擅长应对危机的——只要一次只来一个。但假如需要对付找房子、吃反胃快餐、解决阿斯特的牙箍与其他各种麻烦的同时，还要静候那位不知何时以何种形式袭来的未知幽灵——那恐怕没等我解决任何一件事儿，我就已经散架了。长久以来我一直表现得非常好——

为什么突然就这么艰难了呢?

不过,我显然是把问题局限在"做自己"上面了,因为没人给我其他更好的选择。于是,为了不再焦虑、坚持下去,我想到了一个笨拙的方法,做两个深呼吸,试着正确看待这些事情。好了:我是遇到了点儿小麻烦,也许是大麻烦。但过去我总能化险为夷,不是吗?当然是。那难道不表示这次我也会找到解决办法吗?毫无疑问!这才是我——向来比其他人技高一筹。每一次!

尽管我觉得自己像个连赛场都没上去的啦啦队长,我依然挂好了无比振奋的开怀假笑,然后打开电子邮箱,开始工作。

不过,倘若我真想维持自己的虚假乐观,这个举动可说是大错特错。因为,第一封等待我处理的电子邮件,标题上写着"关键"。谁发的邮件,我顿时了然于心。

我得解释一下,点开邮件时,我的手不是真的发抖,它会那样或许只是因为我有点儿神经疲惫。事实上邮件内容正如我所料:我最喜欢的博主又发来一封通知。不过这次内容简短私密,而非"幽灵博客"里那种冗长的闲谈。只有短短几行字,不过足以说明问题:

> 我终于明白我们俩或许比你想象的更加相似,对你来说这不是好消息。
> 我知道我接下来该做什么了,我会以你的方式去做,对你来说这消息更糟。
> 因为现在你知道有些事儿即将发生,但你不知道什么时候。
>
> 关键时刻到了。

我盯着那几行字看了许久,看得眼睛都疼了,可脑子里却只想到我还在假笑。我收起笑容,删掉邮件。

我不知道自己是怎么过的这一天,也不知道5点下班前自己都做了什么,当我回过神时,我已经再次坐在车里随着车流慢慢往家走。我大脑一片空白,这种状况一直持续到我回家,持续到我们出门找房子。看着丽塔又否决了三栋很好的房子后,我才意识到自己正在布赖恩的车内望向窗外,发现我们正沿着一条看似眼熟的街道前行，心头的恐惧骤然升起。我瞬间知晓了原因：我们正在前往我处理瓦伦丁的那栋房子，同时也是我被人看到、一切痛苦与危机开始的地方——像要帮我集齐所有不幸似的，布赖恩将车开到路边，正好停在那栋弃屋前。

或许冥冥之中真的有令人作呕的定数。毕竟，当初我选这栋房子就是因为它是拍卖房，就在我们现在居住的地段附近，而且不管怎样，命运之手显然一直在往可怜的德克斯特身上累加一些他不该受的痛苦。所以，我真该料到会有这一天，虽然我没料到，但事情依然如此。我也再次只会傻站在那儿眨眼，整个人不知所措——要知道，我能说些什么呢？说我不喜欢这个地方，因为我之前在这儿肢解过一个小丑？

所以我什么都没说，只是走下车，无言地随这群人走进那栋恐怖之屋。不一会儿我便站到那张案台前，就是瓦伦丁最后演出的那个舞台。但我现在手上没有拿刀，而是一边抱着莉莉·安，一边听丽塔滔滔不绝地讲清理屋檐下的槽隙需要花多大一笔钱，科迪与阿斯特则一屁股坐到地上，背靠着当过肉案的柜子。布赖恩望过来，脸上的假笑早已卸得干干净净。我的胃发出了一声吼叫，向最近遭受的恶劣对待发出抗议，可我却一心想着这里是我唯一一点儿都不想再来的地方。我快死了，要么就是坐牢，因为我正站在那个当初令一切偏离正轨的厨房。我根本无法再正常思考任何问题。我的胃又开始隆隆作响，提醒着我走向毁灭之前我连顿像样的最后晚餐都没吃到。生活已不再是一场残酷的嘲弄，它已然变成毫无意义的无尽痛苦。想要让我的艰难处境毫无必要地再提高一档似的，丽塔开始在地板上轻叩她的脚尖。我下意识扫了一眼她的脚，看见某个疑似黑点的小污渍——这可能吗？难道我在匆忙清理的过程中，漏下一滴邪恶小丑的血渍？丽塔的脚真的点在某个被我忽略掉的罪证上吗？

伴着丽塔脚尖点出的节拍，世界坍塌，只剩那一小块污渍，周围一切不复存在，我久久盯着那里，感到汗水滴下，听到牙齿磨动……

突然，就像最后一根稻草压下来似的，我再也无法承受这仿佛将持续到永恒的戏剧式循环，内心深处的某种情感升起，它收紧翅膀，开始怒吼。

野性的咆哮震得我心房的窗户嘎嘎作响，过去几晚耐心温和的伪装应声裂开，摔在地上，碎成脆弱的薄片。真正的我踢开碎石，走向舞台中央，站到那里，德克斯特解放了，不被束缚。"好了。"我打断丽塔永无止境的异议。她停止抱怨，惊讶地看向我。科迪与阿斯特即刻听出我声音中黑暗指挥官的口吻，马上坐直身子。怀里的莉莉·安不安地动了动，我拍了拍她的背，视线却没离开丽塔。"回家，"我决心已定，而且内心深处阴霾愈演愈烈，"回原来那个不够大的家。"

丽塔眨眨眼。"可今晚布赖恩还要带我们再去看两栋。"她说。

"没必要，"我说，"屋顶需要重铺管道，厨房违反区划条例。我们回家。"无心享受她溢于言表的震惊，我转身出门走向布赖恩的车。身后科迪与阿斯特手忙脚乱地站起身跟上我。我走到车旁时，他们已经追上来，开始讨论到家后先玩儿哪个游戏。片刻后，丽塔慢吞吞地走出来，布赖恩扶着她的手肘，一边虚情假意地安慰她，一边真心实意地劝她回家。

丽塔满心不解地坐上副驾驶的位置，不等她扣好安全带，布赖恩已经在方向盘后坐好，发动引擎，带我们回家了。

Chapter

目击者找到了 *14*

　　我们开车回到原来那个小小的家，路上丽塔一反常态十分安静。布赖恩在路边将我们放下，然后开心地启动引擎呼啸着驶向夕阳。丽塔跟在我们身后，拖着步子慢慢走向前门，满脸费解。我把莉莉·安放进婴儿围栏，科迪与阿斯特坐到游戏机前，丽塔则闪身进了厨房。我天真地以为会发生什么好事儿——说不定她会赶制一顿消夜，冲掉快餐食品在我们胃里堆积的油脂？然而跟着她去了片刻后我发现，她没去灶台前大展拳脚，而是又给自己倒了一大杯葡萄酒。

　　我走进去，见她颓然地伏在桌上。她瞥了我一眼，随后看向别处，咽下一大口酒，两颊随之浮现暗红。她又喝了一大口才放下半空的酒杯。我看着她，看着她喉咙上的肌肉起伏，知道自己必须解释一下刚才的事儿，但却不知该说些什么——显然我不能告诉她真相。她又灌下更多酒，我努力思索如何告诉她找房这事儿早已偏离轨道，她只是在沟渠里疯狂地原地打转。可我没想出任何办法，只感到更深层的怒火袭来，再次听见黑夜行者在暗处缓慢谨慎地拍打起翅膀了——一对渴望展翅腾空，将我们抛向温柔暗夜的翅膀。

　　"必须找到一个对的。"丽塔皱着眉，依然不看我。

"嗯。"我点点头，不知道自己在同意什么。

"不能像个垃圾场似的，浴缸脏得跟马桶一样，蹩脚的布线会烧光整栋房子。"

"当然，"我回道，同时进一步确定我们在讨论那栋假想的新房子，"可迟早得选一个，不是吗？"

"怎么选？"她问，"因为实在——我是说孩子们，还有……"她望着我，眼睛雾蒙蒙的。"还有你，"说着她再次移开目光，"我都不知道你是不是……"

丽塔摇摇头，又咽了一大口酒。她把酒杯放到桌上，拢了拢落在额前的一缕头发。"为什么整个世界都这么——为什么大家都要针对我？"她质问道。

我吸了口气，胸有成竹。机会总算来了，我可以简单明了地把话告诉她，免遭她火力全开、前言不搭后语的折磨。那些话正在把我们两个逼上悬崖，迫使我们一头栽进挫败与疯狂的复杂深渊。我感觉到要说的话已在嘴边形成：冷静和公道的音节将带领她愉快地离开否决一切的神游状态，去向平静的开明之地。我们可以放松地在那里寻找一个有条不紊的合理解决方法——包括再度吃上真正的饭菜——直到我们找到一栋理想的房子。我刚要在她面前亮出自己字斟句酌的观点，就听见客厅传来一声可怕的尖叫。

"妈！"阿斯特的尖叫透着愤怒的恐慌，"莉莉·安吐在我的游戏手柄上了！"

"见鬼。"丽塔说。这个词真的与她的性格很不相称。她大口喝掉余下的葡萄酒，腾地站起身，抓一把纸巾赶去清理。我听见她用训斥的口吻对阿斯特说，莉莉·安本来就不该碰游戏手柄，但阿斯特坚持认为妹妹已经一岁多了，他们想看看她能不能杀掉一条龙，而且不管怎么说他们是在相互分享，这有什么错？科迪则说了句"可恶"，吐字相当清晰。接着丽塔开始唠叨，语句时断时续，不时插一句："噢，看在上帝的分儿上……""说真的，阿斯特，你怎么可以这样？"阿斯特的声音随之又升了一级，言语间还融入了对其他所有人的指责。

事情就这样由普通对话升级成毫无意义的荒谬对抗。我缓慢而冷静地长吁一口气，却感到一股充斥着暗红色警告的热浪袭来。被曝光和坐牢，这就是我的另一条出路吗？号哭，争吵，尖叫，酸臭的牛奶呕吐物，无尽的情感暴力，难道这就是生活好的一面？当生命走向终结——如今这事儿随时都有可能——将我陷入永远的黑暗，这些难道就是我会怀念的吗？这根本让人无法忍受。光是听隔壁房间里的声音，我就已经想咆哮、喷火、爆头了——不过，当然，如实表达我的情感只会确保我在监狱预定好一个位置。所以，尽管我极度渴望那么做，但我没有火冒三丈地冲进客厅，拿着球棒乱打一通，而只是深吸一口气，大步穿过混乱的客厅，走进自己的办公屋。

本田清单一直躺在我的文件夹中。经过连日来的怠慢，那东西都快结蜘蛛网了。今晚还有些时间，我可以去查几个地址。我在便笺上抄下两个地址，然后合上文件夹走进卧室，换好跑步运动服，便直奔前门。我再次穿过前厅烦人的混乱，这会儿事情已经平息了不少。阿斯特与丽塔一边用纸巾擦拭各个地方，一边互相埋怨。

我原以为自己可以从旁边溜过，不必多说直接融入夜色。可就像我最近所有别的判断一样，这回也错了。我快步走过时，丽塔猛地抬起头，哪怕只从余光看，我也看得出她神情严肃，怒火中烧。就在我伸手刚碰到大门的同时，她站起身。

"你去哪儿？"她问，严厉的语气和方才与阿斯特说话时毫无差别。

"外面，"我回答道，"我需要锻炼。"

"你现在这么称呼这个吗？"她说的话和爱沙尼亚语一样让人不明所以，但语气很明确，与高兴之类的情绪沾不上半点儿边儿。

我转身看向丽塔。她站在沙发旁，双手在两侧握紧拳头——一只手还攥着脏纸巾——脸白得都快发青了，只有双颊涨得通红。眼前的她如此怪异，与我了解的那个丽塔截然不同，以至于我盯着她看了许久。显然，这一举动没有安抚她，她更用力地眯起眼睛看着我，还开始在地板上叩脚尖。我这才意识到自己还没回答她的问题。

"那我该叫它什么？"我反问。

丽塔朝我不屑地哼了一声。我惊讶得不知所措，就这么注视着她。她把攥成球的纸巾丢向我，然而才飞到半空，纸团便散开飘落在我面前几英尺远的地方。丽塔说："你他妈爱叫什么叫什么。"她转身跺脚走进厨房，不一会儿又拿了一堆纸巾回来，刻意不理我。

我又看了一会儿，希望能找到些头绪，可丽塔只是在那儿更彻底地无视我的存在。我和其他人一样喜欢有趣的智力游戏，但这个对我来说太抽象了，况且我现在还要去找更重要的答案。于是我将这件事儿归为又一种我不了解的人类行为，然后开门跑进傍晚的热浪。

走出门前小路，我左转后开始慢跑。从清单上抄下的第一个名字是艾丽莎·伊兰（Alissa Elan）：奇怪的名字，但我认为这是个好兆头。伊兰，意喻热情、狂热、炫耀。那正是我近日缺少的——"德克斯特夺命冲刺"。也许见到艾丽莎女士那辆本田车之后，我能在今晚重燃那些特质。艾丽莎，这名字好像真有某种魔力似的，我忽然感到某个又大又沉的潮湿物体砰地一下拍上我的脑袋。我突然不顾死活地在马路中间停下，就算这时有车驶来，恐怕我也完全不会发现。因为我刚意识到艾丽莎这名字的开头字母是"A"。

幽灵在博客中无数次提到被称为"A"的坏女人，可直到现在我都没留意过清单上首字母为"A"的人。我肯定是看了太多电视节目——太多灰色细胞都下线离开，一度强大的大脑随之陷入衰退的可悲状态。但我没有沉浸在赞叹自己的愚蠢中。亡羊补牢，为时不晚。就是这个，我很笃定，这就是我一直寻找的答案。不合逻辑的喜悦如潮水般推着我再次跑起来，跑过街头，跑进傍晚的确信之中。

对方大约在1英里外，不过在1号国道另一头。迄今为止，我只拜访过与我家同在一侧的房子，毕竟晚上横穿高速公路实在太过危险。可如果我安全穿过马路，我就可以绕圈经过那里，再往北去看第二栋房子，赶在一小时内回家。

我在1号国道西侧跑了大约15分钟，慢慢穿过一片废墟。这里曾受到飓风安德鲁的袭击，只是再没恢复过来。周围的房子都很小，看起来根本没得到好好的照料，哪怕是那些还有人住的。门牌号大多已被磨掉，或者被植被所掩盖，有的则彻底消失了。街上停了不少破旧老车，多数已经成了被遗弃在原地的废铜烂铁。十几个脏兮兮的孩子在那些车里爬进爬出玩儿游戏。而在破败的双层公寓停车场上，更多孩子在来回踢着足球。我边跑边看着那些孩子，一心琢磨他们在生锈的旧汽车里攀爬会不会伤到自己，差点儿错过目标。

只听旁边"砰"的一声，感觉是记好球，我转头看着球划过停车场上空，飞向那个大喊"胡里奥！这儿！①"的孩子。我默默为胡里奥的球技喝彩，眼看着球从楼前飞过，楼上的门牌号赫然写着"8834"。我要找的是"8837"。我差点儿因为分心，错过了那里。

我放慢速度，开始走路，然后在公寓前停下，单脚踏上裂开的混凝土墙壁，佯装在系鞋带。我一边摆弄鞋带，一边瞥向马路对面——就在那儿。街对面的房子前立着一大片未做修剪的树篱，我要找的地方真的就挤在那里。

房子本身很小，几乎就是个小木屋，过于茂盛的杂草令我无法看到房子的窗户。一根盘根错节的巨大藤蔓缠绕住屋顶，仿佛在支撑那里，以免房子崩溃倒塌。前院将将能停下一辆本田车，锈迹斑斑的铁丝网围住后院。最近一盏路灯坐落在半个街区外，马路两旁尽是些无人照料的树木。看样子夜幕降临后不管小屋里发生什么恐怕都不会有人察觉。我衷心希望真的就是这里。房主的汽车停在一大片九重葛后面。这植物占据了半个院子，从屋顶一路倾泻下来。我只能瞧见车尾伸出灌木的那一小部分。但我越来越确定我猜得没错。

这车刚诞生的时候很可能是辆充满金属光泽的小型蓝色本田，两侧喷着明亮的合金条纹。如今却变得如此破烂不堪：颜色尽褪，表面凹陷，略微歪向一侧，合金部分大体脱落，颜色也褪成某种含有灰、蓝与底漆颜色的混合色。

车身露出的一小块上有一块金属胎记似的大锈斑。我体内的暗黑羽翼开始拍打，脉搏的跳动速度也连升几级。

可我已经见过太多有锈斑的车，必须确认才行。于是我放下心中升腾起的预期，慢慢挺身，双手背到身后，装出跑累了的模样，随意看向那辆车的尾部。看不到，无法确认。遮在上面的九重葛太多了。

我不得不再靠近点儿。我需要找个白痴借口进到院子里面，窥视藤蔓后面，

———————————

① 此处原文为"Aquí"，西班牙语。——译者注

看看另一侧尾灯是否像我记得的那样呈奇怪的角度歪着，可我想不出任何办法。过去我经常伴装成"拿写字板的工作人员"或"装修工"，然后便足以达到目的。可今晚我已经是"慢跑路过的伙计"，无法再变装成其他身份，而且我即将耗尽在这里逗留的借口。我再次把脚搭到墙上拉伸腿部肌肉，愤然摒弃一系列走进院子、去藤叶下窥探一番的愚蠢想法，最后却差点儿做出最愚蠢、最显眼的决定——就这么直接走进去看，然后再慢跑离开。多么荒谬、危险的判断，完全背离了我自己一贯引以为傲的聪明表现。可我没时间了，也想不出更好的方法……

想必远方正有个十分中意我的暗黑怪神坐在云端，因为就在我即将被挫败推向愚蠢的深渊时，我隐约听见踢球的孩子们呼喊。他们正用三种语言大喊："先生，小心！"然而不等我意识到我是这里唯一的"先生"时，球已经"砰"的一声砸中我的头，弹飞上天，滚到街对面。

我看着球滚走，有点儿恍惚，不是因为被砸了一下，而是出于纯粹的喜悦和这近乎不可能的幸运巧合。球滚到街对面，滚进那间小脏屋的院子，恰好碰上本田车的后轮停下来。

"对不起，先生。"其中一个孩子说道。

我望向停车场，他们不安地站到一起，小心翼翼地看我会不会拿球跑掉，或者直接用球扔他们。我朝孩子们报以安心的微笑，说："没事儿，我去把球捡回来。"

我穿过马路，踏进神奇美好的"足球王子"滚进去停下的院子。我走向本田车，路上稍稍往左绕了下，竭力避免暴露自己看车的贪婪模样。进院三步，五步，六步——到了。

我停下来，感受心头片刻的喜悦，就这么看着它，任由肾上腺素席卷全身。就在那儿，摇摆的左侧尾灯早已泄露天机。它与我被人看见那天出现的一模一样，与帕尔梅托高速公路入口处绝尘而去的一模一样。毫无疑问，这就是我一直寻找的本田车。心满意足的嗤声从德克斯特暗黑之塔深处传来，我感到脊椎尾部传来朦胧的刺痒，慢慢爬上我的后颈，如同一张面具扣在我的脸上。

目击者找到了。

现在，他成了我的猎物。

这时我听见覆盖藤蔓的破烂小屋里传来争执的污言秽语，随后响起摔门声。我强压心头的喜悦，不再盯着迷人的尾灯看个不停，转头望去，刚好看见一个男人的背影。对方转过身，匆匆回屋继续方才的吵架。

我感到一阵忧虑；他肯定看到我了——不过见他狠狠摔上前门，我觉得我的好运依然健在。接着屋里又响起他的声音，以及女人的应答。看来我找到了他，而他一无所知，这回我的目击者总算要走到头儿了。我快步穿过草丛，走到车边，满怀深情地拍拍它，然后捡起球。

踢足球的孩子们依然聚在一起不安地站在那儿。我朝他们举起球，笑了笑。后者的眼神就像在看一个简易的爆炸装置，一动不动。我扔球给他们时，他们仍小心翼翼地看着我。球弹了两下，一个男孩儿抓住它，所有人飞速跑到停车场的另一侧，中断的比赛才重新开始。

我深情地望向这脏兮兮的小屋，惊奇于自己的好运。院子杂草丛生，街上没有路灯——环境堪称完美，简直是一处为我们精心设计的理想暗黑之地。隐藏在阴影之下——哪怕最挑剔的怪物都找不到更棒的游乐场了。

希望之风震颤着德克斯特城堡的旗杆。我们搜索，找到目标，现在突然有大把事情等着我们去做，而且时间有限。一切都要做得恰到好处，完全按照应有的方式，以往的方式，必要的方式。所以今晚我们会溜回到这里——今晚！——挤掉这个有碍舒适的磨脚水泡，重回释放极乐的黑暗之路与安全之中。如今，这块发了炎的多余威胁如同到嘴的鸭子，就在我们眼前。很快，一切都将再次闪耀幸福之光。一，二，三，笑一个，德克斯特生活重拾明亮的塑料壳，到处一片虚假欢乐的人性常态。但首先——我得迅速而谨慎地完成准备工作，然后才能倾听这位赞助人的演说。

深吸一口气，压住上涌的渴望，让心中的黑暗恢复平衡。我必须搞定，不过必须正确搞定。我们佯装漫不经心地慢慢转身离开小屋，离开院子里的本田车，沿着来时的路，慢跑回家。先回家，然后再回来，很快，天一黑就动手。

黑暗降临。

满身大汗、心满意足的德克斯特沿街慢跑，逐渐放缓脚步走进家门。进屋时，看见孩子们聚在沙发上，幸福地在游戏的世界里厮杀，接着出现我最想见到的场景：阿斯特抬起头——现在轮到科迪玩儿——对我说："妈妈要见你，她在厨房。"我的幸福感顿时又升了一级。

"太棒了。"我说。真的是太棒了。我找到了目击者，健康运动了一小时，眼下丽塔又在厨房里——说不定在炒菜，再不济也可能在烤猪肉。生活还能比这更美好吗？

不过，当然，幸福总是短暂的，而且那通常暗示你还没弄明白究竟发生了什么。拿这件事儿来说，踏进厨房那一刻，我的期待便烟消云散了，因为丽塔根本没做饭。她正埋头处理一大堆散放在餐桌上的文件与账目，在便签本上写东西。我怅然若失地站在门口，她抬起头。"你满身是汗。"她说。

"我一直在跑步。"我回道。她的眼中依然闪烁着某种我不明了的情感，但她看起来似乎也有些如释重负。这实在有些奇怪。

"哦，"她说，"真去跑步了。"

我抬手抹了把脸，给她看我流了多少汗。"真的，"我问，"你以为呢？"

她摇摇头，拍拍桌子上的文件。"这不——我得干活儿，"她说，"这些活儿都得——现在就得……"她噘起嘴，皱着眉看着我。"天啊，你全身都是——别坐下，等你——该死。"说着，她放在桌子上的手机响了。她抓起手机，对我说："你去订个比萨好吗？对，是我。"说完她转身开始接电话。

我看着她对电话那头的人连着讲出一串数字，然后带着破灭的希望——吃顿真正晚餐的希望——穿过走廊，走进浴室。每当我全身心地渴望家常饭菜时，比萨就会变得和苦药丸一样难以下咽。

然而洗澡时，我开始觉得自己先前的不满似乎不过是在耍小性子。毕竟，我今晚有事儿要做。那是丽塔的烤猪肉都不足以媲美的乐事儿。我把水调得很热，洗去跑步出的汗，之后再调冷。冲了一分钟冷水后，冰冷的快感回来了。今晚我要出去做一件融合必要性与娱乐性的稀罕事儿，为此我愿意再吃一周街边的垃圾食品。

于是，我开开心心地擦干身体，穿好衣服，订了比萨。等外卖期间，我去书房为晚上的活动做好准备。所需的工具全部轻松放进一个小巧的尼龙单肩包。我打包好一切，又检查一遍，只为确保万无一失。半小时后比萨到了。丽塔一直在忙工作，餐桌上摆满了她的文件。孩子们倒是兴高采烈，因为我把比萨摆在了电视机前的咖啡桌上，而且科迪与阿斯特真心觉得比萨好吃。莉莉·安似乎也感染上他俩的情绪。她开心地坐在高脚椅上蹦来蹦去，凭借超高的技巧与活力朝墙上扔出捣碎的胡萝卜。

我吃了一片比萨，幸运的是我几乎尝不出味道。在我心中的黑暗角落，我已经踏上远方那条脏乱的街道，走进那栋小屋，这儿戳一刀，那儿划一下。望着我的目击者在胶布下剧烈挣扎，感受内心的幸福慢慢升至顶峰，眼看着他眼中的希望熄灭，挣扎越来越弱，最后迈向美妙的终点……

那画面就在我眼前，我几乎品尝到杀戮的甘美，切实听到胶布的断裂声。霎时间，饥饿退去，口中的比萨无异于纸板。孩子们的欢声笑语成了恼人的喧哗，我不能再等了，我要马上回到那栋小屋将妄想化作现实。我站起身，将吃剩1/3的比萨放回盒里。

"我出去一趟。"冰冷的语调惊得科迪猛地回头看向我，正吃到一半儿的阿斯特也张大嘴呆在那儿。

"你要去哪儿？"阿斯特轻声问道。她睁大双眼，眼中满是热切，因为她不知道我要去哪儿，但从我的语气她听得出我为什么出门。

我们朝她咧嘴一笑，她眨眨眼。"告诉妈妈我有工作要做。"我们回答道。她与弟弟科迪睁大眼睛看着我们，圆瞪的眼睛中流露出他们内心的渴望。莉莉·安大喊了一声："嗒！"她的声音猛地掀起暗黑斗篷的一角。然而远方音乐已然响起，呼唤指挥前去。我们别无选择，只能拿起指挥棒，即刻走上指挥台。

"照顾好你妹妹。"我说，阿斯特点点头。

"好吧，"她说，"可是，德克斯特——"

"我会回来的。"说完，我们拎起装满"玩具"的小包，出门走进温暖而撩人的夜色。

Chapter
幽灵现身　　*15*

　　眼下屋外已是漆黑一片，今夜自由的气息第一次涌入我的肺，透过我的血管散至全身，呼唤着我的名字，携着雷鸣般的低语欢迎着我，催促我速速前往低鸣的黑暗。我们快步走向汽车，动身前往幸福的彼岸。然而我刚拉开车门，才迈出一只脚，便感到某些微小苛刻的麻烦扯了下我们的燕尾服。我们停下脚步，似乎哪里不对劲儿，追逐残酷喜乐的决心悄然溜过我们身后，如同蜕下的蛇皮掉落在人行道上。

　　哪里不对劲儿。

　　我环顾四周，身边是迈阿密酷热潮湿的黑夜。街区一如既往；只有一排配有后院的单层住房与随处散落玩具的后院，没有任何陡然出现的威胁。门前的街道上空无一人，地上树篱的阴影里无人埋伏，天上也不见流氓直升机俯冲而下开枪朝我扫射——万籁俱寂。可我却仍能听见怀疑发出的恼人的颤音。

　　我慢慢吸满一口气。没有任何奇怪的味道，只有饭菜的多重香味与常年弥漫在佛罗里达南部夜幕中淡淡的腐烂植物味儿。

　　究竟哪儿不对？究竟是什么在我总算得以出门收获自由时敲响我心中小小的

警钟？我什么都没看到，没听到，没闻到，没感觉到——但我早已学会相信自己心中恼人的低声警报。我站在那儿，一动不动，气都不敢喘一下，绷紧神经寻找答案。

这时，头顶低低的黑云轰隆隆散开，露出一弯银色的月亮——一个不完整的小月亮，一个无足轻重的月亮，我们松口气，呼出心头所有疑惑。是的——我们习惯了在满月的照耀下开车驶进邪恶的光芒。这个又圆又大的天空唱诗班总会在我们玩儿切割砍削游戏时引吭高歌。今晚的天空没有这样一座灯塔，奔向快乐时少了它确实有些不太对劲儿。但今晚是一次特殊聚会，一次潜入无月之夜的即兴演出，况且无论如何都必须完成，必须去完成——只不过这回是一次独唱，一次无须后备歌手的单曲串烧。这个1/4大小的月亮根本无足轻重，它太年轻，唱不了震颤的高音。但仅此一次，没有它我们也可以出色完成。

残酷喜乐的决心归来；不存在任何潜伏的危险，只不过月亮今晚缺席。没理由停下，没理由等待，潜入奖励之夜的理由全部就位，我们即将驶进天鹅绒般的黑暗。

我们坐上驾驶席，启动引擎。才5分钟就到了那个尽是破败公寓与寒酸小屋的街区。我们小心翼翼地慢慢开过那里，找寻任何不同寻常的迹象，且并未发现任何异常。现在街上空无一人。唯一的一盏街灯在半个街区外。它忽亮忽灭，投下根本算不上光亮的暗淡蓝光。在这残月之夜，除了街灯便只剩下那栋公寓的窗户还透着一些光亮。每扇窗户都显露出相同的紫色光晕。窗内，十几台电视机都在播放同一个愚蠢虚假、毫无意义、空洞无聊的真人秀，所有人则遵循着无意义的一致步调，静坐观赏。而在窗外，真正的现实轻轻驶出港口，缓缓巡航而过。

小脏屋前窗的窗帘半拉着，现出一盏昏暗的灯。老式本田车依旧停在原处，蜷缩在暗影里。我们开车驶过那里，环绕街区开了半圈，将车停在一棵大榕树下的树影里。然后下车锁门，站定在微风之中，品味这突如其来的美妙黑夜。轻风吹动头顶的树叶，眺望地平线，闪电在一大团黑云里闪烁摇曳。远处，警笛哀鸣；稍近处，狗在吠叫。然而身边近在咫尺的地方，静得没有一丝涟漪。我们深吸一口气，暗夜冰冷的空气涌入，警觉散开。我们小心地留意周边，感受寂静与潜藏的危险。一切正常，一切就绪，一切都是其应有的模样，我们无须再等。

是时候了。

小运动包甩过肩膀，我们像个从车站回家的普通人一样，慢慢走回到那栋摇摇欲坠的房子。

半个街区外，一辆破旧的大型车晃晃悠悠地转过拐角，闪了下车头灯。对方似乎犹豫了半秒才关灯，却令我们在灯光下被照亮了片刻，很不舒服。我们停下脚步，在多余的光亮下眨眨眼。这时，只听"砰"的一声，汽车突然回火。接着，机械活塞与松动的保险杠齐齐奏响莫名的"咔嗒"声。汽车加速从我们身旁驶过，消失在前方的拐角。四周重新安静下来，美好的黑夜里再无其他生命的迹象。

我们漫步前进，没人看见我们对于寻常散步的完美模仿，住在附近的人都在一心一意地看电视，每迈出一步都令我们更接近快乐。我们感觉到渴望与需求的浪潮上涌，知道快乐即将到来。我们一边接近小屋，一边谨慎地避免脚下的步调显露出内心的渴望。我们走过那里，走进大树篱的暗影。那里藏着本田车，现在还藏了我们。

外面几乎无法看到这辆生锈的汽车，我们在这里停下，望向外面，开始思考。我们太渴望这一刻了，现在我们终于来到这里，即将行动，任何事儿都无法阻止我们，只是——这次与以往不同，不仅仅因为月亮的缺席。我们站在暗影里犹豫不决，盯着那栋小得可怜的屋子若有所思。不是说我们突然改变心意或是有丝毫后悔之心，又或者缺乏道德感的暗黑意志产生了动摇。不是。是因为——里面有两个人，而我们只要其中一个。我们需要，我们必须，我们将会，带走捆上我们的目击者，给予他我们等待已久的美好处罚，但是——

另一个人，"A"，他的前妻。

该怎么处置？

我们不能让她在一旁看着，然后说出去。可我们也不能把她撂倒，带入漫长的永夜，那违背哈里的准则，违背我们以往的正当所为——只处置罪有应得的坏人。否则不过是不劳而获的、未经批准的、肮脏的间接伤害。那样做不对，我们不能那么做——可我们不得不。但我们不能——我们深吸一口气，放松精神。没错，我们不得不。我们别无选择，别无他法。我们会对她说我们很抱歉，会帮她快点儿结束，但我们必须行动，就违规抱憾这一次，我们真的必须行动。

我们也即将行动。我们仔细看着屋子，确保一切正常。1分钟，2分钟，我们就这样静候时机，观察状况，让全部感知散至周围大街小巷、小脏屋后院，留心等待任何可能正在注意我们的叹息。什么都没发现。欲望的黑暗世界里只有我们，这份渴望很快将骤变成极乐，带我们一路前往幸福与快乐夜晚的尽头。

3分钟，5分钟——没有任何危险迹象，无须再等了。我们又吸了一口冰冷的空气，稳定自己的情绪，然后我们深入树篱的阴影，悄悄走向阻隔后院的围栏。我们悄无声息地迅速越过围栏，停顿片刻保证绝对无人发现，接着蹑手蹑脚沿墙前进。除了那两扇小窗，任何地方都看不见我们。仅有的两处威胁，一处还在墙上，镶着毛玻璃，估计是浴室。另一处则很小，只有6英寸。我们在离那里几英尺的地方停下，眺望里面。

窗户透出淡淡的微光，光源在里面某间屋子，不过没发现生命的响动与迹象。我们打开背包，拿出手套戴好。准备就绪后，我走过窗户，继续前进，进入后院。

院子后侧完全被栅栏挡住，上面长满了嫩竹。竹身纤细，却已有10英尺高，躲在这里不会被任何人看到，我们稍微松了口气。房子后侧是一个砖搭的小露台，上面安装了玻璃滑动门。砖块之间的杂草又细又高，一个生锈的圆形铁格栅栏被推到一边，上面少了一个滑轮，东倒西歪地倚在一边。我们再次停下，隔着滑动门玻璃看向屋子里面。里面有物体移动，疑惑伸出苍白的食指，捅捅我们的肋骨。有人在家吗？我们费了这么大力气，准备得如此充分，难道要无功而返了吗？

我们小心地慢慢靠近砖台，走到玻璃滑门旁，等待、观察、倾听、嗅闻任何可能潜在的威胁——什么都没有。

我们抬手按住门的金属框，借着小心增加的压力推门；门开了。滑开1英寸，6英寸，2英尺，之后又花半分钟时间确认里面没有任何声响与反应。拉开3

英尺后，我们停下来再次慎重地等了一分钟，还是什么都没有。于是我们穿门溜进屋内，用力拉上身后的滑动门。

里面是厨房：角落里放了一台生锈的冰箱，旁边是个旧电炉，布满裂纹的胶木案台上立了一个橱柜，年久染色的脏水池上，水龙头正在滴水。屋里没点灯，不过透过对面的走廊，我们看见隔壁屋透出了微弱的光亮。警报的低语刺痛脊椎，我们知道那边有东西，就在那间屋子的光亮里。眼下我们一心只想向前，进入隔壁那间屋子。我们慢慢滑步穿过地板，走向亮光，内心的期待几乎要流下口水。尼龙套索已在手中，一想到接下来将要发生的事情，快乐便开始在体内翻滚。我们潜行至门口，环顾门框四周，准备看看隔壁屋里在小光晕下等待我们的究竟是什么。我们停下来，瞥向屋内——

一切戛然而止。

无法呼吸，无法思考，无法动弹。只剩震惊与无意识的否认。

这不可能，就是不可能。不可能，不可能在这里，不可能是现在，不可能是这个——我们看见的不是这个，根本不是，我们不可能看见这样的东西；不可能，不对，不在剧本上——

可它就在那儿。一动不动，毫无改变，就是如此：

昏暗的孤灯下摆着一张二手店常见的旧金属桌，白色的桌面已经破损。上面罗列着一捆捆一度作为人的物体。尸体被人认真切片、割块，整齐地一堆堆摆好。摆放得如此完美，仿佛这就是它原本应有的模样。一时间，我如处虚幻，对眼前的一切无比熟悉却又无比陌生。因为我知道眼前是什么情况——只是这种情况根本不可能。我看了又看，眼前的景象依旧如此，就是如此。

这是一具准备丢弃处理的尸体。它刚和一把刀一同参加了一场漫长的美妙聚会。我熟悉它的原因很多，最简单的一个原因是我自己就是这样处理尸体的。而我之所以认为不可能，是因为我干过，世上也没有杀人手法与我完全相同的人，哪怕是我哥哥布赖恩。可它就在那里，我眨眨眼，又看了看，还在那儿，也没变样。

这件事儿如此不可思议，就像一场完美的噩梦，梦里我把我要做的事儿都做完了。我忍不住穿过门廊走向它，像被强大的磁场吸引一样不断靠近，无法抗拒。我忘了呼吸，忘了留意周遭，径直走向本不该在这里却清楚出现在这里的尸体：一步，两步——

什么东西缓缓从桌子另一端朝我袭来，我立刻掏刀，跃向眼前新的威胁——

对方也持刀扑向我。

我俯身高举刀刃站定——

对方也俯身高举刀刃站定。

在无尽的混乱与恐慌中，我抬头望去，眨了眨眼，看见对方也眨了眨眼……

我慢慢站直身子，盯着对方，后者也和我做出一模一样的动作。

它做不了别的动作……

因为那是一面等身的大镜子，我看到的是我在镜子里的映像。站在我面前看我的人正是我自己。

我又愣住了，无法思考，忘记眨眼，忘记做任何事儿，就这么一直注视着镜子里的映像。可不是偶然，摆放在桌上的尸体绝不是偶然。有人刻意将镜子就放在那个位置上，只为完成它已经完成的任务。此时此刻，我隔着尸体看见我自己正隔着尸体看着我。只有我会这样处理尸体，但我确定我没有干过，可尸体就在那儿，我不知道该怎么办也不知道该思考些什么。

我就这样站在仿佛不真实的昏暗光柱下，盯着某个人为我安排好的一切——让我找到它，做出我此刻的反应。而我也如其所愿一般呆呆地看着它，不愿相信一切都是真的。

最后，一个滑溜溜的小念头总算慢慢顶开我脑子里灌满的淤泥，放声尖叫，我意识到了那个声音，眨眨眼，颤颤巍巍地呼出一口气，听见它对我说：

谁干的？

这是个好开始，这个微不足道的想法，足以帮更多想法穿过薄雾紧跟上来。只有我哥哥布赖恩，很清楚我做事儿的手法。恍惚间，我怀疑会不会是他做的；他一直希望与我共享愉快的兄弟时光。这会不会是他为了鼓励我，在轻推德克斯特的肋骨呢？

然而这么想的同时，我就已经明白那不可能。布赖恩会询问、敦促、哄骗——但他不会这么做。可除了布赖恩，根本没有其他活人见过我……

除了我的目击者，当然。那位无名的幽灵见过我和瓦伦丁，还登上了我的待处理清单首位。我来这儿就是为了让这个只会胡说八道的家伙变成我眼前这堆东西。尽管讲不通，但肯定是他干的。他模仿我的手法处理了这具尸体，还在另一侧摆上镜子。找不到其他解释了，只是如此一来便引出另一个更迫切的问题：

为什么？

我不知道。我依然觉得不可能，哪怕这已经不是单纯的假设，而是实际存在于此，存在于此刻。我还看着它，它和我手里的刀一样真实。我又缓缓朝它迈近一小步，满心无助，好像只要我走得够近，就可以让这一切消失得无影无踪——桌子另一端的我也向前迈近一步。我猛地收住脚步，看见我正看着我。

我就在那里；我，德克斯特。我抬手想摸摸自己的脸，可手里握着刀。只见顽皮的刀刃靠近我目瞪口呆的脸庞，半路又收了回去。好一副刀与傻瓜的速写。我的两面尽现于此，恶魔德克斯特与笨蛋德克斯特。那张脸看上去如此陌生，仿佛属于其他人——但那真的是我自己的脸，我用了许多年的脸。我凝视许久，惊愕于眼前的自己，两个都是我，我几乎看见这两张脸慢慢融合成一个真正的人。

当然，我看不见。我重放下握刀的手，低头看向桌子，愚蠢地希望那堆不可思议的东西已经消失不见。然而它还在那里，依旧真实，依旧难以置信。我像个机器人一样又迈近一步，站到它旁边，打量这具尸体。我为之而来，却愕然发现木已成舟。我凝视肢解的残骸，一时间竟愚蠢地希望：有没有可能这堆肉不是幽灵的杰作，而是幽灵本身？有没有可能是别人莫名帮我做了件好事儿？

我试着找寻线索。从这么近的距离观察后，我才注意到尸体上存在一些我绝不会犯的小错。接着，我看见一个乳房，意识到死者是女性，而幽灵是男性。长着蜘蛛脚的微小的希望溜走了，破灭了。这不是幽灵，是别人，很可能是他前妻。我再靠近一些，发现这其实算不上一件真正意义上的高质量作品；那里，左手手腕没切好，下刀太急，都切烂了，完全不是德克斯特干净利落的切割手法。我用刀尖碰碰尸体，想戳一戳测一下他的真实性——这时我又停下来。

最后关头，我才听见熟悉的声响，而且声音越来越大，让人无法忽视。这声音我无比熟悉，也是我眼下最不想听到的。

是警笛，越来越近了。

愚蠢的我又一次愣在原地，无法思考，动弹不得。警笛，不断逼近，向我，此时此刻，朝这脏兮兮的小屋。而我手里拿着刀，正站在一具已经被肢解的尸体旁边。

德克斯特城堡上方终于拉响振聋发聩的空袭警报，从震颤大地的低音一路飙升至刺耳的尖叫。我们立即转身离开桌上那堆不可思议的切块废料，眨眼之间便跳出滑动门，跑进夜色。不敢停下多做思考，我们猛撞上后院的围栏，翻过去，挥手拨开竹子，疯狂地在极具弹性的竹身之间挖出一条通路翻了出去，脸着地跌进后院另一端。我们连忙蹦起来，在恐慌的驱使下全速奔跑，奋力穿过后院，跑上外面的街道。这时，灯光照亮了几秒前我们还趴在那里的后院。

不过现在我们总算安全离开了，回到了外面的街道，如期望一般沿着杂草丛生的漆黑小路前进。我们按下警报与恐惧的尖声合唱，迫使双腿听从指挥。那声音冷静而可靠：慢点儿，表现正常点儿，我们已经逃脱了。

我们确实慢下来，也确实竭力表现正常，只是此刻警笛已然来到旁边那条街，就在小屋前。而且刺耳的警笛再度慢下来意味着警察已经到了。因此尽管理智聪明地建议慢点儿走，我们的走路速度还是比自己希望的快。我们就这样一路走向拐角，回到等在榕树下的车里。

谢天谢地，我们得以坐上驾驶席，发动引擎，慢慢驶离那栋摇摇欲坠的恐怖小屋，小心谨慎地慢慢返回正常生活的避难所。不过，我们没有直接回家；我们必须试着去思考，必须让双手不再颤抖，让嘴里干燥的恐惧剥落，让肾上腺素逐渐减少，慢慢回复类人形态，然后才能掉头回到真正的人类身边。这需要时间，而且恐怕比我预计的长很多。我们向南驶上1号国道，一路奔向老卡德桑德路，试着思考、理解、弄清楚今晚发生的超现实的灾难——不断尝试，不断失败。慢慢地，令人作呕的恐惧总算散尽，然而答案却没有出现接替恐惧。回家路上，凌乱麻木的脑子里始终回荡着同一个念头。这个念头在德克斯特黑石圆顶大厅里反复回荡。没有答案出来迎接它，只能任由它在一成不变的混乱中弹跳，不断重复自我。直到停车回到家门前，我才发现自己的嘴唇一直在动，来回重复同一句蠢话：

　　刚才发生了什么？

Chapter
完美陷阱 16—

　　这一晚我几乎没怎么睡，虽然我不该对此感到意外。无论睁眼还是闭眼，我都会看见或想到小屋里的尸体。对方的杀人手法几乎与德克斯特的正义制裁无异，德克斯特本人傻站在尸体前注视着自己的镜像，警笛呼啸而来，越来越近，我们却傻站着流口水——

　　有人故意安排了一切。这是个设计完美的陷阱，只为捉我一人，而且差点儿成功。他用完美的诱饵吸引我上套，再用我杀人的手法处置好尸体放在那儿，震住我——我曾见过太多类似的尸体，它们总能给予我慰藉，可这具却盗走了我的睡意，带来满溢的恐惧，把正常人类才有的畏惧灌进我的脑袋。这似乎并不公平。难道说这就是所谓的良知？在床上辗转反侧一夜，认为自己做了天大的错事儿，觉得心事儿随时会跳起来碾碎你？我一点儿也不喜欢这种感觉，更不喜欢"幽灵干净利落地设计我，几乎捉住我"的现实。

　　可我又能怎样？我想得出办法找到并解决潜在的可怕威胁吗？追踪本田是我打得最好的一枪，也是唯一的一枪。我打得无可挑剔，到头来却发现对方离我三步之遥，还回头咧嘴嘲笑我。如今除了等待他下一步行动我还能做什么？他肯定会再次行动，对此我不抱丝毫怀疑。可我无法得知日后会发生什么，发生在何处——只知道对方首战告捷，而且下次无疑会做得更好。

我在床上辗转一夜，在无助、沮丧、焦虑中气得咬牙切齿。凌晨5点半左右，我总算坠入空白的梦乡，7点又被闹钟猛拉回清醒状态。我又躺了几分钟，神情恍惚，努力说服自己一切都是一场噩梦，可惜心有余而力不足。事情已经发生，确确实实——而我对此不知所措。

我浑浑噩噩地洗了澡，穿上衣服，不知怎么的就搞定一切坐到桌子前开始吃早餐，期盼能在那里找到一丝慰藉。丽塔从容地在厨房里忙个不停，在餐桌上摆满蓝莓薄烤饼与培根。我瘫坐在椅子上，一杯冒着热气的咖啡"砰"的一声摆在我面前。她停下来，神情古怪地看着我，看起来似乎想要非难。我抬头看向她。

"你昨晚出去了。"相较以往听惯的语气，这话听起来略显冷酷，可我不明白为什么。

"是，抱歉，"我说，"我去，呃，做测试了。在实验室。"

"噢，测试，"她回道，"在实验室。"这时阿斯特走进餐厅，一屁股坐到椅子上。

"干吗要吃薄烤饼？"她问。

"因为它们对你有害，我想让你受罪。"丽塔厉声说完，转身回到炉灶旁。阿斯特一脸惊讶，表情看起来甚至有点儿滑稽。发现我在看她，她立刻收起自己的惊愕之情。

"蓝莓会塞进我的牙箍。"她没好气地朝我咕哝。接着科迪也来了。说时迟那时快，莉莉·安突然丢出了手中的汤匙。后者划出一道完美的弧线，正好砸中阿斯特的后脑勺。"噢！"阿斯特大叫一声，跳起来，撞翻了餐盘。科迪哈哈大笑。冷静与礼仪在盘子碎成三瓣的同时溜出餐厅。丽塔收拾干净一切，又给阿斯特盛了一盘，还数落她一通。无视自己造成的混乱，小姑娘再度爆发，怒气冲天，自怨自艾。莉莉·安号啕大哭，科迪则在一旁傻笑，还趁机偷走一片阿斯特盘子里的培根，以为没人看见。

我把莉莉·安从椅子上抱起来，一方面是为了帮她止住眼泪，另一方面是为了保护她免遭阿斯特的毒手。我让她坐在我的膝盖上，一手抱着她，一只手拿着咖啡小口啜饮。又过了几分钟阿斯特才停止恐吓她的弟弟妹妹。骚动总算平息，一切又恢复到寻常工作日的早晨。吃完薄烤饼，我又给自己倒杯咖啡，不过感觉没起多大用，脑子还是不太转，好在喝完整杯后，我总算振作到能开车了。既然除了遵循日常流程也没有其他计划可行，我把杯子放进水槽，就这么精神恍惚地去上班了。

开上车后我稍微放松了点儿。可惜不是因为我想出什么伟大蓝图，或者意识到情况其实没那么糟；情况确实很糟，说不定更糟。然而迈阿密混乱的交通一如往常抚慰了我的内心，安定的日常状态也带给我慰藉。到单位时，我已不再是早上垂头丧气的模样。走进办公桌的一刻，我甚至确信自己已经不再磨牙。这其实没什么实际意义，但事实就是如此。我已在不知不觉间将工作视作某种庇护。毕竟，我的小办公室正位于警局总部，四周围绕着数百名公事公办的男男女女。他们每个人都带着枪，发誓保护和服务群众。可今早，这个我最需要的安全避难所、躲避风暴的舒适港湾，却成了钉在德克斯特棺材上的又一根钉子。

我真该料到会发生这种事儿。我是说，我很清楚我的工作包括前往犯罪现场调查，我也知道昨晚有人犯案。这个因果关系公式非常简单，所以重回到那栋小脏屋，低头看着复制的德克斯特碎尸堆，我理应感受不到任何不愉快的冲击才对。

可我还是感受到了，而且非常不愉快。法医部开始进行例行调查，清晨的时间一点点流逝，我的不快情绪也愈演愈烈。每个标准调查步骤都令我恐慌一次。安杰尔·巴蒂斯塔掸去灰尘检查指纹时，才几分钟我就紧张得汗流浃背了，死命回想自己昨晚是不是一直戴着手套。这边才认定自己肯定戴了手套，那边卡米拉·菲格又拿着相机进了院子。她要开始拍脚印了——我的脚印！又一个痛苦的5分钟，只为确认自己今早穿了双不一样的鞋，同时打算一回家就扔掉昨晚穿的那双。接着，像要证明我真的已经彻底傻了似的，我竟然花了几分钟考虑自己舍不舍得扔掉一双那么好的鞋。

　　我迅速完成自己的工作；只有摆放尸体的桌子沾到一点点血，地板上有点儿血迹。我找了几个看起来像那么回事儿的斑点，喷了些蓝星试剂，好让自己看起来很用功，心里却在思考眼前的恐怖处境。除非碰上两加仑以上的飞溅液体，否则现在的我估计是注意不到了。因为我所有心思都在其他调查犯罪现场的同事上。他们执行的每一个步骤都令焦虑引发的痉挛扫过我的全身系统，导致我出了一后背的冷汗。最后我简直身心俱疲，衬衫都粘到身上了。

　　我从未如此严重地焦虑过。然而尽管我已经汗流浃背、如坐针毡，却仍觉得眼前的一切似乎不太真实。几小时前，我曾站在相同的破屋里直面生平最大一次震惊。理论上说是在一个试图寻找我遗留痕迹的队伍里，同时还要满心焦躁地站在一旁目睹眼前发生的一切。"暗黑德克斯特"与"值班德克斯特"几乎在这里进行着超现实碰撞，我第一次不敢肯定自己能将自己的两面完全分开。

　　一瞬间，我甚至看见自己以相同的姿势出现在镜子里——只不过这次我手里拿着蓝星试剂瓶而不是刀——毫无关联的两个现实在此碰撞。一时间，身边的法医们奔走的声响尽数消散，在短短的几分钟里，我忽然觉得这里只有我一人。这感觉实在不太舒服；我就那么盯着我的镜像，试图弄明白为何眼前的画面突然就叫人想不通了。

　　我是谁？我在这里做什么？更要命的是，我不是在逃命吗？无意义的愚蠢问题在我脑海中往复循环，最后哪怕最简单的词在我看来也显得无比陌生。我就那么站着，看着自己陡然陌生起来的模样。

　　要不是文斯把我从神游中拽回来，我恐怕会一直站在那儿。

　　"非常好，"他说，"依然非常神勇。现在恢复过来了吗？"

　　他转头看向镜子，一下挤到我的镜像旁，屋内的声音回来了。我重新意识到自己在哪儿，虽然文斯说的话我一句没听见。我猛转过头看他。

　　"抱歉，什么？"我问。

　　他窃笑。"你盯着镜子里的自己看了……大约……5分钟了。"他说。

　　"我，呃，我在想事儿。"我轻声回道。

　　文斯摇摇头，表情十分严肃。"放空大脑向来不是什么好主意，年轻的天行者①。"说完他便走到房间另一边。我甩甩头，继续假装工作。肾上腺素与精神错乱让我如处云端，早上余下的时间全在恍惚中度过，我始终觉得自己身上的缝合处会突然裂开。

然而我没散架，也没"腾"地烧起来。不知怎么的，我活下来了。我很清楚人体有多脆弱，但德克斯特的制作材料无疑货真价实，毕竟我活着熬过了整个早上，没中风，也没心脏病发作一命呜呼，甚至没精神崩溃地跑到街上哭诉忏悔，恳求从轻发落。尽管我的法医同事勤奋且经验丰富，可惜一番努力过后，他们没找到一丝我昨晚来过的痕迹。德克斯特克服重重困难，大难不死，尽管内心疲惫不堪，但好歹完整地回到了办公室。

瘫坐回椅子上我才长出了一口气，集中精神顺畅呼吸片刻。这法子似乎真挺管用。不过在恢复智力方面算不上有效，但尽管于我不利的情况越来越多，我坐在办公桌前依然觉得很安全。我闭上眼，试着稍微放松，努力用理性冷静地思考问题。很好，我把自己逼上了贼喊捉贼的窘境。我还差点儿被抓住，但我最后逃走了。以昼间德克斯特的身份重回噩梦现场可不是有趣的事儿，然而我熬过去了，而且谁都没找到证据，能把我与桌上的尸体联系到一起。

我慢慢说服自己情况不像看上去那么糟。经过一番愚蠢到极致的坚持，我差点儿说服了自己。我最后深吸一口气，在脸上贴好骇人的假笑，重回工作之中，接着便犯下了致命错误——我尽职尽责地检查了自己的电子邮箱。

点开邮箱的一刻，才构建好的虚伪平静被尽数冲毁，仿佛从未存在。我看见一封匿名邮件，标题只有一个词：

更近一步。

我不知道这话想表达什么意思，但我立刻反应过来这是谁写的、谁发给我的。我在无尽的震惊之下将这个词读了又读，翻滚的恐慌一浪高过一浪，我甚至觉得自己会叫出声……

我深吸一口气，试着平息恐慌，可它已将我钉在地上。我点开邮件，手止不

---

① 天行者（Skywalker）：《星球大战》里男主角的姓氏。——译者注

住地发抖。读邮件时，野性在我体内嘶吼，冷静从这世上消亡殆尽。

与其他博文一样，这篇的版头也写着：

幽灵博客。

不过这回与以往有个惊人的不同。过去版头的影子是淡红色的，现在则变成意指鲜血的一摊液体。一串血红色的脚印从版头走向只有一个词的正文标题——"更近一步"。恐惧让我觉得有些恶心，我把目光从标题移向正文，读道：

　　我越发了解自己——也更加了解你了。例如，我不知道你跑得这么快。但你肯定跑得很快，毕竟你成功跑掉了。你的眼睛肯定也很好，能夹着尾巴在午夜狂奔。真希望我拿着相机在现场。

　　我还知道你不少别的事儿。我一直在你不知道的时候监视你——看见你拎几袋日用品，看见你的车，看见你傻了吧唧地拿着喷雾瓶干活儿，佯装自己和其他人一样。演得相当棒，我早该想到。我这辈子也一直在表演。我刚才说我越发了解自己了，你猜你现在会做什么？

　　我知道你看过我的博客。对我来说弄清谁访问过页面只是小事一桩。我得说，我很擅长摆弄电脑。这点你迟早会明白。你看了我的博客，知道我刚离婚，知道我对此不满。我曾说离婚不是特权，至于我老婆？我们就说她没那么想好了，或者根本没想过。我曾试图调解，试图告诉她离婚不对，可她却越来越不要脸，更糟的是我慢慢意识到这不单单是懒惰、不要脸的问题——她的所作所为与杀人一样触犯道德，罪恶滔天。她无药可救了，她是个吸食他人生命的精神病，无法为社会做出任何贡献，只能提供痛苦与苦难。既然她不愿改变，就必须有人阻止她。

　　有些人就是没有是非之心，生来如此。例如你，例如我前妻。她尖叫着让我快他妈滚出去，永远别再回来，让我从今以后给她寄他妈赡养费——我出门瞧见你在后院……

　　瞧，我跑得也够快的。你没看见我，只看见我的背影。回屋后，我看见她张嘴站在那里，一想到你就在外面，打算来抓我——我想我得说事情居然全赶到一块儿了，我总算知道自己是什么人，该做什么事儿了。过去的我看见你就知道跑。新生的我却意识到天时地利人和都凑齐了，这就是承担责任的问题，我第一次真正想明白一切，我要做的，就是……一次性摆脱你和她。一石二鸟，算清总账。这才是我。我要干掉破坏规则的人，那些走得太远已经没有回头路的人。你，我前妻。天知道还有谁？这种人很多，每天都能看见。

从某种程度来说，我越来越像你了，对吗？最大区别在于，我这么做是为了阻止你这样的人。为了正义。但是，嗨，谢谢你为我树立了一个好榜样。或许我甚至该感谢你让我交了新女朋友，虽然我觉得我和她处不了多久。

我希望你知道你还没安全，希望你知道事情还没结束。因为我知道你是谁，你在哪儿，而你对我一无所知。想想看：

我正在学你。

我正在学你的所作所为，还会用这个对付你。而你永远不知何时或何地。你一无所知，只知道我在这儿，离你越来越近。

你听见身后的声响了吗？

砰。是我。

比你所想的更近……

我不知道自己坐了多久，一脸茫然，一动不动，大气不敢喘。可能没有感觉的那么长，毕竟我所在的楼没塌，太阳也没变冷掉下来。但肯定也不短，因为良久才有一个粗糙的念头费力穿过我两耳之间冰冷空洞的拱顶。它总算钻出来，可我除了猛吸一口气，根本不知所措，任凭这念头独自在我脑海里回荡。

更近……？

我又看了一遍这恐怖的邮件，拼命寻找这其实只是个恶劣玩笑的细小线索，寻找我看第一遍时可能误解的词句。可不管我看多少遍，那些云谲波诡，自我放纵的文字依旧如此。我没找到任何隐藏含义，也没找到任何暗藏的电话号码或脸书主页。只有一成不变的恼人词句，循环往复，累加成一成不变的灾难结论。

　　他离我更近了，他觉得他就像我，我非常清楚那意味什么，他会做什么。他在下风处巡视我，磨利獠牙，与我的生活背景融为一体。他随时——此刻、明天、下周——都可能从任何地方扑向我，而我对此无计可施。我是在黑屋里与幽灵战斗。可这幽灵有一双真实存在的手，握着真实存在的武器。他看得见黑暗中的我，而我看不见他。他在逼近，从前边或是后边，上边或是下边；而我只知道他打算和我做一样的事儿，用我的方法，处置我，并且正在逼近。

　　越来越近……

Chapter
幽灵逼近我了 *17*

"离异，独居。名叫梅丽莎。见鬼，等一下。"拉雷多警探翻开档案，粗手指滑过一行行资料。"啊，"他说，"艾丽莎，首字母A，艾丽莎·伊兰。"他皱眉说："这名儿起得有意思。"

我本可以当场指正他，毕竟一天前我才在便笺上写过这个名字。但从技术上讲，在他告诉我以前我都不该知道这事儿，所以我没吭声。况且根据我对拉雷多的了解，这家伙可不乐于听从别人的指正，尤其是法医部技术员的指正。但现在他负责小脏屋女性碎尸案，而且议会部门的政策规定，凶杀案需在24小时内着手调查。于是大家聚到一起，听从他差遣。鉴于我是其中一员，因此我也在。

当然，大概不管怎样，我都会找理由待在这儿。我太渴望线索，急着弄清究竟是谁干出这等可怕之事。我比全警局任何人——比全球执法界任何人——都更想找到杀害艾丽莎的凶手，将其绳之以法。不通过迈阿密陈旧迟缓、技术落后、老态龙钟的法律制度，而是自己找到他，再亲手把他拖下去，拖向德克斯特黑暗的神庙与最终审判。我不安地坐在那儿，听拉雷多叙述一遍大家均已知道的信息。结果是半点儿用没有。

除了几个新百伦跑鞋留下的脚印，他们没找到任何切实的法医证据。那些脚印的型号与尺寸还都十分常见。没有指纹，没有纤维，没有任何线索，除了我那双旧鞋——恐怕拉雷多以后还得雇一名非常优秀的潜水员才能找到它们。

我贡献的那点儿飞溅的血液提供的线索同样没用。耐心等待许久之后，总算有人问道："离异，是吗？"拉雷多点点头。

"没错，我派人找过她前夫，那家伙名叫伯纳德·伊兰。"他说。我顿时精神一振，不禁向前倾身。然而拉雷多耸耸肩，说："不走运。那家伙两年前就死了。"

之后他或许又说了些别的，可我没听进去。我悄无声息地沉浸在震惊之下——艾丽莎的前夫两年前就死了。我全身心地希望那是真的，但我十分清楚他离死还远着呢，而且正试图置我于死地。不过拉雷多是个相当优秀的警察，他要是说谁死了，肯定有个很好的理由认为那千真万确。

我屏蔽掉警察们嗡嗡作响的沉闷讨论，琢磨着那意味着什么，然后想到两种可能。要么目击者不是艾丽莎·伊兰的前夫——要么他设法伪造了自己的死亡。

他没理由编造一整套虚假生活，还花几个月的时间抱怨"A"与离婚的事儿。他曾清楚地看见我在她家院子里看那辆本田车——当时房子里的喊声想必就是他在和艾丽莎吵架，我还看见他回屋的背影。因此我不得不相信事实摆在眼前：他确实是艾丽莎的前夫，也确实杀了她。

这表示他骗过了警察，让他们认为他已经死了。

伪造自身死亡最难的地方在于如何伪造尸体：你必须提供一个现实场景，一个逼真的犯罪现场，还有一具令人信服的尸体。做到万无一失很难，成功的更是凤毛麟角。

但是：

一旦搞定最初装死的部分，被哀悼、下葬之后，事情就简单多了。事实上，伪造死亡前的两年，伯纳德已专职从事文书工作。而在21世纪，文书工作自然意味着电脑工作。你需要破解几个基础信息库，植入自己的假信息——其中一两个很难破解，但我不想解释我为什么知道。不过一旦突破网络防御，你只需写入一两行新信息或者替换一些……

有可能做得到，虽然很难。但我想我应该做得到，只是有些棘手。想到目击者与他的电脑能力提升了几个等级，我可不觉得开心。

散会时，我依然郁郁寡欢。我带着渺茫的希望而来，以为能找到一粒线索的碎屑，再顺势查出目击者这块大面包。可如今渺茫的希望也彻底破灭，我再次徒劳而返。怀抱希望向来不是什么好主意。

好在我还有个极小的优势。我匆忙赶回到电脑前，查看检索进度如何。我先深入检索一遍伯纳德·伊兰，之后又查了伯尼·伊兰。官方记录大多已被删除，取而代之的是"已故"二字。无论他现在叫自己什么名，这一步确实做得干净利落。

但我依然找到几篇提及伯尼·伊兰的报道。他曾在小联盟棒球俱乐部"雪城酋长"队担当三垒手。这家伙显然是个力量型击球手，可惜从未打中过弧线球，也没能进入职业总会。一个半赛季后，他离开了球队。我甚至还找到一张他的照片。照片上一个身穿棒球制服的人在朝投手挥棒。照片很模糊，有点儿失焦。我虽然看得出他确实有张脸，可几乎说不清他长什么样，连他有几个鼻子都看不清。而别的网站都没有伯尼的照片。

就这些，无别处可循。我知道目击者打过棒球，擅长电脑，可以帮我将范围缩至百万人以下。

随后几天我一直汗涔涔的，不光因为夏天到了，气温升了一级，还因为德克斯特始终战战兢兢，全天候、"全明星"、全身心地处在恐慌之中。我终日神经兮兮、心烦意乱，一心觉得未知的家伙正朝我扑来，企图打我个措手不及，继而无法专心做事儿。我不得不保持警惕，做好万全准备——可我该怎么做？做什么？危险在何时何地？既然我不知道何时、为什么、针对谁，我又如何知道自己该做什么？

可我不得不准备好，无时无刻，无论醒着还是睡着。这任务让我无法忍受，让我心灵的车轮疯狂旋转，去不了别处，只能进一步深入恐惧。在我疯狂的妄想之下，耳边每一声脚步都成了他。他手持路易斯维尔球棒，悄然溜到我身后图谋不轨。

就连文斯·增冈都注意到我的异常。事实上他很难注意不到，因为每次他一咳嗽，我都会像只被烫到的猫一样跳起来。"小伙子，"他坐在实验室另一端的笔记本后面对我说，"你实在太紧张了。"

"工作太投入。"我回道。

他摇摇头："那你需要再多参加些聚会。"

"我结婚了，还有三个孩子和一份高要求的工作，"我说，"我不参加聚会。"

"听听前辈的智慧，"他模仿陈查理①的语气说，"人生苦短，难得一醉，坦诚相会。"

"贤者的忠告，大师，"我说，"或许我今晚可以试试，在童子军聚会上。"

他严肃地点点头。"好极了，教教那些年轻人，他们将会受益匪浅。"他说。

其实今晚我真的要去参加每周一次的童子军聚会。这个活动科迪已经参加了一年，虽然他一直不喜欢。但我和丽塔都觉得这对他有好处，说不定能帮他克服腼腆。尽管我知道带他克服腼腆的唯一方法无疑是给他一把刀和一些用于试验的活物，但我觉得我最好避免和他妈妈谈论这个话题，参加童子军是最好的替代品。况且我确实觉得这对他有好处，可以帮他学习如何表现得像个真正的人类男孩儿。

所以晚上下班回到家，我匆匆吃掉前一天剩下的热带风味鸡肉，趁丽塔还在厨房忙碌，便给科迪套上他的蓝色童子军军装，把他推上车。每次穿这身衣服，他的眼中都带着几乎难以抑制的怨恨。在他看来，穿着下身是短裤的制服不仅是一种可怕的时尚，还是对被迫穿衣者的差辱。但我劝他说参加童子军可以有效学习如何融入集体，并试图让他明白这种训练与学习如何放置尸体残骸同样重要。

---

① 陈查理（Charlie Chan）：厄尔·德尔·比格斯笔下的小说人物。——译者注

如今这活动他已经参加了一年，从未有过任何公然的实际抗拒。

今晚规定在小学集合，我们到达时离开始还有几分钟，于是我们静静坐在车里等待。科迪喜欢直到聚会马上开始才进去，大概对他而言融入人群依然是种不太愉快的任务。因此大多时候我们都会一起坐着，偶尔交流一两句。他从不多说话，但每句都值得一听，虽然一句只有两三个字。我一向不喜欢陈词滥调，但我得说我们之间有某种缘分。尽管今晚我正忙着寻找潜伏在暗影中的危险，但假如科迪要背诵全本的《爱经》给我听，我也不会不听的。

幸运的是，他似乎不想说话，只是注视着其他走下车的男孩儿，看着他们走进学校。有些孩子是和父母一起来的，有些则是自己来的。是的，我也在认真观察他们。

"史蒂夫·宾德。"科迪突然说了一句，我下意识地一激灵。科迪饶有兴趣地看着我，然后指了指一个一字眉的大块头男孩儿。那孩子昂首阔步走过车旁，进入学校。我看向科迪，扬起一边眉毛；他耸耸肩，说："仗势欺人。"

"他挑中你了？"我问，他又耸耸肩。然而不等我得到什么切实的回答，我忽然感到后颈传来一阵诡异的瘙痒，同时觉得内心深处哪里有些不对劲儿。我回头看向身后，几辆车驶进停车场，在附近几个车位停下，看不出有任何凶险，也没有任何触动黑夜行者的异常迹象。不过是几辆小型车和一辆车龄至少15年的老凯迪拉克。

一瞬间，我怀疑会不会其中哪一个是他，我的幽灵，他已经逼近我——因为潜意识在隐隐刺痛，通知我的思维。不可能——可我依然看得很仔细，看着那些车一辆辆停下。大多是城郊通用车，每周都会看见。只有那辆凯迪拉克与众不同。我看着它停下，看见一个矮胖的男人走下车，随后下来一个胖小子。再寻常不过的画面，完全符合你的期待。不存在任何异常与威胁。他们走进学校，没扔手榴弹，也没到处放火。我目送他们走进校门，那个矮胖的男人根本没看我，只是单手扶着男孩儿肩膀，让他安心，带他进去。

不是他，他就像看上去那样，不存在别的可能，就是一个带孩子参加童子军的人。我竟然会觉得幽灵知道我今晚在这儿，还为了接近我临时找了个男孩儿。

太愚蠢了。我深吸一口气，试着甩开愚蠢。无论出什么事儿，都不可能在这里，在今晚。

我毅然决然推开眼前飘动的警示旗，转身看向科迪——确认他是不是在看我。

"怎么了？"他问。

"没什么。"我说。确定没什么，不过是雷达瞬间故障，或者感知到某人因好车位被占而爆发怒火。

然而科迪不这么认为，他和我一样转头注视停车场四周。"有事儿。"他肯定地说道。我饶有兴趣地看着他。

"'影子家伙'？"我问他。他给自己的小黑夜行者起了这个名字。科迪的生父，就是现在坐牢的那位，曾反复虐待他。持续的精神创伤在科迪心里埋下种子，最终收获了"影子家伙"。倘若科迪与"影子家伙"都听见微弱的警报声，情况可就值得注意了。

然而科迪只是耸耸肩。"不确定。"他说。这和我的感受差不多。我们环视停车场，转头的动作几乎同步，可谁都没看见任何异常。接着热情的童子军领队弗兰克探头招呼大家聚会即将开始。于是我和科迪下车，同其他才赶过来的人一起走进学校。我最后回头扫了一眼，发现科迪的反应与我一模一样。一种情愫涌上心头，极似父亲才有的自豪。依然没有任何值得戒备的地方，只有一群身穿蓝制服的男孩儿。我没再理会这事儿，和科迪一起走进学校。

今晚的聚会一如既往：平淡无奇，甚至有些乏味。唯一不同寻常的是新来了一位领队助理，就是之前那个开凯迪拉克的矮胖男人，他名叫道格·克劳利。我仔细打量他一番，在停车场觉察到的假警报仍在传播微弱的不安。可他根本谈不上有趣，更别提威胁。克劳利大约35岁，为人温和、热心、迟钝。他带来的胖小子名叫菲德尔，10岁，多米尼加人，不是他的孩子。克劳利是兄弟会项目志愿者，负责协助弗兰克。弗兰克欢迎他，感谢他，然后开始讨论过段时间去湿地野营的事儿。两个男孩儿做了一份当地生态学报告，准备参加该主题的徽章活动，接着弗兰克又谈了谈野营时该如何预防火灾。讨论过程冗长乏味，科迪耐着性子听完了，结束时，也没有立刻冲出大门。之后我们开车回家，那个不够大的家，那个桌上摆满丽塔的文件而不是饭菜的家。路上除了一辆引擎轰鸣的亮黄色悍马，我们再没遇到其他更具威胁的东西。

第二天的工作依旧漫长无期。我一直在静候灾难降临，可什么事都没有发生。第三天，第四天，依然如此。什么都没有发生，没有阴险的陌生人从暗处冒出来，没有残忍的陷阱出现在我脚下。办公桌抽屉里没藏匿致命的毒蛇，路过的车里也没飞出长矛刺向我的脖子，什么都没有。就连德博拉与她凶猛的拳头都放了假。我看见她，还和她说了话，一直没挨打。她的手臂依然裹着石膏，我本以为她会频繁打电话向我求助，可她没有。显然是杜瓦蒂接下了这个任务，而黛比似乎很满足生活在"低剂量德克斯特"的环境中。

日子似乎又回到平淡的寻常节奏中，生活慢慢走向无聊，不存在威胁，不存在变化，不存在任何变化的征兆，无论在家还是在警局。事情大同小异。我一度认为灾难终会到来，可它没来，日子一天天过去，事情仿佛再不可能发生一般。我知道这么想很蠢，可我内心的人性部分——我可以这么说吗？——就是这样。没人能无时无刻、日复一日、永无止境地保持高度警惕，哪怕是时刻警戒的"暗黑侦查员德克斯特"，更何况合成的寻常生活是那么诱人。

就这样我放松了，而且从未如此放松。正常生活之所以舒适正因为它无趣且无意义，能让所有人慢慢平静地进入清醒的睡眠状态，能让我们专注于无聊的蠢事，例如牙膏没了或者鞋带断了，好像那无比重要似的——同时忽视真正重要的问题，任由其磨利獠牙，潜伏到我们身后。偶尔一两个瞬间，我们会忽然洞察人生，意识到毫不相干的琐事正催眠我们的大脑，于是开始期待一些与众不同、令人兴奋的事情出现，好帮我们专注意识，将愚蠢细碎的琐事逐出脑海。因为没人能时刻保持警惕，即使是我也一样。越无事发生，越会觉得不可能发生，最后我竟然期待起来，总之不管是什么，早来早结束。

诚然，西方思想最伟大的一条真理：慎重许愿，因为愿望可能成真。

而我的愿望，成真了。

Chapter

锤子杀手再现身 *18*

　　午后炎热而潮湿，3点左右，我完成例行工作，离开索然无味的犯罪现场，回到办公室。一个男人开枪杀了邻居的狗，邻居开枪杀了他。典型案件。现代人痴迷于大口径武器，诸如此类的混乱不幸时下频繁发生。区分人与狗的血实在谈不上有趣，我试着努力了一会儿，可现场的血迹实在太多，我只好放弃。嫌疑人直接认罪，凶手是谁显而易见，看样子完全没有必要再费力调查。事实上现场也没有人在专心调查。我们见过太多此类案件，不管是警察还是法医。"锤子杀手案"尘埃落定之后，大家的破案激情也随之散去，一起寻常的"花园枪击杀人案"根本无关紧要，还有一点儿无聊。

　　于是，我迅速搞定自己的工作，散步走回办公室，瘫坐进椅子，根本没费神琢磨这会儿正蹲在拘留中心里的狗主人，与他那只被开膛破肚的可怜的斗牛犬。更傻的是，由于窝在自己的小安全角，身边围着迈阿密-戴德县勇敢无畏的警察，我竟然没再担心幽灵出现，而是全身心地思考一个更重要的问题：如何说服下班回到家的丽塔空出一个晚上，为我们做顿货真价实的晚餐。这问题不太好办，需要融合奉承与坚决两种不同的态度，罕见且困难。况且我确信对我这个人类模仿者而言，那将是一个真正的挑战。

　　我练习了几种面部表情，试着将恰当的要素全部融入一张可信的面具上，直到我觉得自己弄对了。一时间，我忽然萌生一个诡异的自我意识，发现我正从远处看着自己，只好暂时停下来。我是说，一个无影无踪的可怕敌人正试图围攻德克斯特城堡，我不磨利宝剑，在城垛上堆好卵石，却在这儿摆表情琢磨怎么让丽塔给我做顿体面的最后的晚餐。我不得不问自己——这么做真的有意义吗？这真的是迎接命运的最佳备战方法吗？我得承认答案十分明确，很可能不是。

　　可最佳备战方法究竟是什么？我想了想目前所知的信息，几乎一无所知，接着再次意识到未知的未来早已将我推离自己最擅长的领域。我不该坐以待毙，我得回归主动。我必须绕到下风处，找到更多幽灵的消息，然后想办法追踪到他的老巢，让暗黑本性重回正轨。冷静、理性、实事求是地思考，我知道他斗不过我。成年后我狩猎过许多他这样的人，他不过是一个猎物，一只披着狼皮的羊，一个试图变成真货的山寨品，一个可怜的小丑。我可以轻松搞定一切，用压倒性的事实清楚地告诉他——只要我找到他。

　　可怎么找？我不再知道他开的车，甚至不确定他是不是仍住在我家附近的迈阿密南部，生活在同一地区。他很可能已经去了别处——去哪儿了呢？以我对他的了解还不足以猜出他的去向，这可是个问题。成为一名成功猎人的先决条件是了解自己的猎物，而我不了解。我需要更好地领悟他的思考方式，他的弱点，至少要知道地址或护照号这种数据以外的背景。现在，我只知道"幽灵博客"是通往幽灵内心世界的唯一窗口，而上面自我意识过剩的冗长废话我早已看了十几遍，没有任何有价值的收获。将那乏味且自我专注的傻话一遍又一遍，看了十几遍，没发现任何值得重复一看的东西。然而不管怎样，我还是又看了一遍，这次我试着在那些碎碎念背后构建出一个人的轮廓。

　　最大的一块积木当然是他的愤怒。目前来看，这种情感主要针对我，不过还有不少值得深入挖掘的地方。首先是他打棒球时受到的不公正对待。他从未有机会参加大联盟，哪怕他一向遵守规则，按照要求完成一切。他反复提及球队里的浑蛋，抄近路的，作弊的，犯罪不受惩罚的，还有自认为黑别人网站很有趣的大浑蛋。当然他也不满前妻"A"与路上常见的迈阿密司机。

他的愤怒无疑出自本身过盛的刻板道德。这种道德感由来已久，一直在水下冒泡，伺机沸腾，具化显形。他恼怒所有不守规矩的人，看见他们就生气，三句话不离"牧师"及其教诲。好消息，一条真正的线索：我在寻找一名愤怒的天主教徒，这可以帮我将目标缩至迈阿密总人口的75%。我闭目凝神，可惜没用，脑子里只想赶紧捆住他，教他什么是真正的忏悔，让他见识一下德克斯特利刃圣母大教堂暗黑忏悔室的忏悔方式。我几乎瞧见他扭动的模样，看着他无力挣脱捆在身上的胶布。我刚准备欣赏眼前的画面，文斯·增冈便战战兢兢、跌跌撞撞地走进办公室。

"见鬼，"他说，"噢，上帝，天啊。"

"文斯，"数日来第一个美好思绪被他打断了，我不耐烦地说，"在西方传统文化里，我们习惯将神与鬼分开。"

他踉跄停下，眨眼看看我，语气依旧惹人心烦。"天啊。"他又说一遍。

"好吧，很好，天啊，"我说，"可以说下一句了吗？"

"卡米拉，"他说，"卡米拉·菲格……"

"我知道卡米拉。"我依然觉得心烦意乱——这时我听见远处传来黑色羽翼拍打的沙沙声，意识到自己正笔直坐在椅子上，黑夜行者伸出柔软的触手，缠上我的脊柱。

"她死了，"说着，文斯深吸一口气，摇摇头，"卡米拉死了，还是——耶稣啊——相同手法，被锤子砸死的。"

我下意识地摇头否认。"呃，"我问，"'锤子杀手'不是已经被德博拉抓起来了吗？"

"抓错了，"文斯说，"你妹妹搞砸了，又死人了，手法完全相同，她抓错人了，他们不会再让她碰这个案子了。"他摇摇头。"她搞砸了，妈的卡米拉的遭遇与另外几个人一模一样。"他眨眨眼，咽了口唾沫，我从未见过他如此严肃又害怕。"她被人活活砸死，德克斯特，与其他受害者一样。"

我的嘴干了，一股微弱的电流顺着脊柱从后颈蹿向腰间，尽管对我而言这不是什么格外令人高兴的事儿。我没去想德博拉和告别她的光环，而是呆呆地坐在那儿，差点儿忘记呼吸，任凭似有若无的热风掠过脸颊，卷着枯叶吹过德克斯特城堡贫民区。黑夜行者冲出来低声嘶吼，它的在意绝非偶然。文斯还在一旁傻傻念叨这事儿如何可怕，如何令人恐惧，可我几乎听不见他的声音。

我确信假如我有感情，现在肯定也会感到害怕，毕竟卡米拉是我的同事，我和她共事多年。虽然关系算不上好，她的行为也总令我费解，但我很清楚，若死神造访了你的同事，你必须表现出适度的震惊与难过。古老的人类行为文书在最初几章里明确记录了这种基本表现。我确定平日里我卓越的戏剧天赋能让我尽力扮演好这类角色。可现在不行，还做不到。现在我脑子太乱，根本无法思考。

不知怎么的，我首先认为这是幽灵的杰作；他在博客里说过，他要采取行动。眼下卡米拉死了，被人砸成肉泥。可这对我有什么影响？除了迫使我做几个悲伤的表情，说几句伤心难过的场面话，我根本无动于衷。

这么说是别的事儿，无关我个人利害冲突的事儿——不过依然引起了黑夜行者的注意。这表示情况远非伪造几个标准化表情那么简单。这意味着有事儿偏离了正轨，某个藏匿在暗处的家伙发出了极端挑衅，表示无论卡米拉遇到了什么事儿，真相都远非看起来那样——反过来说这是一种征兆，由于某种原因，眼下征兆尚不明了，德克斯特需格外注意。

可为什么？黑夜行者为什么会对此事反应剧烈，做出超过临时起兴的举动？德克斯特不过会因此一时蒙羞，卡米拉也不过是我的一位同事。

我试着屏蔽文斯恼人的废话与宣泄的感情，暂时专注于眼前的事实。德博拉确定她抓对人了。德博拉十分擅长自己所做的事儿。因此，要么是德博拉犯了不同寻常的大错，要么——

"模仿案。"我打断文斯倾倒而出的胡言乱语。

他眨眨眼，忽然瞪大的眼睛看起来似乎有些湿润。"德克斯特，"他说，"过去从未有过类似的'锤子杀手'，一次都没有——现在你觉得这种家伙有两个？"

"没错，"我说，"肯定没错。"

他用力摇摇头。"不，不可能。不——就是不可能。我是说，我知道她是你妹妹；你得护着她，但是，嘿……"他说。

黑夜行者的要塞深处传来更强烈的咕噜声，打断文斯不得要领的口水话。爬行动物的逻辑越发笃定，我知道我没想错。只是依然不明白警报为何拉响——是什么在威胁我无可取代的宝贵灵魂？黑夜行者几乎从没错过，它的警报清楚明确。有人仿造了"锤子杀手"的杀人手法，然而除去琐碎的道德问题与版权纠纷，依然有哪里不太对劲儿；这威胁离我太近，直奔暗黑巢穴的城垛，令我很不舒服。明明只需理性地模仿人类的悲伤情感，可我却莫名感到深深的不安。难道整个世界都在试图抓我？难道生活的新模式真是如此？

随后几个小时什么都没发生，我这才放松了点儿。有人在警察局总部附近的一家大型超市停车场的角落里发现了卡米拉的尸体。她的尸体被弃于车内。许多警察下班回家时都会去那家超市逛逛，卡米拉自然也可能去。后座的地面上散落着三个印有超市标志的塑料购物袋，袋子上方的座椅上堆着卡米拉的尸体。与另外两名受害人相同，凶手残忍地击碎了她身上每一块骨头与关节，直到看不出身体原本的形状。

可那辆车不是警车，甚至不是卡米拉的车。那是一辆车龄5年的雪佛兰英帕拉，车主是超市员工，名叫娜塔莉·布朗伯格。目前为止布朗伯格女士没有告诉警方太多内容，主要因为自从发现卡米拉那刻起，她便一直尖叫、哭泣不停，最后不得不给她注射大量镇静剂。

我和文斯慢慢调查了英帕拉附近区域。我越来越确定这是另一个人的杰作。卡米拉的尸体一半儿摊在椅子上，一半儿垂在椅子下，而前两名受害者的安置手法则明显更为小心谨慎。还有一个小地方不符合先前的杀人模式，同时也让我看得更加真切。

我算不上钝器伤领域的专家，可卡米拉所受创伤明显与另外两位看起来不太一样；贡特尔与克莱因的创伤面，一眼便可看出是锤子所为，而卡米拉的则有一个浅浅的曲痕，一个轻微凹陷的轮廓，仿佛凶器是圆的而不是平的，一个类似棍子的东西，或者暗榫，或者……或者棒球棍？或许某个不善处理情绪的前小联盟棒球运动员就潜伏在附近？

我认真想了想，似乎有理有据——除了一小点：伯尼·伊兰为什么要杀卡米拉·菲格？就算出于某种理由，他真的想杀她，但为什么要选择这种恶心且麻烦的方法？这些理由根本无法叠加到一起，我正在纵身跳进偏执中。有人在追赶我并不表示那人就会这么做。荒谬至极。

我绕汽车检查一番，希望通过手中的蓝星试剂找到飞溅的血迹。在英帕拉所在车位与隔壁车位之间的白线上，我发现一道非常浅的血痕，出自一只跑鞋的鞋尖。虽然尚未确定，但车内没找到卷饼包装纸。不过尸体所在座椅上有一大块血斑，卡米拉头部左侧遭受重创，流了点儿血。头部创伤可说是臭名昭著的井喷口——可这个伤口只滴了几滴在座椅上，说明她在别处遇害，之后迅速被凶手搬到这里。凶手或许将车停在英帕拉附近，然后迅速抬出尸体，放入英帕拉后座。我猜方才发现的半个脚印的血痕就是头部创伤流出的血留下的。

另外，卡米拉的手臂上也有一个小伤口，前臂骨骼直接穿破皮肤捅了出来。那里的出血状况不如头部的严重，但在我看来同样事关重大。另外两名受害者都没出过血，这个却出了两次。尽管算不上足以执行逮捕的证据，可这对我来说非常重要。作为执法部门负责任的成年人，我立刻向案件负责警探胡德报告了我的发现。

胡德警探块头很大，额头很低，智商更低，永远在恶意瞥视他人，还喜欢对嫌疑人进行羞辱、殴打、性骚扰，以"鼓励"他们讲话。这会儿他正站在离英帕拉车主几英尺外的地方，耐心等待镇静剂稍微发挥作用，这样她才不会继续尖叫，还能听懂他的问题。他抱臂盯着车主，表情十分骇人。倘若布朗伯格女士探头看见他正盯着自己，恐怕还得再打一针。

我曾与胡德共事，对他略知一二，所以我装作很熟似的走过去，带着亲密的直接态度走近他。"嗨，理查德。"我说。后者猛抬头看向我，脸色又黑一层。

"你想干吗？"他问，丝毫没打算配合我亲昵的语气。事实上，他听起来几乎充满敌意。

我发现自己偶尔会误判身边的处境，继而用错短语或表情；我现在明显就弄错了。调整并挑选一个新表情总要花些时间，尤其在我不确定自己做错什么的时候。可我又不能茫然地凝视他，长时间不说话，于是我尽我所能说出两句客套话。"呃，"我说，"就是，你知道——"

"你知道？"他低劣地模仿我的口吻说道，"你想听听我知道些什么是吗，没把儿的？"

其实我不想听；胡德的智商估计也就小学三年级的水平，色情领域除外，然而我对那方面的事儿又不感兴趣。可眼下说"不"似乎不太明智，结果对方根本并没有等我回答。

"我只知道，你那位不着调的好莱坞妹妹拉床上了，"他随意吐出一串根本没有意义的描述，还重复了一遍。"她他妈拉床上了。"他再次说道。

"嗯，也许吧，"我说，试着让自己的语气听起来温顺而自信，"有证据表明凶手可能是模仿犯。"

他瞪着我，下巴突向两侧。超级大的下巴，看起来相当有力。假如有人允许，他简直可以从我身上咬下一大块肉。"证据，"胡德说，仿佛这个词味道很差，"例如？"

"呃，伤口，"我说，"尸体有两处流血的伤口，而另外两具尸体根本没出血。"

胡德扭头啐了一口。"你就是坨屎。"说着，他转身背对我，继续盯着布朗伯格女士。他再次抱起双臂，上嘴唇抽动道："跟你那不着调的妹妹一样。"

我低头看一眼鞋，只想确认他啐的那口没吐在我的鞋上，然后开心地看到吐上了。显然除了唾液与粪便学知识，我无法从胡德警探这里得知任何线索了。我决定再回去瞧一眼卡米拉·菲格的尸体，让这没教养的家伙自己想去吧。

然而刚从胡德身边走开，我内心深处的阴暗角落便迸发出一声干涩的轰鸣。黑夜行者在厉声警告我，德克斯特站到了敌人枪口的准星上。时间恍若爬行，我怔了片刻，寻找身边的威胁。就在我转头的瞬间，一道闪光掠过黄色警戒带外缘，黑夜行者低声嘶吼。

我眨眨眼，决心迎接子弹，可它没来。现场外围只有一个拍照的路人。闪光灯令我一时眼花，我眯眼望去，只看见模糊的残影。一个身穿灰色T恤衫的胖男人放下手中的相机，转身融入人群。不等我看清他的脸与其他特征，他已经不见了踪影。我不明白他为何会无缘无故拉响我体内的无声警报。对方不是狙击手，也不是骑爆炸自行车的恐怖分子，完全算不上任何实际的危险，不过是个底层民众，靠兜售令人作呕的死亡好奇心谋生。看来我现在真的变傻了，总觉得幽灵无处不在，哪怕事实根本说不通。我真的已经滑出理性世界，坠入多变的偏执之中了吗？

我又看了看那个摄影师离开的地方，等了一会儿。对方没回来，也没抛出任何意图杀死我的东西。不过是神经紧张，仅此而已，这不是我的目击者，我还得去工作。

我走回到英帕拉，卡米拉的尸体被随意堆在车内，并没有起死回生。而我则始终觉得有人正在某处舔着嘴唇看我，意图置我于死地。

Chapter
胡德 *19*

到家时已经几近午夜，我习惯性地走进厨房，瞧瞧丽塔有没有给我留些吃的。然而不管我看得多仔细，都没瞧见剩菜，甚至连块比萨都没有。我认真翻了一通，徒劳而返。柜子上没见着特百惠保鲜盒，灶台上空空如也，冰箱里也没有裹着保鲜膜的碗，就连桌子上的零食都没了。我搜遍整个厨房，却完全没见到任何可食用物品的蛛丝马迹。

不过相对而言，这根本算不上真正的悲剧。毕竟每天都会发生更糟的事儿，例如我认识多年的卡米拉·菲格，她就刚遇到一件。我真该对此略感悲痛，可我现在很饿，丽塔又没给我留吃的，在我看来这事儿更令人心碎。一项经年累月的伟大传统离我而去，一个不言而喻的重要规则与我告别，要知道我曾靠它们熬过众多考验，还有比这更令人悲伤的吗？德克斯特没饭吃，一切还有什么意义？

然而这时，我注意到餐桌下的椅子被人抽出来，以一个随意的角度放在那儿，旁边散落着丽塔的鞋。桌上依旧堆满了她的文件，椅背上胡乱搭着她的衣服。厨房另一头的冰箱上贴了一枚黄色方形磁贴，我过去看了一眼，一张便笺，估计是丽塔写的，虽然潦草的字迹与她平日工整的笔迹截然不同。便笺被贴在冰箱门上，写道："布赖恩打电话过来——你在哪儿呢？！"她把布赖恩的"B"写了两遍，把最后一个字母写了三遍，还写歪了；笔尖写到一半儿时滑了出去，在纸上划出一个小口儿。

尽管只是一张黄色的小便笺，其中隐含的线索却让我停下来。我拿着便笺在冰箱旁驻足片刻，明白自己为何感到困扰。原因肯定不是上面潦草的字迹，丽塔无疑只是累了。最近她上班时一直在与年度危机战斗，每一天都在神经紧绷地工作，然后穿过迈阿密酷热拥挤的夜晚，接回三个孩子，再带他们去汉堡店，想必她已被折磨得精疲力竭。这足以让任何人紧张、劳倦，进而……进而失去准确写出字母"B"的能力？

根本讲不通。丽塔为人一板一眼，神经质般地整洁有条理。我十分钦佩她这一点，单纯的疲劳与沮丧从未令她对恪守规矩的热情减退。她这辈子曾遇到许多艰辛，例如她灾难性的首次婚姻——嫁给一个嗜虐的瘾君子——可她总有办法处理生活的暴力混乱，使其归顺，以及清洁牙齿，把要洗的衣服放进篮子。于她而言，乱写便笺、任由鞋和衣服散放在地板上非常不符合她的性格，这清楚表明，呃……表明什么？

上次出现这种情况的原因是一杯满溢的葡萄酒——酒会溢出来说明她上次喝了不只一杯？今晚也是相同的原因？

我走回到餐桌旁，低头瞧了瞧丽塔坐过并丢下鞋的地方，开始以训练有素、技术高超的法医技术人员身份展开调查。左脚鞋的倾斜角度表明物主缺少运动控制力，歪挂的上衣则明确指出物主抑制力下降。不过，为了科学证实我的判断没错，我走向后门的扣盖大垃圾桶。桶里面，凌乱的纸巾与垃圾信件之下，一个不久前还装着红葡萄酒的空酒瓶出现在桶内。

丽塔向来热衷于再利用——但现在垃圾桶里却出现一个空酒瓶，上面还盖着纸。我确定我没见过这酒瓶满的时候，而我平日又对厨房里的东西了如指掌。一整瓶梅鹿辄，想来这东西不管在厨房哪个地方都会十分醒目，可我却没见过它。这表示要么丽塔花心思把它藏起来了——要么她今晚买回来，直接坐着喝光了，忘了再利用。

上次她工作我订比萨那天，她喝了一杯，这回可不一样，一整瓶——更糟的是，她喝酒时我不在家，孩子们没人管，没人保护。

她喝得太多，也太过频繁。我原以为她只是小酌一杯，处理眼前临时的压力——然而情况远不止此。难道说某个未知因素令丽塔骤然化身酒鬼？若真如此，我难道不该对此采取行动？还是静观其变，直到她开始缺勤工作，疏忽孩子？

就在这时，像是证明我的看法似的，走廊另一头传来莉莉·安的哭声。我连忙走进卧室，走向她的婴儿床。她蹬踹小腿，舞动手臂。我把她从小床上抱起来，一眼便看出原因。尿布鼓起，抵上睡衣，满得快溢出来了。我瞥了眼丽塔，后者正面朝下趴在床上打鼾，一条胳膊伸在头顶，一条胳膊压在身下。莉莉·安的哭闹显然未能渗入她的梦乡，她没给宝宝换尿布就睡着了。一点儿都不像她——这下都不是秘密了，她确实饮酒过度。

莉莉·安更用力地蹬了蹬腿，哭声也拔高几度。我把她抱到尿布台上。小家伙的问题清晰明了，我能轻松应对，而丽塔的，我恐怕得好好想一想。但现在夜色已深，不适合思考了。我给宝宝换上干爽尿布，摇着她，直到她不再哭闹，重回梦乡，再将她放回婴儿床，然后爬上我自己的床。

丽塔仍是先前的造型。她一动不动地趴在那儿，把床占去2/3。要不是她在打鼾，我真以为她已经死了。我低头看着她，不明白这面容姣好、发丝金黄的脑袋究竟出了什么事儿。她一向可靠，可预测，可信赖，从未偏离自己的基本行为模式。我决定与她结婚的原因之一便是我几乎可以准确预测她会做什么。她就像一套完美的铁路玩具组合，日复一日地沿着相同的轨迹，经过相同的风景，呼啸前行，永不改变。

可现在——出于某种原因，她显然已经偏离了正轨。想到自己还要处理这件事儿，我忽然觉得不太舒服。我该强行介入吗？迫使她去参加嗜酒者互戒会？威胁她离婚，把孩子们丢给她照顾？对我来说那完全是未知领域，是高等婚姻教学大纲里的教条，是人类研究领域里的研究生课程，我几乎对此一无所知。

但不管答案是什么，今晚我都不打算想了。我工作一整天，还不得不对付

"幽灵博客"、呜咽的同事与白痴警探，我已经精疲力竭，脑子里积满了麻木厚重的"疲劳云"。在我做其他事情之前，我得先睡一觉。

我把丽塔推向她那侧，然后钻进被子。我需要尽可能多的睡眠。就这样，我刚沾到枕头，便立刻失去了意识。

7点闹钟响起，我"啪"的一下关掉闹钟，莫名觉得万事大吉了。昨晚上床时，我满心忧愁：丽塔、"幽灵博客"、卡米拉·菲格——可夜里不知来了什么，所有烦躁一扫而空。是的，问题还在，但我会处理好。以前如此，这回也一样。我知道这反应不合逻辑，但我确实感觉一身轻松，全无昨晚的疲惫焦虑。我不明白为什么会这样，也许是深度无梦睡眠的效果。总之，我一觉醒来便进入新世界，在这里无脑乐观是普世常识。不是说我听见小鸟在金灿灿的曙光里歌唱，但我确实闻到厨房飘来咖啡与培根的香味，这可比我听过的鸟叫棒多了。我冲了澡，穿上衣服，来到餐桌旁。荷包蛋早已等在盘子里，旁边还有三片培根与一大杯香浓热咖啡。

"你昨天回来得太晚了。"丽塔边说，边往锅里打入一个鸡蛋。不知怎么的，她的话听起来像在指责我似的。但这说不通，所以我将其判定为喝酒太多的残留影响。

"昨晚卡米拉·菲格被人杀了，"我回道，"我的一个同事。"

丽塔握着锅铲，回身看向我。"所以说，你在工作？"她问。喝酒太多的影响依然在她的声音里作祟。

"嗯，"我说，"发现她时就很晚了。"

她盯着我看了一会儿，最后摇摇头。"解释得通，不是吗？"她说，可看我的表情却像我什么都没解释一样。

我感到有点儿不自在，她干吗这么盯着我？我低头瞅了瞅，看看自己是不是忘了穿裤子，但我确实穿了。我抬起头，她仍盯着我。

"有什么问题吗？"我问。

丽塔摇摇头。"问题？"她翻眼看向天花板，说，"你想知道什么问题？"

她不耐烦地叩着一只脚尖，叉腰瞪着我。"你怎么不告诉我有什么问题，德克斯特？"

我惊讶地看着她。"呃，"我不知道这种时候该说什么，"据我所知，没有问题。我是说，没有任何不寻常的事儿……"即使在我看来，这都算不上一个有效的回答，而丽塔显然赞同我的想法。

"噢，很好，没有问题。"她扬起一边眉毛，继续瞪我。哪怕我刚刚的回答已经如此无力，她仍像在期待更多解释似的不停叩脚尖。

我瞄了一眼她身后的炉子。锅里升起油烟，可那里本该只有喷香的蒸汽才对。"呃，丽塔？"我小心翼翼地说道，"我觉得有东西煳了。"

她朝我眨眨眼，明白我的意思后"唰"地转向炉子。"噢，见鬼，瞧瞧，"说着，她举起锅铲向前倾身，"不，见鬼，瞧瞧时间。"丽塔拔高的嗓音里又多出一种情感，想必是挫败。"该死，为什么不——就不能——科迪！阿斯特！吃早饭了！马上！"她刮下煳掉的煎蛋，又扔进锅里一小块黄油，再打入两个鸡蛋。一系列动作迅速灵活，一气呵成。"孩子们！吃饭！马上！"说着，她又瞪了我一眼——低头看着我，犹豫片刻，说，"我只是——我们需要……"她摇摇头，仿佛忘了该怎么用英语说话似的。"我昨晚没听见你回来。"最后她轻声吐出这句。

我本可以说，就算女王的御用高地军团昨晚吹着风笛从我家穿房而过，你可能都听不见，可我现在不知道她想听什么，再者说何必为了寻找答案而毁掉一个美好的早晨呢？何况我现在满嘴蛋黄，吃着东西说话太粗鲁了。于是我就这么微笑着吃完早餐，不去理会她。她期待地又看了我一会儿，但这时科迪与阿斯特拖着步子走进餐厅，丽塔只得转身去把他们的早餐端上桌。度过极度完美的寻常早晨，我开车驶上拥挤的马路，起床时萦绕在我心头的莫名希望再一次闪烁起微光。

即使在大清早，迈阿密的路况也比其他城市险峻。这里的司机起床更早，行为更糟。或许不间断的明媚日光令大家意识到他们本可以去钓鱼或者去海滩，而非慢悠悠地行驶在高速公路上去做泯灭灵魂、暗无天日、入不敷出的无聊工作。

或许这只是超强效迈阿密咖啡带来的附加效果。

不管原因如何，我就没见过哪天早晨的路上不是杀气腾腾的，今天自然也不例外。人们大声鸣笛，互竖中指。去帕尔梅托高速公路的立交桥上，一辆老式别克追尾了一辆新式宝马。互殴一触即发，路过的人纷纷减速围观或者朝打架的两位大喊大叫。为此我又多花了10分钟才穿过混乱，重回上班之路。一想到上班后要面对的事儿，眼前这些似乎算不上什么。

由于我依然蠢兮兮地觉得欢欣鼓舞，今天我没喝警局里的毒咖啡——以往都会喝，毕竟那能帮我扼杀脑内的杂音，或者扼杀我本人。我径直走进办公室，德博拉早已等在那里。她瘫坐在我的椅子上，看起来就像国家愤怒孕育基金会的海报女郎。她的左手依旧打着石膏，只是石膏表面已非原本那样明亮干净。她倚着我桌上的记录册，还撞翻了我的笔筒。不过想想看，人无完人，何况今早如此美好，于是我就随她去了。

"早上好，老妹。"我愉快地说道。这似乎进一步冒犯了她。她做了个鬼脸，不屑地摇摇头，仿佛今早好与坏都无关紧要、令人愤怒。

"昨晚怎么样？"她的语气较平时更严厉，"与另外两起相同吗？"

"你是问卡米拉·菲格？"我问。现在她几乎在咆哮了。

"我他妈的还能问什么？"她说，"见鬼了，德克斯特，我得知道——相同吗？"

我坐到办公桌对面的折叠椅上，觉得自己真的很高尚。要知道黛比坐着我的椅子，我坐的这个椅子又不太舒服。"我认为不同。"听到我的话，德博拉长吁了一口气。

"妈的，我就知道。"说着，她坐直身子，热切地看向我，"哪儿不同？"

我抬手示意她慢慢来。"算不上令人信服的区别，"我说，"至少胡德警探不这么认为。"

"那傻×两脚并用都找不着路，"她厉声道，"你发现了什么？"

"好吧，"我说，"死者表皮有两处伤口。因此现场出现一些血迹。呃，尸体的摆放方式也不太准确。"她期待地看着我，于是我继续说道："我，呃，我认为外伤成因不同。"

"怎么不同？"她问。

"我认为是其他东西造成了伤口，"我说，"好像，不是锤子。"

"那是什么？"她问，"高尔夫球杆？别克轿车？还是什么？"

"我猜不出来，"我说，"可能是圆面物体。或许……"我犹豫半秒，哪怕只是大声说出来都让我觉得自己在妄想。可黛比眼中的期待正在转变为暴躁，于是我说："或许是棒球棍。"

"好吧。"然而她看我的表情依旧没变。

"嗯，放置尸体的方式确实与过去不同。"我说。德博拉继续盯着我，见我不再说话，她皱起眉头。"就这些？"她问。

"差不多，"我回答道，"我们得等尸检结果出来才能确定。不过其中一个伤口位于头部，我想当时卡米拉已经失去意识，或者死了。"

"那屁用没有。"她说。

"德博拉，另外两名受害人根本没出过血。前两起案子中，凶手始终在谨慎地保证受害人清醒——他甚至从未弄破过受害人的表皮。"

"这话永远没法儿说给上面听，"她说，"妈的现在全警局都想把我脑袋插在棍子上，假如我不能证明自己抓对了人，我就完了。"

"我证明不了什么，"我说，"但我知道我说得对。"她歪头不解地看着我。"你脑中的声音说的？"她小心问道，"你能让他多告诉你一些吗？"

德博拉知道我的真实身份后，我曾试图向她解释黑夜行者，告诉她我之所以能多次"预知"凶手，是因为我体内拥有相似的灵魂。但显然我根本没讲明白，因为她依然觉得我曾进入某种恍惚状态，并与彼岸的某个人远距离交谈。

"那可不是通灵板。"我回道。

"是茶叶占卜还是通灵板都无所谓，"她说，"让他说点儿我能用得上的东西。"

然而不等我开口，释放压抑的暴躁反驳她，门口就传来一阵声势浩大的脚步声，一大片阴霾笼罩了我残存的美好清晨。我环顾四周，对方本身无疑便是所有美好的终结。

胡德警探倚上门框，露出他最恶心的微笑。"瞧瞧，"他说，"丧家犬。"

"瞧瞧，"黛比厉声回敬，"会说话的浑球儿。"

胡德似乎没太受伤害。"负责主管你的浑球儿，亲爱的，"他说，"找出真正警察杀手的浑球儿，不是只会在《早安美国》乱放屁的某人。"

德博拉涨红了脸；胡德的话很不公正，但不管怎样戳中了要害。值得赞扬的是，黛比立刻做出了反击。"你派搜索队也找不到你自己的老二。"她说。

"而且那将演变成一场小型聚会。"我开心地补充道；毕竟，家人就得黏在一起。

胡德瞪我一眼，笑容越发灿烂，也越发猥琐。"你，"他说，"现在跟这起案子没关系了。跟你那个好莱坞妹妹一样。"

"真的？"我问，"因为我能证明你错了？"

"不，"他说，"因为你现在——"胡德顿了顿，琢磨该用什么词儿，接着像品尝美味似的慢慢说道，"——是调查嫌疑人。"

我已准备好尖酸机智的台词，不管他说什么都可以抽在他脸上，然而听完这句话，我却不知所措。"嫌疑人"，警察用语，代指"我们认为你有罪，并会证明你有罪"。惊骇之下，我愣在那里，直直盯着他，发现自己面对谋杀调查，根本想不出任何聪明的回答——尤其在我根本没犯罪的时候。我的嘴张开又闭上几次，模样想必与钓上岸的深水石斑鱼无异，但是发不出任何声音。幸运的是，德博拉替我站了出来。

"你不动脑，跑这儿拉什么屎？理查德。"她说，"你不能因为他知道你是白痴就赶他走。"

"噢，别担心，"他说，"我有充分的理由。"若你瞧见他说话的样子，你恐怕会觉得他是世上最快乐的人——但你很快就不这么想了，因为另一个人也走进了我的办公室。

随后进来的家伙似乎这辈子一直在等待这一刻，等待线索，帮他走向戏剧性的一刻。胡德吐出的最后两个字还在空气中回荡，走廊里已传来笨重沉稳、极富节奏的脚步声，接着，真正最开心的人出现了。

我说"人"，但事实上对方只有3/4是有血有肉的智人。随着他的步子咔嗒作响的假肢表明曾经鲜活的双脚已经不在，本该长着双手的地方出现的是一对闪光的金属钳子。牙依然是人类的牙，而且此刻，每颗牙都在彰显自己的存在。他走进屋，递给胡德一个大马尼拉信封。

"谢谢。"胡德说，而多克斯警长只是点点头，眼睛一直盯着我，满脸超自然的幸福微笑，令我满心恐惧。

"这他妈是啥？"德博拉问。胡德没回答她，只是一边摇头一边打开信封，掏出一张8英寸照片似的东西，扔到我桌上。

"跟我说说这是谁？"他问我。

我伸过手拿起照片，开始并没认出是谁，然而越看越觉得莫名地不安，觉得自己精神错乱，照片上的人真的很像我！我慢慢喘口气，又瞅了瞅，心想，就是我！但就算事实摆在眼前，这事儿也不可能。

确实是我。是德克斯特：没穿衬衫，侧身对着镜头，不远处的人行道上躺着一具尸体。我不记得自己曾在那里扔下一具尸体，这个念头最先浮上脑海……我看着自己赤裸的上身，随后想到，我可真帅！当然承认这点对我而言也没有任何好处。绝佳的肌肉线条、肌肉形状——腰部不见一丝多余的赘肉，如今我的身材可没这么好了。所以拍照时间大约是一两年前——仍旧无法解释多克斯为何如此高兴。

抛开自恋情绪，我试着关注照片本身，毕竟对我而言这代表着实际的威胁。可我什么都想不起来。照片没提示拍摄地点，也没提示拍照人身份，我抬头看向胡德。"从哪儿弄来的？"我问。

"照片你认识吗？"胡德问。

"从没见过，"我说，"但我觉得拍的是我。"

多克斯"咕噜"一声，估计是在笑。胡德点点头，好像他的石头脑袋真想到了什么似的。"你觉得。"他说。

"没错，我觉得，"我说，"你该自己看看，不会让你自惭形秽的。"

胡德又从信封里掏出一张，丢到桌上。"这张呢？"他问，"也觉得是你吗？"

我瞄了一眼。这张照片与第一张背景相同，只是我距尸体又远了一点儿，正在穿衬衫。新线索聚到一起，研究一番后，我认出安杰尔·巴蒂斯塔的后脑勺。他正弯腰调查地上的尸体，我头顶的小灯泡总算亮了。

"噢。"我说，心头如释重负。照片上抓拍的不是用套索执行道德制裁的德克斯特，而是工作中的德克斯特，我只是在干活儿而已。这很容易解释，甚至可以证明，我摆脱钓钩了。"我想起来了。这大概是两年前，自由城的一个犯罪现场。枪击案——三名受害人，现场乱成一团。我的衬衫沾到了血。"

"啊哈。"胡德说。多克斯则摇摇头，依旧笑容满面。

"嗯，"我说，"偶尔会出这种事儿。为防万一我总会在包里预备一件干净衬衫。"胡德目不转睛地看着我，我耸耸肩。"所以我就换了件干净的。"我说，希望我的话他听得明白。

"好想法。"像在赞同我所说的常识似的，他点点头，又扔到桌上一张照片。"这个呢？"

我拿起照片。上面还是我，明显是我。一张侧面面部特写。照片上的我望着远方，眼中透出庄严的渴望，估计当时马上要吃午餐了。我的脸上长了点儿胡楂，前两张照片里的我可没这样，所以这张的拍摄时间应该与之前的不同。由于镜头紧贴在我的面部，完全看不出其他线索。往好了想，这也表示这张照片同样无法证明任何于我不利的事情。

于是我摇摇头，把照片扔回桌上。"拍得非常好，"我说，"告诉我，长官，你觉得一个人还能长得再帅点儿吗？"

"是啊，"胡德说，"我也觉得真他妈太有意思了。"他又扔了张照片。"拿这张乐和乐和，臭小子。"

我拿起照片。依然是我，不过这次我与卡米拉面对面站着。她脸上的崇拜之情难以言喻，爱意溢于言表，即使不说，胡德这种呆子也看得出来。我盯着照片，寻找线索，总算认出里面的背景。是在火炬雕像旁拍的，发现贡特尔警员尸体的地方。可那又怎样？这愚蠢的大块头干吗要给我看我的照片，就因为我长得好看？

我把照片丢回到桌上，和其他照片放在一起。"我不知道我这么上镜，"我说，"我能留着它们吗？"

"不能。"胡德说。他弯腰去够桌上的照片，没洗澡的臭味儿与廉价的香水味儿熏得我差点儿窒息。胡德拢起照片，塞回到信封里站直身子。

等胡德与我重新拉开几英寸的距离，我才又开始喘气。介于好奇已开始在我体内沸腾，借着这口气，我问了句实际性的问题。"照片很棒，"我问，"所以呢？"

"所以？"胡德说。多克斯没了舌头的嘴又愉悦地哼了几声。他没吐出切实的字，但混乱的音节明显流露这样一句弦外之音——"抓到你了"。我不喜欢这动静。"你对自己女朋友收集的照片，就想说这一句？"

"我结婚了，"我说，"没有女朋友。"

"现在确实没有，"胡德说，"因为她死了。"面前这俩人像被联通着似的，在后台的控制下，齐齐露出一口炫目的白牙，尽显食肉性动物的喜悦。"这些是在卡米拉·菲格家里找到的，"胡德说，"上百张。"

香蕉般粗大的手指在我眼前晃了晃。"全是你的。"他说。

Chapter
恋童癖 *20*

世间某处很可能存在这样一个地方，孩子们放声欢笑、无忧无虑、嬉笑玩耍。微风拂过绿草，天真的年轻情侣牵手漫步于阳光之下。哪怕微乎其微，这肮脏的小星球上也一定有内心满是爱与和平、幸福与快乐的正直之人。然而此时此刻，德克斯特却深陷泥沼，任何幸福都不过是嘲弄我的苦涩寓言——除非你名叫胡德或多克斯。若真如此，那你可说幸运至极。瞧见滑稽的德克斯特了吗？瞧见他坐立不安的模样了吗？瞧见他额头冒出的冷汗了吗？哈，哈，哈。多好笑，伙计。噢，快瞧，他的嘴虽然在动，可除了毫无意义的"呃""啊"，他什么也说不出来。德克斯特，汗流浃背。汗流浃背，还张口结舌。哈，哈，哈。德克斯特真好笑。

我还在纠结如何开口，我妹妹已经说完了。"你他妈在这儿放什么屁，蠢货？"听了她的话，我才意识到自己一直想说的就是这句话，于是我闭上嘴，点点头。

胡德挑起眉毛，他的额头实在太窄，眉毛都要挑进头皮了。"放屁？"他简直要抱头喊冤，"我可没放屁，我在查谋杀案。"

"靠几张烂照片？"德博拉的嘲讽令人如沐春风。

胡德探身靠向她。"几张？"他冷哼一声，"我说了，几百张。"那根粗手指又指向我的脑袋。"每张都是这伙计的笑脸。"他说。

"那玩意儿屁都说明不了。"德博拉说。

"裱好挂在墙上，"胡德冷冷说道，"贴在冰箱上，堆在床头柜上，放在衣柜盒子里，塞在厕所门背面的活页夹里。"他斜眼瞥了我一眼，对黛比说："亲爱的，上百张你哥哥的照片。"说着，他朝黛比逼近了半步，抛了个媚眼。"我可不像某些抓错人的废物，会跑去《今日秀》①跟人高谈阔论。"他说，"但现在我负责这起案子，我就觉得这些照片能说明'屁'，也许远不止'屁'。我还觉得这些照片说明他上过卡米拉，后来卡米拉想把他们的事儿告诉他那位漂亮的老婆，他不让，就把卡米拉杀了。现在，我再礼貌正式地问一次。"他离开黛比，又俯身靠向我，喷出的口臭与没清洗的狐臭熏得我眼泪都出来了。"关于这些照片，你有什么要对我说的吗，德克斯特？"他问道，"也许你想谈谈你和卡米拉·菲格的关系？"

"我对那些照片一无所知，"我回答道，"我和卡米拉只是同事，没有任何关系。我都不太认识她。"

"是吗，"胡德依旧俯身对着我，"就这些？"

"那个，"我说，"我还想说，你真该好好刷刷牙。"

足足好几秒，他都一动没动，或许实际时间更长，因为他中间喘了口气。最后他点点头，慢慢站直说道："好戏来了。"他朝我点点头，恶心的笑容越发灿烂。"你被停职了，从今天凌晨5点开始，直到调查结果出来。如果你想申诉，可以联系人事部行政协调员。"他转头看向多克斯，开心地点点头。不等他撂下最后一根的稻草，我已感到胃里打了个冷结。"协调员就是多克斯警长。"他说。"当然。"我说。还有比这更棒的吗？他俩一同朝我露出由衷的喜悦，胡德简直笑开了花。不过在他真的开花之前，他转身走向门口，半路又转身回来，对着德博拉打个响指，竖起的拇指与伸出的食指仿佛在朝她开枪一样。"再会，废

---

① 《今日秀》（*Today*）：一档脱口秀节目。——译者注

物。"说完,他大步走出门,笑得好像要去参加自己的生日宴会。

多克斯警长的目光始终没离开我,现在也如此。他微笑地看着我,显然很久都没有这么开心过。在我考虑是否要拿起椅子扔到他脑袋上时,他总算大笑起来,没了舌头的嘴巴发出可怕的咕噜声,然后跟着胡德走了。

办公室里沉默许久,而且完全不是冥想下的宁静沉默,而是爆炸后的死寂。幸存者环视身边的死尸,不知道会不会再有爆炸发生。诡异的沉默持续良久,直到德博拉摇头说道:"天哪。"这句话似乎高度概括了眼前的情况,所以我没说话。德博拉又说了一遍,补充道:"德克斯特——我得知道出了什么事儿。"

我惊讶地看着她。她看起来十分认真严肃,可我看不出她在想什么。"知道什么,黛比?"我问。

"你跟卡米拉上过床吗?"她问。

这回轮到我了。"天啊,黛比,"我无比震惊地说,"你是不是也认为我杀了她?"

她竟然犹豫了半秒。"呃,不,"她的语气非常没有说服力,"但你得明白事情看起来是什么样的。"

"在我看来,你在侮辱德克斯特,"我说,"简直不可理喻——我这辈子跟卡米拉说过的话加起来都没超过20个字。"

"是,不过,"德博拉说,"瞧那些鬼照片。"

"照片怎么了?"我问,"我没拍过那些照片,不明白你认为它们代表什么。""我只想说对胡德那种无脑的浑蛋而言,那代表很多东西。他会沿着那条路走下去,甚至还可能把这事儿定下来,"她乱打比方,继续说道,"在他看来,线索完美——已婚男人和一起工作的妞儿上了床,为了不让老婆知道杀人灭口。"

"你是这么想的?"我问。

"我只是说说,"她解释道,"我的意思是,你得明白这件事儿看起来是什么样的。这么想非常可信。"

"对所有认识我的人而言,这都令人难以置信,"我说,"这根本是……你怎么能这么想我?"我第一次切实体验到真实的人类情感,受伤、背叛与愤怒。

因为这次我确实无辜——可就连我妹妹看起来都不相信我。

"好吧，老天，"她说，"我只是说说，你懂的。"

"你是说，我深陷泥沼，你却不想拉我一把，是吗？"我问。

"别这样。"谢天谢地，她还知道良心不安。

"你是说，就算你哥被逮捕也无所谓，"我实话实说，毕竟我也可以做到冷酷无情，"因为你知道他私底下就是那种会用锤子砸烂同事的人？"

"德克斯特，别他妈说了！"她说，"我道歉，好吗？"

我又瞅瞅她，她似乎确实很抱歉，也没去掏手铐，于是我说："好吧。"

德博拉清清嗓子，看了看周围，又重新看向我。"所以你从没和卡米拉上过床，"她更笃定地补充道，"而且你绝不会用锤子杀人。"

"目前还不会。"我的语气里也带出一丝警告。

"好吧。"说着，她举起没受伤的手，好像在告诉我，如果我真拿锤子砸她，她已经准备好了似的。

"说真的，"我问，"怎么会有人想要我的照片？"

德博拉张嘴想说什么，但马上又闭上了，接着她的表情看起来就像想到什么好笑的事儿一样，虽然我什么好笑的事儿都没看见。"你真不知道？"她问。

"知道什么，黛比？"我说，"别卖关子了。"

她还是那个表情，只是摇摇头。"好吧，你真的不知道。见鬼。"她笑着说。"不应该由我跟你说这话，我是你妹妹，但是，你瞧，"她耸耸肩，"你长得这么帅，德克斯特。"

"谢谢，你也不赖，"我说，"可这和那件事儿有什么关系？"

"德克斯特，老天啊，别犯傻，"她说，"卡米拉迷上你了，浑蛋。"

"我？"我问，"迷上我？男女之间的那种？"

"妈的，没错，好几年了。所有人都知道。"德博拉说。

"除了我以外。"

"是，所以，"她耸耸肩说，"那些照片，看上去更像是完全对你着魔了。"

我摇摇头，好像这样就能把那个念头甩掉似的。我是说，我不会假装理解临床表现上精神错乱的人类，但这事儿有点儿太过了。"真是疯了，"我说，"我都结婚了。"

这句话肯定很滑稽，至少对德博拉来说是。她"扑哧"一声笑了。"是啊，可结婚又没让你变丑，"她说，"至少目前还没变丑。"

我想起卡米拉，想起她这些年对我的态度。就在最近，在发现贡特尔警员尸体的犯罪现场，她还给我拍了张照，被我看到后还结结巴巴、语无伦次地说了半天闪光灯的事儿。也许只有当着我的面，她才会说不出一句完整的话。她也确实一看见我就会脸红——现在想想，单身派对上醉得不省人事的她还曾试图亲我，虽然结果只是倒在我脚下睡着了。这些加在一起真的表示她一直暗恋我吗？如果真是这样，暗恋为何会置她于死地？

我一向以洞悉事物本质自傲，不受千百种自身与事实间的情感干扰。于是我努力驱散疑云与胡德残留的恶臭，冷静思考。事实一：卡米拉死了；事实二：凶手作案的手法非同寻常——这点比前一点重要得多，因为这起案子模仿了贡特尔与克莱因案的做法。为什么要这么做？

首先，这对德博拉不利。有人对此乐见其成，可那些人要么被关在监狱里，要么在忙着调查凶案。其次，这也对我不利——这点也比前一点更关键。目击者刚威胁完我，卡米拉就死了，我还成了主要嫌疑人。

但他怎么知道卡米拉有那些照片？散乱的记忆碎片飘过，耳畔响起办公室里的八卦闲谈……

我看向德博拉。后者正看着我，挑起一边眉毛，好像她知道我要摔下椅子似的。"你听没听说卡米拉交了个男朋友？"我问她。

"听过，"她说，"你认为是他干的？"

"没错。"我说。

"为什么？"

"因为他见过她给我拍的那些照片。"我说。

黛比不解地摇摇头。"那又怎样？"她问，"因为吃醋他就把她杀了？"

"不，"我说，"为了诬陷我，他把她杀了。"

　　德博拉盯着我看了几秒钟，表情仿佛在说，她不知道是该扇我一巴掌还是打电话请求医疗援助。最后，她眨眨眼睛，深吸了一口气，强装冷静说道："好吧，德克斯特。为了诬陷你，卡米拉的新男友杀了她。毫无疑问，不是吗？因为这他妈根本是在胡扯——"

　　"确实很扯，黛比。所以才说得通。"

　　"嗯，对，"她说，"说得通。德克斯特。什么样的心理变态会干这种事儿，就为了让你倒霉，把卡米拉杀了？"

　　问题有点儿棘手。我知道干这事儿的心理变态是谁。目击者说过他在逼近我，他也确实做到了。在犯罪现场观察我、给我拍照的家伙想必就是他。他还杀了卡米拉·菲格，仅仅为了对我不利。只为给我惹麻烦就杀害一个无辜的人，当真邪恶至极，令人不得不停下来想想这种举动揭露出的无情深渊。但眼下没时间让我细琢磨了，担心道德沦丧这种事儿最好还是留给那些有道德的人去做。

　　现在的问题是——这问题还很棘手——我该如何告诉德博拉一切都是因为我动用私刑时被人抓个正着。黛比接受了身为怪物的我，但现在的情况可不一样，她要坐在警局总部听我实际谈论我的爱好。除此之外，谈论自己的暗黑嗜好着实让我不太舒服，哪怕是对黛比。然而解释是我唯一的出路。

　　于是我告诉她一个神经错乱的博主目睹了我"玩耍"的全过程，并将这件事上升为我与他的私人恩怨。当然，我没讲太多令人尴尬的细节。我磕磕绊绊地讲述自己的悲惨经历，德博拉当场石化，一脸"我可是个警察"的表情看着我，直到我说完都没说一句话。她又默默坐一会儿，抬眼看我，仿佛在等待下文。

　　"是谁。"最后她说——她说了个陈述句而不是疑问句，我不太明白她想说什么。"我不知道，黛比，"我说，"我要知道我们就可以抓住他了。"

　　她不耐烦地摇摇头。"你的受害者，"她问，"他看见你做掉的那个人，是谁。"

　　一时间，我愣愣地眨眼看着她，不明白她为何专注于一个如此微不足道的细节，我现在可是半个脖子都被绞进套索里了。她还把这事儿说得这么俗气，还这么直白地说出来。用警察口吻冷漠无情地说什么"受害者""做掉"，我不喜欢这样想问题。可她一直盯着我看，我想解释这件事恐怕要比单纯回答她的问题难得多。"史蒂夫·瓦伦丁，"我对她说，"一个恋童癖。他奸杀小男孩儿。"黛比依然盯着我，于是我补充道："嗯，至少三个。"

德博拉点点头。"我记得他，"她说，"我们抓过他两次，可惜罪名不成立。"黛比前额半数的皱纹散去了，我才明白她为什么想知道我的玩伴是谁。她得确认我真的遵守了哈里——她奉若神明的父亲——给我立下的法则。得知我确实遵守，她这才满意。她知道瓦伦丁符合法则，也满意地接受了他被极端正义处决的事实。我看着我妹妹，由衷欣赏不已。从她知道我的真面目开始，她无疑进步了很多，也压下了想关我进监狱的欲望。

"好吧。"她打断了我满心欢喜的遐想，我差点儿就要唱《情投意合》了，"这么说他看见了你，而现在想把你搞垮。"

"就是这样。"我说。德博拉点点头，还在打量我。她撇嘴摇摇头，好像我的问题已经超出她的处理能力。

"那个，"受够了她的注视，最后我开口问道，"我们该怎么办？"

"我们什么都他妈做不了，至少在台面上如此，"她说，"不管做什么我都会被停职，就连私底下问这事儿都不行，因为接受调查的人是我哥哥——"

"可这不是我的错。"她话语间流露的责备令我有些恼火。

"是，好吧，现在听着，"她挥手表示方才说错话，"假如你当真无辜——"

"德博拉！"

"啊，抱歉，我是说，既然你当真无辜，"她说，"胡德又是个脑子进水的傻帽儿，就算你有罪，他也查不出什么，对吧？"

"这就解决了？"我问，"麻烦就离我而去了？"

"听着，"她说，"我是说，过几天，等他们什么都没找到之后，我们才可以开始找这家伙。至于现在，别让胡德的废话太影响你的心情。别担心，他们什么证据都没有。"

"是吗。"我说。

"这阵子先保持冷静，"我妹妹坚定地说道，"情况糟不到哪儿去了。"

Chapter

妻子的怀疑 *21*

　　如果说我们这辈子真能了解一切，我们就会迅速发现只要有人说他把握十足，就表示他几乎大错特错。眼前这事儿也不例外。我妹妹是非常优秀的警探，杰出的神枪手，我确信除此之外她还有不少别的令人称道的品质——可假如有一天她得靠算命谋生，她肯定会饿死。她宽慰我的那句话"情况糟不到哪儿去了"一直在我的耳边回荡。事实上，我发现情况真的会变得糟到极点，而且已经如此了。

　　首先不大好的便是：这天余下的时间，我都在大家的回避中度过。听起来不太糟，但实际感觉相当难受，甚至还造成几个经典的搞笑片段——我一出现，大家便佯装没看见我一样争先恐后逃走。出于某种原因，我不太能够欣赏这种喜剧效果。差6分钟5点时我觉得自己简直比平时更加疲惫。我瘫坐在椅子上，看着嘀嗒转动的时钟，惊叹自己的职业生涯——或许还有自由生涯——的最后几分钟流走。

　　实验室里发出一声杂音，我扭头一看，原来是文斯·增冈。他看到我，猛收住脚。"哦，"他说，"我忘了，呃。"然后他一个转身冲出门。他忘记的无疑是我可能还在这儿，如此一来他便不得不与一个因涉嫌谋杀另一同事、正在接受调查的人说话。这对文斯这类人来说，肯定格外不好受。

我重重叹口气，不知道结局是不是真的就这样了。被愚蠢的暴徒诬陷，被同事回避，被怨天尤人、连小联盟都进不去的电脑呆子跟踪骚扰，这已远远超出"卑鄙"的范畴。另外叫人难过的是，我也曾表现出如此巨大的初期征兆。

时钟嘀嗒运转，差2分钟5点。我莫不如现在就收拾好东西回家。我伸手去拿笔记本电脑，然而就在我手搭上屏幕，准备合上它时，一个恶劣的小念头掠过我的脑海，于是我点开收件箱。这感觉说不清道不明，甚至不能被称为直觉，可一个温柔而坚定的声音一直在我耳畔低语。在小脏屋发现"德克斯特式死尸"后，他曾发来一封邮件，现在卡米拉死了，或许，只是或许……

我打开收件箱，看着最新一封电子邮件的标题，心头的"或许"变为"笃定"。标题上写着："如果你看到这封邮件，说明你还没有入狱！"

根本无须置疑发件人的身份，我点开邮件。

　　至少现在还没。不过别担心——如果你能一直这么走运，用不了多久的，不管怎么说这比我为你设想的好得多。对我来说干掉你根本不够，我得先让大家知道你是什么人，然后……嘿，你现在知道我能做什么了。我做得越来越好了，就因为正好轮到了你。

　　她真的很喜欢你——我是说那些照片，到处都是！真变态，痴迷不已。第二次约会时她让我进了她的公寓，你得承认，假如她真是好人，可不会干这种事儿。看见你那张脸贴得到处都是，我立刻明白自己应该怎么做了，我也确实做了。

　　或许有点儿草率？或许我只是渐渐喜欢上了做这种事儿，我不懂。真讽刺，是吧？明明是想摆脱你，却越来越像你。不管怎样，这么完美的事儿怎么可能是意外？所以我干了，并不后悔，何况我才刚刚开始。如果你觉得你能阻止我，我劝你再好好想想。你只知道我能和你做一模一样的事儿，除此之外你对我一无所知。我的矛头已经指向你，而你只知道自己大限将至。

　　祝你过得愉快！

往好了想，我应该庆幸自己没患上偏执妄想；为了设计我，幽灵真的杀了卡米拉。往坏了想，卡米拉死了，我陷入前所未有的麻烦之中。

当然，事情之所以会变得更糟，都是因为德博拉说了情况不会更糟。

深陷痛苦的我恍恍惚惚往家走，只期盼自己可爱的小家能给我一丝安宁慰藉。我到家时，丽塔正等在门口，然而欢迎我的却不是温柔的关怀。"你这王八蛋，我就知道！"她的问候完全是在低吼我，和她会往我脑袋上扔沙发一样令我震惊。而且这还没完。"去你妈的，德克斯特，你怎么能这样？"她瞪着我，双拳紧握，愤怒得理所当然。我知道自己做过不少令许多人不高兴的事儿——哪怕是对丽塔——可最近看来，大家似乎把坏事儿全归到我头上了：还都是些我做都没做过，猜都猜不到的事儿。因此我往日的聪明才智这次丝毫没反应过来，全然不见我引以为傲的游刃有余，只是瞪眼看着丽塔，结结巴巴地问："我能……怎么……我做了什么……"

我的反应简直虚到不可原谅，丽塔顺势猛追。她狠揍我的胳膊一拳，正中脆弱的靶心——德博拉最爱攻击的位置，说："你这畜生！我就知道！"

我瞥了眼她身后的沙发，科迪与阿斯特正沉浸在游戏世界里，莉莉·安则在旁边的婴儿围栏里开心地看他们杀怪物。丽塔这些脏话他们一句也没听见，现在还没，可如果继续下去，痴迷游戏的孩子迟早会清醒地察觉到。不等丽塔再动手，我一把抓住她的手问："丽塔，我的老天，我怎么了？"

她猛地甩开我。"畜生，"她重复道，"你他妈知道自己怎么了。你跟那个白脸婊子搞上了，你怎么不去死？！"

有时我们会发现生活中的某些片刻根本讲不通。仿佛某个无所不能的电影剪辑师剪掉了一段我们熟悉的日常生活，再随便插一段时间不同、类型不同，甚至国家不同、画风不同的内容进来。你茫然地环顾四周，陡然发现别人说什么你都听不懂了，发生的事儿与你所知道的现实没半点儿联系。

眼下便是如此。温文尔雅、全身心为德克斯特付出的丽塔，从不发火、从未说过脏话的丽塔，竟然把这两点同时推翻了，而且矛头直指这次完全无辜的丈夫。

虽然我现在不知道自己处在哪部电影里，但我知道该我说台词了，也知道我必须马上稳住场面。"丽塔，"我尽可能安慰她道，"你的话根本讲不通……"

"去你妈的讲得通！去你妈的！"说着，她又跺着脚挥拳打我。阿斯特抬头看向我们——轮到科迪玩儿了——于是我再次攥住丽塔的手，拉着她离开前门。

"来，"我说，"去厨房说。"

"我才不——"她刚开口，我便提高音量盖过她。

"别当着孩子的面。"我说。她内疚地瞥了一眼孩子，随我穿过客厅，走进厨房。"好了，"我拉开椅子，坐在熟悉的餐桌旁，"能不能请你简单明了地告诉我你到底在说什么？别用已经被肯塔基州取缔的语言讲话。"

丽塔站在桌子另一端，居高临下抱着双臂瞪着我，依旧愤怒得理所当然。"你他妈真油，"她咬牙说，"即使是现在，我都快信你了。畜生。"

我确实很油。德克斯特凡事都很油，冷静掌控一切，并因此受益匪浅。然而现在我却觉得我的冷静与娴熟正逐渐溶解，变成名为"挫败"的布丁。我闭眼深吸一口气，试着让脑子回到一个更舒适的温度。"丽塔，"我睁眼看向她，神情宛若一个长年遭受折磨的病人，"我们就先假设我真的不知道你在说什么，行吗？"

"浑蛋，别想要——"

我抬起手。"不用提醒我我是浑蛋这点，这个我知道。"我说，"我不知道的是——为什么说我是浑蛋，好吗？"

她又瞪了我一会儿，我听见她不住地叩脚尖，接着她松开双臂，长出口气。"好吧，"她说，"先顺着你的把戏来，你这王八蛋。"她指着我，倘若那指尖装了子弹，估计我现在已经就地身亡了。"你和你那婊子同事搞外遇，警探已经给我打过电话了！"她说得好像警探的一个电话就能证明一切似的，"他还问我知不知道那个人，知不知道你有外遇，有没有别的照片！我还看到新闻说她死了，上帝，德克斯特，你是不是杀了她，以为这样我就不会发现了？"

我相当确定我的大脑一定程度还在运作，毕竟我还没忘记喘气。可高级功能似乎全停止了。思绪的碎片闪过，但却无法汇聚成切实的想法和语言。我意识到自己又喘了口气，隐约感觉过去了许久，沉默长得令人越发不安——但我思绪一片混乱，很难说出一句完整的话。脑内的齿轮费力地缓慢转动，总算有单个的词蹦出来了——浑蛋……杀……警探——最后，借着第三个词，一张图浮出乱窜的神经元，升至混乱思维顶端——一幅怒目圆睁的人猿肖像，愚蠢无知，眉低眼高，笑容猥琐。我这才说出一个有意义的完整音节。"胡德，"我说，"他给你打电话了？"

"我有权知道我的丈夫杀没杀人，"丽塔说，"何况他还对我不忠？"她的补充听起来好像杀人可以忽略不计，不忠才是真的卑鄙可耻。据我所知，正确的社会优先顺序可并非如此，但现在可不是讨论当代伦理道德概念的时候。

"丽塔，"我鼓起全部冷静与笃定，说，"我几乎不认识这女的。卡米拉。"

"胡扯，"她说，"理查德说——警探说她家里到处是你的照片！"

"没错，阿斯特还有乔纳斯兄弟①的照片呢。"我自认为解释得不错，可不知为何丽塔并不买账。

"阿斯特才11岁！"丽塔恶狠狠地说，仿佛我反驳本身就已无耻之极，她绝不会让我用这么低级的手段脱身，"何况她可没和乔纳斯兄弟整夜待在一起。"

"我和卡米拉一起工作，"我试着冲破非理性的云团，"有时不得不工作到很晚。公开场合，周围还有一堆警察。"

"所有警察都有你的照片？"她质问道，"收在活页夹里、厕所门背面？！拜托，别侮辱我的智商。"

我非常想说要侮辱你的智商我得先找到它才行，可为了眼前更大的目标，有时我们不得不牺牲一两句精彩台词，而现在大概正是这种时候。"丽塔，"我说，"卡米拉拍了我的照片。"我摊手示意自己勇于承认这尴尬的事实。"而且显然，还拍了很多。德博拉说她暗恋我。这我控制不了。"我叹口气，摇摇头，

---

① 乔纳斯兄弟（Jonas Brothers）：美国歌手组合。——译者注

让她明白我坦然承受了世界施加给我的不公，"但我绝对、绝对没有对你不忠。不会和卡米拉，也不会和其他任何人。"

我注意到她脸上第一次闪过一抹怀疑的神色——我真的很擅长乔装真正的人类，况且这次我还占了优势，要说的内容十分接近真相。货真价实的体验派表演，丽塔势必会看出我的真诚。

"一派胡言，"她说，但语气没那么坚定了，"你出去那几天晚上？借口说你去工作？好像我会信你似的……"她摇摇头，又变得怒不可遏。"该死，我就知道会这样。我就知道，因为——你杀了她？"

我忽然感到十分不安，起初她指责我时我没觉得怎样。可提到"那几天晚上"，我确实出去了，不过不是搞外遇，自然也与卡米拉无关——而是安静地追逐我的嗜好。至少与她现在指责的事情比，这事儿相对清白。

可我没法儿告诉她，我没证据证明这事儿清白无辜——至少我希望没证据，我是说，我确信自己一向清理得很彻底。但最糟糕的是，我这才意识到我过去"随意"溜出家门时，一直想当然地以为她从没留意过。她肯定觉得那么做的我看起来愚蠢至极，就连我自己都这么觉得。

然而幸存于世几乎意味着你得在恶劣的情况下做到最好，而我通常都能做到，哪怕某一刻需要我发挥一点儿创造力——眼下尤其不成问题，毕竟没人逼我说出全部真相。于是我喘口气，任由聪明的大脑带我走出困境。"丽塔，"我说，"工作对我很重要。我在协助逮捕一些真正穷凶极恶的人——或许都算不上人。禽兽不如，威胁着我们每一个人，甚至……"我无耻地顿了顿，营造一种戏剧性的效果，"尤其对孩子们，甚至莉莉·安。"

"所以你就晚上出门？"她问，"做什么？"

"我，呃，"我佯装害羞，说道，"有时我想到什么主意，就是，你懂的，能帮忙破案的。"

"噢，别扯了，"丽塔说，"简直——我说，我没那么幼稚，老天——"

"丽塔，见鬼，你不也是——沉迷工作，"我说，"你最近每天都工作到很晚，还……我是说，我以为我这么做你也会理解。"

"我可没夜里溜去办公室。"她说。

"那是因为你不需要，"说着，我觉得自己又赢回一点儿势头，"你可以动脑，或是在案头上搞定工作，而我需要实验室里的设备。"

"好吧，但是，我是说……"我看得出她眼中的怀疑，"我以为——我是说，那样更说得通，你懂的。"

"背着你这么美的人跟别人搞外遇，那样更说得通？"我说，"还是和那个邋遢又没身材的卡米拉·菲格？"我知道不该说死者的坏话，这么做会让我冒着遭天谴的风险。像要证明上帝不存在似的，我说了死者卡米拉的坏话，然而闪电并没有击穿天花板把德克斯特劈成肉饼，反倒是丽塔的表情却柔和了一些。

"可是……"见她说话的方式又回到以往的半句模式，我不由得大为欣喜。"我是说，理查德说——况且你从没，还有那些晚上。"她挥手，眨着眼，"怎么可能——那些照片？"

"我知道这事儿看起来不对。"说着，我忽然冒出一个精彩至极、快乐无比的灵感，怕是只有冰冷无情、作恶多端的人才真有脸那么干——当然，这主意对我来说再适合不过，"在胡德警探——理查德看来，这事儿不对。"我苦涩地摇摇头，提醒她我已经注意到她在亲切地称呼敌人的名字，"我遇到大麻烦了，"我说，"说实话，我还以为我现在唯一能指望的人就是你。我真的很需要有人站在我这边。"

漂亮的一拳，真正的重拳，她根本招架不住，整个人瘫坐进椅子，像是个扎破了的充气娃娃。"可是……我都不——而且他说，"她说，"我是说，他可是警探。"

"一个坏警探，"我说，"他喜欢把犯人屈打成招，还十分讨厌我。"

"可如果你真的什么都没做……"她最后一次试图说服自己我真的做错了事。

"以前也有人被诬陷过，"我疲倦地说，"这可是迈阿密。"

她慢慢摇摇头。"可他那么确信——他怎么能……我是说，如果你真没做过的话。"

这时你若重复自己的观点，只会让自己看起来像是在找借口。看着这么多年的日间剧，对此我已了然于心。我相当确信眼下便是如此。幸运的是，相同的场景我曾在电视上看过许多次，很清楚自己该怎么做。

我手搭桌子倾身站起来。"丽塔，"我的语气无比郑重，"我是你的丈夫，除了你，我心里从没有过其他任何人。我现在真的很需要你，可如果你不愿相信我——不如就让胡德警探直接把我抓进监狱。"我说得十分真诚，神情坚定且悲凉，几乎要说服我自己了。

最后一轮说辞，不过正中靶心。丽塔咬了咬嘴唇，摇头说："但你那些天晚上——那些照片……之后她又死了……"一瞬间，她的脸上闪过一丝犹疑，我以为我失败了，然而随后她紧闭双眼，咬住嘴唇，我知道自己赢了。"哦，德克斯特，他们要相信他了可怎么办？"她睁开眼，一滴泪涌出眼角，滑过脸颊，她抬手抹掉，嗫起嘴唇。"那个浑蛋。"她说。想到这个词不再指我，我不由得感到极度宽慰。

"而且他应该——但他不能就……"她一拍桌子，说，"我们不会让他得逞的。"她起身，绕过桌子拉住我。"噢，德克斯特，"她靠上我的肩膀，"很抱歉，我——你一定……"

她抽抽鼻子，又退到一步外站定。"可你得明白……"她说，"这不只是——这……有一段时间了。况且最近，你一直很……很……"她又慢慢摇了摇头。"我是说，你懂的。"她说，虽然事实上我不懂，猜都猜不出来。"那样全都说得通，因为你最近有时好像……我不知道——不光是房子的事儿，"她说，"拍卖房，所有事儿，全部。"她不住地摇头。"那么多个晚上，你都——我是说，男人就是这样……做事儿的，干那种事儿的时候——而我不得不，在这儿和孩子们待在一起，我能做的只有……"她转身背对着我，再次抱臂，牙齿搭上食指关节，轻轻一咬，眼泪顺势滑落脸颊，"老天，德克斯特，我感到那么……"

或许我真的越来越有人味儿了，尽管过程很缓慢，但切实存在。看着丽塔缩肩落泪，我忽然对人性有了新的认识。"所以你这阵子才会喝那么多酒。"听见我的话，她猛转过头。我看得出她下颚的肌肉在绷紧，她更用力地咬住口中可怜无助的手指。"你以为我溜出去搞外遇。"

"我都没……"意识到自己还在咬手指，她放下手，说，"我只想——不然我还能怎么办？你那么——我是说，有时候……"她深吸一口气，走近我。"我不知道自己还能怎么办，我感到很……无助。这感觉真的让我——我觉得或许问题在我——毕竟我刚生完孩子？你又从不……"她大力摇摇头，"我就是个傻瓜。噢，德克斯特，我很抱歉。"

丽塔抽着鼻子，将额头抵上我的胸口，我意识到又轮到我说话了。"我也很抱歉。"说着，我抬手抱住她。

她仰起头，望着我的眼睛。"我就是个傻瓜。"她又说了一遍。"我本该想到的——毕竟是你跟我，德克斯特。"她说。"这才是最重要的。我的意思是，我一直是这么以为。直到突然间，一切仿佛……"她猛地站直身子，抓住我的上臂，"你没和她上过床？真的？"

"没有，千真万确。"我长松一口气，总算有一句让我能给出反应的完整话了。

"噢，天哪。"说着她把脸埋进我的肩膀，呜咽了片刻。根据我对人类的了解，我该为自己这般玩弄丽塔感到愧疚。或者更甚一些，我该转向镜头，露出一个满是邪恶的眼神，彰显自己邪恶的本性。可惜据我所知这里没有镜头，我也确实对丽塔说了实情，好吧，部分实情。所以，我只是抱着她，任由她用泪水、鼻涕和天晓得是什么的东西浸湿我的衬衫。

"噢，老天，"她抬起头，最后说道，"我有时真是蠢到家了。"我没急于表示反对，她摇摇头，然后用衣袖擦掉眼泪。"我不应该怀疑你，"她深情望着我，"我觉得自己真是——你肯定特别……噢，老天，我都开不了口——德克斯特，我很抱歉，不只是——喔，那个浑蛋。我们还得给你请个律师。"

"什么？"我尽量跟上她跳跃的思维，竭力思考该如何处理她这危险的新主意，"为什么要请律师？"

"别以为情况会这么简单，德克斯特。"丽塔摇头说。她吸了吸鼻子，心不在焉地在我肩膀处湿掉的那块来回磨蹭。"假如这个叫理查——胡德警探……"

她一时涨红了脸，不过马上又恢复过来，继续说道，"如果他试图证明你杀了她，你需要尽可能获取最好的法律咨询——我想起我同事卡琳，她说她的亲戚……总之第一次咨询基本免费，所以我们不必——也不是说那钱有多——我明天问问她。"这事儿显然就这么定了，因为她不再说话，又开始打量我。她的眼睛左右闪动，明显哪边都没有她在找的东西。片刻过后，她说："德克斯特——"

"我在。"我回道。

"我们真得好好谈谈。"

我眨眨眼，我们离得这么近，她一定被我的反应吓了一跳，也朝我眨了眨眼。"嗯，当然，我是说……谈什么？"我问。

她捧住我的脸颊，一瞬间她按得那么用力，我还以为自己脸上漏了个洞，她想把洞堵住呢。接着，她叹口气，笑了，松手说道："你有时候真是。"这句话很难让人提出异议，因为我根本不明白那是什么意思。

"谢谢？"我试着回答，而她摇了摇头。

"我们只是需要聊聊，"她说，"不是说非得聊——毕竟那才是整件事彻底变得——可能是我的错。"这一结论再次令人无法争辩，因为我想不通这结论到底怎么来的。

"嗯，"我笨拙地回答道，"我向来喜欢跟你聊。"

"如果我当时说过，"她伤心地对我说，"我应该知道你不会——几周前我就该说出来。"

"呃。"我说，"我们也都是直到今天才知道。"

她恼火地挥开心中的念头。"那都不是重点。"她说。幸好不是重点，虽然我到现在也不知道重点是什么。"我只想说，我本该……"她深吸一口气，轻轻晃了晃我的肩膀，"你一直非常非常——我是说，我本应知道你只是太忙，对工作太过认真。"她说："但你得知道在我看来事情是什么样的，毕竟——这时候他又打电话过来，一切好像就顺理成章了似的。所以如果我们能多聊聊……"

"好啊。"我说，赞同似乎比理解稍微容易点儿。

我肯定说对了，因为丽塔温柔地笑了，还向前给了我一个大大的拥抱。"我们会渡过这个难关的，"她说，"我向你保证。"接着，丽塔大概做了一个最为奇怪的举动，她松开我，向后微倾，问道："你没忘记这周末的大型夏季露营旅行吧？带科迪去童子军参加的那个？"

我确实没忘，可我们刚演完一出家庭苦情大戏，这时候突然提起这事儿，我顿了几秒才跟上她的思路。"没，"最后我说，"我没忘。"

"很好，"说完，她又把头埋回到我的胸口，"我想他真的很期待——你也可以出去放松一下。"

我漫不经心地轻拍丽塔的后背，发现自己很难高兴起来——因为，由于一个尼安德特警探与一桩模仿谋杀案，不管我愿意与否，我都得离开一段时间了。

Chapter
黑警逻辑 *22*

第二天周五，早上7点，我习惯性地从床上蹦起来。然而随着意识逐渐清醒，不开心的现实也相伴归来。我想起现在我已无处可去，也没必要起床：一个讨厌我的家伙怀疑我蓄意谋杀，因此我被停职，可我根本没和死者上过床，也没杀她。我唯一的申诉窗口是一个对我恨之入骨的人——多克斯警长。这圈套近乎完美，漫画书里反派因此落网时，所有人都乐见其成，但把了不起的德克斯特塞进去，我可不觉得这有什么正义性可言。我是说，我知道自己存在瑕疵，但为什么是我？

我试着往好处想想：至少胡德没说服有关部门给我停薪。如果丽塔真要找处新房子，这事儿可就很重要了。我将需要每一分钱。眼下我赋闲在家，不用燃气或者不买午餐，可以帮我多省一点儿钱。真走运！事实上，只要换对角度思考，这几乎与额外休假无异——虽然这小假期可能令我遭遇牢狱之灾，或者死亡，或者二者兼有。

可既然我已经被停职，目前能做的事儿又少得可怜，所以我根本没必要跳下床，逃离心中的烦恼。倘若我真是我一向认为的理性逻辑生物，我就会发现不开心的境遇也有非常积极的一面——"不用起床！"——这样我就能马上回去睡觉了。然而出于某种原因，我发现自己根本做不到；一想到昨天发生的事儿，睡意便尖叫着跑出房间。尽管随后几分钟我一直皱眉威胁它赶紧回来，可它不会回来了。

所以我固执地躺在床上，聆听德克斯特一家的早晨。时值夏季，学校放假，然而家里的早晨却一如既往。我们在公园的日托活动处为孩子们做了登记。平常他们上学时，放学后那段时间就在那里受人关照。丽塔依旧得去上班，因此早上的安排没什么变化。听得出来，丽塔正在厨房准备早餐。走廊里飘来的香味儿告诉我她做了芝士炒蛋，旁边配着浅黄色的面包。她喊了科迪与阿斯特两次，叫他们出来吃早餐，最后我终于承认了自己不想睡回笼觉的现实，爬起来走进厨房坐下。科迪还在吃早餐，莉莉·安则坐在高脚椅上，用苹果酱在自己的小脸与托盘上创作恢宏的壁画。阿斯特抱臂坐着，比起吃饭，她显然对皱眉更感兴趣。

"早上好，德克斯特，"丽塔说着，在我面前放下一杯咖啡，"科迪再吃点儿，不然我就得——阿斯特，宝贝儿，你得吃点儿东西。"丽塔快步回到炉灶前，开始往锅里打鸡蛋。

"我吃不了！"阿斯特低吼道，"这会塞进我的牙箍！"她话里的怨气足以撂倒一头大象。阿斯特咧嘴露出银色的牙箍，好让我们感同身受到她的毁容之痛。

"好吧，可你还是得吃早餐，"丽塔搅着鸡蛋说道，"我给你拿点儿酸奶，或者——"

"我讨厌酸奶。"阿斯特抗议道。

"可你昨天还说喜欢。"丽塔说。

"够了！"阿斯特气得咬牙切齿，"砰"的一声把手肘撂在桌子上，气鼓鼓地说，"我吃鸡蛋行了吧！"听着简直像她要英勇就义一样。

"好极了。"丽塔说。莉莉·安也举勺敲打托盘鼓励她姐姐。

早餐结束，随后是刷牙、梳头、穿衣服、找袜子常伴的叫喊、跺脚与摔门声。丽塔还得给莉莉·安换好尿布，准备自己白天要带的东西。最终，前门先后发出五声巨响，他们全都出门上车了。出发时，丽塔与阿斯特仍在争论粉袜子与红衬衫到底配不配。接着，阿斯特的声音渐行渐远，我听见车门关上，霎时间屋里安静异常。

我起身关掉咖啡机，给自己倒了最后一杯咖啡，重新坐下小口啜饮，不明白自己为何心烦意乱，何况我也没必要保持清醒警惕。我拥有了大家梦寐以求的休闲时光——被停职，被自认为正在变成我的家伙跟踪。就算他现在没在纠缠我，我仍面临调查，因为我没做过的事儿被指控谋杀。想到自己曾多次逍遥法外，眼前这事儿可真够讽刺的。我干笑一声，嘲笑现在的自己，然而这空荡荡的屋子突然变得这么静，笑声听起来有些瘆人。所以我抿了口咖啡，一时沉浸在自怨自艾之中。事情发生得太过迅速，我竟然真的成了正义失败的受害者。长久以来我为之效劳的法律系统如此简单地便让我体会到受伤、受难与遭遇背叛的心情。

幸运的是，我天生的才智在我准备唱乡村歌曲前回来了，于是我开始思考摆脱困境的方法。然而，虽然我喝完了咖啡——今早第三杯——我似乎依然无法摆脱大脑所处的不幸泥沼。我确信胡德找不到任何能与我扯上关系的证据，因为根本就没有。但我也知道，他急于解决卡米拉的谋杀案——这能为他在警局与媒体面前争光，同时也能让德博拉颜面扫地。如果再加上多克斯与他狼狈为奸的不快事实和他有毒的井蛙之见，我不得不承认情况很不乐观。我不相信他们会为了诬陷我而伪造证据，但反过来想，他们干吗不呢？这种事以前发生过，就连掌握证据的调查员都曾因为证据不足这么干过。

我越琢磨越担心。胡德有他自己的小算盘，而我则是为其量身定做的冤大头。况且长久以来，多克斯一直在想方设法给我定罪——无论什么事儿，只要能把德克斯特丢进垃圾车就行。因为没这事儿就放过我？不可能。他俩都没理由放弃这个让我入狱的绝佳机会。我甚至想象得到他们的推论过程：德克斯特有罪，虽然无法证明，但我们确信无疑。如果我们能走走后门，就可以把这事儿安在他身上，送他去他应该去的地方——在监狱里待上一辈子。伤害不到谁，社会也因此更加安定——何乐而不为呢？

完美的"黑警"逻辑，唯一的问题在于胡德与多克斯是否堕落到不依法办事儿，编造证据说服陪审团认定我有罪。是否两人都会参与进来，扭曲得一心只想搞垮我？想起他俩在我办公室齐齐展露的笑容，对于逮捕我齐奏的恶毒欢唱，我感到胃里一阵冰冷的绞痛，同时听见喃喃的低语声："他们当然会。"

于是，停职首日上午，我一直无精打采地在家里闲晃，试图找出一把舒服的椅子，看看是不是只要我找到它，就能在脑海中点亮希望的微光。可惜哪张都不太管用。厨房的椅子根本无法刺激我的大脑，电视机旁的轻便椅也同样不行。就连沙发都成了精神力量的死亡地带。胡德与多克斯愉快地宣布我的末日时的模样在我脑中挥之不去。我看到他们骇人的笑容，看到他们牙齿闪烁的寒光。这可真应了幽灵最后一封邮件里的话。所有人仿佛都朝我露出獠牙，可我却一个解决办法都想不到。我被困住了，没有哪件家具能帮我走出困境。

我在忐忑不安中度过今天余下的时间，不知道胡德与多克斯最终得逞后，我该如何向丽塔与德博拉解释。这对丽塔而言无疑是个沉重的打击——可对德博拉呢？她知道我的本性，知道无论何种惩罚，我都罪有应得。这能让她更好地接受现实吗？我入狱的事儿，又会对她的职业生涯产生何种影响？对刑警而言，有个杀人犯哥哥，日子可不会好过。大家一定会对此议论纷纷，也不会说什么好话。

莉莉·安又该怎么办？一个臭名昭著的禽兽父亲将会给这个开朗敏感的孩子造成何等巨大的伤害？要是这把她的人生推离正轨，推向黑暗，我该怎么办？对科迪与阿斯特也是。毁了他们未来的美好人生，我又该如何自居？

太沉重了，任何人都无法承受，我很庆幸自己其实算不上个人。光是处理当前的挫败与恼怒已经够我受的了——我确信如果我有寻常人的情感，我肯定会扯烂我的头发，大声哭号，咬牙切齿，一切都与现在大相径庭。

当然，这不是我今天唯一想到的有价值的事儿。若我真有感情，我肯定无法在法庭宣判我有罪后，体面地向陪审团做告别演说。到时我会说什么？"我做了非常、非常可怕的事儿——我深爱杀人时的每一分每一秒。"

中午我给自己做了个三明治。冰箱里没剩菜，没冷盘，面包也快没了，除了两块不太新鲜的。于是我吃了一顿与今天很相配的完美午餐：花生黄油果冻三明治配过期面包。为了让饮品也配得上这顿饭，我就着自来水咽下面包，细品氯的美味。

吃过午餐，我试着看电视解压，可大脑的2/3依然在纠结我日后的死期，余下1/3的大脑则根本无法忍受各个频道日间节目的胡言乱语。我关掉电视，呆坐在沙发上，任由一种痛苦追逐另一种痛苦，直到下午5点半，阿斯特破门而入，跑进屋，把背包往地上一扔，冲回自己的房间。科迪在她后面进来，注意到我并朝我点了点头。最后丽塔抱着莉莉·安走进屋。

"噢！"丽塔说，"真高兴看见你没……你能帮我看下莉莉·安吗？她该换尿布了。"

我接过莉莉·安，抱住她，不知道自己以后还有没有机会抱她。莉莉·安似乎看透了我的心思，咕噜着戳我的眼睛竭力让我高兴起来。我不得不承认她这招儿很聪明，抱她去换尿布的路上，我半睁着眼睛，淌着眼泪，差点儿笑了。

然而哪怕是莉莉·安淘气的智慧与开心的动作，也不足以令我忘记自己喉咙上的套索，与那双迫切渴望拉紧套索的黑手。

Chapter **23**
抓到了！

次日天刚蒙蒙亮，我和科迪便前往小学旁边的停车场。童子军们预定在那里集合。领队弗兰克一早就到了，还开了一辆带拴钩的旧面包车。他的新助理道格·克劳利也在，旁边跟着克劳利通过"大哥哥"计划资助的男孩儿菲德尔。我与科迪到那儿时，他们正在朝拴钩推拖车。我停好车，这时又有三个身穿便服的男孩儿被母亲送过来。孩子们不同程度地打着哈欠，个个睡眼惺忪。我们走下车，迈进夏季清晨潮湿炎热的空气中。男孩儿们陆续赶到，背着装备挪下车，拖着步子走向彼此，再目送妈妈扬长而去。她们总算可以喜滋滋地享受一个不用带孩子的幸福周末了。

我和科迪一起站着等其他童子军。丽塔帮我装了一旅行杯的咖啡，真是帮大忙了。我一边小口抿着咖啡，一边琢磨自己干吗去哪儿都这么守时。我显然是迈阿密唯一真正懂得时钟数字含义的人。留给我的自由时间正逐渐减少，我却在这儿浪费了太多时间去等待一些根本没有时间概念的人。其实很久以前我就不该再为这种事儿困扰——毕竟我长在这里，十分熟悉古巴时间，而其中一条不变的自然规律便是规定时间实际表示"再迟到45分钟"。

　　然而今早大家的拖延却令我格外恼火。德克斯特毁灭日正在逼近，我觉得我应该立即专注当下，干点儿实事儿，掌握主动，而不是站在小学停车场上喝咖啡，看别人迟到。我真希望日后前来逮捕我的家伙也会按古巴时间办事儿——甚至按双倍的古巴时间办事儿。如此一来等他们抽完雪茄，玩儿完一把多米诺骨牌，再不慌不忙地过来抓我时，我就能溜之大吉了。

　　我啜一口咖啡，低头瞥一眼科迪。他下唇微动，若有所思地望着停车场对面推拖车的弗兰克与道格。科迪似乎从不会无聊或者不耐烦，我很好奇他在想什么，好奇什么让他如此聚精会神。我知道他的内在与我相似，不管是他的"影子家伙"还是内心的黑暗渴望，因此我大致能猜到他的思维方式。我只希望我做的能有哈里一半儿好，能够引导他不去表现真实的内心，不然科迪恐怕得在监狱里庆祝他的15岁生日了。

　　仿佛感知到我的心思似的，他抬头皱眉看向我。"怎么了？"我问。可他只是摇了摇头，依旧皱着眉头，继续看弗兰克与道格推拖车。我喝着咖啡，也望过去。到目前为止今天也就这事儿还有点儿看头。弗兰克慢慢摇低拖车下的千斤顶。突然，只听"哐当"一声，拖车的全部重量压折了千斤顶，车前的挂钩狠砸上路面。

　　我想起几句非常适合此情此景的吐槽，不过没说。弗兰克知道巨响吓到了大家，于是他捂住脸，摇了摇头。这时克劳利弯腰抓起挂钩，铁链的响声扫过停车场。他站直身子，自己抬起拖车，朝面包车迈出两小步，把挂钩扣到拴钩上，然后拍拍手上的尘土。

　　这场面真是难忘又有趣。从刚才千斤顶被压坏，拖车掉下来的状况看，拖车一定很重。然而克劳利居然凭一己之力抬起并拖动了它。或许这就是弗兰克让他当助手的原因。

　　遗憾的是，这竟然成了早上最后一件有意思的事儿。预定出发时间已过去40分钟，大家还在等最后三名童子军。我喝完咖啡时，其中两名一起到了。接着，最后一个孩子开心地从他父亲的新捷豹里钻出来，对自己的迟到毫不在意，慢悠悠走向弗兰克。弗兰克朝其他人挥挥手，大家聚到一起，听候指示。

　　"好了，"弗兰克问，"谁是开车来的？"他扬起眉毛，环顾四下，或许认为他可以找一两个孩子来干这活儿。可惜哪个孩子都没带车钥匙，再者说，这个要求对童子军而言或许稍微高了点儿，尤其在迈阿密。于是我举起手，道格·克劳利与另两个我不认识的人也举起手。

　　"很好，"弗兰克继续说道，"我们将前往法喀哈契保护区州立公园。"一个男孩儿窃笑一声，重复了一遍这个名字。弗兰克无奈地看向他。"这是用美洲原住民的语言起的名字。"他绷着脸说，而且盯着那个傻笑的男孩儿看了好久，直到对方感受到身穿童子军制服面对美洲原住民所肩负的全部压力。弗兰克清清嗓子，继续往下说。"那么，呃……法喀哈契保护区州立公园。你们懂的，如果我们走散了或者遇到其他情况，就在公园管理处集合。到那儿之后，"他抬眼将视线由孩子们转向家长，"我们将把车留下，就停在公园管理处。那里绝对安全，管理员就在那儿。之后，我们将徒步2英里抵达营地。"他笑了，看起来像只热情的大狗。"这会是一次很棒的徒步旅行，距离恰到好处，我们有充足的时间整理背包肩带，所以千万别把自己擦伤了，好吗？管理员会给我们一本手册，上面会告诉我们沿途可能看到的所有事物，非常酷。只要你瞪大眼睛，肯定会有好玩儿的发现。如果我们够幸运，甚至还会看到——"弗兰克夸张地顿了顿，扫视大家，眼中闪烁兴奋的火花，"幽灵兰花。"

　　最晚到的男孩儿问："那是什么？长得像花的幽灵？"

　　站在他旁边的男孩儿推推他，咕哝道："白痴。"弗兰克摇摇头。

　　"世界上最稀有的一种花，"弗兰克说，"假如我们有幸看见，大家一定要多加小心，千万不能碰它，更不能去闻它。这花太脆弱、太稀有了，伤害它无异于真正的犯罪。"弗兰克又顿了顿，让大家好好思考他的话，随后微微一笑，继续说道："现在就把这句记在心里。我们要去的地方不只有兰花，还保留了卡卢萨人①离开时的原貌。"

　　他低头看向孩子们，朝他们点点头。"我们之前讲过，小伙子们。这里是

---

① 卡卢萨人（Calusas）：生活美国佛里达州西南海岸的原住民。——译者注

天然保护区，我们必须尊重当地的自然环境。除了脚印，不留下任何东西，对吗？"他环视每个男孩儿，确保他们都适当明白了问题的严肃性；很好，大家都懂了，于是他点点头，又笑了。"好啦。我们一定会玩儿得很愉快。现在出发。"

弗兰克把男孩子们分配到各个车。除了我和科迪，我那辆车还能再坐两个人。其中一个是史蒂夫·宾德，科迪说的小霸王。这孩子块头很大，只有一条眉毛，发际线很低——活脱脱就是胡德警探的孩子，如果世上真有哪个女人品位差到会嫁给他，还生了孩子的话。

另一个坐到我车上的小孩儿名叫马里奥，十分活泼。他似乎知道所有童子军军歌，路才走了一半儿，他已经把那些歌至少唱了两遍。要不是我得双手握着方向盘，真想转身掐死他。当他唱到"墙上还有82瓶汽水"时，史蒂夫·宾德终于忍不住狠狠给了他一肘子，说："傻×，别唱了。"鉴于我也想落一份清静，我没有加以干涉。

马里奥生了整整3分钟闷气，随后开始兴高采烈地絮叨卡卢萨贝丘遗迹，如何用美洲蒲葵棕榈叶搭建不透水的小屋，以及在沼泽中生火的最佳方法。科迪坐在副驾驶这个宝座上直直盯着风挡玻璃，史蒂夫·宾德烦躁地在后座上动来动去，不时怒瞪一眼马里奥。然而马里奥依旧喋喋不休，显然没发现车内其他人都想让他马上消失。他聪明活泼，知识丰富，堪称模范童子军。但假如史蒂夫·宾德把他丢出车窗外，我应该不会太反对。

抵达公园管理站时，我已烦得牙齿打战，攥紧方向盘的手，关节都握得发白。我开进去停在另一辆先到的汽车旁边，然后大家走下车，将马里奥放到大家一无所知的野外。史蒂夫·宾德跺着脚转去找东西撒气，我和科迪则再次站在停车场里等别人。

这回没有咖啡帮我消磨时间了，于是我从后备厢拉出我们的装备，利用这段时间检查一遍，确保东西均已小心装进背包。里面装着我们的帐篷与大部分食物，与我在家打包时相比，现在它看上去大得多、沉得多。

最后一辆车抵达公园管理站时，已经整整过去半小时。那辆旧凯迪拉克上载着道格·克劳利和他的小队。他们停下来上厕所，买些"月亮派"点心，10分钟后，大家集体出发，徒步踏进野外，开始神奇冒险。

路上大家没瞧见幽灵兰花。大多数孩子隐藏了心中苦涩的失落。至于我，我的心思根本没在稀有花朵上，一直专注于调整科迪背包的肩带，直到他能站直走路为止。此前的训练集会上我们曾学过调整肩带的诀窍：将重量集中到臀部固定带上，绷紧肩带，但不能太紧，否则会阻碍肩膀血液循环，导致手臂麻木。我们一路徒步，试了几次才调整好位置。科迪点头示意我他觉得舒服合适后，我才意识到我的胳膊已经麻了。我们不得不从头再来。等手臂知觉恢复，可以正常走路后，我又开始觉得脚跟灼痛。离营地还剩一半儿路程，我的左脚已磨出好大一个泡。

但我们仍旧成功到达营地，状态不错，精神比较高涨。我和科迪在一片树荫下迅速搭起一座舒适自在的帐篷，接着弗兰克组织孩子们去野外远足。我叫科迪也跟着去，他想让我一起去，但是我拒绝了。毕竟让他参加童子军的根本目的，就是帮他学会如何表现得像个真正的男孩儿，一味跟着我他是学不会的，他必须自己走出去，弄清楚如何应对，这正是个好的开始。再者说，我脚上的水泡隐隐作痛，我想脱了鞋在树荫下坐一会儿，揉揉我的脚，好好自我怜悯一番。

于是我光脚倚着树干坐着，伸开腿，任由人声逐渐融入远方。弗兰克热情的男中音呼喊孩子们留意迷人的自然风光，盖过男孩儿们尖声的嬉笑，而马里奥唱的歌"桶上有个洞"则盖过了一切声音。我好奇会不会有人想把他丢去喂鳄鱼。

四周安静下来，我坐在那里享受片刻的安宁。凉爽的微风拂过树叶，掠过我的脸颊。一只蜥蜴从旁边跑过，爬上我后背的树干。途中它转头面向我，鼓动喉咙，张开深红色的外皮，似要跟我对峙决斗。一只大苍鹭飞过头顶，喃喃低语。它长得有点儿蠢，但那或许是有意为之，一种诱使猎物轻敌的伪装。我见过苍鹭在水中捕鱼的模样，它们如闪电般迅疾，招招致命。它们会一动不动地站着，佯装毛茸可爱，然后猛扎进水中，嘴上刺穿着一条鱼回来。了不起的行为模式，我不由得觉得自己与苍鹭具有某种亲缘关系。它们像我一样，是伪装的捕食者。

苍鹭消失在沼泽，一群牛背鹭拍打着翅膀占据了原来苍鹭的位置。仿佛因为鸟群的到来，又一阵风吹过树梢，拂过我的身体。我觉得脸颊与脚舒服极了，脚后跟上的水泡不再灼热，我放松下来，一时间就连胡德、多克斯与幽灵给我惹的麻烦都消融在这风景之中。毕竟原始森林今天风和日丽，我与鸟群一起置身于美好永恒的自然之中。数千年来此情此景从未改变，而且这种环境可能还会再持续五六年，直到有人打算在这个地方修建公寓。美丽的野生动物在我的周围互相残杀，待在这里心中不由得感到一丝慰藉，感觉自己也是大自然亘古不变的一部分。或许这就是自然真正的价值。

美好的心情大约持续了5分钟，恼人的焦虑又渗透回来，向我展开进攻。最终，郁郁葱葱的风景变得与旧明信片上的图案别无两样。森林永恒又怎样？德克斯特无法永生。时间在一分一秒流逝，消失进漫长的黑夜——生长在一个没有德克斯特的世界里，再好的树又如何？我坐在这里欣赏野鸟，我这只鹅在现实世界里却要被宰了。我或许能靠运气与技巧在胡德与多克斯的攻击下幸存——可万一运气不佳，灵感不够，一切就全完了。所以除非我能找到干掉他们的方法，否则余生就得在监狱里度过。

即使我躲过他们的子弹，幽灵依然带着未知的威胁潜伏在暗处。我试着找回几天前起床时的冷静自信。最近发生太多事儿，可我却没像以往那样从容应对，而是坐在沼泽旁的树下看鸟，对将要做的事儿毫无头绪。我没有任何计划。老实说，我甚至没有一丝一毫可以变为计划的想法。身处自然本该令我略感欣慰，毕竟捕猎者在这里受到尊重，这真的很重要。

遗憾的是，我没有感到任何欣慰，完全没有。只有痛苦与折磨，黯淡的前景，与更多等待我的痛苦与折磨。

"嘿，你怎么没去，嗯？"一个欢快的声音出现在我身后，吓得我差点儿把鞋扔出去，好在我没有。我转身看向粗鲁地打断我冥想的家伙。

道格·克劳利倚上我身后的树，样子略显随性。好像他在努力了解自己的职务，但又不太确定做得合不合适。他戴了一副金属框眼镜，镜片后的眼睛微微睁大，不太像他表现得那样若无其事。他与我年纪相仿，膀大腰圆，略显虚胖，脸上的胡楂被剪得很短，估计是为了遮掩他松垮的下巴，不过实际上没什么用。且不说他的提醒，不知为何，他悄声潜到我身后，我竟没发现他。这与他莫名的亲密态度同样令我火大。

"远足，"他满怀希望地说，"你也没去参加野外远足。"他嘴角闪过一个拙劣的假笑。"我也没去。"他毫无必要地补充道。

"嗯，看出来了。"我说。我可能表现得不太亲切，可他也没让我觉得他有多友善，他努力表现的友好太过虚假，简直冒犯我的技术。为学习乔装，我可是投入了大量的时间与精力。他凭什么不这样做？

他尴尬地盯着我看了半天，引得我扬起脖子回瞪他。他的眼睛非常蓝，就是有点儿太小了，其中蕴藏深意，但我猜不出来，不过坦白说，我根本不在乎。

"好吧，"他说，"我只是，你懂的，打个招呼。介绍一下自己。"他离开倚着的树，弯腰朝我伸出手。"道格·克劳利。"他说，我不情愿地回握住。

"很高兴认识你，"我说谎道，"德克斯特·摩根。"

"嗯，我知道，"他说，"我是说，是弗兰克告诉我的。很高兴见到你。"他直起腰，又瞅了我一会儿。"好吧，"最后他说，"你第一次来吗？"

"不，我以前经常参加野营。"我回道。

"哦，嗯。野营。"他说话的语气很怪，大概是觉得我在撒谎。

所以我稍微强调地补充道："还有捕猎。"

克劳利后退了半步，眨眨眼睛，最后点点头。"当然，"他说，"我猜也是。"他看着自己的脚，犹豫地看看四周，好像以为有人在猎杀他似的。"你带没带什么……我是说，你打不打算……你懂的。在这次旅行的时候？"他说，"我的意思是，和孩子们一起。"

我这才明白他在问我要不要和一群狂热的童子军一起去打猎。这主意实在太蠢了，一时间，我只是歪头看着他。"不，"我说，"没这个打算。"想到他恼人的愚钝，我耸肩，补充道："可你永远不知道自己何时会心血来潮，不是吗？"我愉快地朝他笑笑，让他见识一下什么是真正的假笑。

克劳利又眨眨眼睛，慢慢点点头，调整了一下脚底的重心。"对，"说着，他又挤出一个不成体统的假笑，"我明白你的意思。"

"我肯定你明白。"嘴上这么说，但我心里只想看见他身上突然起火。毕竟，扑灭这么大一团火，对孩子们来说可不简单。

"呃——"他再次移动重心，环顾四周，确定没人过来帮他后，他回看向我。"好吧，"他说，"回头见。"

"肯定的。"我说。他似乎有点儿吃惊，愣了一会儿，点点头，又挤出一个做作的微笑，转身回到营地的另一侧。我看着他离开。这人真是演技拙劣，我不明白他怎么当上的这个助理，没挨童子军打，也没被人抢走午餐钱。他看起来又笨拙又无能，我都想不明白他怎么活到这把年纪还没被愤怒的鸽子啄死。

我深知世上的羊羔比狼多得多——可为什么它们总朝我咩咩叫？我已置身原始森林，居然还会被克劳利这种笨蛋骚扰，太不公平了。就不能有个公园管理站监督一下他们吗？或者干脆开放狩猎期？他们肯定不是濒危物种。

这次不必要的打扰令我愤怒不已，我试着不去想，然而根本无法集中注意力。毫无意义的干扰不断折磨着我，我又如何集中精神，思考怎样摆脱陷阱？并不是说我想出了什么脱身之计。我与压在心头的烦恼已经搏斗了整整两天，依然毫无头绪。我叹了口气，闭上眼睛，像要证实我真的很愚蠢似的，脚上的水泡又开始隐隐作痛。

我试着放松，想象苍鹭刺穿大鱼或者啄向克劳利，可惜好景不长，胡德与多克斯得意的脸便占据我的思绪。压抑的绝望溢满心田，刻薄轻蔑地嘲笑我企图脱身的榆木脑袋。这次，我无处可逃。两名意志坚决的危险警察包围了我，他们全心全意地想要将我捉拿归案，只需伪造一点儿证据，就能让我永世不得翻身。而且在他们之上，还有一个我一无所知的家伙秘密地怀揣着十分危险的威胁向我盘旋逼近。你以为自己坐在童子军的帐篷里欣赏苍鹭就能打败他们吗？我就像个玩儿打仗游戏的小孩儿，大喊："砰！砰！抓到了！"接着抬头看到一辆真正的谢尔曼坦克朝我驶来。

毫无意义，不可救药，但我依然毫无头绪。

德克斯特玩儿完了，光着脚坐在树下拿一个傻子撒气改变不了任何事儿。

我闭上眼，不堪重负。这时一首嘹亮的《同情我》忽然回荡在我空虚的脑海之中，我显然是睡着了。

Chapter
毒森林 24

我带着一肚子怨气从梦中醒来，耳畔充斥着远足归来的喧闹。两三个男孩儿在呼喊彼此，弗兰克正嚷着午餐的事儿，马里奥的"启迪演说"盖过了一切，大声介绍着短吻鳄如何处置猎物，为什么不能喂它们东西，甚至还谈到学校食堂供应的神秘肉类，据说那东西难吃到短吻鳄都会弃之于不顾。

这感觉很怪，我从意识全无的混沌状态中逐渐苏醒。最初听到那些声音时，我根本一句都听不懂。我眨眨眼，试着将身边的杂音强行拼凑成统一的现实，可惜小憩引发的愚钝仍未离我而去，我只能迷迷糊糊地皱着眉头躺在树下，然后清清嗓子，费力拍掉眼皮上的沙子。这时，一个小小的身影走进我的视线，我抬头看见科迪。他正严肃地低头注视着我。我爬起来坐稳，最后一次清清嗓子，总算吐出几句真能说得通的话。

"好吧，"就连昏沉沉的我都觉得这句话听起来很蠢，但我继续说道，"野外远足怎么样？"

科迪皱眉摇摇头。"还行。"他说。

"瞧见什么了？"

恍惚间我觉得他应该是笑了，随后他说："短吻鳄。"声音较平时高出一点点，几乎可以视为兴奋。

"你看见了短吻鳄？"我问，他点点头。"它在做什么？"

"看着我。"他说。他讲这事儿时说的话加在一起已远远超出了三个字。

"后来呢？"我问他。

科迪扫了周围一眼，为确保旁人听不见，他放低自己已经很轻柔的声音。"'影子家伙'笑了，"他说，"朝短吻鳄笑。"这句话对他而言相当长了，更值得注意的是，他真的笑了一下。一个浅浅的微笑在他严肃的小脸上一闪而过，但我确定我没看错。"影子家伙"——科迪的黑夜行者——对真正的捕食者萌生了诚实而残酷的精神共鸣，科迪十分欣喜。

我也一样。"大自然很神奇吧？"我说，他开心地点点头。"那现在呢？"

"饿了。"他说。此话言之有理，于是我拉开帐篷门，拿出午餐。东西放在科迪的背包里，我希望回家时他能少背些东西，以免露营弄得他精疲力竭。

准备这顿饭没费我们多大劲儿。丽塔准备了一系列半成品，包括红肠沙拉三明治、满满一袋胡萝卜条加葡萄，还有一包在杂货店面包房买的花式饼干。据说远足与新鲜的空气会令食物更美味，这话可能是真的。总之，我们吃得干干净净。

吃完午餐，弗兰克再次召集所有人，然后把大家编成小队，每队分配一项重要任务。我和科迪负责收集柴火。众人站着围成一圈，认真听从安排。弗兰克反复叮嘱大家千万只能收集枯枝，牢记一些看似枯萎的树枝其实并未枯萎。另外在这片地区折损活树不仅有害环境，而且是犯罪。而且千万要小心毒橡树、毒藤，以及被称作毒番石榴的东西。

听到这里，我意识到如果你不知道对方说的是什么，就很难对其加以防范。于是我犯了个错误，询问他什么是毒番石榴。遗憾的是，那东西恐怕只是弗兰克展现自身完美演说的一个借口。他十分开心地朝我点点头。"你一定要注意这点，"他欢快地说，"那东西是致命的，随便碰一下都会烧伤你的皮肤。我是说，起个水泡什么的，必须进行医疗护理。所以千万多加小心——毒番石榴是种树，叶子呈椭圆形，蜡质，它的，呃——果实看起来有点儿像苹果，不过千万别吃！不然绝对要你的命，碰一下都不行，很危险，所以——"

弗兰克无疑在用心讲述这件事儿，我不知道自己是不是误会了他。对致命植物如此热心的人肯定不会是什么坏人。光是讲毒番石榴树他就说了整整5分钟，而这还只是开始。

他的话很具启发性：毒番石榴，加勒比地区的土著居民似乎曾用它来下毒、拷问或做一些有其他重要目的的事儿。哪怕在暴雨时坐在这种树下都会有生命危险。事实上，加勒比印第安人就曾在下雨时将犯人绑在毒番石榴树上。树叶滴下的水会变成酸液，强度足以腐蚀人的肉身。蘸有毒番石榴汁的箭头会令中箭者死得痛不欲生，听起来真是个好东西。不过弗兰克的主要观点——避开毒番石榴！——实在有些苍白冗长。之后他又随便讲了几条有关毒橡树的警告，结束了演说。这时，就在我以为我们可以离开时，一个男孩儿问："那蛇呢？"

弗兰克笑得一脸幸福，来谈谈致命动物吧！他深吸了口气，顿了顿。"噢，不只是蛇，"他说，"我是说，我们得谈谈响尾蛇——菱形斑纹，体形细小——与珊瑚蛇！绝对的杀手。千万别和玉米蛇弄混——记住了吗？'遇上红碰黄'？"

他挑起眉毛，全组人老实地听他唱完整句俗语。"'小命就要亡'。"说完，他微笑着朝大家点点头。

"没错，"他说，"只有珊瑚蛇有红黄相间的带状条纹，牢记这句。也别忘了水边的棉口蛇，它们不像珊瑚蛇那样致命，但会一直跟在你身后。咬一口或许要不了你的命，可它们总是成群结队地出来，会像蜜蜂一样冲向你。只要被咬上五六口，也能要你小命。了解了吗？"

我差点儿以为最后那句就是结束了，事实上我都抬起脚准备走了，马里奥又兴高采烈地喊道："嗨！手册上说这地方有熊！"

弗兰克伸出一根手指指着他，点点头。我们又走不了了。"没错，马里奥，说得好。黑熊栖息在佛罗里达州，它们不像棕熊那样具有攻击性，体形也不是很大，是一种比较接近灰熊的小型品种，体重大约只有400磅。"

如果他以为我们听到黑熊体形较小会松一口气，那他恐怕要失望了。400磅的熊差不多大得可以用我的脑袋打回力球了。见周围的孩子们瞪大眼睛，我知道自己肯定不是唯一一个这么想的人。

"记住，它们或许很小，可如果它们带着幼崽，就会非常暴躁。它们跑得非常快，还会爬树。噢！黑豹也会——十分罕见，濒临灭绝的物种。因此我们大概看不见它们，万一遇见了——记住我的句话，伙计们：它们和狮子差不多，而且……你们都懂。我得和你们讲讲它们有多酷，以及我们该如何保护黑豹与它们的栖息地——当然它们依旧非常危险。我是说，外面大部分动物都是如此。记住它们是野生动物，所以要给它们留些空间，尊重它们的栖息地，因为那是它们的地盘，况且——就算对浣熊也要这样，懂吗？我是说，它们已经走进我们的生活，模样十分可爱，有时甚至会径直走向你。但它们可能携带着狂犬病毒，一旦在你身上留下小小一个划痕，你就有可能染上，所以远离它们。"

我稍微动了动，打算逃走，弗兰克马上指着我摆摆手，如同一名端着狙击步枪的狱警，盯着眼前打算逃跑的犯人。"别忘记留心昆虫，这地方有太多毒虫，不光是火蚁，这个你们都知道吧？"男孩儿们严肃地点点头，大家都知道火蚁。"很好，在这里你可能还会遇到黄蜂窝、非洲杀人蜂，或者蝎子，黑蝎子蛰一下可够疼的。你们也要小心蜘蛛，隐士蜘蛛、黑寡妇、棕寡妇……"

我深知迈阿密危险重重，可听了弗兰克滔滔不绝的演说，我忽然觉得数不尽的骇人死法正在树林里等着我们。相较于大自然贪婪的嗜血欲望，迈阿密骤然变得苍白不堪。一份永无止境的清单列在我们面前，上面每一条都足以置我们于死地，或者至少能让我们十分不爽。尽管贪婪残酷的大自然确实颇具魅力，但我开始觉得，跑到这么一个挤满致命动植物的地方或许真的不是什么好主意。我也怀疑我们能不能在天黑前逃离弗兰克。他已讲了15分钟，野外的恐怖仍在继续。而且他似乎完全可以按这个进度把提过的每一种危险都拓展一遍。我看向四周，寻找逃跑的路径，可每个方向似乎都已被潜在的威胁堵住。显然公园里的一切都在伺机杀害我们，或至少让我们付出血的代价。

弗兰克又警告了几句短吻鳄的相关事宜，总算结束了话题——别忘了美洲鳄！它们的鼻子是尖的，而且更具攻击性！最后，他提醒大家大自然是我们的朋友。鉴于他刚普查完一长串园内致命的死因，这话听着有点儿荒诞可笑。不管怎样，科迪把弗兰克的话牢记在心，他坚持回帐篷一趟，取来他的小折刀。我在小路这头等他，旁边其他组正在忙各自手上的任务。道格·克劳利带领三名男孩儿在营地附近捡垃圾。我盯着他们看了一会儿，直到他拿起一个被压碎的褪色饮料罐，猛地站起身，扭头看向我。

一时间，我们就这样久久凝视着彼此，克劳利微微张开嘴，而我闭着。时间一点点过去，我不明白我们干吗不各自移开视线。这时，克劳利的一名队员喊了句"森王蛇"什么的，他连忙转身跑过去。我看了一眼他的背影，也转过身。作为一名无足轻重的小人物，克劳利显然比我更不善于交际；他不知道如何与人交往，他的笨拙令我略感不爽。不过等这趟深入致命恐怖的远征结束，避开他可以说轻而易举，当然，前提是我能活下来的话。一分钟后，科迪攥着小折刀回来，我和他总算要蹑手蹑脚潜入眼前的毒森林，去寻找一些不会杀死我们的可燃枯枝。

我们缓步小心移动；弗兰克的说服工作做得相当成功，大家都坚信自己只能靠随机出现的奇迹存活下来。我看得出科迪每一步都迈得很谨慎，仿佛危险与横死的呼吸，正吹打在他的后颈上。他沿着小路蹑足前行，手握着刀刃弹出的小刀，小心翼翼地靠近每片叶子与每根树枝，好像它们会蹿起来割断他的脖子似的。大约一小时后，我们想办法收集到了一堆还算看得过去的枯枝，并奇迹般地活了下来。我们把木料搬回营地，然后悄悄溜回相对安全的帐篷。

帐篷门开着，但我确定自己关门了。显而易见，科迪回来取小折刀时忘了关。真叫人加倍心烦，要知道现在大家都清楚这地方危机四伏，那些兴奋得发抖的骇人生物正伺机准备潜入我们的帐篷，毒死、折磨、吞食我们。可想到这趟旅行的目的——与科迪愉快交流，就会意识到责骂他粗心或许不是建立亲密关系的最佳方式。所以我只好叹了口气，警惕地爬进帐篷。

当天的晚餐成为一次公共活动。所有人聚在篝火旁，开心地吃着传统野外食物——豆子和香肠，就像卡卢萨人吃的那样。稍后，弗兰克拿出一把破旧的小吉他，将晚餐变成一场篝火演唱会。听完第二首歌，男孩儿们总算不再抗拒，开始和他一起唱。科迪看着身边的大家，一脸难以置信。当他看见我也加入其中时，脸上的惊讶之情简直像见到"海底下有个洞"一般。我拿手肘推推他，让他也来一起唱——毕竟我们在努力教他如何融入集体。可惜他美好的天性实在难以承受这种行为，所以他只是摇摇头，不满地看着大家。

当然，我必须以身作则，示范他伪装成普通人多么简单轻松。于是我毅然决然地跟着唱了一首又一首，《善待你的长蹼朋友》《大卫·克洛科特》《食人王》，还有小熊队①版的《共和国战歌》以及另外几十首有趣动人的歌曲。这些歌无一不在提醒着我们美国是"心中有歌、头上有洞"的国家。

科迪坐着环视四周，仿佛世界已疯狂地陷入可怕的哀号盛宴，而他成了唯一头脑清醒、表现得体的人。就连弗兰克最后放下吉他时，这场狂欢都未结束。大家随后开始在这个美好的夜晚讲起一系列瘆人的鬼故事。弗兰克似乎非常喜欢讲故事给大家听，他对恐怖细节的处理十分巧妙，听众全被吓得张口结舌。我们听完了《钓钩》《恐怖气味》《隔壁房间里安静的捶打声》《吸食黑暗的人》《毒蛇》和不少别的故事，恐惧在大家心头不断滋长。直到篝火逐渐熄灭，只剩微弱的红光，弗兰克才放我们回去。大家战战兢兢、哆哆嗦嗦地回到各自舒适的小睡袋，脑海中满是各种超自然的恐怖画面，中间还夹杂着蛇、蜘蛛、熊与狂暴的浣熊。

最后，我终于迷迷糊糊进入梦乡。我对自己发誓，如果我能活过今晚，我绝不会再赤手空拳参加野营，下次一定要带上火焰喷射器、炸药包与圣水。

啊，荒野。

---

① 小熊队（Cubs）：美国职业棒球大联盟球队。——译者注

Chapter
栽赃嫁祸 *25*

　　或许我该重新考虑一下是否真的存在一个善良且富同情心的神，毕竟我确实
活过了昨晚，虽然并非毫无代价。弗兰克列了一份永无止境的清单，细数野外的
恐怖存在，包括几十种致命昆虫，可他却忘了最常见的一种——蚊子。大概是对
落选感到不满，夜里成群的蚊子在我们的帐篷里集结，花上一整晚的时间让我将
它们牢记于心。我早早醒来，脸上、手上，所有露在外面的地方都布满了红包。
起身时我甚至因失血感到有点儿头晕。

　　科迪的情况比我稍好一点儿。他太担心狂暴的短吻鳄与带铁钩的僵尸，整个
人都钻进了睡袋，只剩鼻子还在外面。可怜的鼻尖上全是红点，好像蚊子在那一
小块皮肤举行过叮咬比赛似的。

　　我们使劲儿挠着痒，费力爬出帐篷，晃晃悠悠走到篝火旁，总算没在路上
昏过去。弗兰克早已在那边生好炊火。见到他烧好的热水，我稍微振作了点儿。
但世界之所以存在，就是为了惩罚德克斯特或有或无的罪行，因此没人记得带咖
啡，速溶的都没有。最后，所有开水都拿去冲了热巧克力。

　　清晨的时光在早餐中慢慢过去，随后大家开始新的活动。弗兰克安排男孩儿

们捕猎沙锥鸟。这基本就是个用来羞辱没参加过露营的新兵蛋子的活动。老手们给每个菜鸟一个大纸袋和一根木棍，告诉他们一边用木棍敲打灌木丛一边唱歌，直到沙锥鸟跑出来跳进袋子。幸运的是，科迪疑心太重，根本没上当。他站在我身旁，费解地皱着眉头看着大家嬉闹。最后，弗兰克大笑着结束了这个游戏。

之后，大家带上自然手册，漫步走进致命森林，准备赶在册子上的生物干掉我们前，再看看我们能认出多少种不同的生物。科迪和我做得非常棒，我几乎找到了手册上所有植物，还有不少鸟，我甚至还找到了某种毒藤。不幸的是，发现的方式过于直接。当时我看到一个类似黑蝎子的东西在爬，便小心地拨开枝叶想让科迪也看一眼，而他举起手册，指了指我抓在手中的植物。

"毒藤。"他指着插图说。我点点头，实物与图片分毫不差。我居然毫无防范赤手抓着毒藤。由于手被蚊子咬满了包，反应有些迟钝，但我确信那只手现在痒得一发不可收拾。要是这时再来只濒临灭绝的老鹰扑向我，挖出我的眼珠，这趟野外冒险就算圆满了。我用肥皂和水洗了洗手，还吃了一片抗组胺药，可等到我准备开车回家时，刺痒难耐的手已经肿得老高。

其他没有我这种奇遇的人四处游晃，兴高采烈地相互打着招呼。而我只能捧着一只手在停车场等大家全部上车。出于某种原因，或许是古怪的命运再次刻薄地捉弄我，道格·克劳利那一组人到齐了，随后坐上破旧的凯迪拉克动身回家，我和科迪还在等马里奥。我眼看着那辆破车缓缓驶过，开出停车场，向右转上高速公路。搞笑似的回火跟跄一下，发出一阵诡异的"咔嗒"响声，仿佛活塞运动的同时，晃松了前面的保险杠。老凯迪拉克随后加速，消失在马路尽头。我转身倚上自己的车，望向森林小路的路口，寻找马里奥的身影。

马里奥没来，一只苍蝇倒是开始锲而不舍地绕着我的脑袋转圈儿，找些苍蝇总爱找的玩意儿。我不知道它想要什么，但我这儿肯定有不少，因为那苍蝇简直认为我比什么都有吸引力。它盘旋，朝我的脸俯冲，然后再盘旋，就是不肯罢手离去。我挥手去打，然而根本碰不到它，我的胡乱挥舞似乎丝毫没有消磨它的热情。我怀疑这苍蝇可能也有毒，就算没有，我肯定也对它过敏。我又打了几下，徒劳无功。由于毒藤与蚊子的叮咬，我的手肿了，所以反应比较迟缓。又或许，没打中只是因为我越来越老，行动越来越慢。无论是已知的威胁，还是未知的威胁，当我需要全身心去准备迎接它们时，或许我就已经老了。

我想起胡德与多克斯，不知在我忙着对付植物与昆虫毒液感染时，他们又给我下了什么套。我希望丽塔安排的律师能帮上忙，可不祥的预感告诉我他帮不上什么。我这辈子一直在和法律打交道，在我看来，当你需要律师时，就已经太迟了。

接着，我想起我的幽灵，不知他何时会如何对付我。这话听着有些夸张，有点儿像早期漫画里的台词。幽灵来了。哇哈哈哈。这种台词与其说是危险，不如说愚蠢。但声音也可能误导人，比如说克劳利那辆车的回火声——听起来好像车会散架似的，但实际上那老古董平安地开到这儿了。何况我以前也听过类似的声音。

我眨眨眼。这印象从哪儿来的？

我又拍了下苍蝇，依旧没打着。但我确信自己不久前听过这个独特的"咔嗒"回火声，只是想不起在什么时候了。那又怎样？无关紧要，说不定那只是我超负荷脑力工作中冒出的杂念罢了。有趣的声音，不过十分特别。我确定我听过。砰，咔嗒咔嗒。然而我还是毫无头绪。或许我可怜的脑子已经不堪重负，开始提前衰老了。极可能是蚊子叮咬导致的失血，加上连日身处险境与挫败共同导致的副作用。想想看，就连我溜出去找乐儿那次都出过岔子。我在脑海中重放那一晚的经过，回想起小脏屋里骇人的惊喜。我一边想，一边觉得希望十足。当时的我满心渴望，蓄势待发，不可阻挡，而在外面，街上一片漆黑，荒无人烟。这时，一辆驶过的汽车不期然点亮我的回忆——

我直挺挺地站着望向高速公路，浑然不觉。这举动真傻，克劳利的车早走了。可我依然盯着那里看了许久，直到科迪扯着我的胳膊喊我的名字我才回过神。

"德克斯特，德克斯特，马里奥来了。德克斯特，出发吧。"他说。我这才反应过来他已经说了好几遍，不过没关系，因为我还反应过来另一件更重要的事儿。

我知道我何时听到的回火声了。

砰。咔嗒咔嗒。

德克斯特站在一辆旧车前，沐浴在远光灯的光亮下，背着装满礼物的运动包，眨眼看着车灯。我站在人行道上，披着迎合需求的巧妙伪装。汽车转过拐角时忽然照亮我，仿佛我正站在舞台中心演唱百老汇公演的主题曲——无论坐在车里的人是谁，势必已将我一览无遗。

灯光凝固的瞬间，汽车即刻加速：

砰。咔嗒咔嗒。

随后汽车扬长而去，转过拐角，驶进夜色，离开漆黑街道上的小脏屋，离开德克斯特找到目击者本田车的街区。

德克斯特没多想，走进小屋，警笛呼啸逼近时，他还在盯着桌上似曾相识的东西……

……警察来是因为有人清楚我何时进屋，并算准时间拨通911……

……因为他在屋外看见我，并点亮远光灯，确定是我后，他便狠踩油门跑了，并打电话报警——

砰。咔嗒咔嗒。

德克斯特溜进屋，张口结舌、流着口水长了个教训，而他则在夜色中逃之夭夭。

他已告诉我他在逼近，来嘲笑我，惩罚我，成为我——

他确实走得更近了，直奔我眼前。

道格·克劳利就是伯尼·伊兰，我的幽灵。

我本以为那不过是对方任意妄为的胡话，一个愚蠢疯子的胡言乱语，无论他想做什么都无法与我匹敌。结果卡米拉死了，我被栽赃嫁祸……

正如他承诺的那样，我在众人眼里瞬间成了坏人。

他去了卡米拉的公寓，见到所有我的那些照片，甚至留了一张他自己拍的——卡米拉与我面对面站着的那张，为他设置的陷阱画上完美的句号，用最理想的方式设计我，套牢我。他杀了卡米拉，将全部嫌疑推给我。做得干净利落；我是否被捕对他来说其实根本不重要。我将因此受众人的瞩目牵制，遭遇持续的监视，彻底束手无策。事实上，我甚至有点儿钦佩他的处事方法。不过只有一丁点儿，我立刻打消了那个念头，开始觉得自己怒火中烧。比你想的更近，他确实说过，也确实做到了。他愚蠢拙劣的企图令我恼怒不已。我不明白他干吗不滚得远远的，别再打扰我。现在我知道了。他早已跑到我面前，伸手对我说，你也会这样死去，迟钝愚蠢的你已经无法阻止我了。

呸。

他说得对，他也证明了。我丝毫没有怀疑，丝毫没有察觉，除了在他居高临下地瞪着我，说一通废话后离开时满心怒火。显然他走时心里高兴得如同国庆节夜晚的烟火。而我直到现在才发现。

砰。咔嗒咔嗒。

找到你了。

"德克斯特？"科迪又叫了一声，听起来有点儿担心。我瞧见他皱着眉看着我，一个劲儿拉我的胳膊。马里奥与史蒂夫·宾德站在他身后，看起来都不太自在。

"抱歉，伙计们，"我说，"我在想一些事儿。"多亏常年的苦心训练，即使大脑尖叫着让我跑去就位，开足火力，我依然能够维持外在的愉快伪装，让三个孩子上车，然后开车，同时不忘回家的正确方向。

喜闻乐见的是，漫长的回程路上马里奥安静多了。他撞上一个黄蜂窝，被蜇了三四下才逃掉。看样子虫子比我们认为的聪明多了。另一个男孩儿史蒂夫·宾德皱着眉安静地挨着他坐在后座上。他不时扭头凝视马里奥被蜇出的大包，伸手戳一下。马里奥一跳，他就会傻笑。尽管我神经极度紧张，但我开始有点儿喜欢史蒂夫·宾德了。

除去这几个小插曲，回家一路都很安静。趁着安静，我细细琢磨一番。毕竟这正是我此刻最需要的。沉思片刻后，我从高度警惕中恢复过来，开始沉着冷静地梳理当前的情况。很好，凯迪拉克的回火声确实独特，但算不上决定性证据。任何一辆旧车子都可能发出那种声响。而且将克劳利视作危险人物确实有些费劲。他从头到脚都那么温和无能，几乎毫无存在感……

"幽灵博客"的博主对自己的评价不无道理。那正是"幽灵博客"这个名字的由来。我走进屋，可他们却像没看见我似的，好像对其他人而言我根本不存在，就他妈是个幽灵似的。完美描述了克劳利，要是幽灵也会那么烦人的话。

但如果将其视作一种伪装，就像我这种呢？荒谬——不过这伪装太棒了，尽管不想承认，可他做的或许比我还好。不过想同时骗过我与黑夜行者根本不可能。没人有这个本事——更别说一个装假笑都这么费劲儿的人。想象一下，一个长相温和柔弱的家伙活活砸死了卡米拉·菲格——荒唐，根本说不通……

我想起沼泽里的苍鹭：如此毛绒可爱，又十分致命。有没有可能克劳利并非一个平凡的傻瓜，而是大自然的杰作，像苍鹭一样只是看起来温顺可人，实际上会在你欣赏它的羽毛时，扑上来啄穿你的脑袋？

有可能。我越琢磨越觉得很有可能。

克劳利就是我要找的幽灵。

他跟踪我，陷害我，还跑到我面前对此幸灾乐祸。现在他又打算剥夺我的生活，像我对待我那些罪有应得的玩伴一样，将我推入永恒的黑暗。接下来他会干什么，取代我？成为新的暗黑复仇者？化身德克斯特·马克二世，更为温顺无害的新版双面杀手？用平凡恼人的外表引诱受害者，然后，砰！将猎物刺穿吞食，恰如苍鹭狩猎一般。

想到死后还有人延续我的杰作，我或许应该感到安慰。但我没有，一点儿都不，我喜欢做我自己，做我过去做的那些事儿。我还没完蛋呢，至少不会被人一枪毙命。我想继续当德克斯特，当很久，找到恶人并送他们上路。眼下我便立刻想到一个。事情已经变成个人恩怨，我知道这样不好，违背哈里准则与我认可的一切正义真理。但我想抓住道格·克劳利，或者伯尼·伊兰，或随便他用的哪个身份。我从未如此渴望做一件事儿。我想亲手揪住他，把他捆在桌子上，看着他挣扎，看着他的眼睛因为恐惧而凸起，细嗅他浑身冒出的冷汗。然后慢慢地，慢慢地举起锋利的小刀，看着他的眼睛因即将到来的痛苦充血变红，而我将面带微笑，开启他的终结之路……

他以为自己很聪明，跑到我面前说了一堆蠢话。可他耍把戏的时候只是轻轻碰了碰我，没有杀了我。他曾突袭我，和我玩儿草原印第安人老掉牙的示威游戏。假如你是拉科塔族①人，束手无措遭遇敌人无异于终极侮辱，令男子汉颜面扫地，这份羞耻足以终结一名战士的生命——但我又不是美洲原住民。我是德克斯特，世上独一无二的德克斯特。而且克劳利忘了一件很重要的事儿：

拉科塔族输了。

他们与其光荣的法则一起名垂史册，但他们打了败仗，一败涂地。因为他们的对手更乐于杀戮，甚至对所受的侮辱一无所知——这也十分适合形容我。我从不玩那些幼稚把戏。到来，捆绑，征服。这就是我。

他胆敢妄想成为我？就靠着雕虫小技？他根本不知道成为德克斯特意味着什么——他根本搞错了。但他很快就会明白德克斯特的理念就存在于刀尖。德克斯特不存在势均力敌的对手也不存在竞争，没人能取代德克斯特，起码不会是一个靠剽窃犯案的软弱极客，他连属于自己的个性都没有。克劳利马上便能切身体会世上为何不会出现第二个德克斯特，这将成为他这辈子最后也最惨痛的教训。他将带着这个教训前往血淋淋的黑暗世界。当他回归虚无时，他会明白前辈大师为他上了怎样生动的终极一课。

道格·克劳利即将走上被分尸之路。我会尽快找到他，在他发表下一篇废话连篇、自吹自擂、肆意羞辱我的博客前，把他整齐地分成四袋，送他沉入大洋底部。我要捆住他，教教他真正的做法应该是什么样。我要让他后悔当初为何没选择成为别人的幽灵。针对这一切的唯一的问题只有短短三个字：

怎么做？

---

① 拉科塔族（Lacota）：美国西部的一个土著民族，属于美洲原住民中的苏族，多年来一直为独立而与美国军队进行斗争。——编者注

Chapter
不速之客的跟踪 26

　　回家的路程很长，但对我来说还不够，不够我想出任何答案。我必须迅速找到幽灵，可怎么找呢？唯一的线索是他现在用的名字叫道格·克劳利。从他目前展现的电脑技能来看——单凭伪造自己死亡这点就够让人印象深刻的——我确信他不会用一个无凭无据的人名。这条线索用处不大，但我可以靠几个甩谷歌几条街的搜索引擎查查看，肯定能找到一两条他和他的行踪的线索。这将是我行动的起点。等马里奥与史蒂夫·宾德下车后，我稍微觉得好些了。

　　到家时，我那个小家庭的女主人正端着杯子坐在沙发上。丽塔一边啜饮咖啡，一边看电视。她抬头看向我们，皱起眉头，愣了一下才跳起来，把杯子撂到桌上。"噢，老天，瞧瞧你们！"说着，她跑到我们俩身边，看着科迪的大红鼻头与我满是红包的手和脸。"究竟发生了什么——科迪，你的鼻子彻底……德克斯特，看在上帝的分儿上，难道你没带驱虫喷雾？"

　　"带了，"我承认，"不过没用。"

　　她震惊地摇着头。"真不知道你在想什么，但是——哦，看看你们俩！科迪，别挠了。"

"痒。"他说。

"好吧，可挠了只会变得更痒——噢，看在……德克斯特，你的手也是蚊子咬的？"

"不，"我说，"是毒藤弄的。"

"说实话，"她对我的笨拙表现出显而易见的嫌弃，"你没被熊吃掉真是个奇迹。"

我几乎无话可说，而且对此深表赞同，何况丽塔通常都不给我机会说话。她立即行动起来，围着我俩忙前忙后，给我的脸和手涂上炉甘石洗剂，再敦促科迪去洗热水澡。莉莉·安哭起来，阿斯特则坐在沙发上朝我傻笑。"什么这么好笑？"我问她。

"你的脸，"她说，"看起来就像得了麻风病。"

我向她迈近一步。"毒藤可是会传染的。"说着，我朝她抬起手。

阿斯特缩到后面，抓起莉莉·安，像举保护盾一样把她举到我俩中间。"后退，我可抱着宝宝呢。那儿，那儿，莉莉·安。"说着，阿斯特把妹妹架到肩膀上，连拍她的背数下。莉莉·安几乎立刻止住了眼泪，估计是被阿斯特拍打的力度吓住了。我不再逗她们，转身去洗澡。

热水冲刷肿手的感觉真是前所未有的奇特，不过说实话，我可不想再体验了。那感觉就像介于奇痒和灼痛之间，我差点儿大叫出来。洗完澡，我又往手上涂了些炉甘石液。抽痛逐渐消失，最终变得似有若无。双手又麻又钝，我费了点儿劲儿才穿好衣服。我不想求人帮我拉拉链或者系衬衫纽扣，自己摸索着换上了干净衣服。不一会儿，我坐到餐桌旁，用我自己的杯子喝上了咖啡。

肿胀抽痛的手捧着咖啡杯，手背的血管因杯子的热度跳动不停。我真不知道这双派不上用场的附属物究竟还能干点儿什么。我想我需要尽可能获得帮助，不光因为我的手现在不好使了。出于某种原因，我一直落后幽灵两步，仿佛克劳利能看懂我的心思似的。如今我已经知道他的身份，但我还是无法相信他真的如此聪明过人——才不！聪明的人是我。我状态不好，简直流于平庸，从平日的超凡卓绝一路下滑，真不明白为什么会这样。

　　也许我只是不像从前那样聪明邪恶，精神高涨。也许我意识到，对现在的我来说，克劳利可能真是个对手。我变得太过软弱，我的新角色"奶爸德克斯特"令我变得有点儿太过人性。一个小问题都能把我搞得多愁善感，茫然无助。虽然准确地说，这其实是两个问题，哪个都微不足道，但利害关系却完全相同。

　　我想起另一个我，那个衬得起我内心自尊的我：统御者德克斯特。聪明，敏锐，伺机而动，渴望狩猎，始终警觉，能嗅到任何一条小岔口的潜在危险。相较于那张神圣的肖像，眼前在镜子里注视我的这个，令我茫然若失——满心羞耻。我怎么能失去另一个自己，失去心中理想的德克斯特？我真的任由简单的生活带我堕落至此了吗？

　　显然是的。我甚至愉快地抛弃了理想的自我，渴望成为我永远无法真正成为的人。此时此刻，我比以往任何时候都更需要做回真正的自己，可我却已软绵无力，走到尽头。都是我的错——最近一切太过舒适，我开始喜欢上那样的生活。

　　婚姻生活平静安逸，照顾莉莉·安令我变得柔情，家庭生活与杀人活动都变得程式化——一切都太过舒适。我变得软弱，沾沾自喜，自鸣得意，被长久以来轻松的生活方式与容易捕获的猎物催眠麻痹。于是当真正的挑战首次来临时，我便表现得与笼子里其他的羔羊无异，咩咩乱叫，优柔寡断，不相信真有威胁针对我而来。我就这么坐以待毙，不去阻止它，只盼着它会自行消失。

　　我真的变成那样了吗？真的丧失锐气了吗？普遍的人性真的已经渗入我的骨髓，把我变成了一个懒惰的软骨头、一个业余的怪物了吗？我已愚蠢到一事无成，只会在斧头落上脖子时瞪眼哭泣，叹息一声"唉，可怜的德克斯特"了吗？

　　我喝口咖啡，双手隐隐作痛。这样找不到出路。我只是在挖一个更深的绝望之坑，我已经够绝望的了，是时候挺起腰背，闯出一条通路，重登巅峰，找回自己应有的帝王宝座。我本是一头老虎，但出于某种原因，表现得像只家猫。不能继续下去了，现在，我终于找到一个阻止它的突破口。我有可检索的名字，也有可用于检索的电脑，我需要做的就是立刻行动起来。

　　于是我喝掉咖啡，起身穿过走廊，来到被丽塔称作"德克斯特书房"的小房间，坐下打开笔记本电脑。电脑启动，我闭上眼睛，深吸一口气，试着抓住我心中的老虎。我几乎立刻感受到它拉伸的腰身，咕噜的喉音。它跳起来蹭我的手。乖猫咪，我怀着感激想。它开心地露出邪恶的微笑，向我展示它的獠牙。我也笑了，然后睁开眼，开始工作。

我先查了查信用卡记录，兴奋地发现搜索立刻取得了成效。"道格·克劳利"周六上午在连通迈阿密与法喀哈契保护区州立公园的塔迈阿密公路上用信用卡加油，正是我们开车去露营那天。

若是使用中的信用卡，便一定有一个账单地址。总之他搞定了，成了道格·克劳利，一个信用记录良好、真实存在的公民，还有一个家；若他一直用这张信用卡，就必须确信卡主不会投诉。这很可能表示确实有这么一栋房子，毕竟现在我很清楚幽灵喜欢如何解决他的身份问题。真正的道格·克劳利已经死了，所以他的房子确实存在，我的道格·克劳利几乎肯定就在那里。更神奇的是，那地方就在附近，地址是平台街148号，离我家只有2英里。

我狐疑地盯着电脑，真这么简单吗？发生了这么多事儿之后，答案真的如此简单？只是找出地址，闲逛过去，再与我的前匿名崇拜者花些时间联络下感情就搞定了？似乎还不够复杂，我盯着地址看了一两分钟，好像上面写的根本不对似的。

但黑夜行者不耐烦地躁动起来，我点点头，当然就这么简单。我以前不知道克劳利用的什么名字，他又一直不让我知道。现在我知道了，没理由质疑自己已经发现了他的老巢。我不过是有些玩世不恭与多疑——毕竟，谁还能想出什么更好的结论？我茫然地揉着肿胀的手，仔细思考，越发笃定。肯定是他，必须是他。像是要认可这个念头似的，黑夜行者满足地咕噜了一声。

好极了，我找到他了，现在唯一要做的就是想办法不用我自己的手处理他。

我可以忍受毒藤，但这事儿无论如何我都等不了。结局近在眼前，速度至关重要。目前为止克劳利一直十分狡猾，我不能给他时间准备。今晚天一黑我就行动，不管手肿不肿。只是想想我都觉得舒服不少，我沉浸在激动的希望之中，感觉到德克斯特地下室的黑暗角落正向外腾起气泡。我将再次步入良宵，绝不再如以往般温顺。

这一天余下的时间愉快地度过了。干吗不呢？我，一个胸怀伟业的男人，依偎在自己幸福的家庭里。我让莉莉·安坐在我的腿上，围观科迪与阿斯特在游戏里屠杀动画人物。

丽塔遁入厨房，我本以为她在处理一整袋令人心烦意乱的工作图表与数据。但我慢慢发现厨房里飘出的不是墨水与纸带票据计算器的纸带的气味，而是更加多汁鲜美的香味。你瞧，6点，厨房门一开，一股无与伦比的香味立刻蹿出来，令人垂涎欲滴。我转头看去，面前的丽塔光芒四射。她穿着围裙，戴着隔热手套，脸颊因忙碌泛着红晕。"吃晚餐啦。"她招呼我们。甚至孩子们都抬头看向她时，她的脸顿又涨红了一些。"我只是觉得……"说着，她看向我，"我是说，我知道最近不太——你一直那么……"她摇摇头。"总之，"她说，"我做了饭——现在做好了。杧果什锦饭。"她微笑着说出前所未有的欢快话语。

杧果什锦饭是丽塔的拿手菜，她已经好久没做过了。不过时间并没有使她的技艺生疏，她做得很成功。我全身心投入喷香的美味之中。在这美好的20分钟里，我满脑子都是，好吃！直言不讳地说，我吃得太撑了。科迪也是——就连阿斯特都丢掉乖戾，沉浸在晚餐中。等我们心满意足地吃到肚皮滚圆，将椅子摆回桌子下面，晚餐已被一扫而空。

丽塔看着她餍足的家人，脸上露出真心实意的满足。"好吧，"她说，"我希望，我是说，可能没以前那么好吃……"

阿斯特翻了个白眼说道："妈妈，你总这么说。挺好吃的。"

科迪看着姐姐，摇摇头，然后转向丽塔。"是很好吃。"

丽塔朝他笑了笑，我知道轮到我说点儿什么了，于是我补充了几句。"简直是艺术品，"说着我满足地打了个饱嗝，"非常伟大的艺术。"

"好吧，"丽塔说，"非常——感谢。我该——我该去洗碗了。"她又涨红了脸，立刻起身收拾餐桌。

我彻底沉浸在满足之中，摇摇晃晃地走进书房，为"餐后甜点"做些简单准备：胶带、鱼柳刀、尼龙套索——就这几样简单的小东西，搭配我最爱的甜点，给这个美好的夜晚画上一个圆满的句号。再次检查完一切后，我将装备小心收进运动包，和孩子们一起坐在沙发上打游戏。看着他们幸福地在游戏里残杀怪兽，我感到连日来的紧张逐渐消解。为什么不呢？我装了满满一包"玩具"，还找到一个与之分享的朋友。正常生活总算恢复原样，丽塔这顿难忘的晚餐更是令今天充满仪式感。

我坐着静待天黑，一想到稍晚些的行动便满心得意。除了消化刚吃完的什锦饭，我现在什么都不想干。这活儿很愉快，而且相对轻松，我想我做得不错，因为不知怎么的，我睡着了。

醒来时我不太确定自己身在何处，也不知道现在几点了。我傻傻地眨了眨眼，环视昏暗的房间。通常我不会小睡，可这次却完全被睡意征服，只觉得自己整个人反应迟钝。我花了足足一分钟才想起自己正躺在客厅沙发上。电视的旁边挂着钟。我动用全身超凡之力，转动眼球看向时钟。10点47分。这可不只是打盹儿，简直是冬眠。

我眨着眼躺了一会儿，试着找回先前热切的状态，好实施今晚的计划。可昏沉沉的感觉始终挥之不去。我不禁怀疑丽塔在什锦饭里放了什么：某种助眠香草？氪星石①？不管是什么，简直和迷奸药一样有效。有那么一两分钟，我真想今晚就这么睡过去得了，明天再去管克劳利的事儿。天这么晚，我又这么累，事情也没紧急到一天都等不了……

不过正常的意识及时苏醒提醒了我，不，事实上，已经等不了了。危险迫在眉睫，办法就在手边——甚至能帮我摆脱困境。我必须立刻行动，马上，不可拖延。我又对自己重复了几次，尽管还不足以找回我全部的热情，但至少让我动起来。我伸伸腰，站起身，等自己完全清醒。没用，于是我穿过走廊，拿起晚餐后装好的背包。

出门前，我瞅了眼卧室。丽塔睡了，轻轻打着鼾。莉莉·安熟睡在她的床上。家里一片静谧。德克斯特是时候潜入夜色了。

然而我刚溜出前门，便打了个大哈欠，全无往日的冷静。我摇头想让身体赶

---

① 　氪星石（Kryptonite）：电影《超人》里提到一种能够令超人虚弱的石头，来自超人的故乡氪星。——译者注

紧恢复，却徒劳无功。我到底怎么了？为什么找不到状态？我要去处理一件开心愉快、报酬丰富的事儿，可如果我一直梦游下去，做好它简直是天方夜谭。我厉声给自己打气：集中精神，德克斯特。找回状态。

我坐上车，启动引擎，感觉稍微清醒了点儿。我挂上车挡，缓缓开上街，想到迈阿密的路况，开得再慢也足以让肾上腺素飙升。实际效果当真比我预想的好很多——才开出100英尺，我随意瞥一眼后视镜，一个月量的肾上腺素便呼啸着涌入我的全身系统。半街区外的空地上，一辆车点亮前灯，跟在我身后。

我盯着后视镜，试图说服尾随的车灯不过是我的幻觉。可那辆车一直跟在我身后，我看着它，一时忘记自己还需留意眼前的路，差点儿撞到树上。我试着集中精神开车，然而视线总看向后视镜，看向一路紧跟在我身后的车灯。

没什么，不过是巧合，我坚定地告诉自己，压下脑海中尖声鸣响的警报。没人跟踪我，只是邻居碰巧把车停在那块空地上，这会儿又赶在半夜出门。或者是喝太多自由古巴酒的醉汉刚好停在那儿小睡一会儿。合情合理的解释太多，我不能因为有人与我同一时间开车出门，又恰好跟在我后面，就认为有人跟踪自己。理智表示纯粹是巧合，仅此而已。

我在红灯处右拐，继续慢慢开。过一会儿，不速之客也跟着拐过来。我更加警觉，试着用逻辑说服自己压抑心中的不安：他当然得右拐。出街区一般都走这条路，这条路离迪克西高速公路、便利店与农场商店最近。也许对方不过是想半夜出门买一夸脱牛奶。

一个人会在这个时间出门的全部理由都在这条街上。这是唯一一条路，有人跟在我后面朝这个方向走完全出于偶然。为了证明这点，我在下个红灯处右转，驶离灯火通明的迪克西高速公路与其周边的商业场所，转回到稍暗些的居住区。我看向后视镜，希望对方会向左转。

可它没有。

那辆车和我一样拐向右边，继续跟在我身后，如同一个摆脱不掉的幽灵……

这个词慢慢渗入我的脑海，我猛地直起身子，几近恐慌：幽灵？怎么可能？克劳利再度先发制人了？

　　我几乎当即了然。当然可能，非常可能，每次较量，他都先我一步。他知道我住在哪儿，知道我的车长什么样子，知道我的一切。他对我说过，他一直注视着我，冲我而来。现在他来了，如地狱之犬一般追寻我的踪迹。

　　我下意识加快速度，后车追上我的车速，逐渐朝我逼近。我在街上随机左转，右转，再左转，那辆车一直跟着我，不断靠近。我一边开车，一边压抑心头狠踩油门、消失在夜幕里的冲动。可尽管我拐来转去，依然没能甩掉它。对方慢慢逼近我，最后离我只剩30英尺。

　　我再次左转，它仍跟着。转弯根本没用。我必须甩掉它，不然就得与它对峙。可我这辆破旧的小车最快也就是自行车车速的3倍，因此显然只能选择对峙。

　　但不能在这儿，不能在昏暗的居民区街道上。在这里他可以随意行动，无须担心被人看见。若真的要正面交锋，我得选在迪克西高速公路明亮刺眼的灯光下，那里的安保摄像头与便利店员能看到一切。

　　我于是沿原路返回，朝迪克西高速公路驶去。不一会儿，对方加速跟上我，又靠近了一些。他匆匆驶上高速公路，转向右侧，又逼近了一些，我将车停到加油站第一个加油点。我停在收费窗口，光线最明亮的地方，店员与摄像头都能在这里将外面的情况看得一清二楚。我没熄引擎，停车静候。一会儿，一路尾随我的车停到我旁边。

　　不是克劳利之前开的破凯迪拉克，是一辆新一点儿的福特金牛座。很像我以前见过的某辆——经常见到，甚至每天都会见到。当车上的人打开车门，走到明亮的橙色安全灯下时，我明白原因了。

　　所以我没有冲下车，举起肿胀的手暴打克劳利，只是坐在方向盘后，慢慢摇下车窗。对方走到我的车前，低头看着我，笑了笑：一个美妙而喜悦的微笑，露出一嘴闪亮的好牙。面对如此喜悦之人，我只能说一句话。

　　“多克斯警长，”我佯装略感意外，“这么晚你在这儿做什么呢？”

Chapter
奇怪的布赖恩 *27*

　　多克斯警长良久未做回答，他只是低头看着我，带着捕食者般灿烂的微笑，直到我觉得这番沉默的对话有点儿别扭。比警长咧嘴的沉默更令人不安的是，我想起后座地板上正位于我身后的运动包。你很难向一个多疑的讨厌鬼——换句话说，就是多克斯这样的人——解释清包里的东西。一旦他打开背包，看到里面无辜的玩具，便会让情况变得十分棘手。毕竟我正因为此类工具遭受官方怀疑。

　　但德克斯特成长于危险之中，恐吓之下，越是这种危机时刻，我越能出色发挥。所以我采取主动，打破僵局。

　　"实在太巧了，"我说，"我正好出来买抗组胺药。"我给他看看我肿胀的双手，可他似乎不感兴趣。"你住在这附近？"我停下来，等他回答，可他没说话。沉默滋长，我不得不克制心头的冲动，不然真想问他"你长舌头了吗"。这时我意识到他没带语音合成器。"哦，对不起，"我说。"你没带语音器，是吧？嗯，好吧，那我就不聊了。再没有比等不到回应的对话更糟糕的了。"我伸手摇起车窗，轻快地补充道："晚安，警长！"

　　多克斯探过身来，光亮的假肢"爪子"搭上我的窗户沿，用力下压，不让我关窗。他的笑容消失了，探身的时候脸上的肌肉明显在抽搐。一瞬间，我真想知道万一玻璃被压坏了会怎样：破碎的玻璃碎片会不会刺穿他的银爪子，撕开他的手腕？多克斯在我车旁血洒停车场的画面当真引人入胜——当然，那也可能导致骇人的血喷进我的车里，弄得我满身都是黏糊糊的红色液体，想想都叫我起鸡皮疙瘩。

况且，不光是血很脏的问题，更重要的是这是多克斯的邪恶之血。这念头太叫人恶心，光是想想我都快喘不过气了。

不过车窗用的安全玻璃碎不了，只会龟裂出一堆卵石形状的裂纹。除非我能说服多克斯把玻璃块吃了，不然用车窗弄死多克斯可得花去不少才智，而那似乎不太可能。所以我机智地耸耸肩，不再摇窗口，迎上这位好警长的注视。"还有什么事儿吗？"我礼貌地问道。

多克斯警向来不健谈，对他的沟通能力来说，被人拿掉舌头几乎毫无影响。所以尽管他明显有一肚子话想说，然而并没有告诉我。他只是盯着我，虽然双手不再用力，可脸上的肌肉依旧暴起。也就是我德克斯特，换作任何其他怂人怕是早已在他的压力下屈服了。多克斯进一步靠近我。我看着他。情况很棘手，但至少他不像胡德那么臭，我不必费力忍耐以免自己崩溃大哭，坦白交代。

最后，多克斯总算反应过来。首先，他真的没有什么可说的。其次，我不可能屈服，承认他想让我承认的事儿，说我正要去做他怀疑我会做的事儿。他慢慢站直身子，一直盯着我，连点几下头，仿佛在说："好吧。"他露出令人印象深刻的前排牙齿，半笑不笑的模样更令人不安，然后像许多老电影里老套硬汉常做的那样：伸出两根手指，指指着自己的眼睛，再留下一根指指我。当然，由于他没有手指，所以他不得不用自己明晃晃的假肢替代完成。我费了点儿想象力才破译他的动作。可他传达的信息很明确：我盯着你呢。他目不转睛地看着我，等我领会他的意思。然后，他忽然转身离去，走回到车旁，打开门钻进去。

我稍等片刻，但多克斯没有发动引擎，只是坐在那儿，半转身看着我。尽管我这会儿什么都没做，只是默默冒着冷汗。他的威胁显然不是装腔作势。他会盯着我，监视我，不管我做什么还是什么都没做。他现在就在看着我，我想起我该去买些抗组胺药，他正专心看我买没买呢。一阵尴尬过后，我下车走进便利店，抓起一盒以前广告上见过的东西，交钱，回到车里。

多克斯依旧盯着我。我发动引擎，倒出车位，动身回家。不看后视镜我也知道多克斯一路跟着我。

我慢慢开回家，路上多克斯的车前灯一直在我后视镜的中心位置闪烁，与我距离始终不超过30英尺。这是个公开尾随的精彩范例，我真希望多克斯离开警局去警校教授这门技术，而不是在这儿折磨我。几分钟前我还自在逍遥，肚里满是什锦饭，计划成竹在胸，而现在却进退维谷。我必须尽量迅速搞定克劳利——可现在没法儿"尽量"，也"迅速"不了。只要多克斯紧跟在我屁股后面，一切都将遥不可及。

比这种令人咬牙切齿的挫败感更糟糕的是，我越来越觉得自己愚蠢无能。不只克劳利，就连多克斯警长也跑到我前面。我早该想到的。他肯定会监视我。他等了这么多年就为把我逼入这种窘况。他为此而活，若能锁定德克斯特的行踪，他可以不吃饭，不睡觉，不清理他的假肢。

我被困住了，彻底被困住了，找不到出路。倘若不能搞定克劳利，他就会搞定我。可若我试图搞定他，多克斯就会来对付我。不管怎样，德克斯特都完了。

我反复思考，结局却总是相同。我必须做点儿什么，可我又什么都不能做——完美的迷局，也没有马普尔小姐①帮我解开它。把车停到房前时，我气得咬牙切齿，肿胀的手狠拍上方向盘，疼得要命，差点儿咬破下嘴唇。可即便如此，我仍想不出答案。

我熄了火，在车里坐了一会儿，挫败得动弹不得。多克斯从旁边缓缓开过，掉头在原来的位置停下。那里可以将我和我家尽收眼底。他关掉引擎与前车灯，坐着看我。我咬牙咬得更厉害，牙关几乎和我的手一般疼。没有用，我可以坐在这儿把自己搞定遍体鳞伤，也可以接受自己被困住的现实，回屋睡个不安稳的觉。或许睡觉时，潜意识里会蹦出答案。说不定今晚会下流星雨，把多克斯与克

---

① 马普尔小姐（Miss Marple）：阿加莎·克里斯蒂创作的侦探小说中的一位乡村侦探。——译者注

劳利都砸烂。

不管怎样，我决定先去睡觉。至少结果出来时，我休息得很好。我走下车，锁好门，上床睡觉。

万万没想到的是，不可思议的是，令人惊讶的是，答案真的在我睡觉时蹦出来了。不是在梦里，我几乎从不做梦，偶尔做了，也都是些微不足道的小事儿，充斥着令人尴尬的象征，况且我从不会听从任何梦里显现的建议。

相反，第二天一早，听着丽塔淋浴的声音，我猛地睁开眼，一个清晰的肖像浮现在我脑中：我哥哥，一脸开朗假笑的布赖恩。我又闭上眼，不明白为何一觉醒来会想起他，为何他的假笑会让我如此开心。当然，他是我的家人，家人理应是我们幸福的源泉。但理由远不止于此。除了与我拥有共同的DNA，布赖恩还是世上唯一跳得了德克斯特黑暗之舞的人，而且几乎与我跳得一样好。他也是世上唯一能够实现我请求的人。

我躺在床上，差点儿笑出来。我琢磨这事儿的时候丽塔快步走回卧室，穿好衣服，又匆匆走进厨房。我皱起眉头，想赶走这个念头，或许这想法本身就不对。我告诉自己，这不过是睡梦催生出的愚蠢希望，慌乱中抓住的最后一根稻草。这主意行不通，太过简单，太过高效，我哪怕清醒思考10秒，都能确定这不过是个愚蠢乐观的白日梦。

然而深入思考之后，我并未产生任何消极的顿悟，微笑又回到我脸上，抹平紧皱的眉头。这主意或许真的可行。

告诉布赖恩克劳利的地址，解释清我的麻烦，然后顺其自然。

真是简单的解决方案，唯一的问题在于我无法亲手解决克劳利，甚至无法亲眼看到那一幕。这似乎很不公平。我真的非常想自己动手了结他：看着那个自以为是的可怜虫，汗涔涔地扭动挣扎，而我则小心翼翼、满心欢喜地一步一步夺去他的希望，慢慢送他走进临终闪现的黑暗圆圈——

但作为成年人，很大程度上必须学会承认世上没有尽善尽美之事。有时为了实现更大的目标，我们不得不牺牲一些小嗜好。我必须像成年人一样接受这点：结果比我狭隘的个人满足更重要。重点在于送克劳利下地狱，我是否能参与其中其实并不重要，只要能尽快送他上路就行。

我起床，洗澡，穿衣服，坐到餐桌前，想不出这主意有哪里不妥。早餐的美味华夫饼与加拿大培根更加坚定了我的信念。等我推开空盘子，倒满第二杯咖啡，我已在心中将计划酝酿完成。布赖恩肯定会帮我，他是我的哥哥。何况这正好是他擅长的事儿，同时还给他一个满足自我的机会——甚至能帮上他唯一的兄弟。这计划利落、高效、可信，我不禁觉得有哥哥的感觉真好。正如人们所说：家人在生活中至关重要。

丽塔收走餐盘时，我内心满是自以为是的喜悦，以及对生活与华夫饼由衷的喜爱。我几乎想放声高歌。这个问题很好解决，我则可以去处理其他目标：多克斯与胡德，挫败他们泼我污水的企图。一想到幽灵的问题迎刃而解，乐观的情绪便蔓延开来，我开始相信自己一定能找到解决其他问题的方法。也许我可以再睡一觉，等另一个主意也自己从潜意识里冒出来。

家人忙碌的声音此起彼伏，升至最高，从以往的经验来看，接下来会出现至少四次摔门声。这时，丽塔走进来，轻吻我的脸颊。"2点半，"她说，"昨晚我忘了告诉你，你睡着了。在那之前，我想说来着，可你知道——做什锦饭真的很费时间。"

我再次觉得自己好像突然掉进一场几分钟前便已开始的对话，而我对之前的内容一无所知。可这毕竟是一个充满光明与希望的早晨，我可以耐心等待。"昨晚的什锦饭真不错，"我问，"你忘了告诉我什么？"

"哦，"她说，"就是2点半。我是说，今天行吗？我在那儿等你。我已经约好了，在你和科迪出门的时候。你俩回家时一身——总之就是，我当时没想起来。"

好几句拍案叫绝的俏皮话挤在我嘴里，争抢着想要占据我的舌头，但我再次专注于更关键的问题，毕竟我依旧不明白丽塔想说什么。"2点半，我会过去的，"我说，"可你得先告诉我要去哪儿，为什么去。"

阿斯特大喊一声："妈！""砰"的一声摔上前门。丽塔皱眉摇摇头。"噢，"她说，"我难道没……我同事卡琳，就像我说的，她妹夫，是律师。"

她说扭头朝前门喊道："等一下，阿斯特！"

要不是我习惯了丽塔这种断断续续的说话方式，我肯定听不懂她在说什么。但现在，整合所有零碎的信息后，我明白了丽塔想要表达的意思。"已经和律师约好了？"我问。

"今天下午2点半，"说完，丽塔又弯腰吻了我一下，"地址贴在冰箱上了，蓝色便笺。"她起身来说道，"千万别忘了。"随后她便离开客厅，转去招呼阿斯特。他们的声音混杂在一起，上升成一场有关着装要求的复杂无聊的争吵：现在是夏天，她的短裙也不是那么短，干吗非要穿底裤。经过数分钟的歇斯底里之后，前门又被"砰砰砰"摔响三次，接着一切骤然归于寂静。我松了一口气，几乎感到整栋房子都跟着松了一口气。

虽然我不喜欢别人干涉我的日程，更不喜欢跟律师打交道，但我还是起身看了一眼冰箱上的蓝色便笺。上面写着"弗莱施曼，2点半"，下面是地址，位于布里克尔大道。看不出来律师水平如何，但从地址来看至少可以判断对方收费肯定不低，这应该算某种安慰吧。找律师没什么坏处，我可以看看他能不能帮我摆脱胡德与多克斯带来的麻烦。是时候思考如何能摆脱法律责任了——现在我只需一个电话就能解决克劳利的问题。

于是我把便笺塞进口袋里，拿起手机，拨通布赖恩的号码。这时，我突然想到，这可不是轻松闲聊，在电话里谈不合适。何况我听过那么多通话录音，对此再清楚不过。哪怕是一般的对话，例如："你看到拿那些东西的人了吗？"在陪审团面前回放录音时，听起来也会极其可疑。手机是很好的工具，但实际也一种不太安全的通信方式。假如多克斯铁了心要找我麻烦，他很可能会监听我的电话，不管合不合法。所以，本着"小心不出大错"的座右铭，我约布赖恩在我最喜欢的古巴餐厅——雷拉姆帕戈咖啡馆吃午饭。

我在家里闲晃了一上午，该整理的东西其实早就整理得差不多了，可动起来总比坐在沙发上，尝试说服自己"白天看电视胜过拿头撞墙"要强得多。我打开运动包，悉心放好每样东西。快了，我对玩具们说道。

12点半，我锁好门，上了车。刚拐上街，多克斯警长便跟到我身后，一路尾随。我顺着帕尔梅托高速公路穿城而过，他就跟在我后面。接着，我在机场下高速，前往雷拉姆帕戈咖啡馆所在的购物中心，他依旧跟着。

我在咖啡馆前停好车，多克斯停到我左边，相隔几个停车位，位于我与停车场唯一的出口之间。幸运的是，他没跟我进去，只是坐在车里，也没熄引擎，透过风挡玻璃盯着我。我欢快地朝他挥挥手，进去见我哥哥。

布赖恩坐在后排的隔间里，面对门口。见我进来，他抬手招呼我。我在他对面坐下。"谢谢你来见我。"我说。

他扬眉假装惊喜。"当然，"他说，"谁让我们是家人呢？"

"我还不是很确定，"我说，"但我有一个提议。"

"说来听听。"他说。

可惜不等我说，服务员便冲过来，将两本塑料菜单拍在我们面前。摩根家以前总来光顾雷拉姆帕戈咖啡馆，这个女服务员罗丝招待过我们无数次。然而每次她丢给我菜单时，脸上都没有一丝认识我们的神情。布赖恩开口对她说了几句，她又匆匆走了。

"迷人的女人。"布赖恩看着罗丝消失在厨房的身影说道。

"你还什么都没见识过呢，"我对他说，"等下瞧瞧她怎么端盘给你上菜。"

"我都等不及了。"他说。

我本可以先与他闲聊一会儿，或者给布赖恩讲讲摩根家的秘技"如何让罗丝在5分钟内拿账单过来"。但眼下事情紧迫，所以我直奔主题。"我需要你帮个小忙。"我说。

布赖恩扬起眉毛。"当然。我在寄养家庭长大，"说着，他玩起桌面上的糖包，"以我的经验，如果一个家庭成员求你帮个'小忙'，通常表示那是个'大忙'，甚至是个棘手问题。"他将糖包换到另一只手。

"我希望过程能非常痛苦，"我说，"当然不是对你来说。"

他不再摆弄糖包，抬起头看我，眼眸深处闪烁黑暗的微光。"告诉我什么事儿。"他说。

　　我说了，笨拙地解释了克劳利如何撞见玩耍中的我。我不明白为什么觉得说出这件事儿会让我如此尴尬。除了我确实不喜欢谈论这些事儿之外，我想我应该是羞于向哥哥承认自己如此幼稚粗心，竟然被人看见。我感到脸颊发烫，不敢与他眼神交流，而他从我开口开始，便牢牢注视着我，一直盯到我结结巴巴把话说完。

　　起初布赖恩一句话都没说，急得我真想自己抓个糖包放在手里摆弄。沉默中，罗丝突然出现，往我们面前甩下两杯水，然后收走菜单。等她走了，我们才开始说话。

　　"很有意思。"布赖恩说。

　　我瞅他一眼，他依然盯着我，他眼中仍旧跳跃着微弱的阴影。"你是指服务员？"我问。

　　他咧嘴笑了。"不，"他说，"虽然她确实一直叫人分神。"他总算把视线从我身上移开，回头望向厨房门口，罗丝已经走了。"所以你发现自己遇到了点儿小麻烦，"他说，"就跑来找你哥帮忙……"

　　"嗯，是……"

　　他又捻起糖包，皱起眉头。"为什么是我？"

　　我看着布赖恩，怀疑自己是不是听错了。"嗯，"我说，"能帮忙做这事儿的人，我真不认识几个。"

　　"啊。"他依旧皱眉瞅着糖包，仿佛在看印在上面的小字。

　　"就像我刚才说的，我被监视了，"我说，"多克斯警长现在就在外面的停车场。"

　　"是，我知道。"他说，然而除了手里的糖包，他根本什么都没在看。

　　"何况你是我哥……"我满怀希望地补充道，不明白为何他的态度突然变得如此模棱两可，"我是说，是全家人的事儿。"

　　"是啊……"布赖恩含糊答道，"嗯……真的就这些吗？让你最亲近的家人帮一个无关紧要的小忙？送给布赖恩大哥的小礼物，因为小德克斯特被停赛了？"

我不懂布赖恩的表现为何如此奇怪，我真的很需要他的帮助，可他每说一个字，我对他的厌恶都增加一分，我受够了。"布赖恩，看在上帝的分儿上，"我说，"我需要你帮我。你的反应怎么这么奇怪？"

他把糖包扔回到桌上，糖落下的响声听起来似乎远比实际大得多。"抱歉，弟弟，"说着，他抬头看向我，"我说过的，我在寄养家庭长大。养成这种相当恼人的多疑个性。"他又咧嘴笑了。"我相信你没有任何不可告人的动机。"

"比如什么？"我问，真心感到费解。

"哦，我不知道，"他说，"我忍不住觉得，这不会是某种圈套？"

"什么？"

"或者你想利用我，只为看看会发生什么？"

"布赖恩。"我说。

"再正常不过的事儿，不是吗？"他说。

"我不会那么干的，"我想不出什么更具说服力的话，只好补充道，"你是我哥哥。"

"是啊，"他说，"从另一方面来说，这也是我怀疑的理由。"他皱着眉。一时间，我真害怕他再去拿糖包。但他没有，而是摇了摇头，仿佛在抗拒极大的诱惑。他凝视我的眼睛，盯着我看了许久，我也看着他。最后，他脸上又浮现出了那种糟糕的假笑。"我很乐意帮助你。"他说。

我如释重负地松了一口气，感觉轻松多了。"谢谢你。"我答道。

Chapter
一个小小的胜利　28

菲格罗亚、惠特利与弗莱施曼的律师事务所位于布里克尔大道一栋14层的高楼内，紧挨着快涨价的办公楼地皮。我2点15分抵达，进楼时大厅空无一人。我走到电梯旁，扫了一眼楼层导视图，发现根本没有几层租出去了。与众多拥挤在迈阿密凌乱天际线下的新建筑一样，这栋楼显然也是盲目乐观的房地产热潮下的产物。那时，所有人都坚信房价会永远涨下去。然而楼市却如同刺破的气球轰然倒塌，迈阿密市中心半数光彩熠熠的新楼都成了价格高昂的鬼城。

我走出电梯，没在等候室瞧见丽塔，便坐下来，翻阅旁边的《高尔夫》杂志。其中几篇文章介绍到如何提升短杆策略。要是我会打高尔夫球，我肯定会觉得更有趣。墙上金色的大钟指向2点36分，这时电梯门开了，丽塔走出来。"噢，德克斯特，你到了。"她说。

尽管这种显而易见的话似乎流传甚广，可我一直不知道该如何回答，所以我只好答应一声，虽然我明明在她眼前。她点点头，快步走向前台。"我们预约了弗莱施曼。"她气喘吁吁地说。

前台接待是个很酷很时尚的女人，30岁左右。她低头看了眼预约簿，点点头。"摩根夫人？"

"是，没错。"丽塔答道。前台接待笑了笑，拨通她书桌上的电话。

"摩根夫妇到了。"她对着话筒说。随后，她领我们穿过走廊，来到中间一间办公室。一个表情严肃的男人坐在一张大木桌子后面，50岁左右，染黑的头发看着极不自然。见我们进屋，他立刻起身伸出手。

"拉里·弗莱施曼——您想必是丽塔。"说着，他握住丽塔的手，深情凝望她的眼睛，眼中虚伪的真诚一看就知道从前训练有素。"卡琳经常提起您。"他的视线滑向丽塔衬衫前胸，丽塔红了脸，想轻轻缩回手。拉里抬头看向她的脸，最后不情愿地松开了。然后他转向我。"呃……德里克？"他对我说道。他伸出的手离我如此之远，我不得不探身去握。

"德克斯特，"我说，"里边有个'X'。"①

"啊，"他若有所思地回答道，"不常见的名字。"

"可以说有点儿奇特，"为了双方有来有往，我补充问道，"您一定是拉奥里·弗莱施曼？"

他眨眨眼睛，放开我的手。"拉里，"他说，"拉里·弗莱施曼。"

"抱歉。"我说。一时间，我们默默地互相对视。

最后，拉里清清嗓子，回头看向丽塔。"好吧，"他皱着眉头说道，"请坐。"

我们坐下。这里的桌椅都是配套的，破旧的木制椅子上铺着陈旧的布坐垫。拉里坐回桌子后面，打开一个马尼拉文件夹，里面只有一张纸。他拿起纸，皱了皱眉。"那么，"他问，"你们遇到了什么问题？"

显然纸上没写我们的问题，我甚至怀疑那纸上根本什么都没写，或者这只是拉里试图说服别人"我是一个如假包换的律师"的道具。何况那文件夹的颜色简直与他的发色一样假。老实说，我开始怀疑拉里的胡须根本帮不上任何忙。若我打算击退胡德与多克斯猛烈而狡诈的攻击，我需要一位警犬般的律师，犀利、热

---

① "德克斯特"的英文拼法是"Dexter"，"德里克"是"Derrick"。后文中"拉奥里"是"Leroy"，"拉里"是"Larry"。——编者注

切、咄咄逼人，时刻准备扯断绳索扑上去撕咬"正义"这个卑鄙的老荡妇。而面前这个装腔作势的中年男人显然不合我意，他有可能为了对我老婆下手，而决心帮他们把我扔进监狱。

可现在来都来了，丽塔似乎又很敬重他的样子。于是我坐在那儿听她声音颤抖地诉说我们不幸的故事。拉里盯着她，点着头，视线偶尔游移，瞟向丽塔的乳沟，然后以一种隐晦的惊喜表情看向我。

等丽塔说完，拉里向后靠上椅背，噘起嘴。"好吧，"他说，"首先，我想向您保证，你们来向我咨询是明智的选择。"他朝丽塔笑笑。"太多人拖到情况不可救药的时候才来咨询律师。你们这个案子显然还有回旋的余地。"他似乎很满意自己这句话，中间还几次朝丽塔的胸点了点头。"关键在于，"他对着胸说道，"一开始就要听取好的法律建议。就算无辜也要如此。"他转头看我，表情仿佛在说，他可不认为我无辜。然后他又转向丽塔，对她谦逊地笑了笑。"美国的法律体系是全世界最完善的。"他对她说。可鉴于美国的法律体系中混进了他这种人，我觉得这话的可信度不高。但他继续严肃地说道："然而，这也是一个对抗体系，意味着检察官可以通过任何方式给人定罪，而我的工作则是阻止他，不让您丈夫入狱。"他看看我，好像在想这到底是不是个好主意。

"是，我知道。"丽塔说。见丽塔开口，拉里猛转过头，聚精会神地看着她。"我是说，那正是——我甚至不知道……您的，您知道的，经验多不多？嗯，就是这种……我是说，我们明白刑法与公司法都非常——卡琳说的，就是您嫂子……所以这或许很重要。"

拉里朝丽塔点点头，好像她说明白了似的。同时这也证明拉里其实根本没听。"是的，"他说，"这是一个重要的考虑因素。我希望您知道我会不遗余力，竭尽全力帮您打赢官司。只是……"他朝丽塔摊开掌心，自信地笑了笑。"那得花些力气。您得知道这可能很昂贵，"他又看我一眼，再转回丽塔，"但自由是无价的。"

事实上，我相当确定，拉里会给自由定价，而且不多不少正好比我们的银行存款多10美元。我宁愿蹲20年牢，也不想在他的公司多待10分钟。然而不等我想出社交辞令表达我的想法，丽塔已经开始向他保证，她完全理解，钱不是问题，因为德克斯特，也就是她的丈夫，无论如何，都没问题，我们非常感激。拉里笑了笑，若有所思地对丽塔的胸点点头，看得她都快缺氧喘不上气了。她停下来喘口气的时候，拉里从桌子后面站起来，伸出手。

"好极了，"他说，"让我向您保证，我会尽我所能为你们排忧解难。"他朝她灿烂一笑，我不得不说这笑简直比布赖恩的假笑还烂。"如果需要我帮忙，希望您会给我打电话。"他慢慢点了点头。"任何事情。"他有点儿过分强调地补充道。

"谢谢您，真的很——我们会的，谢谢您。"丽塔说。我们很快又回到等候室，前台接待给我们一堆表格，说要是我们填好这些，弗莱施曼先生会非常感谢。

我顺着走廊回头望向弗莱施曼的办公室门口。他站在那儿，透过半掩的门口环顾四周。我很高兴他不再看丽塔衬衫的胸口了，但他又改为盯着她裙子里臀部的位置。

我转回前台，从前台接待手里接过表格。"回头寄过来，"我说，"我的停车计时器快到点儿了。"丽塔皱眉看着我，张嘴想说什么，但我紧抓着她的胳膊，把她拖进了电梯。

电梯门善解人意地关上，把菲格罗亚、惠特利与弗莱施曼的梦魇世界关在门外，我虔诚地希望这是自己最后一次来这地方。

"你真该把车停在楼里，他们会报销停车费的。"丽塔说，"我甚至没看见——德克斯特，我都不知道这地方有什么停车计时器——"

"丽塔，"我和善但坚定地说，"让拉里盯着你的乳沟和让我去蹲监狱这两者二选一，我想雷福德监狱不失为一个好主意。"

丽塔顿时涨红了脸。"但这甚至不是——我是说，我知道，上帝，他一定以为我没看见或者——可是，德克斯特，要是他能帮上忙呢？毕竟这事儿依然很严重。"

"严重到决不能托付给拉里。"我说完，电梯含糊地"叮"了一声，慢慢打开门，送我们回到一楼。

我和丽塔走回她的车。与她刚才给出的绝妙建议一样，她把车停在楼内的车库，可惜没来得及拿到她的停车收据，因为不等她跟前台接待开口，我已经拉着她匆忙离开了。

我向她保证多掏10美元停车费不会害得我们破产，并承诺会再找一名律师。她开车驶入布里克尔大道。下班晚高峰已然开始，我不由得怀疑丽塔究竟如何在迈阿密的路况中幸存下来。她的车技不怎么样，跟她的说话水平有一拼。她总是熄火、重启、突然变道，好在幸运弥补了她技术上的不足，她真是我见过的最幸运的司机，居然从没有过任何小剐蹭。

我钻进我的车，开始了沉闷的回家之旅，先往南开，然后进入布里克尔大道，再向西开到95号州际公路尽头，最后进入迪克西高速公路。路上我一直在冥思苦想，在迈阿密的高峰路况中这可从来都不是什么好主意。我在莱·热恩交叉口差点儿撞上一辆捷豹。当时，那位司机"非常合理地"想从中间车道左转。我在最后一秒才避开，引得其他汽车高声冲我鸣笛。三种语言的骂声混成歌剧般的合唱在我身边响起。我想到自己还打算批评丽塔的驾驶技术，这下真是吃到苦头了。

不管怎样，我到家了，没有撞到油罐卡车，被巨大的火球烧成灰烬。我给自己煮了壶咖啡，倒上一杯，这时抱着莉莉·安的丽塔冲进屋，身后跟着另外两个孩子。

"你在家！"说着，她匆匆穿过前门，"我有几个好消息，我不得不——科迪，别把外套扔那儿，把它挂在——阿斯特，看在上帝的分儿上，别再摔门了。来，抱着孩子。"她一下将莉莉·安塞过来。我连忙转身，紧走两步抓住孩子，由于动作太大，咖啡都洒了小半杯。

丽塔把钥匙放进钱包，再把钱包放到门口桌上，继续说道："布赖恩刚才打电话给我，你哥哥。"怕我忘了布赖恩是谁，她补充了一句。"总之，他告诉我——怎么了，亲爱的？"说着她转向科迪，后者正在她手肘边轻声征询她的同意，"是，你可以先玩一小时游戏机——所以，布赖恩，他来电话的时候……"

她走回到我这里。我正在怀里的莉莉·安与杯子之间挣扎，一只脚还踩到洒在地上的咖啡。"哦，"说着，她朝地板上的咖啡皱起眉头，"德克斯特，你把咖啡弄洒了。我得处理一下。"她冲进厨房，拿着一卷纸巾匆匆赶回，蹲下，擦掉咖啡。

"布赖恩说了什么？"我看着丽塔的头顶问。她瞟了我一眼，露出一个灿烂的微笑。

"我们得去趟基韦斯特。"她说。不等问她我们为什么得去那儿，或者为什么布赖恩可以要求我们那么做，为什么她这么开心，她已经抓着湿纸巾起身跑回厨房。"老实说，"她走到厨房门口，扭头说道，"这附近从没有人见过——"话没说完她便进了厨房，留我怔在原地。我惊讶地发现一个事实，原来不知道身边发生了什么，甚至不知道我在谈论什么，我也可以在这个家里活下去。

然而莉莉·安猛地打了一下我的鼻子，疼得我直掉眼泪。她在提醒我试图理解单调生活的残酷情形不过是徒劳一场。我忍着疼眯眼看她，她咯咯地朝我直笑。接着丽塔回到屋里，从我怀里抱走孩子。

"该换了。"丽塔说。不等我说我确实该换换心情，丽塔已经快步走向尿布台。我跟在她身后，真心希望她下次能把话说明白。

"布赖恩为什么说我们得去基韦斯特？"我问她。

"噢，"丽塔说，"房子的事儿，布赖恩说，他们都打算过去——别闹了，笨莉莉。"她一边换尿布，一边对宝宝说道，"要是我们也跟过去呢？这是个好机会——凭借布赖恩的关系，会相当划算的。这就好了，小宝贝。"丽塔给莉莉·安穿上新尿布，"所以，要是你同意给律师打电话，今晚，我们明天一早就得走。"

丽塔抱起莉莉·安转向我，我不得不相信她脸上的兴奋喜悦与迅速换好一片尿布无关。"这只是一次机会，"她说，"但是一个无与伦比的机会。基韦斯特！肯定会很开心！"

每个男人这辈子都遇到一次这种情况，他必须站起来，维护自己，表现得像个男人。对我来说，眼下便是。"丽塔，"我坚决地说，"我希望你能深吸口气，慢慢地、详细地、清楚地告诉我你到底在说什么。"像要强调我多严肃一样，莉莉·安拍着她妈妈的脸颊，清晰有力对她咕哝道："啪！"

丽塔眨眨眼睛，可能是因为疼。"噢，"她说，"可我说过——"

"你说布赖恩让我们去基韦斯特，不管我们想不想去，"我说，"你说房子都在那里。要不然，你说的就是伊特鲁里亚语。"

丽塔张开嘴，又闭上了。她摇摇头，说："我很抱歉。我以为我说过——有时在我看来事情挺明白的。"

"我知道。"我说。

"我在车上，去接孩子的时候，"她说，"布赖恩找我。在电话里。"她补充道。想到她在变化无常的车流里打电话，我真觉得自己不在路上简直是万幸。

"他说……他对我说，你知道的。他在房地产公司工作，他们准备应对第11条政策，需要尽可能多筹些现金。"她温柔地朝我笑了。"这是个天大的好消息。"她说。

我算不上金融专家，但也曾听说过第11条政策。我确信这政策与破产相关。但若真如此，我不明白这为什么是天大的好消息，除非对布赖恩公司的竞争对手而言。"丽塔。"我说。

"你还没明白？"她说，"这表示他们将不得不无条件出售手上所有房产，他们要举行拍卖！"她得意地说："这周末！在基韦斯特，这样你便能拿到约定利率，总之，要是大家知道了，会有更多人过去的。所以我们得去一趟，我是说，弄一套房子回来，在拍卖场。布赖恩会给我们一份完整的清单，这真是个绝好的机会，我们的新房子！德克斯特，这可真是，真的——噢，我太激动了！"说着，她猛地扑向我，试图给我一个拥抱。鉴于怀里还抱着莉莉·安，她只好靠上我的胸口，把孩子夹在中间。莉莉·安从不浪费任何一个机会，她开始使劲儿踢我的肚子。

我后退一步，躲开莉莉·安的猛攻，双手搭上丽塔的肩膀。"拍卖会在基韦斯特？"我问，"我们这个地区所有的拍卖房都在？"

丽塔点点头，依旧兴高采烈。"在基韦斯特，"她说，"我们还从没一起去过那儿呢。"

我竭力想说些什么，可最后都没想出来。话就在我嘴边。我觉得自己莫名被推倒，滚向了奇怪陌生、无关紧要的事儿。理论上说，我知道自己其实不是宇宙的中心，可我在迈阿密着实有些非常重要的事情需要马上处理。现在要我冲去迈阿密南部的基韦斯特买房子，在这种时候？似乎略欠考虑，好吧……不仅仅对我而言，而是整件事似乎都不太对劲儿。

我只想待在家里，谋求自保，可我又想不出任何不去的理由——特别是面对丽塔近乎歇斯底里的热情。所以5分钟后，我发现自己老老实实地坐在笔记本电脑前面，开始准备预订基韦斯特的酒店，准备在那边住上三晚。我启动电源，静心等待。最近开机似乎变慢了点儿。我经常清理硬盘，保持"干净"，但我最近确实有点儿心烦意乱。不管怎样，电脑缓存与间谍软件每天都进化得更为复杂，我又完全没更新系统。我在心里记下，等事情尘埃落定了，一定得花点儿时间更新。

电脑总算启动了，我开始上网搜索迈阿密最南端城市的酒店房间。家庭旅行安排通常都是我的活儿——一方面是因为我更擅长互联网搜索，另一方面是由于兴奋的丽塔已经冲去厨房准备庆功宴。我再想发牢骚，也不愿干扰一顿美味大餐。

我随意浏览几个常见的旅游折扣网站，心情却一点儿没变好。现在很难订到酒店房间，因为本周末是"海明威节"庆典高潮——一个古老的节日，留胡子的胖子们会在这期间庆祝所有人类无节制生活的可能形式。我根本找不到价格合理的酒店，不过瑟夫赛德酒店确实有一间非常划算的套房。房间足够大，价钱应该足够我们在10年内轻松付清。考虑到这是由贪婪的海盗建立起来的基韦斯特，这个价格其实不算糟。我给了他们一个信用卡号，登记了"摩根家，1229号房间，三晚，明晚入住"，然后关上电脑。

笔记本屏幕花了足足5分钟才变暗。我看着它，琢磨着更黑暗的思绪。我试着告诉自己，一切都会好起来——布赖恩一定不会辜负我的委托，他会把克劳利收拾干净，哪怕我无法亲眼所见。胡德针对我的无妄之谈迟早会崩溃。势必如此，他找不到任何针对我的证据，找遍全世界也没有，毕竟德博拉会帮我小心提防。她会密切关注胡德与多克斯，阻止他们投机取巧。一切不过是茶壶里的风暴，我们只是在大惊小怪而已。

最重要的是，去趟基韦斯特可以帮我彻底终结多克斯的跟踪行动。他要么主动放弃，要么就得花高价油钱一路跟到基韦斯特。

想到这儿，我稍微感觉好点儿了。想象一下，多克斯站在加油站，看着油钱越来越多，气得咬牙切齿，我不由得心情愉悦，一会儿便感到心满意足。虽说让多克斯花冤枉钱无法与我想要的报复相比，可眼下只能这样了。生活充满苦难与不确定性，有时，一个小小的胜利便足以。

Chapter
入住酒店 **29**

当晚余下的时间我完全是在手忙脚乱中度过的。趁着自己还有最后一丝空闲，我打电话给德博拉，让她推荐一名律师。她说她有个朋友搞职业法规的，那人肯定知道所有他们讨厌碰上的律师。这时丽塔喊道："吃饭了！"与此同时门铃响了，阿斯特大叫科迪别作弊，莉莉·安一下子哭起来。

我来到门口开门一看，布赖恩一身黑西装站在那儿，脸上第一次挂着不那么假的笑容。"嘿，弟弟。"他高兴地说，语气叫我颈后的汗毛都竖起来了。我内心深处的黑夜行者低声嘶吼，不安地展开蜷缩的身体。

布赖恩的声音似乎比往日更加低沉冷酷，眼中仿佛有什么东西在暗暗闪烁。我十分清楚这些意味着什么。

"布赖恩，"我问，"你是不是……你有没有……"

他摇摇头，笑得更为开怀。"还没，"他说，"快了。"我近乎嫉妒地看着他的笑容越发灿烂与真诚。"给你。"说着，他拿出几页订在一起的纸，上面写满了条目，似乎都是数字。

一瞬间，我竟出神地认为这摞纸与我俩都心知肚明的那件事儿有关。我都没看便从他手上接过来。"这是什么？"我问他。

"你们要的清单。"他说。见我没回答，他补充道："房子清单，拍卖会用的。我答应你可爱的太太给她带的。"

"噢，对。"说着，我看一眼最上面的表格。一眼便认出那确实是一串迈阿密地址，括号还注明了面积、房间个数等信息。"那个，"我说，"谢谢。呃……你吃过晚饭了吗？"我敞开门，邀请他进屋。

"我今晚……有别的计划。"他说。我确信自己没听错他的弦外之音。"你知道的。"他轻声补充道。

"是，"我说，"我想我只是……"我见他穿了一身黑，思绪沉浸在更黑暗的目的之中，不由得心生羡慕。可我只有一句话能说，于是我说："祝你好运，哥哥。"

"谢谢你，弟弟，"说完，他朝我手里的单子示意了一下，"你也是。"接着，又略带嘲讽地补充道："找个好房子。"他转身快步回到车上，驶进渐浓的夜色，而我只能眼睁睁看着，幻想自己可以同他一起离去。

"德克斯特？"丽塔在厨房喊道，将我扯出渴望，"快关门！天气冷了！"

我关门走到餐桌，孩子们已经开始大快朵颐了。直到这顿饭结束，家里都没静下来。囫囵吃下丽塔做的爆炒猪肉简直堪称重罪，可我们还是吃得很快。我想静心吃饭，细细品尝其中的滋味，然而突如其来的基韦斯特之旅令孩子们格外兴奋。丽塔不得不一直提高音量说话，音频几乎要赶上蜂鸟振翅了。每吃一口，她都要叨念一堆事儿，让每个人吃完饭后马上去做。等把盘子都放进水池，我也陷入忙乱之中。

我离开餐桌，赶去打包自己的衣物。这事儿真的费不了多大劲儿，但丽塔依旧在上面耗去了几小时。对我来说，我只需带一条泳裤、几套换洗的衣物，再把它们塞进运动包，事情就完成了。丽塔一直在衣橱与床之间来回奔走，她的大行李箱大敞着，却始终空空如也。我打包好行李后，把箱子拿到前门放好，然后去查看科迪与阿斯特的情况。

科迪坐在床上看着他姐姐，旁边放着塞得满满当当的背包。阿斯特则恶狠狠地盯着衣橱。她拿出一件衬衫，提起来瞅瞅，一脸嫌恶，又放回去。我眼看着她将同一过程重复两次，满心不解。科迪看看我，摇了摇头。

"科迪，你收拾好了吗？"我问他。

他点点头，我再看向阿斯特。后者坐立不安，咬着嘴唇，跺了跺脚，然而除此之外情况似乎没有任何进展。想起父亲该有的正确作为，我冒险问道："阿斯特？"

"别管我！"她回头喊道，"我正收拾呢！可我一件能穿的衣服都没有！"她抓起一把显然已从衣架上摘下过一次的衣服扔到地上，又踢了一脚。

科迪挑眉看看我。"女生。"他说。

他大概说对了，这真是个性别问题。稍后回到卧室时，丽塔的反应几乎与阿斯特高度紧张的表现如出一辙。她拿起一条背心裙，就好像它杀了肯尼迪似的盯着它，并在床边堆了一大摞上衣和连衣裙——比阿斯特乱甩的那堆整齐些，但东西大同小异。"你这边如何？"我满心欢喜地问道。

她猛回头看向我，如同一只受惊的小鹿，而且表情相当气愤，好像我打断了她高度集中的冥想似的。"什么？"她摇摇头，不耐烦地皱起眉头。"噢，德克斯特，现在别跟我说话。"她说。"说真的，你都不——你就不能去给汽车加点儿油什么的吗？我得——这太叫人心烦了！"说着她把那条背心裙甩向床边那一堆衣服。

我没再搭话，由她继续纠结，然后出门将我和科迪的行李装上车。我查了一眼油表，油箱几乎满格。我站在车旁，想到我哥这会儿在做的事儿，而我却只能拿着行李闲晃。假如一切顺利，他现在应该已经行动了。他得到了全部快乐，我却是一直被克劳利折磨的那个，这似乎不太公平。但至少一切都结束了。等到我今晚睡下时，克劳利便已归西，我和他的账就算两清了。我的烦恼最终以恶行收尾，这样挺好的。尽管我体内每一个细胞都在恳求随布赖恩一起享受游戏时光。

然而我只能站在月光下，依靠想象满足自己。布赖恩现在一定很快活。为防止我一时冲动，我需要一个提醒，告诉自己为何必须忍耐。我瞥了一眼空地上的停车位。福特金牛座还在那儿，时刻警惕的多克斯警长依旧坐在里面。我想我几乎能看见风挡玻璃后对方闪光的一口白牙。我叹口气，朝他挥挥手，回到屋里。

　　我都上床睡觉了，丽塔仍在乱丢衣服，同时语速飞快地低声嘀咕着什么。我闭上眼，努力入睡，可处在小旋风的中心真的很难叫人睡着。好几次我都快睡着了，却被人一下吵醒，不是甩衣架的声音，就是上百双鞋掉进衣橱的"哗啦"声。丽塔偶尔还会低声说些莫名其妙的话，要么冲出房间，一会儿再飞奔回来，拎着神秘物品并将其塞进鼓鼓的手提箱。

　　总之，这一切都让墨菲斯①比往日更难到来。我睡了又醒，醒了又睡，直到凌晨2点半左右，丽塔合上行李箱，"砰"的一声放到地上，再上床爬到我身边之后，我才总算坠入美好的梦乡。

　　早上我们飞速吃完早餐，居然真的在非常合理的时间打点好一切，准备就绪。我叠好莉莉·安的儿童车，塞进后备厢，其他人则爬上车，接着便准备出发了。然而就在我启动引擎，上好挡的瞬间，一辆福特金牛座停下来挡住我们的去路。

　　开这辆车的人不用多想就知道是谁。我走下车，与此同时福特车的副驾驶车门也开了。胡德警探走下来，向我报以"早安"的冷笑。

　　"多克斯警长说你在装车。"他说。

　　我看向他身后的福特车，反光的风挡玻璃下多克斯开心的笑脸依然隐约可见。"是吗？"我问。

　　胡德倾身靠过来，脸离我只有几英寸。"我希望你不会以为自己这样可以躲过一劫，伙计。"他嘴里的味儿简直像破败的鱼罐头加工厂。

　　我十分善于模仿，但谈不上真正的好人。我做过许多坏事儿，也希望多活几年再做更多坏事儿。客观来说，胡德与多克斯想给予我的惩罚几乎可以说是我罪有应得。不过，在法网勒住我脖子之前，我依然有权呼吸清新的空气，不受没刷过的烂牙的折磨。

---

①　墨菲斯（Morpheus）：希腊神话中的梦神。——译者注

　　我绷直食指捅上胡德的胸骨，推开他。他以为自己能挺住——但我选的位置很好，不一会儿，他便不得不后退。

　　"你可以逮捕我，"我对胡德说，"也可以跟着我，不然别挡路。"我又使了点儿劲儿，他不得不再后退一步。"还有，老天，你该刷牙了。"

　　胡德打开我的手，怒瞪我。我瞪了回去，这又不用花多大力气。如果说他就想干这个，我可以陪他瞪一整天。可他先厌倦了瞪人比赛，回头看了眼多克斯，又看看我。"好吧，伙计。回头见。"他又瞪了我一会儿，但我并未服软。最后，他只好转身离开，钻回车子，坐到多克斯旁边，沿街将车后退50英尺。

　　我盯着他们看了一会儿，想看看这两人会不会采取什么行动，但显然只要看着我他们便满足了。于是我回到车上，开始了漫长的南方之旅。

　　多克斯差点儿跟着我们一路开到基拉戈。但随着他有限的推理能力逐渐发现我不会跳车搭水上飞机逃往古巴时，他便停车掉头开回迈阿密。毕竟，进出礁岛群的路只有一条，而我就在这条路上。如果他们愿意的话，只需几个电话就能查到我在基韦斯特岛预定的酒店。很好，我可没做任何不能在他们面前做的事儿。我把他们抛出脑外，专注于眼前的路况，路上开始堵车了。

　　要是你真有兴趣去基韦斯特岛，最好别从迈阿密开车过去。换句话说，要是你想体验一趟蜿蜒缓慢的驱车之旅，途经无数一辆挨一辆的汽车，驶过一系列卖T恤衫、鱼快餐的小店；喜欢途中不时停下，瞪眼看着路标，再背下来回去告诉你身在俄亥俄州的朋友们，就可以选择这种方法。当然你还要忍受7月的太阳，任何一台空调都无法战胜它，你身后那些司机全都在焦急地盯着车里的温度表，眼看着指针稳步攀升至红色，接着他们开始隔着晃眼的风挡玻璃朝你大喊大叫，诅咒你直接自燃消失在地球表面，即使前面上千辆车里都坐着和你一样等待抢占车位的人，想再次启程摆脱眼前慢得令人发指的爬行——假如这就是你梦寐以求的度假胜地，快来基韦斯特岛吧！天堂在等你！

　　本该两三个小时的车程，我从未有幸在6个小时内跑完过。在酷暑中经过7个半小时的路怒之旅后，我们总算来到基韦斯特市区，驶进瑟夫赛德酒店停车场。

　　身穿深色制服的黑人男子跳到我们车旁为我开门，接着跑到车子另一侧，为丽塔拉住车门。丽塔走下车，大家在门口站了一会儿，基韦斯特岛7月的热浪已将我们冲得晕头转向。身穿制服的伙计跑回到我身前站定。他显然感觉不到热——或是瘦得失去了制造汗水的器官。不管怎样，他脸上一滴汗都没有，还穿着深色外套忙前忙后。这里的空气又湿又热，手里拿个鸡蛋都能眼看着它变熟，他明明与我们呼吸相同的空气，却没有任何感觉热的迹象。

"先生，需要办理入住手续吗？"那人问道，声音里带着浓重的加勒比岛国口音。

"我想是，"我说，"尤其是你们这儿有空调的话。"

对方点点头，好像总会听到这种话似的。"每间客房都有，先生。需要我帮您拿行李吗？"

听起来似乎是个非常合理的请求。我们看着他将我们的行李堆到推车上——除了科迪说什么都不肯放下自己的包以外。我不知道科迪是觉得穿制服的人不怀好意，还是不想让人看见包里的东西。毕竟是科迪，哪种情况都有可能。不过相比之下，还是赶紧走进阴凉的宾馆大厅重要得多。不然很快我们的鞋底就会融化得粘在马路上，人也无助地瘫在那里，任凭肉从骨头上化掉。

我们跟着"皮包骨船长"走进宾馆。刚进大厅，冷空气便打得我嘴唇发麻，脚步也不似先前那样匆忙了。不管怎样，我们总算来到前台，没有因体温过低而休克。前台人员半天才抬头问我们："先生，下午好。您预约房间了吗？"

我点点头，说预约了，事实上我们预约的不是房间——丽塔探身站到我前面，脱口道："不是房间，是套房。就是这样，我是说，反正我们预约的时候——在网上？德克斯特——我的丈夫说的。我是说，摩根说的。"

"好的，夫人。"说完，店员转向电脑。我不再管这事儿，让丽塔去走登记流程，自己则抱着莉莉·安随科迪与阿斯特走向旁边的架子。上面摆满了小册子，每本都在介绍这座梦幻岛屿上美丽迷人的景点，就连最疲惫的旅客也会被其吸引。显然，任何人都可以在基韦斯特岛上做任何事儿——只要他有几张额度够高的信用卡与势不可挡的买T恤的冲动。

孩子们盯着面前几十本颜色鲜艳的小册子。科迪只要皱眉指向一本，阿斯特就会立刻将其从架子槽里拿出来。接着两个小脑袋便凑到一起，认真研究上面的介绍。阿斯特悄声对弟弟耳语几句，科迪点点头，皱着眉看向她，然后两人再抬起头，继续去架子上拿另一本。等丽塔帮大家办完入住手续回来时，阿斯特手上至少握着15本小册子。

"好了，"丽塔简直像刚从迈阿密跑过来似的，整个人气喘吁吁，"一切就绪！去房间吧？我是说套房——毕竟我们都到了——噢，这家酒店真是太——我们会很开心的！"

也许我只是太累了。咬着牙开了7个半小时车之后，我发现自己难以迎合丽塔高涨的热情。但毕竟我们已经来了，而且基本算是毫发无伤。所以我跟在她身后，随她走向电梯口，上楼走到我们房间——我是说，套房。

套房包括一间大卧室，一个带厨房与折叠沙发的生活区，还有一间带淋浴与按摩浴缸的瓷砖浴室。整个套房都弥漫着淡淡的气味，闻起来好像有人曾在装满有毒清洗液的桶里油炸了一袋柠檬似的。丽塔冲进屋拉开窗帘，附近酒店后侧的美景顿时尽显眼前。"噢，"她滔滔不绝地说道，"这真是太——德克斯特，去开门，给我们拿行李的人到了——瞧啊，科迪，阿斯特！我们到基韦斯特岛了！"

我打开门，正如丽塔所言，给我们拿行李的人到了。他把行李放到卧室，接着开始一个劲儿地朝我笑，只给他5美元弄得我都快感到内疚了。可他完全没发脾气，接过钱便立刻消失在门外。不等我抽空坐下，外面又传来敲门声——这回来的是另一个穿制服的人。他装好了我们的婴儿车，直接推进来，并严肃地为自己的劳动成果收下5美元。

等他走了我才坐下。莉莉·安在我腿上蹦来蹦去。我和她一起看着家里其他成员在套房里到处翻看、探索，开开这个门，看看那个柜，一有新发现便马上招呼彼此过去。一切似乎都那么不真实。当然，基韦斯特岛向来如此，只不过这回好像更夸张一点儿。毕竟，我根本不该在这儿，对我而言这事儿根本说不通——可我就在这儿，坐在昂贵的旅游圣地的酒店房间——我是说套房里，与此同时，就在几小时车程外的迈阿密，几个极其严肃而又腐败的警察正加班加点地准备诬陷我谋杀。另一边，我哥哥正悠闲享受着本该属于我的游戏时光。就某种程度来说，那两件事儿对我而言都堪称十万火急、至关重要、清晰明确，这趟超现实的贪婪绿洲之旅根本无法与之匹敌。可我却被困在这样一个光彩斑斓的地方，任凭真实的生活在几小时车程外的北方呼啸而过，与我全无半点儿关系。这真令人难以相信。

丽塔终于看完所有橱柜与衣柜，走到我身边坐下。她探身将莉莉·安从我腿上抱起，重重叹了口气。"好了，"语气听起来十分满足，"我们到这儿了。"

尽管在我看来这事儿并不真实，但她说得对，我们确实到了，而且随后几天，不管现实生活发生什么事儿，都将与我无关。

Chapter
水族馆 *30*

　　房地产拍卖明天开始，所以我们有一个漫长的下午与晚上可以出去转转，丽塔称其为"白来的时间"。可这称呼似乎有误，因为实在太烧钱了，根本不"白来"。我们跟着丽塔走在旧基韦斯特岛的街道上，就连买的瓶装水都和机场的价格一样高，更别说冰激凌、5美元一包的饼干、太阳镜、防晒霜、帽子、T恤衫与正宗的基韦斯特凉鞋了。我开始觉得自己像一台便携式自动取款机。以我现在掏钱的速度来看，等到晚上睡觉时，我们就会身无分文了。

　　然而丽塔丝毫没有收敛的意思。她显然在迫使我们全部陷入购买高价商品并最终破产的谵妄之中，决意使我丧失最后的底线——把返程回家的油钱都花出去。她甚至还拖着我们走进一家门口对着人行道的吵闹酒吧，并在里面点了两杯迈泰鸡尾酒与两杯果汁朗姆酒。看到账单时，我发现上面的价格都够8个人在高级餐馆共进晚餐了。我喝了一口塑料杯里的饮料，插在粉红色雪泥上的小纸伞差点儿戳到我的眼睛。丽塔还让阿斯特拿着她的手机给我们俩照相——两人站在一只大塑料鲨鱼前，手举着迈泰鸡尾酒。

　　酒喝完了我都没尝出任何酒味儿。由于喝得太快，冰凉的饮料令我头疼片刻，一阵晕眩。我们慢步走在迪瓦勒街上，琢磨着如何用更具独创性的方式挥霍更多钱。随后，我们沿迪瓦勒街另一侧赶去马洛里广场，刚好碰上一个风格更自由的花钱活动——传说中的日落庆典。丽塔给科迪与阿斯特几张钞票，敦促他们把钱扔给那些表演变戏法、吞火、杂技与其他浑水摸鱼的把戏的人——这时，一切达到高潮。一个操着奇怪外国口音的人尖叫着强迫一群家猫跳过火圈，丽塔二话不说将10美元塞到对方伸出的手中。

我们在一个号称提供最鲜海产的迷人餐馆共进晚餐。店里没有空调，所以我希望食材真的很新鲜。尽管头顶的吊扇一直在旋转，餐馆里依旧闷热难耐。在野餐风格的大桌子旁坐了5分钟后，我发现自己被粘在了长椅上。然而我们等了45分钟服务员才上菜，做菜的油几天前估计用过一次，所以账单出来时我实在无法抗议，毕竟这顿饭的总价才不过是一辆新奔驰的首付价。

周围的温度始终没有减退，人群越发喧闹，而我的钱包越来越瘪。等我们步履蹒跚地回到酒店时，我已满身大汗，头晕耳鸣，脚上还多出三个水泡。我很久没像今天这样在外面玩了。我瘫坐在酒店房间——套房——的椅子上，再次想起自己不喜欢出门的理由。

我冲了个澡出来，尽管神清气爽，但身心俱疲。科迪与阿斯特早已安坐在电视机前看电影，莉莉·安在床上睡得香甜，丽塔则坐在桌前浏览明天的拍卖房清单。她皱着眉，不时在空白处涂涂写写。我刚上床便立刻进入梦乡。梦中，钞票在我眼前手舞足蹈，与我挥手道别。

第二天一早我睁开眼，外面的天还没有亮。丽塔又坐到桌边——或者说一直坐在那儿——翻看拍卖房清单，在便签本上写写画画。我看了一眼床头的闹钟，5点48分。

"丽塔。"我的声音介乎嘶哑与含糊之间。

她没抬头。"我得按30年分期的固定利率把这些都算一遍，"她回答道，"要是我们能通过埃内斯托兄弟公司贷款，或许可以享受更低的利率，但那样需要支付借款手续费。"

对刚睡醒的我来说，这话信息量太大了点儿。我又闭上了眼，可惜刚要睡着，莉莉·安便躁动起来。我睁开一只眼看向丽塔，她假装没听见莉莉·安的哭声。这是已婚人士的暗号：亲爱的，这事儿你来做。于是我与回笼觉道别，起床给莉莉·安换了片尿布，又给她冲了瓶配方奶粉。等我做好一切，莉莉·安明确表示她已经睡醒了，我想去睡觉这事儿彻底没戏了。

酒店大厅的指示牌写着6点开始供应早餐。既然不能睡回笼觉，我决定好好利用这段时间，喝杯咖啡，吃份流水线制作的丹麦面包。我穿好衣服，手里抱着莉莉·安，走向门口。

刚跨进客厅两步，一个金发小脑袋从折叠沙发上的毯子里探出来。"你去哪儿，德克斯特？"阿斯特问。

"去吃早餐。"

"我们也想去。"说着她和科迪从被子里蹦起来，跳到地板上，仿佛他们一早便将自己装进鱼雷发射管，就等我游过去冲向我。

等他俩穿好衣服，丽塔也出来了。她本想看看客厅里在大惊小怪些什么，但随后决定和我们一起去吃早餐。于是我试探性迈向房门与咖啡的第一步，在10分钟后变成了全家人一同向餐厅进军。

除了我们，餐厅里只有两个人：两名中年男子，看样子像是来这儿钓鱼的。我们尽可能坐在离电视相对较远的地方，开始尽情享用好得出奇的自助餐。说它好，是因为这顿饭人均只需要19.95美元。

我小口抿着咖啡，味道尝起来很像去年办公室冲好的那种，冷冻后再和一桶鱼饵一起送到基韦斯特一样。不过，依然让我精神了不少。我想起布赖恩，几乎确定他已经完成了他的使命。我感到一丝嫉妒，同时希望他花时间充分享受了其中的乐趣。

我想起胡德与多克斯，不知道他们到底有没有跟过来。我敢打赌他们一定想——但从技术上来说，那有点儿违规了，不是吗？当然，规则从未打消多克斯的激情。何况我觉得胡德肯定不明白规则意味着什么，毕竟许多法规法条使用的文字都是多音节单词。我相当确定他们迟早会出现。

丽塔把房屋清单拍在桌子上，打断我的思绪，态度十分笃定。"5。"她皱眉说道，并用铅笔轻敲其中一个条目。

"什么？"我礼貌地问。

她面无表情地抬头看看我。"5，"她重复道，"5栋房子。其他都是……"她使劲儿摇了摇握着铅笔的手，语速飞快。"太大，太小，地段不好，分区太烂，征税基数高，屋顶陈旧，说不定……"

"所以拍卖房中，只有5所对我们来说谈得上合适，对吗？"我问。我向来坚信谈话双方都应知道他们正在讨论什么。

"是的，没错，"丽塔又皱起眉头，手里的铅笔轻敲纸面，"这个，142号，这栋应该是最好的，离我们现在的房子也不远，只是——"

"我们要一直谈论那些无聊的房子吗？"阿斯特打断她，"能不能先去水族馆，然后再去买房子？"

"阿斯特，不行——别打断我说话，"丽塔说，"这非常重要，我——你不知道我们还有多少事儿要做，而且必须在下午3点前准备好。"

"可我们不必所有人都去，"阿斯特抱怨得合情合理，"我们想去水族馆。"她看看科迪，后者朝她点点头，又朝他的母亲点点头。

"没门儿，"丽塔说，"这个决定至关重要，关系到——你们的未来！因为你们以后会在那里住很久。"

"水族馆，"科迪轻声说，"喂鲨鱼。"

"什么？喂什么——科迪，你不可以喂鲨鱼。"丽塔说。

"可以喂鲨鱼，"阿斯特说，"小册子上都写了。"

"太疯狂了，那可是鲨鱼，"丽塔强调道，好像阿斯特说错了词一样，"况且拍卖会只在——噢，看看时间。"她一下激动起来，把铅笔塞进手包，挥舞房屋清单招呼服务员。我察觉到某种无聊之事将会发生，我最好还是避而远之。我看看科迪与阿斯特，转身看向丽塔。

"我带孩子们去水族馆。"我说。

丽塔抬头看看我，惊讶不已。"什么？德克斯特，不，不行。我们还得再把整个清单过一遍，更别提那5——还得注册——不，事情太多了。"她说。

　　我再次庆幸自己看了那么多日间剧，进而深知这种情况下的正确之举。我伸手握住她的手——这可不是件容易事儿，要知道她的手一直动个不停。但我抓住它，还把它按在桌子上，然后尽可能贴近她，说："丽塔，我们所有人加起来都不如你了解的更多。更重要的是，我们相信你。"

　　科迪与阿斯特的反应也不慢。一听到提示，他们立刻理解并做出反应。科迪迅速点了点头，阿斯特则说："完全相信，妈妈，真的。"

　　"何况，"我说，"他们只是孩子。刚到一个陌生的地方，难免想看些新奇、令人兴奋的事物。""喂鲨鱼。"科迪固执地说。

　　"而且还能学到东西！"阿斯特几乎喊起来，我觉得可能稍微有点儿过。

　　但这句显然说到点子上了，因为丽塔似乎不再那么坚决，她说："可清单，德克斯特，真的，你应该……你知道的。"

　　"你说得对，"我说，至少可能是对的，"但是，丽塔——看看孩子们，"我朝他俩点了点头，后者顿时露出挨打的小狗的表情，"我真心认为你能做出正确的决定。深信不疑。"为了表示强调，我稍稍用力地握了握她的手。

　　"好吧，可是真的……"丽塔无力地说。

　　"求你了……"阿斯特说，科迪跟着补充："鲨鱼，妈妈。"

　　丽塔瞧瞧两个孩子，随即咬住嘴唇，我真担心她会把嘴唇咬下来。"好吧，"她说，"如果只是……"

　　"耶！"阿斯特欢呼起来，科迪几乎笑了。"谢谢你，妈妈！"阿斯特补充道。她和弟弟双双从桌边跳起来。

　　"但你们得先刷牙！"丽塔说，"德克斯特，他们还得把防晒霜涂上——就放在房间——套房的桌子上。"

　　"好，"我说，"你要去哪儿？"

　　丽塔皱起眉，环顾餐厅，看了一圈才找到时钟。"拍卖会办公室7点开始办公——就是10分钟之后。我带莉莉·安过去问问他们——布赖恩说他们手上也有照片，也比那些好——不过，德克斯特，真的……"

　　我伸手拍拍她的手臂安慰她。

"没事儿的，"我说，"你真的很擅长这个。"

丽塔摇摇头。"别让他们太靠近鲨鱼，"她说，"毕竟是鲨鱼。"

"我们会小心的。"我向她保证。我走出去与科迪和阿斯特会合，丽塔则从儿童座椅里抱起莉莉·安，帮她擦了擦脸上的苹果酱。

阿斯特和科迪已经来到酒店门口，目瞪口呆地看着几拨矮壮的胡子男从旁走过，他们匆匆走过迪瓦勒街，疑神疑鬼地怒视彼此。

阿斯特摇摇头，说："他们看起来都差不多，德克斯特，就连穿的都一样。是同性恋还是什么？"

"不可能，"我说，"就算在基韦斯特也不可能。"

"那为什么穿成那样？"她说得好像那些人穿得差不多其实都是我的错似的。

我正想告诉她这是一个奇特的宇宙偶然，这时我想起现在是7月，我们又在基韦斯特岛。"噢，"我说，"海明威节。"他们茫然地看着我。"那些人看起来都像海明威。"我告诉他们。

阿斯特皱起眉头，看向科迪。后者摇了摇头。

"海明威是什么？"阿斯特问。

我看着这群扮相彼此相像的家伙在人行道上转来转去，喝着啤酒相互推撞。"一个留了胡子，喝了很多酒的人。"我答道。

"嗯，我不想穿成那样。"她喃喃自语。

"来吧，"我说，"你们得先把牙刷了。"

我把他们赶回酒店，走向电梯，正好碰上准备出门的丽塔。她朝我们大力挥手，喊道："别靠太近——我会打电话给你，当我——记住，2点！"

"再见，妈妈！"阿斯特喊道，科迪也朝她挥挥手。

我们默默乘电梯上楼，顺着走廊回到房间。我把门卡插进锁孔，推开门，让科迪与阿斯特先进去。他们冲进去，不等我关门跟上去，便钉在原地一动不动。

"哇。"阿斯特惊叹道。

"酷。"科迪补充，声音似乎比平时更尖。

"德克斯特，"阿斯特像唱歌一样欢快地招呼我，"你最好过来看看。"

我推开他俩进屋一看，只瞥一眼便再也无法移开视线。我的脚动弹不得，嘴巴发干，脑袋里闪过一串思绪，随后只想到一个词"但是"。我瞪着眼，这个词在我脑中无限循环往复。

科迪与阿斯特睡觉用的折叠沙发被拉开，整理干净。上面的枕头被拍松，毯子也被翻下来。舒服地躺在床上的东西一度是个活人，只是现在看起来没有一丝人样。原本是脸的位置，现在有一个浅平的坑，周围的血迹已经干了。某种大型硬物曾砸上这个位置的肉与骨头。面部中间是几个灰色牙根，由于重击，一颗眼球跳出了眼眶，垂在烂疮的脑袋一侧。

有人曾挥动棒球棍一类的物体，以惊人的力量击打他的头，导致死者面部破碎变形。很可能一击毙命，看起来就很糟。因为即使不成人形，尽管我几乎从未想过会在这里见到他，可透过廉价的西装与众多压碎的面部特征，我依然猜出眼前这团脏兮兮的东西曾经是谁。

是胡德警探。

Chapter
胡德警官被害　*31*

　　我一向不喜欢胡德警探，眼下对他更是厌恶至极。他活着的时候就够恼人的了，现在死了还跑到我住的酒店房间，这甚至有悖最基本的礼仪与礼貌标准。简直大错特错，我几乎希望他还活着，这样我就能亲手杀了他。

　　除了严重违背礼仪，这事儿还有其他深意，而且更加麻烦。尽管我很想让自己高效能的大脑可以立即极速运转，理清一切，然而事实却令人悲伤。胡德临终一刻糟糕的品位令我完全沉浸在气愤之中，根本无法思考，直到我听见阿斯特问："可是，德克斯特，他在这儿做什么？"

　　我刚张开嘴想厉声训斥她，突然意识到这个问题十分重要。不是说胡德为什么会在基韦斯特岛，我很清楚他会跟踪我，确保我不会偷船逃往古巴。这事儿我已有准备。但肯定还有别人跟过来，并以这非常独特的方式杀了胡德。这点更加令人不安，因为理论上讲，这不可能。除非我愿意相信一切只是一个可怕的巧合——一个从未见过的陌生人，出于某个诡异的理由杀了胡德，然后基于不可思议的偶然，意外将尸体抛弃在我住的套房。否则，世上只有一个人会这么做。

　　克劳利。

当然，他应该已经死了，应该已经被死亡拖住手脚，没时间做这种事儿。可要是他还活着……他怎么找到我的呢？他如何发现我在基韦斯特岛，还知道我就在这家酒店，在这个房间？他总能在我行动之前预先知道一切，现在就连我的房间号都知道了。究竟怎么做到的？

科迪试图挤过去仔细看一眼，我牢牢把他推向门口。"退后。"说着，我伸手去找电话。尽管我无法弄明白克劳利为何总是能先发制人，但我至少可以先确认下他是不是真的死了。我拨通电话，三声提示音后，一个满心欢喜的声音传来："嗨！"

"布赖恩，"我说，"不好意思，这可能是个奇怪的问题，但是，呃……你那天晚上要处理的事儿怎么样了？"

"噢，是的。"他答道，隔着电话我也听得出他着实感到无上喜悦，"几乎可以说十分开心。"

"你确定？"我盯着曾是胡德的肉块问道。

"当然，这真是个奇怪的问题，"布赖恩说，"当然，我确定，弟弟，我就在那里。"

"没有疏漏？"

另一端一时无人说话，我不禁怀疑电话是不是掉线了。"布赖恩？"我问。

"嗯，"过了一会儿，他说，"你这么问有点儿搞笑。嗯……那位有麻烦的绅士？有句话他说了很多遍，一直说我犯了一个可怕的错误。我记得是，身份窃贼？我真的认真听他说话。"

有人从后面捅了捅我。"德克斯特，"阿斯特说，同时推得更用力了，"我们看不到了。"

"等一下。"我厉声说完，又把他们推回去。"布赖恩，"我对着电话说，"你能描述一下，呃，那位有麻烦的绅士吗？"

"之前还是之后？"他问。

"之前。"

"好……吧，"他说，"我想大约45岁，也许5英尺10英寸高，160磅左右？

金发，胡子刮得很干净，戴着一副金边眼镜。"

"噢。"我说。克劳利大概比他描述的重30磅，而且更年轻，还蓄着胡子。

"一切都还好吗，弟弟？你听起来似乎不太高兴。"

"恐怕一切都不太好，"我说，"我想那位有麻烦的绅士没说错。"

"噢，亲爱的，"布赖恩说，"有纰漏？"

"目前看来是。"我说。

"噢，"布赖恩说，"世事难料。"①

阿斯特又捅捅我。"德克——斯特，拜托。"她说。

"我得挂了。"我对布赖恩说。

"我想知道我到底做了什么，"他说，"稍后打给我？"

"如果可以的话。"我告诉他，然后放下电话，转身看向科迪与阿斯特。"现在，"我说，"你们俩在走廊里等我。"

"可是，德克斯特，"阿斯特说，"我们什么都没看到，没看清楚。"

"太糟了，"我坚持说道，"直到警察来之前，你们都不可以再靠近。"

"不公平。"科迪的嘴噘得老高。

"忍耐。这是我赖以为生的工作，"我告诉他——当然，我指的是保护犯罪现场，不是实际犯罪，"我们必须离开房间，不碰任何东西，然后打电话叫警察。"

"我们只是想看一眼，什么都不碰。"阿斯特说。

"不行，"我推着他们往门口走，"在大厅里等我。我马上出来。"

尽管不乐意，非常不乐意，但他们还是出去了，出门前还费尽心思想多看一眼折叠沙发上的东西。但我还是把他们推到走廊，关上门，然后亲自仔细查看一番。

从没有谁认为胡德长相英俊，可他现在简直叫人恶心。破烂的牙间伸出舌头，留在眼眶里的眼珠已经变得通红。显然一次极其强烈的击打造成了这种情

---

① 原文此处为法语。Qué será。——译者注

况。我猜胡德没受太久折磨就死了，这似乎很不公平。

我跪到床边，检查床下。没有匆忙中掉落的钥匙或者绣着字母的手帕提示我这事儿究竟是谁干的，不过我也不需要。我知道幕后黑手是谁，但我仍需知道他是如何做到的。我看见床的另一侧有什么东西，便绕到那边把东西挑出来，以便看清具体是什么。一顶巨大的海贼帽纪念品，前面挂着黑色橡胶眼罩，里面系着红头带。不碰我也知道那是染血的头巾。帮胡德做的伪装？很可能用它遮挡伤口，以便进入酒店。

我站起身，为保周全又走进卧室看看有没有遗漏什么。然而一切看起来都很正常——没人藏在衣橱里，丽塔的箱子似乎也没人动过，就连我的笔记本电脑都在桌子上，没人碰过一下。想到这儿，我不禁觉得有点儿奇怪。毕竟，克劳利曾吹嘘他高超的电脑水平，他为什么不花两分钟看看我的电脑，了解一下我的秘密？

一个声音从德克斯特地牢深处传来，一对翅膀轻轻张开，柔声回道：

因为他不需要。

我眨眨眼睛。答案简单至极，我觉得自己这辈子从来没这么蠢过。

他不需要了解我的秘密。

他已经知道了。

他之所以总能先我一步，是因为他早已侵入我的硬盘。每次我搜寻他的地址或阅读电子邮件或预订酒店，他都如同亲历一般。很多程序都能做到这一点。唯一的问题在于他如何将其植入我的硬盘。我试着回想自己有没有在家或工作以外的什么地方离开过我的电脑——没有，从没有过。但是，当然，不接触电脑也可以展开入侵。合适的蠕虫病毒就可以，无线网络也能做到。这个念头让我想起自己曾坐在电脑前打开了推销新网站"热带鲜血"的电子邮件。当时屏幕上出现一些有趣的动画图片，接着图上慢慢滴出血——时机完美，趁我分神时让程序病毒钻进我的硬盘，然后将我的一切透露给克劳利。

讲得通。我确定我猜得没错，我只需花两分钟查一下电脑，就能确定——然而这时门口传来急促的敲门声，接着我听见阿斯特焦虑呼唤我的含糊声音。我离开电脑。无所谓了，不用找克劳利的蠕虫病毒，我也知道它就在里面。毕竟只有这一种可能性。

敲门声再次响起，我打开门，来到走廊。他们俩试图绕过我去看胡德的尸体，但我把门关上了。

"就看最后一眼。"阿斯特说。

"不行，"我说，"还有另一件事儿，你们必须假装恶心、害怕。这样大家才会认为你们只是普通的小孩儿。"

"害怕？"阿斯特问，"怕什么？"

"害怕尸体，想想看，你住的酒店房间里有个杀手。"

"是套房。"她纠正道。

"所以记得在警察面前摆出一副受惊吓的模样。"说着，我带着他俩走进电梯。幸运的是，电梯里有面镜子，他们可以在下到大厅前练习害怕的表情。不过他俩摆的表情看起来都不太令人信服——这确实需要多年练习——但我希望没人注意到这点。

我在职业生涯中曾无数次亲临犯罪现场，许多都在酒店，因此我很清楚在通常情况下，管理层都不会认为有尸体的房间是个卖点。他们更倾向于不声张，礼貌配合。于是我走到前台，要求见经理。

接待员是名漂亮的非裔女性。她真心实意地微笑问道："当然，先生。请问有什么问题吗？"

"我们的套房里有一具尸体。"阿斯特说。

"嘘。"我制止了她。

接待员的微笑抽搐了一下，消失了，她看看我，又看看阿斯特。"小姐，你确定吗？"她问阿斯特。

我把手搭到阿斯特身上，示意她不要说话。"恐怕是的。"我对接待员说。

一时间，她几乎目瞪口呆。"噢，我的上帝，"她说，"我是说……"她清清嗓子，竭力调整回职业的面孔。"请稍等，"说完，她又想了想，说，"我的意思是……请跟我来。"

　　我们随她穿过桌子后面的门道，等她去找经理。经理来了，报了警，我们又等了一会儿。接着当地警察与法医团队前往我们的套房，我们又等了更长时间。这时来了一个女人，与店员交谈时她一直盯着我们。她看起来大约45岁，头发灰白，松弛的皮肤好像挂在脖子上的绉纸。她看起来就像一个来基韦斯特岛参加派对的女孩儿，终日在酒吧闲晃，直到有一天醒来，她发现派对结束了，自己不得不找一份真正的工作。但这似乎不合她的心意，因此她的脸上终于显出一种失望的神色，仿佛舌尖上总缠着一股糟糕的味道，无法摆脱。

　　悄声与前台接待员快速交谈一番之后，她走向我。"摩根先生？"她的语气很正式，我立刻认出这个腔调，而她接下来的话证明我猜对了。"我是布兰顿警探，"她说，"我需要问你几个问题。"

　　"当然。"我说。

　　"首先我想确保你的孩子没事儿，是吗？"她问。不等我回答，她便蹲到我旁边的科迪与阿斯特身旁。"你们好，"她说话的语调就像一般人们用来与聪明的小狗或人类白痴对话时那样，"我是莎丽警探。你们能说说你们在楼上房间里看见了什么吗？"

　　"是套房，"阿斯特说，"总之，我们几乎什么都没看到，在我们看清楚前德科斯特就让我们出去了。"

　　布兰顿眨眨眼睛，目瞪口呆。这显然不是她期待的反应。"我明白了。"说完，她抬头看向我。

　　"他们很害怕。"我稍微强调了一下这个词，好让他们别忘了自己该害怕。

　　"当然，"布兰顿说着，看向科迪，"你会没事儿的，孩子。"

　　"好，"他轻声说，然后瞅了我一眼，补充道，"真的很害怕。"

　　"这很正常。"布兰顿说。科迪看起来对她的反应十分满意。"小甜心，你呢？"她又转头问阿斯特，"你没事吧？"

　　看得出来，阿斯特对自己被称为"小甜心"很不满，她努力忍住咆哮，说："是的，我很好，谢谢你，只是害怕。"

　　"嗯。"布兰顿说。她来回看着两个孩子，显然在寻找线索，看看他俩会不会突然陷入休克。

我的手机响了——是丽塔。"嗨，亲爱的。"说着，我稍微走离布兰顿与孩子们。

"德克斯特，我刚经过水族馆，那里开门要等到——所以，你们在哪儿呢？还有好几个小时呢。"

"嗯，"我说，"我们遇到点儿事儿。酒店里发生了点儿小意外——"

"噢，上帝，我就知道。"她说。

"没什么好担心的，"我提高音量压过她，"我们都很好，只是出了些事情，我们是目击者，所以得录份口供，仅此而已。"

"可他们只是孩子，"丽塔说，"这甚至不合法，他们必须——他们还好吗？"

"他们都很好，在和一位漂亮的女警官说话，"考虑到现在最好不要多谈，我说，"丽塔，你继续去拍卖会。我们没事儿。"

"我不能——因为，我的意思是，警察也在？"

"你得去拍卖会，那才是我们来的目的，"我说，"帮我们拿下142街上的房子。"

"是号，"她说，"第142号。"

"那更好了，"我说，"别担心，我们有足够的时间。"

"好吧，但是，"她说，"我只是觉得我应该——"

"你得去准备拍卖会，"我说，"别担心我们。这边完事儿之后，我们就去看鲨鱼。只是一个小小的不便。"

"摩根先生？"布兰顿在我身后说道，"有人想和你谈谈。"

"就买那栋房子，"我对丽塔说，"我得挂了。"我转身看向布兰顿，发现我那个小小的不便瞬间膨胀了几倍。

我一进屋便看到一嘴白牙，是多克斯警长。

我去过许多警局的审讯室，实话实说，基韦斯特岛的警局配置相当标准。

不过这回看起来与以往略有不同，因为这次我坐在桌子另一侧。他们没给我戴手铐，非常体贴，但他们似乎也不希望我去任何地方。所以我坐在那儿，看着布兰顿与其他几名警探来了又走，喊着相同的问题，然后离开。每次门被甩开，我都能看见站在门外大厅里的多克斯。他这会儿没笑，但我确信他非常高兴，毕竟我就在他想让我待的地方，我知道他认为牺牲胡德来抓住我很值得。

我强压着烦躁，耐心回答基韦斯特警方轮番询问的四个标准问题。无论他们问多少次，我都以同样的信心铭记这一次我真的完全无辜，没什么可担心的。无论多克斯用多少种方法调用专业合作，他们迟早都得放我走。

然而他们似乎并不着急。一个小时过去了，他们甚至没给我拿一杯咖啡，我想或许我应该适当刺激他们一下。因此当第四名警探走进来，坐到我对面，第三次告诉我问题非常严重时，我站起来，说："是的，确实很严重。我什么错事儿都没做，你们却在没提出控告的情况下无理由拘禁我。"

"坐下，德克斯特。"警探说。他大约50岁，长得就像被暴揍过好几次似的。我强烈感觉到再来一次应该会是个好主意，因为他说我名字的口气好像觉得这名字很搞笑。尽管我通常对蠢货很有耐心——毕竟，愚蠢无处不在——但这成了压在我耐心上的最后一根稻草。

于是我把手肘抬到桌上，探身靠向他，尽数释放胸中切实可觉的愤怒。"不，"我说，"我不会坐下来。我不会一遍又一遍回答相同的问题。如果你们不提起控告，也不让我走，我想要一名律师。"

"你瞧，"那人带着讨厌的友好表情说道，"我们知道你是迈阿密-戴德县警局的人。一次小小的专业合作伤不到你什么，对吧？"

"完全伤不到我，"我说，"除非你们立即释放我，否则我会尽可能配合你们的内政部门。"

警探的手指敲了敲桌面，看起来他觉得自己能坚持到底。然而他轻轻拍了下桌子，一言不发，起身出去了。

才过5分钟，布兰顿便回到审讯室。她看起来不太高兴，但也许她只是不知道该怎么办。她看着我，拿左手的马尼拉文件夹一下下拍向右手，好像联邦预算赤字都是我的错一样。可她什么都没说，只是看着我又拍了几次，然后摇了摇头。"你可以走了。"她说。

我等了一会儿，看看是否还有别的事情。看来没有，于是我出门走进大厅。果不其然，多克斯警长正站在那里等我。"下次好运。"我对他说。

他没说话，连牙都没露，只是像饥饿的豺狗般盯着我。那眼神我再熟悉不过。我向来不喜欢令人不舒服的沉默，于是转过身，探头看向审讯室。过去的90分钟那里一直是我的家。

"布兰顿，"我说，为自己记住她的名字颇感自豪，"我的孩子们呢？"

她放下文件夹，叹了口气走到门口。"去找他们的母亲了。"她说。

"哦，好吧，"我说，"坐巡逻警车去的？"

"不，那会让我们惹上麻烦，"她说，"我们有预算问题，你知道的。"

"好吧，你们不会把他们塞进出租车就不管了，对吧？"我问。我得承认我对她，以及整个基韦斯特警局越发气愤。

"不，当然没有，"她用目前为止最有精神的语气答道，"他们与一位得到批准的成年人一起走了。"

我能想到的可能会得到批准的人只有一两个，一瞬间我感到一丝希望；也许德博拉来了，事情终于有转机了。"哦，好，"我说，"是不是他们的姑姑，德博拉·摩根警长？"

布兰顿朝我眨眨眼睛，摇摇头。"不，"她说，"不过没关系，你儿子认识他。是他的童子军领队。"

Chapter **童子军** *32*

最近我花了太多时间哀叹自己从前惊人的精神力量日渐衰落。因此当我意识到灰细胞再度活跃起来时，我不由得十分欣慰。因为我一秒都不曾认为"童子军领队"指的是真正的领队——会讲鬼故事的大肚子弗兰克。我马上反应过来带走科迪与阿斯特的人是谁。

克劳利。

他直接来到警局。楼里所有警察都在找他，然而没人知道凶手就在他们眼皮底下。他诱骗并带走了我的孩子。虽然我心底确实有一丝欣赏他无与伦比的厚颜无耻，但我目前仅存的念头根本没心情赞美他。

他带走了我的孩子。科迪与阿斯特是我的，而他从我鼻子底下把他们抢走了。这是专门针对我个人的侮辱，我从未感到如此巨大、强烈、丧失理性的愤怒。红色的迷雾飘落，由布兰顿警探开始，逐渐笼罩住我眼前的一切。她睁大眼睛看着我，像条糟糕、愚蠢、无精打采的鱼，愣愣地嘲笑我的孩子被人抓走，孩子不见踪影——一切都是她的错。所有这一切——她听从多克斯的吩咐把我带到这里，带走我的孩子，却把他们交给全世界我最不想交给的那个人——她一脸蠢相地站在我面前，我真想抓住她松弛的小脖子，用力摇晃她，直到她脖子上的皱纹散乱，然后掐得她眼睛突起，舌头探出，脸色青紫，喉咙处细小精致的骨头全部在我的手中碎得四分五裂——

布兰顿想必注意到我的反应并非礼貌的感谢与毫无忧虑的点头认可。她后退一步，回到审讯室，说："呃，没问题的，不是吗，摩根先生？"尽管这做法比直接喊我的名字强一点儿，但依然无法安抚我，完全不能。我不由自主向前一步，朝她伸出手。"你儿子认识他，"她的语气听起来有点儿绝望，"那是……我的意思是，童子军？他们肯定都有背景可查——"

不等我伸手扼住她的喉咙，一个十分坚硬的金属物体抓住我的手肘，猛将我拉退半步。我转身想把它一起撕碎——不过当然，多克斯警长看起来根本无法被撕裂，哪怕在红色的迷雾之下。他伸出假肢抓住我的手臂，饶有兴致地看着我，好像希望我真动手似的。眼前的红色迷雾散去了。

我扳开他的爪子，收回胳膊。这事儿实际做起来比听上去难多了。我又瞅了一眼布兰顿警探。"要是我的孩子有个三长两短，"我告诉她，"我会让你在短暂、愚蠢、悲惨的余生中后悔一辈子！"

不等她反应过来自己该说些什么，我转身推开多克斯，走出警察局大厅。

没走多远我便回到市中心。在基韦斯特岛，去哪里都无须走太多路。所有你能了解到的有关这个地方的信息都会告诉你，这就是一个隐匿在佛罗里达州尽头的小岛，不过数平方英里。通常人们认为这里是一个舒适的小镇，充满阳光与欢乐，以及无尽的美好时光。然而当你踏上热到令人窒息的迪瓦勒街，试图找到某个特定的男子与两个孩子，这地方看起来可就一点儿都不小了。我总算抵达镇中心，然而看着周遭的人群，愤怒的恐慌几乎令我崩溃。我根本是在大海捞针。一切努力都看似徒劳，希望渺茫，我甚至找不到从哪里入手。

眼前的一切似乎都于我不利。街上挤满了各色各样高矮胖瘦的人。往哪个方向眺望，都看不到半个街区外的情况。三名海明威打扮的人从我身旁走过，我痛苦地意识到寻找克劳利本身就很荒谬。他体形矮壮，蓄着胡须，而基韦斯特满大街都是留胡子的矮壮男。我胡乱扫视四周，可这毫无用处，毫无意义，毫无希望；到处都是这样的人。几个矮壮的大胡子男人推开我走过去；其中两个手牵着孩子，孩子的体形年龄与科迪和阿斯特相仿。每当感到一阵希望的刺痛时，最终却总是发现对方其实并非我要找的面孔。人群聚拢在周围，拥上迪瓦勒街。我陷入黑暗的绝望之中。我感觉自己永远也找不到他们了。克劳利赢了，我可以回家了，万事休矣。

绝望如涨潮般涌来，我倚着一栋建筑物跌坐在地上，闭上眼睛。相较徒劳无功地飞奔，不知道去哪儿找些什么，在一个地方停下，默默虚度时间反倒轻松些。我可以就这么坐在这儿，倚在阴凉里，任由挫败包裹住我。我静待片刻——一个非常棒的小念头逆流而上，朝我摇起尾巴。

我看着它懒懒地绕圈转了一会儿，终于明白它在对我说，我应该抓住它的鳍，仔细看一眼。我把它翻过来，全面审视了一番之后，越发觉得这念头很对。我睁开眼，慢慢站起身，又谨慎地看一眼这扭动的小东西，我知道它说得没错。

克劳利没赢——还没有。

不是说这念头为我带来一些愚蠢的希望，或者告诉我克劳利把科迪与阿斯特带去了哪里。它告诉我一个更为简单、激动的事实：

游戏还没结束。

克劳利还没完成他要做的事儿。科迪与阿斯特并非游戏终点，因为我们不是在玩儿"绑架孩子"的游戏，而是在玩儿"除掉德克斯特"。他不想伤害他们——他那过分强烈的是非心不允许他伤害无辜的孩子。不，他想伤害我，惩罚我做的那些坏事儿。所以直到我死或者入狱之前，克劳利都不会结束游戏。

我也一样。我才刚入战局。

目前为止他一直占据上风，趁我毫无防备，卑鄙地上前刺伤我，并在我做出反应前跳着跑开。他以为他能赢，我不过是一个沉闷的出气筒，一个庞大简单的目标，容易找到，反应迟钝。他给我一巴掌，将我推进角落，直到他认为我落入圈套，到时便能轻松干掉我。

他错了。

他从未与我正面交手，他根本不知道试图打倒我意味着什么。他从未与"毁灭者德克斯特"面对面站在一起，双手握着注定的死亡面对我本人，任凭狂风从旁边呼啸而过——他从未涉足我的巡视区，而等到他真正涉足时，战斗甚至还未开始。

但是克劳利抢走了科迪与阿斯特，敲响了最后一轮较量的钟声。他坚信我已被削弱，他又有所准备，于是便采取了行动。他带走孩子们并非想奚落我，向我展示他的聪明才智，以及我的无助和愚蠢。不，他抓走他们，是为了引我跟过去。他们是陷阱的诱饵，但除非猎物知道陷阱在哪儿，否则他根本一无所获。

他在等我找到他。这表示，就某种程度上来说，他会以某种方式让我知道他在哪儿。他会给我一个泛泛而明显的提示，一个开始游戏的所谓邀请。他不会想等太久，也不会把发现的机缘交给偶然。我想我猜对了。他戴着手套给了我一耳光，现在应该会在附近某个显眼的地方丢下手套等着我找到。

电话响了，我瞥了一眼，是丽塔。出于习惯我差点儿接听——然而就在我准备按键通话时，我听见脑海中轻声响起另一个不同的铃声，我明白了。

没错。整件事始终围绕电脑展开，克劳利又自负地认为他是"互联网之王"。他不会把提示放在网络以外的地方——他会发邮件给我。

电话一直响个不停，但我现在有更重要的事儿要做。我挂断电话，点击图标，打开电子邮件。进入收件箱之前，时间仿佛过去了几个小时。但最终，提示出现了，最上面一封邮件注明其来自"幽灵博客"。我打开了它。

非常好。你终于找到我的真名与住址了。

我心下一颤，感到一丝警觉。一群闹哄哄的年轻人叫嚷着从我身旁走过，手中的啤酒从塑料杯里溅出。这群人看起来有点儿像变了味儿的兄弟会。我挤过他们，靠着一家餐馆前的矮墙坐下，继续看邮件。

　　你终于找到我的真名与住址了。可惜那不是我的真名与地址。你真以为事情会这么简单？不过谢谢——你帮我解决了一个麻烦。这家伙是我的前老板，一个货真价实的讨厌鬼。现在"道格·克劳利"这个名字用起来安全多了，毕竟没人会投诉了。我也可以用他的车了。

　　你我之间的事儿也该结束了。你必须明白这点。任务只剩最后一件事儿，你心里也明白。

你和我。

你必须为你的所作所为付出代价。我必须让你付出代价。别无他法，你知道这一天就要来了。我手上有你的孩子，我应该不会伤害他们，除非你不出现。

这次要按我的规矩来。我准备好了，就等你走进去。我选好了地方，非常好的地方。非常诙谐，用一种很"干"的方式。快来——别做海龟。

他们看起来真是很好的孩子。

就这些。我又读了一遍，但没更多信息了。

我下巴生疼，不知道为什么。没人真打过我。难道说我最近一直在咬牙？似乎是。或许我的牙釉质正在脱落。这可不好，会得蛀牙的。我不知道自己有没有命活到看牙医那天。或者情况比我预想的好，或者雷福德监狱提供牙医服务。

当然，要是我继续站在这里思考牙的问题，我最好亲手把自己满口牙都拔掉。

克劳利，或者说伯尼，或者别的他中意的名字，正在某个地方等我。就在这儿，在基韦斯特岛吗？不可能，他不会在派对中心玩儿这种游戏。也许他会另辟蹊径找个不同寻常甚至有点儿偏远的地方——他会以某种聪明的方式告诉我，让我最终找到，又不会太快找到。但从他的角度来说，他和我一样急于搞定一切，所以肯定不会太远。他不会带他们去桑给巴尔岛或者克利夫兰。

我又读了一遍邮件，寻找线索。表达全都相对直接——除了结尾以外。他说"非常诙谐，用一种很'干'的方式"，然后说"别做海龟"，根本讲不通。这话说着很傻，不是他的风格。一个地方怎么可能诙谐？就算能，他为什么不直说，我认为那里很有趣，快来？邮件里再无其他特别之处，这些文字肯定足以告诉我该去哪儿。完美，只要我能想到一个有趣的地方，尽快赶过去，就几乎肯定能找到他。

要说"有趣"，镇上有几家歌舞厅和一家喜剧俱乐部，都在步行可及的范围内，我可以很快就走到那儿。可"有趣"与"诙谐"不见得是一码事儿——况且为什么"快来"如此重要？

我发现自己又开始咬牙了。我停下来，深吸一口气，提醒自己，我真的非常聪明，比他聪明得多，任何他想出来戏弄我的花招，我必然都能破解，然后一把扼住他的喉咙。我只需积极思考，稍微集中注意力就行。

我感觉好多了。现在再从头开始来一遍：

诙谐。在我看来毫无意义。

别做海龟。更糟了。什么都想不出来。积极思考的力量可真是了不起。

好吧，我应该是漏掉了什么。也许"诙谐"这个词可能是什么糟糕的双关语——几个街区外有一条怀特街①。但这可能想得太远了。难道说这里有个"诙谐岛"？从没听说过。那"海龟"呢？海边倒是有个海龟农舍。可他说"别做海龟"，所以这讲不通。肯定不对。我显然不如自己认为的那么聪明。

三个用西班牙语吵架的男人从旁边走过。我听出"傻×"②这个词，心想骂得真是时候。我就是个傻×，彻头彻尾的白痴，活该输给一个更傻×的傻×，无论是用西班牙语还是用英语。克劳利甚至可能不会说西班牙语。我会，可目前看来这毫无用处。事实上除了点餐，我几乎用不上这门语言。毫无用处的语言，毫无用处的我，我真该搬去一个没人说这种语言的地方。找个小岛，然后……

人群与音乐的喧嚣，叮叮当当穿过街道的海螺电车与几分钟前烦人的酩酊狂欢，全都退到很远很远的地方。头顶7月的太阳依旧无情地灼烧着视线下的一切。

但德克斯特不再觉得酷热与烦恼；他感到凉爽的微风拂过，只听到柔和舒缓的旋律，生命的交响乐映衬庄严美妙的歌声。基韦斯特岛真是个迷人的地方，西班牙语着实是万语之王，我赞美自己决定学习西班牙语那一天。一切焕然一新，非凡至极，我才不是什么傻×，我想起了一个简单的西班牙语单词，找到了一切问题的答案。

西班牙语的"海龟"意思是"托尔图加岛"。③

基韦斯特岛以南60英里有一片群岛，名叫托尔图加岛——用克劳利干瘪的

---

① 英文中"诙谐"（witty）与"怀特街"（White Street）的发音相似。——译者注
② 此处原文为"pendejo"，西班牙语。——译者注
③ "海龟"一词英语为"turtle"，西班牙语为"tortuga"，与"托尔图加岛"（tortuga，又名"龟岛"）的英文拼法相同。——编者注

诙谐水平来讲，实际上是"德赖托图格斯群岛"①。那里有一个公园和一座古要塞，每天有几班渡轮在这之间往返。我知道克劳利把科迪与阿斯特带去哪儿了！

我席地而坐的大街对面有一家宾馆。我跑过马路，冲入大厅。不出所料，门边上摆了一个木架，上面塞满宣传基韦斯特岛景点的小册子。我迅速扫了一眼，看见其中一本用醒目的蓝色标题写着"海螺"号，我立刻从架子上扯出这本。

"超高速超现代高科技双体船队，"上面写道，"一天两趟发往德赖托图格斯群岛的杰佛逊堡！"

发船码头离我现在的位置大约0.5英里。第二班，也是最后一班渡船将在上午10点出发。我环视大厅，在一张桌子上找到时钟。9点56分，还有4分钟。

我冲出大厅，沿迪瓦勒街狂奔。人群越发拥挤，在基韦斯特任何时候都是寻欢作乐的好时光。这会儿想要穿过狂欢的人群几乎不可能。我向右拐上卡罗琳街，周围的人顿时稀少了。往北跑过半个街区，我看见路旁坐了4个蓄胡子的男人，每人手里都拿一个纸袋。他们没有扮成海明威，胡子又长又乱，表情木讷地看着我。我从旁边跑过时，几乎发出慵懒的欢呼。我真希望一会儿能有件值得欢呼的事儿。

我又跑过三个街区，确信早已过了4分钟。我试着安慰自己一般都不会准时发船。我跑得汗流浃背，但左边已经可以看到海面了，就在几栋建筑物之间。我加速冲进码头的大型停车场。现在人更多了，周围飘荡着海滨餐馆的音乐。我不得不躲开几辆摇晃缓慢的自行车，冲过木制旧码头、码头负责人的木屋，跳上码头破烂的外板。

就在那里，"海螺"号超高速超现代双体船驶离了码头，笨拙缓慢地滑向海港。我在离码头最后8英寸的地方猛收住脚步，船身离我不是太远，大约只有15英尺——刚好不够我跳上去。

但刚好够我看到护栏后的科迪与阿斯特。他们焦急地望着我，可船越开越远。就在他们身后，克劳利戴着软边帽露出胜利的笑容。他一只手搭上阿斯特的肩膀，另一手高举着朝我挥舞。我只能眼睁睁看着船离开码头，加速驶过日落岛，向南融入大西洋深邃的蔚蓝之中。

---

① 德赖托图格斯群岛（Dry Tortugas）：又名"干龟群岛"，英文拼法可以说是"干瘪的"（dry）和"托尔图加岛"（Tortuga）两个词的结合。——编者注

Chapter

德赖托图格斯群岛　*33*

不少人无所事事地待在基韦斯特岛。这确实是一个适合无所事事的好地方。看着沿迪瓦勒街行走的人，有时你会不禁怀疑他们究竟是什么奇怪的外星种族。你也可以去海边看鹈鹕，望着驳船晃动起伏或者竞相驶进海湾。船上挤满了晒得黝黑的派对一族，要是抬起头，你将看到飞机拖着拉开的横幅低低飞过头顶。

整整5分钟，我就只做了这些事儿。我深陷海螺共和国①的休闲时光，什么都没做。我只是站在码头上，眺望海面、船只与飞鸟。世上似乎再没有我能做的事儿了。船载着科迪与阿斯特开走了，加速驶过海面，这会儿怕是已经开到1英里之外了。我既不能叫它回来，也无法涉水追赶。

我一筹莫展。看来基韦斯特岛真存在一个让人"一筹莫展"的地方，而我找到它了。听起来似乎有点儿讽刺。这时我感觉到有人推开了我。一群人搬着一卷卷绳子与软管，扶着塞满行李、食品、冰与潜水装备的推车从我身旁走过。从他们恼怒的眼神中判断出，我挡路了。

_____

① 海螺共和国（Conch Republic）：即美国佛罗里达州基韦斯特群岛，1982年宣布从美国独立，并成立"海螺共和国"，但未被美国承认。——编者注

最后，其中一人在我身边停下，放下装满氧气罐的推车，直起身子面向我。"嗨，哥们儿，"他用浮夸的亲切口吻说道，"能不能靠边点儿？我们得把潜水设备运到船上。"

我不再盯着海面，转身看向他的脸。一张友好开朗的深棕色面庞，考虑到我可能成为一名潜在的顾客，他补充道："我们正要去珊瑚礁那边，那里景致美极了。有时间也该去看看，哥们儿。"

小小的希望之火在我的脑海深处闪过。"你不会是要去杰佛逊堡附近吧？"

男人笑了。"德赖托图格斯群岛？不，先生，你刚错过最后一班渡船，下一班得等到明天早上。"

当然——一如既往，怀抱希望不过是在愚蠢地浪费时间。小火苗嘶嘶熄灭，灰色的迷雾再次笼罩心头。因为每当你想抱着安静的绝望一个人待着的时候，总有人跑过来坚持和你聊天。面前的男人带着小商贩独有的雀跃一直向我喋喋不休。

"如今，德赖托图格斯群岛也很值得一看，你知道的。在你亲眼见到之前，你根本不敢相信杰佛逊堡真实存在……也许最佳游览方式是，坐飞机？那边有手册……"他朝右快走几步，在码头柜里翻了一圈儿，回来递给我一个色彩鲜艳的光面手册。"拿着，"他说，"我女朋友在那儿上班。他们一天往返4次。很漂亮，从城堡上方低空飞过，然后在海面降落，非常酷，超兴奋……"

他把小册子塞到我手里，我接过一看，上面写着"信天翁航空公司！翱翔天际"——霎时间，这真成了世上最叫人兴奋的事儿。"水上飞机？"我盯着照片问。

"当然，必须的，那地方可没着陆带。"他说。

"比船快多了，对吧？"我问。

"噢，没错，肯定的。'海螺'号需要3个小时，或许还会更长一点儿。坐飞机大概只要40分钟。同样是很棒的旅行。"

旅行怎样对我来说无所谓。要是我能先于克劳利抵达德赖托图格斯群岛，赶在他设下德克斯特毁灭陷阱之前，就算是我经历过的最糟糕的旅行，我也会想拥抱飞行员。"谢谢你。"我真心实意地说。

"没事儿，"他说，"嗯，要是你不介意……"他示意码头一侧，扬眉叫我往边上挪挪。但我已先一步离开，冲出码头，跑过商店与餐馆，进入停车场。这次运气终于站在我这边，一辆亮粉色出租车正好在卸客。几名肥胖无力的乘客陆续下车，最后一人还在付费，我已跳上后座。

"你好，宝贝。"司机说。她大约50岁，方脸，常年的风吹日晒令她的皮肤变得好像老旧的皮革。她迅速给我一个职业性微笑。"去哪儿？"

好问题，我这才意识到我不知道答案。幸运的是，我手里还紧握着那本小册子。我翻开迅速扫视了一眼。"机场，"一找到答案我马上说道，"麻烦尽快。"

"没问题。"她说。我们出发离开停车场，横穿小岛，前往罗斯福大街的另一端。电话响了，又是丽塔。我关掉手机。

出租车绕过斯马瑟斯海滩。一群人聚在沙滩上，举行婚礼派对。新郎和新娘站在海边的白色帆布篷下，犹太婚礼常用那种，叫什么来着——戴胜？不，戴胜是种鸟。是发音类似的一个词，想不起来了。随着我们最终离开海滨公路，驶进机场，到底是哪个词似乎也并不重要了。

我跳下出租车，数都没数就把钱甩给司机，不等她找零，便跑进航站楼。我想起来，是"彩棚"，犹太人婚礼用的遮篷。想起这词令我异常地高兴，我在心里记下，改天好好想想这词为何如此重要。

信天翁航空公司位于航站楼另一侧。一位身穿棕色制服的女性站在柜台后，大约50岁，粗糙的皮肤看起来就像刚才那位出租车司机的双胞胎姐妹。我不知道她是不是码头那位新朋友的女友。为了他好，希望不是。

"有什么可以帮忙的吗？"她的声音活像一只雄性乌鸦。

"我需要尽快赶到德赖托图格斯群岛。"我告诉她。

她朝后面墙上的指示牌指了指。"下一航班在中午。"她的乌鸦嗓呱呱说道。

"我现在就得过去。"我对她说。

"中午。"她说。

我深吸一口气，告诉自己打扁对方的脑袋并不总是最佳解决方案。"情况紧急。"我说。

她冷哼一声。"需要坐水上飞机的紧急情况吗？"她带着莫大的讽刺问道。

"是的。"我回答。她惊讶地眨眨眼睛。"我的孩子在去德赖托图格斯群岛的船上。"我说。

"旅途愉快。"她说。

"跟他们在一起的人——可能会伤害他们。"

她耸耸肩。"你可以用我的手机，打电话报警，"她说，"他们会联系那儿的管理人员。"

"我不能报警。"我希望她不会问我为什么。

"为什么不能？"她果然问了。

我飞速思考，这时候显然不能说实话，不过这种事对我来说向来不是什么大问题。"呃，"我开口静待花言巧语涌进我的脑海，"他……他是我姐夫。你知道的，家里人。要是把警察卷进来，肯定会伤了我姐姐的心。我妈会……你知道的。这完全是家事儿，嗯，我妈她有心脏病。"

"哦。"她一脸怀疑。

尽管我发挥了超常的创造力，依然无法从她这儿走通。但我没有绝望。我以前来过基韦斯特岛，知道这里的处事方式。我拿出钱包。

"拜托了，"说着我数出100美元，"我们难道不能做点儿什么吗？"

不等我说完，对方已经把钱拿走了。"不知道，"她说，"我问问勒罗伊。"

后墙时间表下有一扇门，她转身走进去，一分钟后回来，身后跟了一个身穿飞行员制服的男人。这人大约50岁，有一双目光敏锐的蓝眼睛和一个拳击手般的扁鼻子。

"什么事儿，老大？"他问。

"我想尽快赶去德赖托图格斯群岛。"我说。

他点点头。"杰基跟我说了，"他答道，"但下个航班在两个小时后，我们必须按时间表出航。我无能为力，抱歉。"

不管他说他有多抱歉，但他并没有离开，这表示他不是在拒绝——而是在和我谈条件。"500美元。"我说。

他摇摇头，靠上柜台。"抱歉，兄弟，我不能这么做，"他说，"公司有规定。"

"700美元。"我又说，他摇了摇头。"事关我的孩子，他们年幼无助。"我说。

"我会丢了工作。"他告诉我。

"1000美元。"我说。他总算不再摇头了。

"好吧。"他终于说。

对自身财务负责的人想必很鄙视并谴责刷爆信用卡的家伙，然而柜台后冷眼旁观的海盗迅速令我的财务状况陷入水深火热之中。我刷了两张卡！好在充分满足对方邪恶的金钱欲望之后，才过去5分钟，我便坐上了飞机的乘客席。飞机沿跑道缓缓移动，加快速度，最后我们总算摇摇晃晃地飞上天空。

码头上碰见的哥们儿还有他给我的小册子，曾向我保证飞往德赖托图格斯群岛的旅行美丽而令人难忘。就算当真如此，我也没记住。我只看手表的指针缓慢向前爬行。指针的移动速度似乎比平时慢得多：嘀嗒。漫长的停顿。嘀嗒。又一次停顿。这一切花了太长时间了——我必须先抵达那里。船从码头开出去多久了？我试图在我的脑海中计算时间。这事儿理应不难，可不知道什么原因，我的注意力全集中在咬牙上，根本无法思考。

对我的牙来说幸运的是，我不需要再咬它了。"它在那儿。"飞行员说着，朝窗外指了指，这是他起飞后说的第一句话。我停止咬牙，看着他。他又用头示意了一下。"那艘船，"他说，"你孩子在的那艘。"

我望向窗外。我看到下方那艘迅速前进的渡船，亮白色的甲板反着光，身后拖着长长的浪花。即使从我们的高度，我也能看到在甲板上站着一些人，但我看不出他们是不是科迪与阿斯特。

"放松，"飞行员对我说，"我们会比他们早到足足45分钟。"

我无法放松，不过感觉好点儿了。我眼看着飞机越过渡船，把它抛在身后，最后渡船消失在我的视线之外，亦如先前。飞行员再次开口。"杰佛逊堡。"他说。

随着我们不断靠近，堡垒的轮廓逐渐显现在我们面前，令人印象深刻。"好大。"我说。

飞行员点点头。"把扬基体育场放进去还有富余。"他说。我想不出会有谁想那么干，但我依旧点点头。

"非常壮观。"我说。

我真不应该鼓励他，他滔滔不绝地讲了很长一段有关内战的废话，还有林肯遇刺，就连附近沙洲上一所失踪的医院都提到了。我不再理会他，专心望着杰佛逊堡。真的十分巨大，要是克劳利在里面逃走了，我或许永远都找不到他了。不过堡垒的另一端有一个突出的码头。从目前看到的情况来看，那是岛上唯一的码头。

"船只能停在那儿，是吗？"我问。飞行员瞥我一眼，半张开嘴。我打断了他的故事，他正讲到1英里外的海上有一座肉眼可见的灯塔。

"没错，"他说，"不过瞧见那些从那里下水的人了吗？真希望他们就把自己扔在那儿。"他朝堡垒与灯塔之间的深蓝色海水指了指。"丢给'海峡饕餮'。"

"什么？"

他朝我得意一笑。"'海峡饕餮'，"他说，"人类已知的最大最凶的双髻鲨。20多英尺长，永远饥饿。真心不建议在这里下水游泳，朋友。"

"我会记住的，"我回道，"我们什么时候，呃，降落？"

我没欣赏他的智慧让他有点儿不太高兴，不过他耸耸肩没在意。毕竟，他从我这里拿到的钱已足以抵消这点儿小怠慢。

"就是现在。"说着，他倾斜飞机，降低到"海峡饕餮"们的前厅上方。飞机的浮筒落到水面上，激起阵阵清澈鲜活的海水。飞机减速转向堡垒时，一时间，引擎发出更大的声响。真是一座巨大的堡垒，在广袤平静的海面上拔地而起，庞大的红砖墙上隐约可见几棵棕榈树，看上去十分壮观。

再离近些，我看见堡垒上部有一排孔洞，看样子可能是未建成的发射口。这些孔洞看着令人心神不宁，如同巨型骷髅上空洞的眼窝，斜睨着我。整座堡垒看起来也略显怪异。

飞行员再次小幅度减速，我们开始在微小的波浪间穿行，经过防波堤的桩基，进入一个非常漂亮的小港口。码头远处停了几艘游艇，近处则拴了条小船，侧面印着"国家公园管理局"的标志。我们减速，转向，滑至小船旁停下。

我走下码头，踏上通往堡垒的砖路，寻找等候克劳利的完美地点——一个既不会被他发现又能看到他的地方，然后在他发现我之前抓到他。我真的很喜欢惊喜，我想给克劳利最好的惊喜。

太阳依旧炙热明亮，我没在堡垒外找到任何适合潜伏的地方。砖路通向护城河上的木桥，几个穿着短裤与人字拖的人站在那里，耳朵里全都塞着耳机，各自和着不同的节拍轻微摇摆。他们盯着一块标牌，上面写道：

杰佛逊堡
德赖托图格斯群岛国家公园

只有6个单词，按理说无须看上太长时间。但或许音乐声会直接冲入他们的头骨，令他们无法集中注意力，或者他们就是阅读速度慢。不管怎样，我想即使没有这些人，那块标牌也不会是个好的藏身之所。

我走过他们身旁，过了桥。桥的另一端，堡垒顶端飘扬的美国国旗正下方，一条黑暗巨大的门廊直通向城内。哪怕是过护城河时，除了另一头日光的光晕，我也完全看不见里面有什么。我穿过大理石拱门，踏进门廊，停下来。突如其来的黑暗令我一时看不到任何东西，就像一下走进午夜，不得不眨眼适应环境。

黑暗中我眯起眼，一盏小灯在我脑海更深处的黑暗中亮起，我甚至听到自己的低语："有了！"

就是这里，在这儿等待克劳利。我看得到外面，一路看到渡轮停靠的位置，而他根本看不见隐藏在阴影里的我。他走下船，以为我远在他60英里开外，然后走上这条小路，走过护城河与拱门。进入门廊的一刻他会暂时失明，正如我刚才那样。届时他将跨出自己人生最后一步，进入德克斯特喜乐下的真正暗夜。堪称完美。

当然，接下来怎么办是个问题。偷袭克劳利很容易，在他反应过来之前压制住他就好——可之后呢？我的特殊派对宝贝一个都不在身上：套索、胶带一概没有。何况这是公共场所。打倒他容易——但之后我得应付一个失去意识的庞大身体，这活儿可不轻松，就算周围没有各种闲散游客也一样。我可以把他拖去某处，可我一定会被人发现。看来我只能编一些极其蹩脚的借口，像是"我的朋友喝醉了"之类，或者在黑暗的门廊里迅速了结他，就这么把他扔在这儿，然后立刻带着孩子们假装若无其事地一走了之。如果到码头前都没人发现我们，或许可以侥幸成功。

我用力咬住嘴唇，差点儿把它咬破。这事儿做起来全都要靠"如果"和"希望"，我讨厌那样。四处都有人徘徊，哪怕被一个人看见也够我受的。到时人们会发现一具尸体，并在此前看见我与死者在一起。我已经因两起谋杀案受到警方监控，我可不认为他们会一直为"意外"这种陈旧的理由买账。

然而我真的别无选择。我不得不这样做，我不得不现在就做。这条黑暗的门廊为我提供了最佳机会。我只希望自己能得到喘口气的机会。我从不依赖运气，因为眼前的情况令我很不开心。我不相信运气，就像我不相信祈祷能给我一辆新自行车。

一对中年男女从堡垒内部走进我位于阴影下的藏身之所。他们手挽手悠然走过，根本没看见我。人字拖在坚硬的石地上啪嗒作响，然后两人消失在码头的方向。我重新想了想之前考虑的办法，没想出什么更好的良方，也想不出别的选择。这时，我想到从法律上讲，克劳利实际是绑架了科迪与阿斯特。一个好点子随之萌生：要是我真走投无路，可以声称自己一直在保护他们，然后全权仰赖法庭的宽大处理。虽然我相当确定佛罗里达任意一家法院都不会宽大处理，更不会对我网开一面，但那都不重要。这是我唯一的机会，我只能坦然接受，顺其自然。

不管怎样，我都想这么做，我想让克劳利死，想亲手结果他，再没有比这更重要的事儿了。如果这意味着在铁窗后放一个长假，那就这样吧。也许我罪有应得。

我看看表。船大约半小时后抵达。我不能一直潜伏在阴影里，路人会怀疑我的举动。于是我继续向前，穿过门廊，走进堡垒。

堡垒内部看起来似乎更大。四面墙环绕着一大片绿色草坪，随处点缀着树木。几条交错的小路通往草坪另一头，仿佛延伸至很远。附近林立着一些建筑，估计是公园管理者的住所。右侧一个牌子上写着"游客中心"，牌子上方的墙面上立着一座黑色灯塔，伸向头顶蔚蓝的天空。

砖墙顶部裂开一长串看似没有尽头的巨大开口，实际是一系列没有装门的巨型门廊。底部楼层模式与顶部互相呼应，只是门廊低矮一些，通向城墙内虚无的黑暗。真是一座黑暗隐蔽的巨型要塞。如此巨大的区域，怕是美国陆军第10山地师都无法完全占满，更别说几个公园管理员了。我看得出克劳利为何选择这里，这真是一个完美无缺、令人难忘的休闲谋杀场所。

我走向右边，走过通往游客中心的门廊，沿墙前进，凝望黑暗空洞的房间。我在灯塔下找到一条通向城墙顶部的楼梯，于是沿梯而上，在顶部重回明亮的阳光之下。我眯眼四望，强烈的光线刺痛了我的眼睛。我真希望自己带了太阳镜，不过我更希望自己带了火箭筒，或至少带根棒球棍，相比之下，太阳镜似乎微不足道。

我走到城边，向下望去。下方护城河紧贴墙壁，稍远处的堡垒与海滩之间有条沙地路。一个胖子穿了一身小泳衣，领着一条大黑狗，走在沙滩上。更远处海滩泛着银光，沙滩外不到几码的地方泊了几艘大船。游艇甲板上有人呼喊着，一阵短促刺耳的乐声随之响起。

我转向左侧，沿城顶的围墙朝渡船驶来的方向走去。穿过沙地与草丛，路过一门黑色的大炮和三个在那里玩儿海盗游戏的孩子，再走几步，我看见一块碎砖躺在沙地上。估计是城墙上脱落掉下来的，碎成了三块。我随意扫视四周，玩儿海盗游戏的孩子们都在大炮另一侧，附近再没有其他人。我弯腰捡起一块碎砖，塞进口袋。虽然比不上火箭筒，但总比什么都没有强。

从堡垒顶部一侧走到另一侧花了我5分钟的时间。走到那里时，我已浑身湿透了。太阳刺目的眩光令我有些头痛。我站在那儿，透过海面反射的光芒，眯眼眺望基韦斯特岛。我大概等了10分钟，什么都没做，一心盯着海平线。三个人从我身旁走过，两个嗓音低沉沙哑、喋喋不休的中年妇女，一个头上缠着绷带的老人。这时，一个白色的小点儿出现在远方，甚至比水面反射的阳光更刺眼。我看着它逐渐变大变亮，几分钟后，它已大到足以断定就是那艘带走科迪与阿斯特的渡船。克劳利的威胁就要结束了。他们就要到了，是时候了。

我匆忙跑下楼梯，走到门廊里耐心等待。

Chapter
海峡饕餮 *34*

　　我站在堡垒门廊的暗影里，半躲在石拱后，注视着大双体船慢慢驶进码头，
抛锚固定。我这短暂凄惨的一生曾多次心怀恶念埋伏等待猎物，然而这次不同。
这次我没有谨慎地选择一个月光皎洁的夜晚，奔赴一场美味的私人约会，而是要
在一群陌生人中间完成一次公开处刑。这是一次强加在我身上的反常行动，我如
同第一次经历这一切，身体僵硬、笨拙，像个外行。我完全听不到翅膀鼓动的甜
美声响、黑夜行者鼓励的低语，甚至听不到群魔乱舞时奏响的乐章，也全然感受
不到力量与笃定的舒爽清流冲刷我的指尖。我的嘴里很干燥，依旧肿胀的双手掌
心全是汗，心脏剧烈地跳个不停。精明邪恶的我向来准备万全，伺机而动，可这
次不是，完全不是。我感到不安、不悦，就某种程度来说几乎觉得痛苦。

　　可我别无选择，无路可逃，只能前进。所以我等待，看着渡轮"砰"的一声
将铁踏板扔上码头，看着伸长脖子的人群拥下渡轮，踏上德赖托图格斯群岛国家
公园、杰佛逊堡总部、德克斯特最后的战场。

　　船上大约载了60名乘客，大多已经走下踏板，开始绕着堡垒外围闲晃。这
时，透过人群缝隙，我瞧见阿斯特醒目的金发。一会儿人群散开，他们三个出现

了。科迪与阿斯特手牵手，克劳利紧跟其后，催赶他俩走下码头，踏上通往堡垒的砖路。

我绷紧神经，潜入石拱暗影深处，弯曲手指。10根手指像被钳住一般迟钝僵硬，除了相互缠结以外什么都做不了。我反复握几下拳头，等双手如预想般灵活，便伸手摸进口袋，掏出砖块。可惜这丝毫没让我好受些。

我耐心等待，试着放松，可嘴里太干，吞咽扯得喉咙生疼。但我还是咽了口唾沫，深吸口气，强迫自己冷静下来。没用。手依旧抖个不停，握紧的砖块仿佛随时会滑落。我迅速瞥了眼石拱四周，一瞬间竟到处都找不到他们了。我稍稍探出暗影。他们还在，傻乎乎地站在标志前，审视周遭。我可以清楚地看到阿斯特的嘴在动，明显在兴奋地长篇大论些什么。旁边科迪的小脸上满是愁容。克劳利肩上背着行李包，脸上挂着欢喜的蠢面具，好像他当真带了两个可爱的孩子出来度假似的。

然而他们没离开标志。我不知道克劳利说了什么让他俩听话，但肯定是好话。要不是花言巧语，两个孩子根本没理由相信他。毕竟他们不是乖巧的普通孩子，在友善年幼的外表下，在欢快蓬乱的脑袋里，绽放的是黑暗邪恶的花朵。他们是"准德克斯特"，是各种意义上的小怪物，但克劳利不会对此有一丝怀疑。我对这两个孩子的喜爱当真难以言喻。

一群游客踏着步子走上吊桥，插到我与克劳利之间。我退回门里，佯装检查石雕，游人根本没看见我，一路用西班牙语聊着天，直接漫步穿过门廊，消失在堡垒内部。他们走后，我又走出石拱，探头望向外面。

他们不见了。

恐慌在我心头炸裂，一时间我根本无法思考。我直直盯着他们先前所站的地方，攥紧手里的砖块，手指攥得发疼。他们去哪儿了？若真去了别处，为什么没穿过吊桥，中我的埋伏？我再探出去一点儿看向左侧，还是没看见。我迈出拱门一步看向右侧——他们出现了。三个人正沿着沙地小路朝野营地方向漫步，慢慢走向岛的另一侧，远离我的陷阱。我不由得怒气冲天，他们在犯什么蠢？克劳利为什么不把肥脑袋伸进门廊，吃一记我的砖头？

我眼看着他们走过一排野餐桌，经过海滩前的矮树，消失在树林里，不见了踪影。

我听见一声嘘声，意识到是我自己发出的。冲出齿间的怒气这会儿听起来格外恼人。要是我现在只会干这个的话，我最好马上回家。我强压不甘把砖块塞回口袋，带着一肚子黑暗情绪走到阳光下，跟上去。

一个五口之家坐在一张野餐桌旁享用午餐。他们看起来那么幸福，我真想过去拿砖头砸烂他们的脑袋。但我没有，放他们一条生路去吃三明治，自己离开小路走进矮树后面的小树林。

我驻足片刻，犹豫起来。枝叶虽然能帮我隐藏行踪，免得被克劳利发现，但也会挡住他。对方极可能潜伏在矮树下，留意身后，提防德克斯特嗅着踪迹追过去。初级捕食者的谨慎一定会告诉克劳利必须确保无人尾随。小心驶得万年船，所以我走向左侧，避开矮树，穿过一排排野餐桌，钻到晾衣绳下在矮树丛中停住。我小心翼翼地绕过最后一张野餐桌，走进树丛，穿过沙地与树枝，在最后一棵树后停下，慢慢扒开树叶。

他们理应在我右侧不到30英寸外。可我没看见他们。我再拨大一点儿，看见了。他们正傻乎乎地站在沙滩上，注视着游泳区。要是我能悄声穿过树丛，走到他们身后——不行。克劳利正一手搭着一个孩子的肩膀，催他们快点儿回到来时的小路。接着三人慢慢转身，重回矮树丛，朝码头走去。他显然在视察地形，确保一切如他所愿，之后再去他给我惊喜的特殊场所等我。

可惜我已经到了。要是能再靠近点儿，时机成熟的话，我或许能先给他一个惊喜——但我该如何靠近？矮树林与码头之间几乎没有遮挡物，从这里到渡轮只有一座白色的金属建筑。除此之外，便只剩堡垒、海与通往红砖墙的沙石路。一旦踏出树林跟上去，势必会有人注意到我。可我又不能任由他们漫步离开。

我望向身前的海滩。五六条毛巾散放在地上，旁边堆着人字拖与沙滩包。最近的一条毛巾是橙黄色，再前面的一条是白色。想必毛巾主人全去海里游泳了。

海滩尽头，一位身形高大的中年妇女坐在折叠帆布椅上，看着一群吵闹的孩子在浅滩玩儿水。除了远处几个朝水区边缘游泳的人，四周再无别的游客。我又看了一眼右侧，克劳利与孩子们依然在堡垒附近闲逛。

一个念头浮上脑海。不等我想清楚这主意有多蹩脚，身体已经开始行动。我踏上海滩，尽可能佯装随性，走过去悄悄拿起白毛巾，再悠然地走回树林。我脱掉衬衫，将其系在腰间，像个贝都因人一样拿毛巾遮住脑袋，用毛巾一角挡住手里的半块砖。我走出树林，穿过野餐区。瞧瞧，我刚游完泳，正要擦干湿淋淋的头发。我看起来再正常不过，一点儿都不像德克斯特。

现在他们开始朝要塞另一头前进。三人走过码头，走上沙路，我跟在后面。科迪突然停下，转身回头看一眼码头，又转身看一眼堡垒，随后皱起眉头。我看见他嘴唇轻动，手指吊桥。克劳利摇摇头，又去推他的肩膀催促他赶紧走，但科迪挣开了他，固执地指着吊桥。克劳利摇摇头，伸手去拉科迪，没想到后者竟然躲开了。这时阿斯特走到两人之间，开始讲话。

趁他们停下，我赶紧靠过去。我不知道自己干吗这么做，但只要我能走近克劳利半块砖内，就可以在他脑袋上砸个洞，抓住机会。我不断逼近——只剩10步时，我清楚地听见阿斯特说："那全是废话，德克斯特在哪儿？"我抬手拿毛巾大力擦拭头发，现在离他们只剩4步之遥。这时阿斯特突然中止了演说，径直看向我，说："德克斯特！你到了！"

我顿时愣在当场：我这反应愚蠢至极，我很清楚，可我现在真不是平常的自己。克劳利可没这麻烦，他根本没劳神确认毛巾下的人是谁，直接扔了行李包猛拉过阿斯特，单臂夹着她跑向码头。阿斯特剧烈挣扎，高声尖叫，克劳利丝毫没放慢速度，狠捶了她脑袋一拳。阿斯特立刻昏了过去。

我丢下毛巾，追上去，又停下来看向科迪。"去堡垒，"我说，"找公园管理员，告诉他们你迷路了。"没时间看他有没有听话，我转身冲向克劳利。

这家伙占了先机，跑出挺远，可他抱着阿斯特，因此比我跑得慢。等他跑上码头时，我马上便要追上他了。前方一艘45英寸长的钓鱼船回港停下，克劳利跳上码头，船旁一位身穿比基尼泳装的女性抓着船尾缆绳怒瞪他。克劳利一把推开她。女人落水时，手里还握着绳子。飞桥上的老人扯着嘶哑的嗓子朝克劳利大喊："嗨！"可他根本不予理会，直接将阿斯特扔上船板。被甩出去的阿斯特撞上冷藏室，整个人一动不动。克劳利蹿上梯子直奔飞桥。老人大喊："救命！"刚出声便被克劳利一拳打中腹部，老人弯腰跪到地上。克劳利夺下渔船控制器，立即开船驶离码头。

我刚跳上码头，克劳利已推动节流阀，转动涡轮。船身慢慢旋转，朝海峡移动。在这场痛苦的冒险中，我第一次毫不犹豫、不假思索地冲出去，助跑几步，一跃而起。

这一跳力道十足，轨迹完美。我画出一道优美的弧线，刚好在船后3英寸外砸入水中。我挣扎着浮出水面，眼看着渔船加速前进。发动机吐出泡沫将我向后推离，灌了我一嘴海水。我绝望地在浪涛间游泳呛水，什么东西忽然猛撞上我的背，再次将我推入水下。

想起飞行员提过的"海峡饕餮"，已知体形最大的双髻鲨，我不由得心下一惊——但撞上我的东西太过光滑，感觉不像鲨鱼。我抓住它，任由对方将我拉回水面。我浮上来狠吸一口气，眨眼挤走海水，发现自己正抱着一条人腿。更令人欣喜的是，这腿依然连着身子——先前被克劳利推入水中的女人正死攥着船尾缆，船拖着她飞速行驶。

渔船开始提速，激起更多泡沫，我几乎无法睁眼，稳住更是难上加难。我立刻意识到怀中抱着的这个女人恐怕坚持不了多久。一旦她松手，克劳利便带着阿斯特与我现有的全部希望彻底跑了。我绝不能让那种事发生。

于是，我抛掉谨慎与礼仪，抓着女人往上爬。我伸手扯住女人腰间的布料，用力将身子往前移——受不住力的比基尼瞬间被扯下滑至腿部，我也跟着退到后面。

我再次抓紧她，先夹住她的膝盖，再双手抱腰爬到腰间，然后奋力向前，直到一只手勾住她的肩膀。我刚握住绳子，女人便松开了手。她狠撞上我的身体，挣扎着在我身上乱抓，想稳住自己。一时间，我以为自己会坚持不住，然而白色的泡沫迅速卷走了她。我伸出另一只手抓住绳子，慢慢靠近船身。

我挣扎着交替挪动双手，顶着白沫激流方寸必争，最后猛拉一把，贴上渔船横梁。从这里可以清楚看到船身侧面亮蓝色的名称与船籍港："旋转乐园号，圣詹姆斯市"。我抓住渔船潜水台，时间仿佛过去数小时之久，但我觉得实际可能只有一两分钟。潜水台说白了就是一个伸出横梁的窄木架。我爬上去，呼吸困难，肩膀疼得要命。

我弯了弯早已僵硬麻木的手指——不麻就怪了。这段时间出了这么多事儿，手没萎缩烂掉我就该庆幸。但现在它们还得帮我做最后一件善事，我伸手握住头顶的铬合金梯子，爬进驾驶舱。

克劳利的脑袋与肩膀位于我头顶之上。飞桥比驾驶舱高出10英寸，他站在那里，盯着前方，驱船驶进海峡。很好——他没看见我，不知道我上了船。希望他永远不会知道，直到一切为时已晚。

我匆匆穿过甲板，见到老人躺在船板一侧，压着前臂，轻声呻吟。看样子克劳利把他从飞桥上扔下来，落地时他不幸摔断了手臂。真令人难过，可惜对我而言无关紧要。我经过他走向梯子，爬上飞桥。阿斯特倒在那儿，头发凌乱的小脑袋紧贴着冷藏室。舱室盖子突起敞开，露出里面的冰块与啤酒饮料罐。我弯腰靠近阿斯特，伸手摸了摸她的脖子。脉搏还在，平稳有力。我抚上她的脸颊，她皱着眉咕哝两声。应该不会有事儿，不过我现在也无法为她做些什么。

我留她在原地，自己爬上梯子，刚走到顶，探了下头便停住了。我看向克劳利的腿。这双腿看起来惊人地健壮有力，我竟一直以为他胖得跟面团似的。看来我每次都误判了他，低估了他的能力。我犹豫了，一个非常不德克斯特的念头涌上脑海。

要是我做不到怎么办？要是我真遇上对手，对付不了他怎么办？要是这回德克斯特演出真该落幕了怎么办？

这一刻，我体会到真正的恐惧。我意识到这感情为何物，不由得倍感难受——那是真正活人所拥有的不确定感，当真如坠深渊。我从未怀疑过自己，从未怀疑过自己平日的处刑能力，可现在我却不知该如何动手。

我闭上眼睛，寻找黑夜行者，祈求暗黑旅团最后一次降临，过去我从不曾这样。我感到它抱怨、唏嘘、鼓动翅膀——并不是真正的鼓励，但又不得不行动。我睁开眼，安静迅速地爬上梯子，来到飞桥。

克劳利单手握着船舵，驾驶渔船穿过海峡，远离堡垒。我尽最大力气用全身重量撞上他。他"砰"的一声摔向控制台，砸上节流阀。船身猛倾向前，提至全速航行。我单手勒住克劳利的喉咙，扣紧手臂用尽全力想要勒死他。

可他真的比外表强壮太多，粗壮的手指扣住我的胳膊，一把将我甩到地上。我整个儿飞出去滑至驾驶舱另一头，脑袋撞上控制台，被打得眼冒金星。克劳利竟如此轻松地挣脱了我的控制。

不等我缓过神，他上前猛踢我的腹部。我差点儿喘不过气，所幸头脑清醒了不少。我单膝跪地，丢出一记侧拳，正中他的膝盖。他大叫一声，清楚无疑，抬肘对着我的脑袋就是一击。这招若真打中，说不定我的脑袋早已分家。但我缩头躲过一劫，翻身跳到旁边，蹦起来，摇摇晃晃地面向克劳利。

他站直正对我。我们凝视彼此，一时都僵在原地。接着他上前一步，右手佯攻。我躲开，出拳击中他左侧，然后一把拉回节流阀。渔船踉跄两下停住，我也跟着蹒跚几步，一屁股坐上控制台，翻身倒向风挡玻璃，连忙挣扎着不让自己跌倒。

克劳利显然料到这突如其来的颠簸，全然不似我这般毫无准备。我尚未恢复平衡，他已冲上来抬腿将膝盖凿入我的上腹部，双手勒住我的脖子，用力掐紧。我眼前顿时一片黑暗，周围一切仿佛都慢了下来。

就这么结束了。死于童子军领队之手——甚至算不上领队，不过是个助理。死法毫无荣耀可言。我抓住克劳利的腰，可意识正在涣散，很难集中精神。

你瞧——我都出现幻觉，看见天堂女神了。难道说是说阿斯特爬上了梯子？真是她，她还从冷藏室里拿了一罐饮料上来。考虑非常周到——我的嗓子正疼，她帮我拿了罐冷饮。如此体贴简直不像她——可她又开始猛摇饮料罐，似乎打算对我做个喷溅苏打水的恶作剧，让我死前最后洗个黏糊糊的澡。

然而阿斯特迅速绕到克劳利旁边，将罐子对准他的脸。她尖叫道："嗨！浑球儿！"在克劳利转向她的瞬间拉开罐子。饮料罐威力惊人，射出一大股棕色苏打水，正对准克劳利的眼睛。她全力扔出罐子，径直砸上对方的鼻子，而且她一刻未停，马上上前一步狠踢对方胯部。

突如其来的猛攻令克劳利不得不朝旁边踉跄几步。他痛苦呻吟，松开一只勒住我的手去擦眼睛。脖子上的力道刚一减轻，一道光亮便立刻重返我的大脑。我双手攥住依然勒着我脖子的另一只手，死命撬动。"咔嚓"一声，对方一根手指折了，克劳利大声惨叫，松开了我。阿斯特朝他胯部又是一脚。他向后退去，整个人垂挂上栏杆。

我绝不浪费任何机会，猛冲过去，拿肩膀撞他。他一下翻过栏杆，只听"咣当"一声响，摔到下方的舷缘，然后"扑通"落入海中。

我朝侧面望去。克劳利面朝下在海面起起伏伏。渔船缓慢向前，他越漂越远。

阿斯特站到我身旁，看着船尾的泡沫逐渐甩开他。"浑球儿！"她又说了一遍，接着堆起完美的假笑，甜甜地问道："这词儿可以说吧，德克斯特？"

我伸手搂住她的肩膀。"这回，"我说，"完全可以。"

她愣了一下，举手指向海面。"他动了。"她说。我转头望去。

克劳利从水里仰起头，咳嗽不止，鲜血顺着他的脸淌下。他无力地划动四肢，朝附近一处沙洲游去。他还活着——被我和阿斯特打过、踢过，折断手，撞下船，掉进海里，甚至喷他一脸饮料之后，他竟然还活着。我真怀疑他是不是与拉斯普京①有血缘关系。

我握住船舵，掉头驶向克劳利。后者正企图靠狗刨逃走，游向安全地带。

"你能开船吗？"我问阿斯特。

她看我一眼，眼神明显在说"喊"。"完全没问题。"她回答道。

"握住船舵，"我对她说，"朝他慢慢开过去，千万别开上沙洲。"

"说得好像我会开上去似的。"等她从我手上接过船舵，我连忙爬下梯子。

驾驶舱里的老人挺直身子坐起来，可呻吟声却越来越大。看样子他帮不上

---

① 拉斯普京（Rasputin）：全名格里高利·叶菲莫维奇·拉斯普京，俄国沙皇时期一名东正教神父兼巫医，由于长期有效控制皇太子的病情及具有所谓的预言能力，深得沙皇尼古拉二世夫妇重视，但后来因作恶多端及过多干涉朝政，而被几名皇族成员谋杀。据说此人生命力极强，几名谋杀者先后使用了下毒、枪击、钝器击打、溺水等手段才最终将其杀死。——编者注

什么忙了。不过有趣的是，放在他旁边的那套夹子里居然有支钩头篙。我掏出篙子，举起来：这东西大约10英寸长，顶部有个厚重的金属尖。就是这个。我可以用篙子尖戳打克劳利的太阳穴，再钩住他的衬衣，把他按进水下，待上一两分钟，一切应该就能结束了。

我走到栏杆旁，看见他就在前面30英寸外，于是举起钩头篙，准备行动。忽然，引擎一声轰鸣，提速向前。我退回来抓住横梁，才恢复平衡便听见什么东西撞上船身。引擎又慢下来，我抬头看见阿斯特跑到飞桥上，带着真心的微笑望着船尾。

"抓到他了！"她说。

我走回横梁望去，一时间到处都看不见克劳利的踪影，也看不清船尾海浪下的情况。这时，一个巨大的旋涡缓缓浮现在水下……可能吗？他还活着？

转瞬之间，克劳利的头与肩膀浮出水面，上半身也整个蹿出来。他大张着嘴，脸上满是难以置信的痛苦与惊讶。只是身体中部被夹成了奇怪的形状，好像有什么东西推着他立于水中。这时，水下出现一头灰色的庞然大物，看上去全身似乎只有牙齿与凶狠。眼前的暴力与事发的速度全都令人紧张得无法呼吸。那东西力气大得惊人，用力摇晃口中的猎物：一下，两下，克劳利被撕成两段，上半身重新跌入水中，转眼便被灰色巨兽拖进深海，只剩一个小小的红色旋涡，留给我们一段惊人的暴力回忆。

一切发生得太快，我简直不敢相信自己见到了什么。灰色巨兽如同酸蚀一般烙印在我脑中。唯有船尾淡粉色的泡沫告诉我一切真的发生过，克劳利死了。

"那是什么？"阿斯特问。

"那是，"我说，"'海峡饕餮'。"

"太赞——了，"她拉长音说道，"真是，超级赞——"

Chapter
终结游戏 35

正如眼前发生的一样，驾驶舱里那位老人最后帮了大忙。他被克劳利推下飞桥时摔折了锁骨，更棒的是，这人本身十分有钱有势，完全不介意成为众人关注的焦点。老人一心希望大家意识到他非凡的影响，要求在场所有人，无论在做什么的都必须给予他绝对的关注与关怀。

他痛苦号叫，慷慨激昂地陈述那个疯子如何野蛮袭击他，偷走他的船。他还扬言要起诉公园管理部门，中途停顿了一下指着我说："全靠那位勇敢又了不起的人！"这形容当真恰到好处，大家纷纷向我投来赞赏的目光。不过大家没看太久，因为老人要说的远不止这些。他嚷着要求注射吗啡，要求直升机接送，责令管理员立刻保护好他的渔船，打电话叫律师，还含糊地威胁要立法，甚至要叫他的私人朋友州长过来。真是够烦人的，不过成功吸引了众人的注意。这道景观如此完美，以至于没人发现他的女伴正裹着毛巾站在一旁，除了上半身的比基尼胸罩，几乎浑身赤裸。

同样，也没人发现那位勇敢又了不起的男人——亲切神勇的德克斯特牵着两个任性的孩子，离开了骚乱，回到相对平静理智的基韦斯特岛。

抵达酒店的时候，工作人员通知我们，奉警方命令，套房依旧处于封锁状态。我理应料到这点。我自己就曾封锁过不少犯罪现场。然而就在我累得快躺到冰冷的大理石地面上时，接待员再次向我保证他们已将我们移至更好的套房，一间能够切实欣赏到海景的套房。像要证实一切终已好转，所有麻烦与混乱最后都会变得有意义一样，接待员通知我们，经理对我们的不快遭遇深表道歉，他已退还所有房款，扔掉我们的账单，希望我们愿意接受酒店今晚赠送的免费晚餐，包含酒水饮料。这并不表示酒店或酒店工作人员与管理人员愿以任何方式为此次不幸意外负责，而是经理确信我们会同意并享受余下时间，只要我在一张小纸条上签字，声明酒店对此次事件并无任何责任。

我忽然感到身心俱疲，然而莫名其妙的幸福感也随之涌上心头。一个朦胧的念头隐约浮现在我脑中，告诉我最糟的日子都已结束，现在一切真的都会慢慢好起来。这次我经历太多，大多时候都在遭遇惨败，但我依然完好地坐在这里。尽管表现糟糕，行为依旧邪恶得无可挑剔，可我得到了免费晚餐，还可以在豪华套房里享受免费假期。生活当真顽皮、可怕、不公平，而且就该如此。

于是我向接待员报以最灿烂的微笑，说："给孩子们一人一份香蕉圣代，为我妻子准备一瓶梅鹿辄，这事儿就成交了。"

丽塔一早便在升级后的新套房里等我们回来。新屋子着实能够欣赏到美妙的海湾景色。想起几小时前在码头目送双体船离去时看到的景致，欣赏这种明信片般的海景让我觉得轻松许多。丽塔想必已在阳台欣赏过一阵美景——甚至更久，因为她开了小冰箱，为自己调了一杯自由古巴鸡尾酒。我们进屋时，她"腾"地站起来，匆忙走到我们身旁，如同颤抖的化身一般整个人抖个不停。

"德克斯特，天啊，你去哪儿了？"不等我开口，她继续说道，"我们拿下房子了！噢，我的天，我依然不敢——你们都不在！就是那栋，你提过的那个，142号，离原来的家只有1.5英里！还有泳池，我的天，就是——还有一位竞标人，然而不等——他们就退出了。是我们的了，德克斯特！我们有新房子了！一栋极好的大房子！"她吸着鼻子哽咽起来，又说了一遍："噢，天啊！"

"太棒了！"我说，虽然心里并不确信是否真是如此。但我尽可能说得信心十足，毕竟她在哭。

"我只是不敢相信，"她又开始抽泣，"竟有这样的好事儿，我帮我们拿到贷款——阿斯特，你晒伤了？"

"不严重。"她说，但事实上那比晒伤严重多了。她的侧脸吃了克劳利一拳，全红了。我确信那里不久就会变紫，但我也确信我们能糊弄住丽塔的疑问。

"噢，瞧瞧这可怜的小脸，"说着，丽塔伸手抚上阿斯特的脸颊，"都肿了，你简直不能——德克斯特，究竟出了什么事儿？"

"噢，"我说，"我们去划了一会儿船。"

"可是——你说你们要去喂鲨鱼？"她问。

我看了眼科迪与阿斯特。阿斯特也看了我一眼，抿嘴窃笑。"鲨鱼也喂了。"我说。

当晚赠送的晚餐美味至极，我发现免费餐点味道总是略胜一筹。连续两天被基韦斯特岛贪婪洗劫钱包后，这顿饭可谓物超所值。

前菜上来3分钟后，我妹妹德博拉·摩根警长像阵4级飓风一样突然出现在酒店餐厅，令这顿晚餐的美味更上一层。她走得太快，我们还没反应过来，她已坐到桌旁。我敢肯定自己刚才肯定听到了音爆[①]。

"德克斯特，你他妈——你，呃，到底在做什么？"她愧疚地瞥了一眼科迪与阿斯特。

"嗨！警长姑姑。"阿斯特的崇拜之情溢于言表。自从知道黛比配枪并能指挥一大群男人后，阿斯特便对她神往不已。

黛比也对此了然，她朝阿斯特微笑道："嗨，宝贝儿。你怎么样？"

"棒极了！"阿斯特激动地说，"有史以来最棒的一次假期。"

德博拉挑起一条眉毛，感到些许意外，但嘴上只是回道："嗯，很好。"

"什么风把你吹来基韦斯特了，老妹？"我问。

---

① 音爆：突破音速时发出的声响。——译者注

她皱眉看向我。"大家都说胡德跟着你来了这边，然后他就——死在你的房间里，看在克里斯的分儿上，"黛比说，"我是指，耶稣基督。"①

"确实，"我冷静回道，"多克斯警长也在。"

德博拉下巴紧绷，明显在咬牙。我不禁怀疑我们俩小时候遇到过什么，不然干吗都这么爱咬牙。"好吧，"她说，"你最好告诉我出了什么事儿。"

我看了一眼餐桌旁的家人。尽管我非常愿意与我的妹妹分享我的悲惨遭遇，但有些细节实在不适合所有人听——我是说不适合丽塔听。"陪我去大厅坐坐吧，老妹。"我对她说。

黛比随我来到大厅，一同坐进松软的皮沙发，然后听我道出了一切。与人倾诉的感觉惊人地愉快，她听讲完后的反应更令我心情舒畅。

"你确定他死了？"她问。

"德博拉，看在上帝的分儿上，"我说，"我亲眼看见他被巨鲨撕成两半儿。他死了，被消化没了。"

她点点头。"好吧，"她说，"我们成功了。"

听她说"我们"的感觉真好，虽然有些糟心的细节不能深究。毕竟"我，德克斯特"，本身就是"我们"。"胡德的事你怎么看？"我问。

"那浑蛋罪有应得。"她说。真令我惊讶，她居然会赞同同事横死。或许她也注意到胡德恶臭的嘴巴，现在总算可以彻底摆脱了。但我同时也意识到，胡德对德博拉的短暂攻击，或许真会对她的职业生涯造成危害。

"你在警局还顺利吗？"我问。

她耸耸肩，完好的那只手下意识摸了摸胳膊上的石膏。"我抓到的精神病还在监狱里呢，科瓦斯基，"她说，"一旦重新接手案子，我就能证明自己。人就是他杀的。胡德改变不了事实，何况他现在死了。"

"但基韦斯特警方不是依然认为我杀了胡德吗？"我问。

她摇摇头。"我和……呃，布兰顿警探谈过，"她说，我点点头，"那个人

---

① "克里斯"和"耶稣基督"在英文中都可以用"Chris"一词来表示。——译者注

在德赖托图格斯群岛码头丢下一个背包，里面装了一根棒球棍和别的东西。"

"什么东西？"我真心想知道他有没有想出什么新点子。

德博拉一脸怒容地摇摇头。"我不知道，妈的，"她说，"胶带、晒衣绳、鱼钩、木工锯子之类的。"眼下她的怒气很明显了，"关键是棒球棍，上面有血、软组织与毛发，他们认为很可能与胡德的匹配。"她耸耸肩，接着莫名其妙地捶了我胳膊一拳。

"啊。"我叫了一声，想起鱼钩——和一些非常有趣的可能……

"这下就与你无关了。"德博拉说。

我揉揉胳膊。"所以他们打算放弃了？我是说，不会找我的麻烦了？"

德博拉冷哼一声。"事实上，他们巴不得你赶紧走，别去找他们的麻烦，指控他们把你的孩子交给一个绑架犯，而且就在他们警局大门口。妈的，一群白痴。"

"噢。"太奇怪了，我甚至都没想到，"所以说他们很高兴有克劳利这么一个人，哪怕他已经死了？"

"没错，"德博拉说，"布兰顿可能不太喜欢，但她了解自己的职责。她找到一名酒店女服务员，对方声称见过符合该描述的人。30来岁，矮壮身材，短胡子。"

"是他没错。"我说。

"是啊。这家伙领着喝醉酒的朋友在你住的那层走出电梯。女服务员说他朋友看起来似乎喝太多了——像喝死了似的——脸上还罩着海贼帽，就和他们在你房间里看见的一样。"

"是套房。"我反射性纠正道。

她没理我，摇摇头。"女服务员不想做证。她来自委内瑞拉，害怕因此失去绿卡。但她描述得很详细。还有两个厨师也看见他们从装货码头那边进来。负责早餐的服务员也证实你一直与家人待在餐厅，所以……"

我想了想，看着心头的小火花逐渐化作微光。我不认为克劳利会如此草率，但我猜胡德的出现肯定吓了他一跳，于是临时起了杀意。我脑中迅速闪过跟在我身后的两人互相绊倒对方的情景，画面感十足，同时也促成了胡德警探被人暴击的滑稽死亡。或许克劳利当时慌神儿了，或许他一直在走大运，因此觉得自己无所不能。真相无从得知，也无关紧要。总之他侥幸成功了。没人看见他杀死胡德，也没人在他搬尸去我房间时出手阻止。不过，当然，人们只会看见他们想看见的，要是有人都注意到了，那才叫人惊讶。

真正的奇迹是，穿过漫长黑暗的隧道，我居然真的见到生的曙光。我试着松口气，看向我妹妹。她也看向我。"所以说我终于在基韦斯特岛甩掉麻烦了？"我问。

她点点头。"还有更好的事儿，"她告诉我，"见鬼的多克斯这次真拉床上了。"

"希望是他自己的床。"我说。

"他该去行政部门，而不是跑案子，"她说，"另外，他来基韦斯特岛超出了自身的权限范围。况且，"她抬起完好的手，没裹石膏的那只，面色难看地说道，"基韦斯特警方已经正式投诉了。多克斯胁迫他们拘留你，恐吓证人，还……"她停下来，望向远方。"他曾是一名非常好的警察。"黛比叹了口气。看见她这样我很难过。她为多克斯感到抱歉，可多克斯却曾花费大量时间精力害得我凄惨无比。

但眼下毕竟还有更重要的事儿要关心。"德博拉，"我问，"多克斯怎样了？"

她看着我，表情令人捉摸不透。"无薪停职，接受职业法规部门调查。"她说。

我忍不住脱口说道："实在太棒了！"

"确实。"德博拉略显苦涩地说。她沉默片刻，随后摇摇头甩去了杂念。"真他妈的。"她说。

"回家之后呢？"我问，"我依然需要接受调查吗？"

德博拉耸耸肩。"官方上是，"她说，"但拉雷多已经接手了案子，他可不是白痴。用不了几天你就会重回岗位。"她看着我，神情严肃，显然是有心事，但不管是什么，都不会对我说。她就这么看着我，半晌才转头望向前门。"只要，"她说，"有……"她犹豫了，清清嗓子，才继续说往下讲。"有一丝证据，你……你回家后就自由了。"一个身穿格子短裤的胖男人走进大厅，身后跟了两名金发女孩儿。德博拉似乎对他们颇感兴趣。

"什么证据，黛比？"我问。

她耸耸肩，一直注视着胖男人。"啊，我不知道，"她说，"或许是证明胡德受贿的证据。你懂的。这样我们就会知道他其实并不清白，算不上一位好警察。也许那就是他想抓你的原因。"

胖男人领着同伴消失在走廊，德博拉低头看向自己打着石膏的手臂。"要是我们找到了类似的证据，"她说，"而且将你的名字排除在'德赖托图格斯群岛案'之外，谁知道呢……"最后，她抬头看向我，浅浅的笑看起来十分奇怪。"我们就能脱身了。"

或许世上真存在某个亲切宠溺的黑暗之神，时刻注视着所有真正邪恶之刃。因为我们确实脱身了——至少目前来看如此。德赖托图格斯群岛的事儿在媒体上引发了一阵小小的骚乱。部分新闻提到一位无名英雄挽救了老人的性命，但没人知道英雄的名字。目击者的描述十分含糊，甚至有可能是6位不同的陌生人。太糟了，那老人竟然真的很有地位。他拥有数家电视台，还认识不少州议员。

至于袭击老人的恶徒，媒体也给出几种不同的混乱解释。那位丢掉比基尼的女士详细描述了克劳利的长相，与基韦斯特警方发现的相符。显然这名穷凶极恶的歹徒在杀害迈阿密警察后，试图偷船潜逃，很可能是想逃往古巴。大家不清楚他是去了哈瓦那还是别的什么地方，总之他不见了。官方宣布此人失踪，备案通缉，在一系列名单上登记了他的名字。不过没人真正怀念这个下落不明的家伙。如今世道艰难，财政预算缩减，根本没有闲钱与精力去找他。他消失了，无人在意。"德赖托图格斯群岛事件"很快被民众抛到脑后，取而代之的是三具无头裸尸，其中一位中年男子还曾是一名童星。

我们真的摆脱了过去的烦恼。现在，我只需一个小小的奇迹，证明胡德毫无可信度，同事们便会带着灿烂的微笑，张开双臂欢迎我重回岗位。生活总爱上演这种神奇又无聊的老套戏码。到家后第二天，德博拉打电话通知我法医小队明天上午会去胡德家调查。现在我们只需盼着转机出现。

转机会出现的，很可能会。他们肯定会找到什么，到时整起案子将化作一缕臭烟，消散殆尽。德克斯特也将从潜入办公室的卑鄙凶犯，变成一位活生生的殉道者，一位蒙受污名的冤案受害者。

可这种事可能会发生吗？

噢，当然，相当可能。事实上，事情发展大概会类似这样：相较于怀疑我，他们更怀疑胡德警探本身，怀疑他是否有资格身穿警服。有了这样的想法，相关部门无疑会希望尽快了结此事，而不是拿他们引以为傲的名声冒如此巨大的风险。

事实上，明天很可能会变成这样：法医小队走进胡德居住的脏臭小屋，厌恶地环顾四周，惊讶地看着地上成堆的垃圾、污秽的餐具与肮脏废弃的衣服，惊异于人类竟然可以这样生活。屋里肯定恶心得要死——我几乎想象得到那会是一幅怎样的画面。

同事们的嫌恶会慢慢转变为震惊。等他们在胡德的电脑硬盘里发现儿童色情片后，震惊将彻底变为谴责——我是说，他们可能找到那种东西，附带的还有一系列写给卡米拉·菲格的情书，以及她的答复："我不想看见你，你有恋童癖。"不管怎么说，他的嘴实在太臭了。调查员应该很容易得出以下结论：胡德因爱生恨，决定杀人灭口。为掩饰罪过，他栽赃给可怜的德克斯特——尤其在他发现卡米拉拍了那么多我的照片之后。这些假想事实或许能揭露他为什么一直看我不顺眼。

从某一点来看，这堪称一趟深入胡德不容争辩的罪证与耻辱的非凡旅行。想必会有人停下来，说："你想得是不是太过完美了？难道真有那么多证据指向胡德警探，一个无法为自己辩护的人？为什么，简直像有人潜入这蠢货的家，捏造了那些证据似的，不是吗？"

然而那将只是一次短暂的停留，并最终以不赞成的摇头收尾。他们不得不相信那些证据，因为事实摆在眼前。而且有人栽赃什么的实在难以启齿。毕竟谁可能做这种事儿？更进一步说，谁有能力干这种事儿？或许真的有一个人拥有这等惊人天赋，个性狡猾，道德沦丧，在胡德死后给他营造了一个完整的假象。可真有人如此了解这起案子，能够捏造出适合的证据吗？真有人如此了解警方调查过程，能够令一切看起来无懈可击吗？谁？

谁能像暗影一样潜入夜色，不留痕迹地滑进胡德家制造伪证？再进一步，谁能拥有此等电脑技能，用闪存盘带去全部证据——例如——用强而有力的方式将东西放进胡德的小电脑？最要紧的是，谁能不仅把所有这些事做好，还能做得如此聪明、新颖，并且充满幽默感？

真有人能如此擅长这些与众不同的黑暗事宜吗？更重要的是，真有人坏到去做这种事儿吗？总之，真有人这样出色吗？

有的。

可能有。

不过只有一个。